iStyle 001

桐花中路
私立協濟醫院怪談

南琅 著

高寶書版集團

目錄
Contents

每個城市都有無法消弭的罪惡和咒怨，它們的聚集之地，就是這個城市的「穴」。

擅闖入「穴」者，不能化解，只得逃離。

STORY 1　守夜人

那具屍體，張著空洞的嘴，靜謐地躺在黑暗裡。
守夜人黑布下面，有不為人知的祕密……

01

要不是前幾天磕碎了門牙，孫正是不會造訪這間位於桐花中路的私立協濟醫院的。

協濟醫院的前身，是一間不景氣的公立醫院——桐花醫院，慘澹經營八年後，一位路姓老闆將其收購，經過五個月的改造重建，再度投入了營運，改名私立協濟醫院。

直到醫院易主，孫正都未曾造訪過它。他實在很厭惡管理混亂的公立小醫院，空氣裡總是彌漫著不潔淨的氣息，彷佛每一顆微粒都是超爆炸性病毒，無時無刻不威脅著他敏感的鼻子。

新的這間醫院去年年底才建成，占地約有一百六十幾坪，共有三棟大樓，正前方那棟最舊的六層建築是主樓，主樓後並排著兩棟五層樓高的大樓，右邊的是經過改頭換面的內科住院部，左邊那一棟嶄新的粉色大樓就是外科部。

孫正走進那光線黯淡的主樓。

朝向不好，他皺眉。

的確如此。正因為朝向問題，桐花中路上形成了奇特的局面：路的左邊，真正運作的只有協濟醫院一家。醫院的左方原是一家海鮮產品加工廠，五年前倒閉後一直沒有新的商家入駐，只留下殘缺不全的廠房。醫院的右方是一片荒蕪的空地，被用作臨時停車場——屬於對面的兩家飯店。與這邊的慘澹經營相比，路的右邊生意興隆，人來人往，熱鬧非凡。

孫正四處打量之後，對協濟醫院的陳舊主樓作了簡短的評估，結論是：風格過時，採光不足，過於陰暗，整潔程度還行。

他是一個很挑剔的人。

孫正在一樓掛號處稍微排隊等了一會，就掛到了號。

口腔科，最高樓六樓。

難得一家私立小型醫院有如此熱鬧的時候，電梯的指示燈走走停停。

電梯大概仍是好幾年前蓋的那個，相當老舊。外面一層綠色的漆，少部分已經剝落了，露出了銀色的金屬內裡。按鍵也不甚靈光，按的人多了，表面能夠達到保護作用的透明塑膠已經碎裂，向中心凹陷。孫正用力按了好幾次，終於顯示了向上的箭頭，看來螢幕顯示還比較完好。

電梯終於停在了一樓，果然太舊了，開門相當緩慢，像是一寸寸地向左右兩邊分開。

一位頭髮花白的老太太拄著拐杖走了半天才走出來。

孫正又得出一個結論：電梯連關門都很遲緩。

路姓老闆大概也並非什麼財大氣粗的出資者，否則如此上不了檯面的主樓為何不徹底整修呢？

順利到達六樓。

門又一寸寸地左右分開。

迎面竟是一面鏡子！亮晃晃的，映出緩緩分開的電梯門和孫正臉部僵硬的模樣。

『多半是為了讓患者檢查自己的牙齒吧！』孫正有些發牢騷地想道。

孫正走出電梯，鏡子裡映出電梯門漸漸闔上的模樣。

他轉過頭來，是一條長廊，兩邊是淡藍色的玻璃門，門裡有幾位穿著醫師袍的口腔科醫生正在忙碌著。

沿著曲折的長廊走過去，孫正終於找到了牙科專用的診間，一位牙科醫生正用力鑽著一位病人的牙齒。

孫正又退了出來，決定等一下再進去。

忽然，他感覺到一隻溫熱的手放在了自己肩上。

「哈！果然是你！」那個有著一深一淺酒窩的男子誇張地笑了起來，見孫正一臉茫然才停住了笑，正色道，「喂！該不會不認識我了吧？」

孫正聳肩，很明顯不記得眼前這個一身不整齊黑色西裝又帶著誇張卻不討厭的笑臉的傢伙是誰。

「喂、喂！講座啊！C大的通俗古典樂與現代主義戲劇啊！」那人用拳頭輕搥了搥孫正的肩。

「路……路遐？」孫正試著確認。

那人張嘴一笑，一拳搥在孫正肩上，孫正不由自主地倒退一步。

「看來你也沒忘記我嘛！聽說去做編劇了？聽了C大的講座受到啟發？」

「不，之前應徵保險公司沒錄取就打算做編劇了。」孫正糾正道。

路遐做了個向後一仰表示明白的姿勢，又甩回腦袋說：「做出什麼電影了沒有？大概也很有你那種古典味——」

「《黑暗救贖》，只參與了部分。」

路遐又是向後一仰，恍然大悟地說：「哦！了不起！」

「部分而已，大部分都是別人完成的。」

「說起來，我有個疑問，」路遐伸出左手搭在了孫正肩上，「有用到替身嗎？那幾段很驚險的，飛車之類的？」

孫正用食指敲了敲腦袋，說：「當然用了，飛車那段，女演員都太柔弱了。」

「那麼，他——」路遐想再繼續問下去，牙科診間卻傳來一聲如同殺豬般的嚎叫，打斷了對話。

「看來還輪不到我。」孫正聳了聳肩，表示對這種痛苦的無奈。

路遐朝那邊的牙科醫生瞥了一眼：「以前醫院的醫生，不知輕重的傢伙。」

聽路遐這麼一說，孫正像是想起了什麼，點了點路遐的肩，「你也姓路，那麼院長——」

「舅舅，院長是我的舅舅，不知不覺就買了一家醫院呢！」路遐不禁有些得意。

『你舅舅未免也太沒有眼光了。』孫正腹誹。

「這棟主樓老了點，那邊的內科住院部外表也很舊，裡面卻有翻新的，這裡有些看不清——」路遐沒有察覺孫正的想法，仍自顧自地解說道。

孫正微微一笑，摸出懷裡的手機，翻開金屬蓋，蓋頂的小鏡頭對準了對面的住院部。

「用這個看倒挺方便，不過畫素不夠高吧？」路遐看著景物在手機螢幕上晃動，隨著孫正的手指按鍵，住院部的景象愈來愈清晰，他又吐了吐舌頭，「原來還真可以。」

路遐拿過孫正的手機，興致勃勃地擺弄起來。

忽然，螢幕上的景物暗了下來，像鏡子一般，印出了路遐模糊的頭形。再扭頭四處一看，周圍都是一片昏黑黯淡。

「怎麼了？」路遐疑惑地抬起頭，孫正也正四處張望。

「燈熄了，停電了？」孫正側臉看路遐。

剛才只是一瞬間的事，無聲無息地就黑了一片，什麼都只剩下黯淡的輪廓。

現在四周是一片死一樣的寂靜。

「唔，大概是跳電了，這醫院一關了燈，大白天黑得跟什麼似的！」路遐抱怨著。

孫正拿著手機，按了幾個鍵，卻遲遲不見反應。他又重新開機了一次，螢幕卻完全融進了黑暗。

這感覺差勁透頂！孫正心裡正在氣頭上，隨意撥了一個號碼遞到耳邊，什麼聲音都沒有，像是一瞬間被巨大的黑洞吞噬了。

許久，傳來了滋滋的聲音，看來訊號受到了不明的干擾，手機也莫名其妙出現故障了。

孫正氣急就想摔手機，路遐按住他的肩，朝對面一指：「看，內科住院部也停電了。」

『媽的，早就知道來醫院沒好事！』孫正洩氣地想著。

「嘿，這一片漆黑倒讓我想起一個故事！」路遐顯得興致高昂，彷彿絲毫不受陰暗大樓的影響。

孫正轉頭看他。

「據說以前的醫院構造很特別，有一間住院部的病房只有在三樓才看得見！」路遐漫不經心似的說道。

說什麼鬼話啊！孫正火氣又被點燃了。

「我去開電閘，這麼久了，怎麼也不見動靜，醫院的人都死哪去了！」孫正左顧右盼也沒看到什麼動靜，朝電梯那邊的轉角走去。

沒記錯的話，拐過電梯，有綠色蓋子的樓層電閘。

孫正剛剛走到電梯前，正想轉彎，卻被路遐叫住了。

「喂，等等！我說，你難道沒有聽說過嗎？」

「什麼？」孫正頗不耐煩地應道。

「鬼呀——不會轉彎的，所以彎道處總是聚集了許多的鬼魂。」路遐用很隨意的口氣說道，「所以這時候你最好別走轉角。」

孫正心裡一陣吐槽，『我還想問你在搞什麼鬼呢，從剛才起就一直在說鬼話。』

路遐似乎沒有注意到他的不快，反而悠悠然地轉向另一邊。

孫正嘆一口氣正要再走一步，卻聽到「哎呀」一聲，不由得嚇了一跳，疑惑地轉過身，路遐正驚疑不定地看著淡藍色玻璃門的口腔科。

「一個人也沒有了！正！一個人也沒有了！」路遐大叫，兩手不停地擦著額頭。

「怎麼可能！剛才醫生都還在。」孫正皺著眉頭向那邊看去，黯淡的光線使他仍然有些不適應，周圍的景物若隱若現，「還有，你別叫我『正』好不好——」

話音剛落，他的心卻漏跳了一拍。

轉過頭的瞬間，好像有什麼不對勁。

孫正再猛地甩了甩頭，雙眼死死盯住了慘澹光線下灰暗的牆面。

正對電梯的鏡子不見了！

「正，你快過來看看吧。別站在那個轉角了，我請你過來好不好！」路遐在原地發著牢騷。

孫正默不作聲地慢慢退了回去，看著那面乾淨的牆，他終於退到了路遐身邊，目光仍緊盯著那面乾淨得太過徹底的牆。

此刻，他的心裡竟感到了恐懼。

鏡子，去哪裡了？

他又轉過去看向剛才一直沒怎麼注意的口腔科。

醫療器械完好無損，整整齊齊地擺放著，那臺澳產的綜合口腔治療儀仍舊是嶄新的。

一個人也沒有！

從沒有電開始，就再也沒有聽到過除了他們之外其他人的聲音了！

醫院，靜得可怕。

「正，快！我們趕快去五樓院長室，那裡安全！」路遐不由分說拉著孫正飛奔下樓。

孫正從恍惚中一回過神，已經站在五樓的樓梯口了。

但是——如果他的耳朵沒有問題，彷彿——

聽到了電梯到達某層樓「叮」的一聲……

人去哪裡了？鏡子去哪裡了？醫院出了什麼事？

為什麼這裡顯得那麼可怕？

無邊無際的灰暗和寂靜籠罩著陌生的五樓。

「聽著，我數一、二、三，我們閉著眼睛衝過那個電梯轉角，就到了院長辦公室。」路遐對孫正輕聲說。

「那，這個電梯的對面，有沒有鏡子？」

路遐猛地轉過頭來盯著他，彷彿想看清什麼東西似的，好久才冷冷地說道：「這棟樓裡的電梯對面從來就沒有什麼鏡子。」

『胡說！』孫正心道，六樓的那個鏡子呢？

六樓的鏡子……難道從一開始就是我看錯了嗎？

「走吧！」路遐拍了拍孫正的肩，「我要開始數了。」

「一、二、三——」兩人同時起步，朝轉角奔去，帶起一陣陰森森的風。

『好，就在這裡！』孫正心道，睜開了眼。

他們正跑過電梯。

孫正的一側靠近電梯的門。

電梯門沒有開。

那麼「叮」的一聲到底表示電梯停在了幾樓？

是不是表示還有別的人在？

孫正心中轉過無數個問題，但奔跑時已沒有時間多想。

路遐抬頭。

停。

「這裡就是院長辦公室，牆的四周都貼著各類解剖圖，是最安全的地方。」

「有沒有鑰匙？」孫正問道，眼角的餘光晃向周圍。

路遐伸手摸向褲子的口袋，剛剛聽到很輕微的金屬碰撞聲，路遐卻停止了動作，空手出來。

「取出那串鑰匙的話，會發出類似鈴鐺的聲音，我們還是撞門吧。」路遐口氣顯得有些沮喪。

「鈴鐺？」

「招魂的。」路遐瞇著眼睛。

話音剛落，只見他倒退了幾步，像一塊巨石般轟然衝向辦公室的門。

砰！

孫正目瞪口呆地看著撞開的門，還在來回地晃蕩著。

路遐豪氣地拍了拍手，推開門，拉著孫正走了進去。

剛一進屋，路遐立刻搬來一張椅子緊緊抵住辦公室被撞開的門，不留一絲縫隙。

「很好。」路遐拍拍雙手，表示成功。

孫正觀察了一下四周，太過陰暗的光線下，只隱約可見大大小小的圖示掛在四面牆的周圍。

「正，找找那張辦公桌裡有沒有手電筒或者其他東西。」路遐慢慢地退到孫正旁邊。

孫正拉開院長辦公室的抽屜，胡亂翻了起來。

盡是些檔案、資料之類的，孫正把它們都扔了出來，第一層已經空了，他又伸手去拉第二層，拉了又拉，拉不開。

「這個，上鎖了。」孫正對著另一邊翻著東西的路遐說。

「先翻下面的。」路遐頭也不抬，一邊找著一邊說。

孫正又拉開另一個，接著問路遐：「為什麼這裡最安全？」

「這間醫院，有很多故事，」路遐微微嘆了口氣，「你知道嗎？一個四面都掛滿東西的房間，鬼魂是不能穿牆過來的。」

『這世上哪有什麼鬼魂啊！』孫正心道，覺得路遐不免有些好笑。

「找到了！」路遐忽然興奮地叫了起來。

一束橘黃色的光線射了出來，辦公室裡豁然亮了三分。

感覺一瞬間負面的情緒都消失了，孫正高興地說了聲：「太好了！」

路遐頗有些得意地晃了晃手電筒，向四周都掃了一圈，才道：「坐下吧，有必要和你說清楚。」

孫正便拉過辦公室那張冰冷的木椅，坐下了，路遐於是順勢坐在了他的對面。

醫院依然靜得詭異。

「你可能會覺得，從剛才開始，我就一直疑神疑鬼，很好笑，是不是？」路遐探身問孫正。

你終於發覺了。孫正老實不客氣地點了點頭。

路遐露出一抹理解的微笑，又關掉了手電筒，頓時黑暗又撲向整個辦公室——朦朧的黑暗。

「為了省電，你就習慣一下黑暗好了——果然，我很有必要和你說明一下，也許會說得很長。」

「說。」

唉——正，你真是麻煩。

「這不是協濟醫院的第一次了，也不是偶然事件，桐花路上的這家醫院，故事有很多，你進來時不覺得很壓抑？」路遐的聲音有些縹緲，像是從海的另一邊傳來的。

「是有一些，這家醫院的採光太差。」

「那是另一個方面。事實上，上個醫院倒閉也是因為它——接二連三地發生奇怪的事，我舅舅本來拜託我過來也是調查這件事。」

「怪事？」孫正偏了偏頭。

「啊，從很早以前就開始了，大概三年前終於引起了重視，從上個院長開始，都會對這些事件有些紀錄。」

「那你呢？」

「我？你好像忘了，孫大才子，從C大那時開始我就已經在研究民俗學，順便對靈異事件也進行過調查。」

「可是，這世界上沒有鬼吧。」孫正忍不住笑道。

「我不知道，科學無法解釋的事不是也有很多嗎？我一向認為小心些比較好。」

「好啦、好啦，現在怎麼辦？」孫正揮了揮手，打斷路遐的話。

「我也不知道你怎麼會遇上這些事的——雖然我也是第一次，可是正你一向都是乾乾淨淨、獨來獨往的，這些事怎麼纏上你的——好吧，你再試試可不可以打開剛才上鎖的抽屜，裡面應該就是所謂的紀錄了。」

孫正聞言，伸手去拉那第二層的抽屜，可是怎麼拉也拉不開。

路遐在黑暗中聽到了聲音，道：「用東西撬開。」

為了方便孫正，他順手打開了手電筒，院長辦公室又幽幽亮起光來，接著便響起孫正用東西撬鎖的聲音。

「跟小偷似的——」他輕輕笑了笑，接著轟地一聲拉開了抽屜。

路遐走過來用手電筒照了照，露出讚賞的笑來，便伸手將裡面的東西一一放在了桌上。

「果然，我要的東西，都在這裡了呢。」

兩本破舊筆記本，表面用紅色的紙包起來，另外有六張圖紙一樣的東西，仔細翻閱，依次是：

桐花醫院（原名）暗事件紀錄（1999～2002）

桐花醫院暗事件紀錄（2003～2005）

桐花路中街私立協濟醫院平面圖一樓至六樓各一張

「平面圖啊……」路遐叨念著打開來，「好東西……不錯，確實都有標記……」

「什麼？」孫正湊上去看。

「你看，這些畫著圈的房間，應該是四周掛有圖畫的房間，像這裡一樣；畫著紅色大叉的房間，如果我沒猜錯，應該是有些不吉利的地方……這個我們等一會研究，我們先來翻翻紀錄吧！」路遐闔上圖紙，伸手翻開了第一本紅色的本子。

桐花暗事件紀錄（1999～2002）（一）

紀錄人：毛重貴（1999至2000期間值班人員之一）

今天晚上仍舊是我和老張（張炳）值班。另外，一樓的急診室也還有醫生，護士站也有幾個護士留了下來。住院部此刻還是燈火通明的，但到了11點大概就會謝絕探病了。

11點整，整個主樓空蕩蕩的，沒有一絲聲音。桐花醫院的夜晚比其他地方還要陰暗些，黑漆漆的，又總不能把燈都全開著。第一次巡視由我來，老張坐在床上吃麵，我便拿起手電筒，準備出門。

來這裡才5個月，但據說在這家醫院做保全人員值班的，最多也只做了半年。照慣例，半夜11點整起到12點整，我要從六樓一一巡視到一樓，主要檢查門窗和日光燈，醫院沒有LED燈，到晚上只得都關了。

我慢慢地沿著樓梯向上爬，手電筒的燈光昏黃昏黃的。雖然醫院去年才新建電梯，但很少使用，尤其這時段我們是不許使用的。

六樓的科室不多，除了口腔科，大部分都用來存放儀器了。檢查一番，黑漆漆的，再把門窗都確實關緊了，我就朝樓下走去。

醫院一切都很正常。

12點半，老張就會再出來巡視一番，這時我便可以休息了。

再從六樓一直走到一樓，一切也都很好。一樓大廳還亮著燈，兩間急診室的燈也亮晃晃的。

「老毛，你下來啦。」護士長跟我打招呼。

「哎。」我應答著。

幾名護士就在旁邊很悠閒地塗著指甲，不時交頭接耳一笑。

「下班到現在，一個人也沒來哩！」護士長又嘀咕著。他和我是同鄉來的，他家也就在我家附近，在這裡夜間值班期間，就全賴他和幾個護士替我們準備些宵夜。

「那我去把電梯鎖了，免得……」我一面應著他，一面朝電梯走去。

「喀嚓」一聲鎖上電梯，抬頭再看錶時，12點整。

「我上去了啊！沒事你們也休息了！」我朝護士站那邊叫道，整個醫院都迴蕩著我的聲音。

回到五樓值班室，老張早已吃完他的牛肉麵，訥訥地望著我。

「老毛，我有些怕哩……」

「怕啥？」我一下子笑了出來，「你大男人的，怕啥？」

「你、你忘了我中午跟你講的啦……」

我想起來了。老張中午跟我講了一件事——

「老毛，這醫院，有厲鬼進來了。」他中午吃過飯，就怔怔地看著我說。

「厲鬼？」我笑著，「不怕的，說不定他還怕你呢！」

「是真的厲鬼，不是一般的。」

「哦？你怎麼知道的？他又是怎麼進來的？」

「昨天傍晚，收進臨時太平間的那人你還記得不？」老張緊張地搓著手，「剃光了頭髮，黑布蒙著眼的那個，好像，也是最後收進來的那個……」

「這有啥的？那光頭多得是。」我拍拍老張，他平日裡也挺大膽的，今天竟怯了，「我們守夜這些的，比守墳的好多啦！」

「我家鄉的習慣……若人不明不白冤死了，就要剃光他的頭髮，黑布蒙上眼睛，立即火化的。」

「為啥？」

「知道不？人死了之後，頭髮也可以長的，據說這就是他的最後一絲魂魄還殘留的證據，所以冤死的人必須把他的魂都封住，頭髮一根不留，他的魂也就出來不了，速速燒了，也就成不了厲鬼。厲鬼，就是最兇惡的那種鬼，我們對付不了的……」

中午的對話就從厲鬼這裡開始，漸漸轉移到毛主席教導我們相信科學破除迷信上面去了，我也不太在意，結果老張還是沒有放下。

「世界上是沒有鬼的……哎，我等一下陪你出去……」我見他神色古怪，便心軟了，再次拿起手電筒，「走吧！」

「那個人今天都還沒有送出去，一定沒什麼好事……」老張還在喃喃自語，跟我走出了值班室。

「我上六樓，你向下走，一會我跟上。」我又勸了勸老張，「得啦，放心吧。」

老張點了點頭，幾步走下了樓梯，遠遠還看得到他昏黃昏黃的手電筒光芒，他露出一種很憂愁的表情回頭看了我一眼，又轉身繼續向下走了。

我又在六樓晃了一圈，黑夜裡，一個人走著，確實有些毛骨悚然。

關於厲鬼的說法，我其實也聽說過，但不至於那麼嚴重，當時也就不怎麼放在心上。若人死後，確實會變成鬼的，那麼也分成好幾種類別的，據說只有厲鬼是保留著生前怨念的，並且是很罕見的，如果見到了，就多半活不成了。

不過這都是民間傳說，這年代了，沒什麼人再信了。

檢查完六樓，我就匆匆下了樓，想跟上老張，好歹也勸勸他。

剛走到四樓樓梯口，就見老張跑了上來，大汗淋漓的，看見我，才長長吁了口氣。

「老毛，看來還好，沒啥的。」他氣喘吁吁道。

「這就好。」我也放了心，轉身，我們就返回五樓。

他越過我，走在我前面，腳步飛快，好像身後有什麼在追著他似的。

「看吧，沒啥可怕的。」我再補上一句。

「是哩……」他結結巴巴地應著我。

我笑了笑，卻發現有些陰暗。仔細一看，才發現老張手中的手電筒早已沒了光，只有跟在後面的我手中才發出微微光芒。

「咋了？沒電了？」我問道。

「沒咋，剛才走到一樓，到處都是一片黑，也不怎麼怕了，反正都沒光了。」他慢吞吞地回答著。

我「哦」了一聲，他走得急急忙忙，我們便很快回到了值班室。

稍稍整理了一下，我估摸著也快到凌晨2點半了，便早早上了床。

「啪」地一下，關了燈。又是一片黑，醫院裡寂靜著。

「我說老毛，你也太不仔細了，電梯也不鎖，我剛走到三樓，就聽見樓下叮的一聲，嚇了一跳呢……」老張在他床上嘀咕著。

我翻了個身，心裡卻忽然咯噔了一下。

電梯沒鎖？不對，我明明鎖了，老張怎麼又聽到叮的一聲？

他剛才說一片黑……到一樓都一片黑？

也不對，護士站和急診室也都還有人，大廳的燈也都還亮著……

「老張。」我叫他。

沒有回應。

算了，明天再問吧。我翻了個身，睡了。

1998年8月15日

早上起來，已經過了十一點，醫院裡人聲鼎沸。

叩叩叩。有人敲門。

「老毛，起來了嗎？快點過來，電梯出了點問題。」是護士長的大嗓門。

我倏地坐起：「啊，知道了！」我應了一聲，又聽見護士長走開了的聲音。

「老張，起來了！」我叫醒在旁邊床上的老張。

床上卻是空蕩蕩的，白色的被子折得方方正正，那碗牛肉湯剩麵還放在一旁。

已經起來了啊……真是，也不叫我一聲。

迷迷糊糊走出值班室，一股消毒水的味道撲面而來。我皺了皺眉，卻猛地覺得眼睛很疼。伸手摸了摸，好像腫了。

「哎喲，老毛，你咋啦！」旁邊走過的一個小護士一見我就叫了起來。

「嗯？」

「呀，眼睛都腫成這樣了！我幫你敷一下。」他拿出一塊浸潤的紗布幫我敷眼睛。

我道了謝，又急著處理電梯的事，就匆匆拿著那塊紗布走了。

走到四樓，便看見一大群人圍在那，護士長也在其中，院裡的幾名男護士和工人也站在那裡。

「啊，老毛，你來了！」護士長叫道，「哎喲，這眼睛……」

「啊，沒事的，電梯咋啦？」

「你昨天鎖電梯時，電梯有啥問題沒有？今天老馮（換班的人）早晨開了電梯，病人搭了電梯上四樓，電梯門卻一直不開，裡外都著急哩……」

「啊？」我大吃一驚，「但昨晚……」

「還好，後來老馮想辦法弄開了……幸好，不然……」護士長又急切切說道，旁邊圍著的人也接著小聲地討論。

老張，老張說電梯又動了……

「哦，弄好了，那就好。」我鬆了口氣。

我走近電梯，電梯門緩緩打開來，只見老馮汗涔涔地走出來，見到我站在他面前，一愣，又哈哈大笑：「嘿，老毛呀！你的眼睛是瞧了什麼見不得人的東西，腫得跟蒙了塊黑布似的，哈哈！」

黑布？

我背上冷不防地泛起一股寒氣，藉著電梯壁仔細照了照自己，頓時呆住了。

從眉毛到顴骨，都有一片烏青甚至泛黑的印跡，說不出的怪異。

正如一塊蒙著眼的黑布。

但願我真不是見了什麼東西。

「哎喲喲，你們看，我掏出什麼來了！」老馮又在後面吆喝著。

「哎呀，這都把電梯卡住了！得有多邪門啊！」

「不得了呢！我就說有問題吧！原來被這塞住了！可這小小一團，怎麼就把大電梯給卡住了呢！」

人群議論紛紛，我轉過頭去，只見老馮被漆和汙垢塗滿的手上，捧著一團東西。

黑乎乎的東西。

亂糟糟的一團，纏繞在一起。

我走過去，撚起一小團，湊近了仔細一看。

細如絲，卻油乎乎又沾滿黑泥似的汙垢，是頭髮。

趕緊扔掉，用力搓著手，卻總覺得那種髒兮兮的感覺怎麼也抹不去。

「老張呢？」我回頭大聲問道。

「老、老張？」護士長疑惑起來。

「啊，老張一大早地去哪裡了？」我叫得更大聲了。

護士長回答我說：「昨晚就沒見過他啦！說巡邏，也沒看見他。」

「怎麼會？他明明……」我心裡一緊，「那你們昨晚什麼時候休息的？」

「急診室那邊到凌晨1點多就休息了，我們可一直待到2、3點呢！」

「怪了，老張還說你們一樓沒燈呢！」

「瞎說，燈都亮著呢！」護士長叫道。

我飛快地跑回五樓值班室。老張還是不在。

1999年8月16日

附：毛重貴於99年10月離開桐花醫院。

張炳其後一直未曾出現。

闔上本子，路遐側身看向孫正：「看懂了沒有？」

「啊？」孫正一時沒反應過來，「其實，還是不太明白到底是什麼意思。」

「我記得你挺聰明的呀！」路遐半真半假地說，「這兩本暗事件紀錄簿都是請每位值班人員和有同樣遭遇的人盡可能把每個細節都寫下來的紀錄，寫得像故事一樣怪誕也無妨，就像寫小說，什麼都可以寫，重要的是，能反映事件的要點。」路遐大功告成似的拍拍手中那本鮮紅的本子。

「這裡的故事也算是真實的事件紀錄？」孫正在笑，「那我怎麼找不到你所說的重點？」

路遐也好脾氣地笑了笑，伸手從褲兜裡拿出一張卡片來，看得出是從書上剪下的，他把它萬分鄭重地遞到孫正面前。

「這是我從一本書上剪下來的，是日本民俗學家古島先生的研究。」

「每個城市，都有無法消弭的罪惡和咒怨，它們聚集之地就是這個城市的穴。」

「你知道日本十大鬧鬼之地嗎？這是他對這十個地方進行長達十年研究得出的結論，」路遐說道，「而我的結論是，擅闖入穴者，不可能化解，只可逃離。」

03

「我們要逃出這裡。」路遐一字一句地說，表情是從未有過的嚴肅。

「逃？」孫正未能清楚理解這其中涵義。據他個人人生經驗來說，逃，適用於危險而尚有生還可能的狀況之下。

而這個詞對他來說，竟如此奇怪。

是目前狀況並不讓他覺得危險？還是他認為自己已無生還可能？

當然是前者，孫正暗自揶揄自己。

「雖然從來沒有人成功過。」路遐苦笑著說。

「路遐！」孫正有些氣惱他這種冷笑話方式。

路遐聳聳肩，看得出孫正並沒有和他持相同的想法，但他理解，任何人到這個時候，都會有些天真、有些過分地科學嚴謹。

他攤開剛才那張平面圖，示意孫正過來和他一起看。

「記得剛才我說什麼嗎？」路遐的食指在上面劃來劃去，發出沙沙的摩擦聲。因為寂靜所以愈發清晰，因為周圍黑暗所以動作愈發明顯，「我們要逃出這間醫院，先試試能不能從這裡走下去。」

不能！

這是孫正第一直覺的回答，然而這個心裡突然冒出的想法令他自己不寒而慄。

為什麼不能？

如果他像表面上那麼固執，他一定會回答能，然而他知道他內心已經在向路遐的理論妥協，他的想法在這裡得不到任何現實支持，他的身體也因為本能的恐懼而微微顫抖。

沒有收到孫正的回答，路遐似乎早已料到並不介意，食指停在了四樓：「四樓，似乎有兩個房間是暫時安全的，如果走過四樓有什麼事，你記住方位了嗎？我們一起跑進房間躲避。」

「注射室……和中醫科？」孫正看著地圖上畫著圈的那兩個房間，確認名稱。

四樓……

為什麼感覺那麼不安？

也許……也許是他暫時向這樣的處境妥協，暫時承認自己已處於困境。

逃，這個字，帶來的是陌生和恐懼。

「如果，遇到什麼，來不及逃怎麼辦？」孫正抬頭又問道。

路遐聽到這話，已明白孫正頑固的腦袋開始有些動搖，多少感到些許欣慰，微微一笑道：「相信我。」

相信他，因為這個世界已無別人。

「走吧！」路遐拿起手電筒一掌拍在孫正肩上。

孫正站起身來，跟著路遐走到那個球形把手的門前。

路遐拉開抵住門的椅子，忽然轉過頭來看著孫正。

「你要做好心理準備，現在我們基本上已經適應了黑暗，但是要找到那兩個房間我們非用手電筒不可，也就是說，在打開手電筒和關閉手電筒這兩個瞬間，我們會花幾秒到十幾秒去適應光線變化，那個時候，就是要百分之兩百警惕的時候。」

警惕，警惕什麼？

孫正很想這樣問，他們要逃跑、要防備，要忍受恐懼，而對手，竟是未知？

「樓梯在兩邊走廊的盡頭，我們出門立刻左轉，你跟著我，記著，小步快走，不要發出太大動靜，不要回頭。」

「不要回頭？」

「因為回頭，帶來的只是更多恐懼而已。」路遐壓低聲音說。

孫正知道，在黑暗中回頭，望見那深深而幽邃的黑暗時，那破碎的心跳。

他也知道一種可笑而不科學的說法：你愈怕一些東西，它們就愈容易出現。

稍微能夠理解的解釋之一是恐懼導致生物波長改變，接近於「幽靈」或者「鬼魂」的波長，導致兩者互相吸引。

『我不信鬼。』孫正扯了下嘴角。

「我們看到的，也許是臆想產生的幻覺，也許是真實的。」路遐在一旁輕聲說。

話音剛落，已大力拉開院長辦公室的門。

怒濤一般湧來黑暗和冰涼。

左邊！

路遐低語。

心跳飛快，在黑霧中悄聲無息的步伐似乎緊緊跟著那「砰砰」的節奏。

手心全是冷汗。

孫正腦海中彷彿浮現出他們正掠過的一排排房間、一道道門。

緊閉的門，門後是多少幽深詭祕的未知。

副院長辦公室、三間資料室、清洗室、女廁所……

「下樓，正！」路遐的聲音打斷他的思緒。

一股力道把他拉向下，他跌跌撞撞跑著，沿著樓梯向下。

背後，留給五樓那一排如寂寞凝視的眼光一般的門。

空洞沉思的門。

鞋踏在樓梯上，竟有如此動人心魄的時刻。

「喀答。」

「喀答。」

「喀答。」

正欲疾奔的四隻腳，停了。

「喀答。」

「喀答。」

「喀答。」

「什麼聲音？」孫正努力控制自己聲音穩定。

此刻他們站在四樓樓梯口，背後樓梯曲折而上是五樓冰涼的氣息，面前是未知而黑暗的四樓。

「有規律的……聲音。」路遐有些艱難地回答。

「喀答。」

「喀答。」

「喀答。」

孫正第一次主動握緊了路遐的手。

「從四樓來的。」路遐又補充了一句。

難道有別人？

孫正腦中一閃。

有人嗎？他想問。

或者，是人嗎……

他卻發現自己緊張地閉緊了嘴，張不開，問不出。

「不管它，我們一鼓作氣繼續跑！」路遐難以忍受這一聲、一聲極度規律的聲音，似金屬碰撞，卻又總消失得那麼柔軟的聲音。

他一把拉起孫正，轉身向下繼續跑。

「等等！是——電梯！」孫正忍不住叫了起來。

是電梯！

電梯？

「喀答。」

電梯門闔上。

「喀答。」

碰到了物體，那物體卻有些柔軟。

「喀答。」

電梯門又自動打開，打開之後又再度闔上。

「喀答。」

闔上又再度碰到那個物體……

「喀答。」

永遠開了又闔，闔了又開的電梯。

孫正腦海中回想起那「叮」的一聲。

電梯停在四樓。

什麼東西卡住了電梯。

孫正感到路遐握緊了他的手。

相信我。

老張對老毛說聽見了電梯「叮」的一聲。

老毛在被卡住的電梯前看見了那抓出的一把頭髮。

老張下樓了，老毛上樓了，巡視……

路遐拖著孫正正要踏步下樓，孫正一把拉住路遐：「不要。」

喀答。

電梯門還在開闔，黑暗的世界裡又響起另一種聲音。

腳步聲。

一步一步，很慢，踏得很結實，踏在樓梯上。

從兩人的腳下傳到悚然立起的毛髮末梢。

張炳巡視完樓下回來了，拖著疲憊的步伐，搖晃著沒有燈光的手電筒。

一步一步，上樓。

「張——那個老張上來了！」孫正驚呼道。

一瞬間直覺戰勝了他的理智。

「這邊！」路遐扯著孫正，轉身就向四樓走廊裡跑去。

不能過電梯，也不能被樓下的腳步聲追上。

路遐猛地打開手電筒，剎那的光芒令孫正睜不開眼。

在打開手電筒和關閉手電筒的這兩個瞬間，那個時候，就是要百分之兩百警惕的時候。

不能停！

腳步聲平平整整踏完最後一階，迴蕩在整個四樓。

孫正感到一股寒徹心扉的涼意。

「在這裡，中醫科，針灸按摩！」身邊的路遐一陣激動大叫，一腳踢開了右邊那道黃色的門。

手電筒晃過門前的標牌：中醫科，針灸按摩。

因為貼滿了人體穴位圖和中醫宣傳圖而相對安全的辦公室。

藥草味撲面而來。

孫正轉過身把門抵住，留下一陣陰冷的風，殘喘著拂過面門。

好像，安全了。

不……不……

好像哪裡不對。

四樓相對安全的是注射室和中醫科。

地圖上的位置……是在電梯的右側。

而他們，是從電梯的左側下來的……而且百分之百確定沒有越過電梯。

但門上，明明寫著中醫科，針灸按摩。

哪裡出錯了？

難道他記錯了？

「正……正……」路遐在身後謹慎地呼喚他。

「我沒事。」孫正轉過身來，神色已恢復鎮定，「剛才怎麼回事？電梯和樓梯都他媽的怎麼了！」

「正，」路遐輕輕走過來，手搭在他的肩上，「天知道，天知道怎麼回事，這裡從頭到尾都不對勁。」

「我也不知道，這是怎麼了……怎麼就偏偏是那個老張上樓的聲音，怎麼就偏偏……」孫正說話的時候胸膛還在微微起伏，「要是……是別人呢？我們說不定還可以跟他一起走出去……」

「不可能的，正，你知道這裡只剩下我們了。」

「路遐……你知道嗎，其實……其實我聽過那個『厲鬼』的傳說，」孫正抬起頭正視路遐，「但我向來不信鬼的，這個世界上根本沒有鬼。」

「我知道你不信，正。」路遐綻出一個有些黯然的笑容，「告訴我你聽說過什麼？」

「蒙受冤屈的人或者慘遭橫禍的人——其實就和老毛說的一樣，剃光頭髮，用黑布蒙住眼睛，不然就會屍變，還會……」

「剃光頭髮，用黑布蒙住眼睛？就可以防止屍變？可是屍變實際上應該與生物體在封閉環境內受到外部空氣刺激而產生的巨大生化反應有關……」

「所以——所以，才會用頭髮包住一塊純金塞到屍體的嘴裡。」

路遐的眼睛一下子瞪大了，雙手扶住孫正的雙肩，注視著他。

「真的嗎？」

「嗯。」孫正點了點頭。

「原來如此……我早就覺得……早就覺得……」路遐露出了意味深長的笑。
「你再仔細看看這篇老毛的紀錄。」路遐在黑暗中把那本紀錄簿塞到孫正的手上。
「什麼？」孫正沒有摸清狀況，「為什麼要——」
話還沒說完，他就被路遐一把按住了，立刻噤了聲。
喀答、喀答、喀答……
腳步聲！
腳步聲再次響起了！
那如同午夜鐘鳴般的腳步聲，一聲一聲、一階一階。
他在下樓。
孫正想動，被路遐死死按住。
下了十三階，腳步聲輕了。那聲音點點滴進心裡。
有那麼一刻，孫正覺得自己看見了那個在黑暗中佝僂著的身影，一步拖一步，沒入了黑暗深處。
「繼續聽。」路遐在孫正耳邊輕輕道。
兩個十三階，兩個長長的平臺——三樓。
喀答喀答喀答……
他仍然在下樓。
在那個詭異的夜晚，帶著難以言語的沉重。
又是兩個十三階，兩個長長的平臺——二樓。
「路……遐？」孫正聆聽著這來歷不明的腳步聲，覺得寒氣無形中已經籠罩在自己周圍，輕聲呼喚路遐以確認他的存在。

「腳步聲消失了，正。」路遐鬆開了按住孫正的手，「他只下到了二樓。」

「嗯？」孫正不解。

「他只下到了二樓，二樓有臨時太平間。」

太、太平間？停屍房？

電梯卡住的頭髮，徘徊在二樓和四樓的腳步聲。

黑暗中，老張的身影停在了二樓。

他輕輕地轉過身來，那最後一縷幽光映在他的臉上。

他看著這裡，嘴角陰森森地扯開了一個慘澹的笑容。

孫正一個激靈，腦海中詭異的景象揮之不去。

「正，你的後背全濕了。」路遐在一旁關切地說。

「路遐，」孫正轉頭看著路遐朦朧的輪廓，「你剛剛說你明白了什麼？」

路遐停頓了半晌，一字一句地道：「老毛在撒謊，撒了好大一個謊。」

孫正心裡咯噔一下，瞪大了眼睛。

「你來看這篇老毛寫的紀錄。」路遐一下子打開了手電筒。

這時孫正才算看清了這個中醫科的房間。

周圍果然貼滿了針灸按摩需要的各處人體穴位圖，左邊一角放著一個立式書櫃，隱約堆滿了書，而前面是兩張對拼的書桌，左右各一個背靠式竹制座椅，顯得古老而破舊，正對他們的是一扇外推式窗戶，窗外漆黑一片。

路遐帶著孫正在桌子邊坐了下來。

「你看這裡，」路遐打開那本紅色的紀錄簿，再次翻到了老毛那一頁。

檢查完六樓，我匆匆下了樓……剛走到四樓樓梯口，就見老張跑了上來……

「老毛只檢查了六樓，而老張檢查了一到三樓，怎麼會用了相同的時間？」路遐用一種冷冷的語調質疑著。

「是啊……」孫正一聲附和，為什麼之前沒有注意到呢？「那到底在這段時間發生了什麼呢？」

「這裡的記載只有兩件事是真實的，」路遐說，「一是所有與護士有關的內容，因為醫院隨時可以找到相關護士對證，所以一樓的燈確實亮到兩、三點，而老張，確實沒有到一樓。」

「二是關於那個屍體的傳說，那也是真的，因為你也提到了，只是……」

「只是老毛沒有提到用頭髮包住純金塞到嘴裡？」孫正恍然大悟。

「沒錯，」路遐冷笑一聲，「毛重貴根本就沒有去六樓，他一開始也根本沒有鎖電梯！他與老張分開之後，就徑直坐著電梯下到了二樓！」

所以當老張走到三樓的時候，聽到樓下「叮」的一聲。

「二樓……二樓太平間！」孫正忍不住叫了起來。

「哼，毛重貴聽說了那屍體嘴裡可能有黃金，財迷心竅，決定去偷那塊鎮屍的純金……」路遐說著，又頓了頓，「當然，這都是推測，如果，剛才的腳步聲真的屬於老張的話——」

「可是，可是難道老張巡視二樓時不會發現他？」

「正，看這裡。」

我慢慢地沿著樓梯向上爬，手電筒的燈光昏黃昏黃的……

老張點了點頭，幾步走下了樓梯，遠遠還看得到他昏黃昏黃的手電筒光芒……

「懂了嗎，老毛的小把戲？手電筒昏黃昏黃的，是因為快沒電了，而老毛知道自己之前用過的手電筒的電已快用完，所以，他偷偷把自己的手電筒和老張的交換了。」路遐語氣篤定。

「所以，所以老張走下去的時候已經沒電了，到二樓也就看不見什麼了……」孫正開始有些信服路遐的推斷了。

「而老張……正如這篇紀錄裡表現的一樣，膽小怕事，所以他根本不敢再下到一樓，只走到二樓就慌張跑了上來——這就是剛才聽到的腳步聲告訴我的——一樓的護士沒有看到他，他胡亂撒了個謊作為自己逃跑的理由。」

「而這時毛重貴已經提前又坐著電梯回到了四樓，假裝在等老張？」孫正接下了路遐的話。

所以在那時，孫正才聽到那聲從黑暗深處傳來的「叮」的一聲——

「對！這個計畫看似簡單而天衣無縫，但是老毛貪財心切，又不夠謹慎，在偽裝的紀錄裡留下了不少疑點。他記下這篇紀錄的原意是想以未知的神祕來掩飾自己的偷竊行為，但是——」

路遐說到一半，笑了起來：「他不該留下一樣東西。」

「什麼東西？」孫正追問。

「他從屍體嘴裡掏出了純金，卻還有裹著那純金的一團毛髮。怕被人發現疑點，他把那毛髮扔進了電梯縫下的電梯井中，不料第二天那團毛髮卻卡住了電梯。」

「但是老張去哪裡了？老毛眼睛上的印記呢？」

「因為老毛觸動了屍體或者某種東西，老張受到影響進入了這個城市的穴，當然，老毛並不知道這不祥把老張帶入了穴，而自己也蒙上了某種詛咒。」

沒有人知道老張去了哪裡。

那腳步聲日夜徘徊在四樓與三樓之間，似樓梯間的困獸。

老毛再也沒有回來過。

只是在某個深夜，他曾悄悄推開了太平間的門。

手電筒的燈光掃到那具不祥的屍體，周圍一片漆黑，伴著福馬林刺鼻的味道。

沒有頭髮，眼睛上蒙著一層黑布，面容慘白淒厲。

他一伸手，用力掰開了屍體的嘴，那已然僵硬冰冷的下頜似乎喀喀作響。

他掏出那團東西，手碰到屍體乾冷的舌和生脆的牙齒。

一團雜亂的頭髮，裹著一塊純金。

他緊緊捏著它，轉身向門外走去。

背後，那具屍體，張著空洞的嘴，靜謐地躺在黑暗裡。

黑布下面，有不為人知的祕密……

「我們下一步該怎麼走？」靜了好半天，孫正終於問出口。

路遐抓了抓腦袋，說：「我也不知道，你看老毛和老張他們會不會再走回來？」

孫正下意識地點了點頭，又搖了搖頭，最後瞪他一眼：「不論如何我們都得下樓去，我們還可以『跟著老張下去』。」

路遐給他一個贊同的眼神，一邊用手在耳邊扇著風。

孫正奇怪地看他扇著風，繼續道：「我們下到三樓，如果，」他頓了頓，彷彿有些不情願說出口，「如果不想『碰到老張和老毛』，我們還可以繞過電梯，去另一頭的樓梯……正好……」

「正好什麼？」路遐看見他欲言又止的神色，湊了上來，好奇地望著孫正。

「那邊……有男廁所……」

「哈哈哈哈！」路遐拍手大笑。

孫正又狠狠瞪他一眼：「人有三急，想上廁所很好笑嗎？」

路遐又用手扇了扇，搖頭晃腦地說：「不不不，在這種情況下你竟然還想去男廁所解決，勇氣可嘉啊勇氣可嘉！」

孫正斜視他一眼：「為什麼不行，有什麼好怕的？」

「廁所，陰晦潮濕，處於每層樓的最盡頭，正是陰氣聚集的地方，最易招致不會轉彎的不明物體，尤其是女廁所。不過，即使是男廁所，我們也不能冒這個險。」

「好笑，」孫正撇撇嘴，「胡說八道。」

路遐絲毫不介意他的目光，挑起眉說：「就在這裡解決，不行嗎？反正我看你也很急。」

「我不急。」孫正扭過頭去，似乎很平靜地說。

「沒什麼不好意思的，我們都是男性，你不會怕我吧？再說了，這裡是不可能再有別人來了，不會有人介意的。」路遐一臉關心誠懇的樣子。

孫正沒有轉過頭來，也沒有回答他。看不到他現在臉上的表情，只能從背後看見他的背彷彿一下子繃緊了。

路遐又笑嘻嘻地加了一句：「憋久了可不好哦，正。」

孫正倏地從位子上站了起來，向他投去一個怒氣衝衝的眼光，極不情願地朝背對路遐的牆角走去。

「本來就覺得沒什麼。」他在角落裡悶著說，一邊解開了褲子拉鍊。

路遐笑瞇瞇地看著他走過去，不自覺地抹了抹額邊的汗水。

解決完畢，孫正帶著好像不是小解完畢，而是便祕一般的臉色轉過身來，剛想說話，一看見路遐，大吃一驚，叫了起來：「你幹嘛脫衣服了！」

路遐揚了揚手中的上衣，有些委屈地說：「我覺得很熱呀！」

聽他這麼一說，孫正也忽然覺得周圍的溫度有些不尋常，額邊已浸出了細密的汗珠。

路遐似乎注意到什麼，又忽地向他身後小解的地方一指，皺著眉頭問：「那是什麼？」

孫正以為他想要取笑自己，正想惱怒地反駁，回頭一看，他自己也怔住了。

貼在那裡的紙被浸濕，一角脫落下來，露出黑乎乎的牆面。

路遐連忙用手電筒晃了晃那裡的牆面，兩人對視一眼。

牆，怎麼是黑的？

黑的，好似被燒糊了一般。

路遐立刻站了起來，手忙腳亂地撕開背後的圖紙，露出一片焦黑焦黑的牆。

「完了，」他彷彿癱了一般坐了下來，「你一定是哪裡弄錯了。」

「什麼？」孫正疑惑。

「這不是我們要找的中醫科，這是……這是二〇〇〇年那場大火的房間……為了掩蓋痕跡才貼上這麼多圖紙，已經被廢棄很多年了……」

STORY 2　三母女

滿牆滿牆的黑手印，焦糊的、小小的，嬰兒的手印，怵目驚心……

01

桐花暗事件紀錄（1999～2002）（二）

紀錄人：劉群芳（1999至2002期間值班人員之一）

2000年11月5日。

曉慧跟我說過四樓的女廁所有問題，我不太相信。有啥問題啊？我來醫院這麼久了，什麼停屍間的傳說啊、夜裡的鬼影啊都聽過，就沒一個親眼見過。都是假的唄。

這些事，總是愈傳愈玄，一傳十，十傳百，比如現在我寫的這東西，我覺得沒那麼玄乎，他們就說非寫不可，還要把記得的對話、細節都要寫下來，這不就硬是弄得人疑神疑鬼的嘛。

曉慧他們幾個小護士，正經事不做，整天圍在一起不是講穿衣打扮，就是講鬼故事，說得還挺像那麼一回事。有幾個從鄉下來的就特別信這些，像陳娟，熟人介紹進來掃地的，據說家在老遠老遠的山裡，到距離這市區最遠的巫澤鎮還得走上三、五天，他就尤其迷信。

不過陳娟自己從來不提他家的事，他這人大概特別好面子。剛來的時候，他穿著破破爛爛的襯衫，那褲子短得露出一截腿來，也不穿襪子，白網鞋上全是泥。看見電梯他還嚇一跳，從來不敢坐，怕得要死。小護士們最愛取笑他，都說他滿身土氣，要是走廊裡遇見他，還故意用手扇氣說，哎喲，好臭，誰半個月沒洗澡啦！

整天在醫院裡被人指指點點，他自然不好受，就連開口說個話，那口音都被取笑過好幾次。曉慧就說過，那個陳娟啊，簡直跟我們不像是生活在同一個地球上，說的是外星話，穿得像外星人，那模樣哦，也不像是地球人生出來的。

女人總是虛榮的嘛，過了一年不到，他就跟著流行起來：頭髮盤了起來，衣服換得更頻繁了，有時還穿起了高跟鞋，主動湊上去跟小護士們講話，聽到什麼最時髦馬上就得追，倒也學得像個都市人了。大約是覺得以前太丟人，老家什麼的也從來不提，也從來不回去，有不知根底的問起，他就好像自己是從天而降似的，堅持說自己從小在都市長大，父母都是教書的。我們也不揭穿他，背後偷偷笑。但是一講到這些鬼怪故事，他就暴露了，故事講完他總要跟一句：「哎，有這個說法，必須得信，那誰誰誰前年割麥子那會兒就出過事。」這口氣，哪裡是什麼「書香門第」出來的呢！

前天，就看見他們幾個在講四樓女廁所的事。

「你們知道嗎？四樓廁所晚上有嬰兒哭。」曉慧神神祕祕地說。

他們幾個嚇了一跳，一個個伸長了脖子等著聽故事。

「那天晚上，我值班，就是二樓女廁所壞了的那天。我實在憋不住啦，想上廁所，只好上樓到四樓。剛走到四樓樓梯口，我就覺得涼颼颼的，見那女廁所的門還是半開的，我正想推門進去呢，就聽見裡面傳來嘩嘩的水聲——」

幾個小護士又好奇又害怕，縮成一團，又忍不住豎起耳朵聽下去。大白天的，他們怕個啥啊！

「那時都快半夜十二點了，我一想不對呀，四樓哪裡還有什麼人啊！我又驚又嚇的，不敢進去，突然就聽到像嬰兒的哭聲，愈來愈大聲，從那黑漆漆的女廁所裡傳來，我哪裡還顧得上上廁所，趕緊往回跑，那嬰兒聲就沒有斷過，好像還遠遠追著我，嚇得我好幾個晚上睡覺都覺得聽到有嬰兒在床邊哭……」曉慧講故事活靈活現的，自己也說得臉色愈差了。

劉欣被嚇得最厲害，眼睛裡包著眼淚花兒，顫抖了半天，才小心翼翼地問：「是不是，上次那個31號床的孕婦的孩子？」

這下把大家都嚇得發抖，馬上就有人摀住他嘴：「不說了、不說了。」

曉慧也連忙擺擺手說：「工作去、工作去。」

各自都臉色煞白地散了，我看陳娟也嚇得不輕，一手拿著拖把，另一隻手不停地抹汗，連最愛接的那句話也不說了，嘴閉得死緊。

31號床的孕婦，我當然是知道的。

那是劉欣當時負責的一個孕婦，非常年輕的女孩子，才二十歲。怪可憐的，除了第一天送他入院的那個氣沖沖的女人（大概是他媽媽），就再也沒有人來醫院看過他，連孩子他爸都沒來過。

我們有些同情他，偶爾多關照他一下，背後也議論過，年輕，又漂亮，多半是未婚先孕，那男的早不知溜到哪去了。

他不怎麼說話，也不愛吃東西，不像其他孕婦，抓緊了吃好的，愈長愈豐滿，他卻是愈來愈憔悴，臉色慘白，披著頭髮，有時候真有點不人不鬼的。

劉欣後來隱約探出點口風，說那孩子是大學軍訓時懷上的，男生和女生只隔一面牆，互相看上眼就在一起了，糊里糊塗又弄大了肚子……

可是，想不到那孩子就差一個星期臨產的時候，他失蹤了。

這事非常蹊蹺。

他隔壁床的說，那天晚上很晚了，那個孕婦鬧肚子疼，鬧著鬧著就哭了起來，一個人淒淒涼涼地，哭哭啼啼地說要去上廁所。挺著大肚子走了出去，這一進女廁所，就再也沒人見他出來過。

劉欣受這事刺激最大，前前後後也找遍了，先以為他跳樓了，可是沒見到屍體，又以為被誰接走了，可是衣服啊，用具啊也好好擺著。

這件事過後，每次一提到四樓女廁所，他就東想西想的，即使那是住院部的四樓。這可是主樓的四樓。

過了幾天，輪到我值晚班，那幾個小護士在護士站裡面聊天、塗指甲，陳娟也留下來在打掃環境。大概晚上水喝得有點多，我突然想上廁所，剛走出幾步，護士長就說：「二樓廁所管線壞了，去四樓。」

想到四樓多難爬啊，我就問他：「怎麼又壞了？將就將就我就小便一下，不礙事的……」

「不行不行，白天就把門封了，就怕有人進去。」護士長態度很堅決。

我想了想，四樓就四樓，我也沒啥在乎的。陳娟見我為難就在一旁指著牆上的鐘說：「群芳姐，都快十二點了，你忍一忍就回去上吧，別去四樓了。」

話剛說完，就聽見「咚」的一聲，12點鐘聲敲響了。

我一直要值到12點半，哪裡忍得了那麼久，朝他擺擺手，就急匆匆往樓上爬。

我一層一層往上爬，午夜的鐘聲也愈來愈遠，最後黑夜裡只剩下我的手電筒和高跟鞋踏在樓梯上一階一階「叩叩」的聲音。

靜得駭人。

這醫院遲早得多建幾個廁所，二、四、六樓是女廁所，一、三、五樓男廁所，多麻煩呀！

夜裡靜，空間寬，鞋跟踩在樓梯上的聲音重疊，應該是回聲，聽起來又好像有一個女人在後面靜悄悄地跟著我。

我大膽拿起手電筒，在樓梯轉彎處，從黑乎乎的洞一樣的地方向下照去，光線一晃，透不到一樓，模糊間只有下面樓梯的影子。

心裡不知為啥一緊。

要是晃到什麼人影呢？那是啥？

唉，我也開始跟著胡思亂想了。

但是接下來，我就不知道是不是胡思亂想出來的東西了。

要到四樓的時候，我就聽到輕微的聲音。

說不出是什麼聲音，像是拖著鞋走路的聲音，在頭頂上擦著地板過，又好像是過長的裙腳，在地面上拖著走，沙沙作響。

我覺得有些心虛，又怕是自己故事聽多了疑神疑鬼，壯著膽子又往樓上走了幾步。

還沒走到四樓，一片黑暗裡就傳來了像是嬰兒的聲音。

那種「喀喀」笑的聲音，非常清脆，迴蕩在空曠的樓梯間。

嚇得我手電筒差點掉在地上。

這麼晚了，四樓怎麼會有嬰兒——在笑呢？

還沒回過神，這笑聲突然就停止了，一下安靜得好像剛剛那短暫怪異的「喀喀」聲從來沒有出現過。

是不是哪個狠心人把自己的孩子遺棄在廁所了？

我還尋思，可是在這個時間，一個被遺棄在廁所的嬰兒又怎麼會無緣無故地笑起來呢？

想到這裡，我嚇出一身冷汗，簡直可以想像在那個破破爛爛女廁所的某一格，一個裹得嚴實的嬰兒，只露出一張又白又圓潤的臉，在黑夜裡突然咧開一個笑容，喉嚨裡發出一連串不完整的喀喀聲……這麼一想，我也顧不得上廁所了，兩三步併作一步，連忙原路返回。

只覺得背後涼颼颼的，寒得滲人。

飛快地下樓回到護士站，遠遠地看見燈光，才稍微安了一點心。

陳娟看見我回來，放下掃把就跑過來，等到了我面前，他嚇了一跳：「哎喲，群芳姐，怎麼臉這麼白，都沒血色了！」

我知道自己臉色難看，就連說話也不流利了，拉著他就說：「別提了！四樓女廁所那、那嬰兒，不是在哭啊，是在笑！！」

他一聽到我這麼說，好像一下子被嚇丟了魂，站也站不住了，直愣愣地盯著我，手也撫在胸口。

最後也不知道是他在扶我，還是我在扶他，兩個人心神不寧、跌跌撞撞地走回護士站，只聽他還喃喃自語說：「怎麼辦……怎麼辦……」

看來嚇得不輕啊！

附：其後三天，即2000年11月8日，桐花醫院主樓四樓普通內科三號當晚十二點左右失火，火勢迅速蔓延至周邊四個房間，火災導致一人死亡，死者為女性，身分至今不明。其中普內三號全部物品均遭燒毀，其餘四個房間部分物品損毀。從那時起，原醫院員工陳娟失蹤，警方認定火因為電路老化。

路遐的手指停在最後一行。

孫正側過身來，問了一句：「被燒死的這個女人是陳娟嗎？」

「肯定不是，如果是陳娟應該很容易就查出來了。」路遐十分確定地搖了搖頭。

「那會是誰？又怎麼會大半夜地被燒死在普通內科？」孫正追問。

路遐也同樣茫然地看向孫正，說：「我也不知道。不知道為什麼大半夜的嬰兒會在廁所裡又哭又笑的，為什麼大半夜的普內科突然起火，還燒死了一個突然多出來的女人……」

孫正見想不出答案，就伸手過去把本子闔上，一邊拿地圖一邊說：「那我看我們最好還是先走出這個房間，下到樓下去……」

路遐一下子笑出聲來。

孫正莫名其妙地看向他，路遐指了指滿頭大汗的自己，又指了指孫正已經被汗濕透的襯衫，說：

「我覺得我們可能出不去了。」

孫正聽他這麼一說，立刻扔下地圖，急匆匆走到門邊，用力一拉——拉不開。門文風不動。

他好氣又好笑地看著路遐，好像覺得他開的玩笑竟然成真了，又伸手去拉，還是拉不開。

那邊路遐也皺起了眉頭。

「怎麼會有這種事？」孫正一邊問道，一邊低頭去撥弄門鎖，「是不是外面鎖住了？還是應該用推的？」

說完他就用身體用力往外撞門，門「喀啦」一聲，卻沒有開。

「你還坐著幹什麼？過來幫忙！」孫正有些惱怒地對路遐叫道。

路遐放下本子走過來，神色卻是若有所思。

「這個女人，當年不就是被困在這個房間，被煙霧熏死，再被燒得面目全非的嗎……」

「你什麼意思？」孫正停止了撞門，喘著氣盯著他。

路遐露出一個哭笑不得的表情，抓了抓頭髮，說：「我只是不知道該怎麼辦才好了。」

「難道你是覺得我們也會被困在這裡燒死嗎？」孫正覺得很滑稽。

路遐沒有回答，只是擦著汗，緊皺著眉頭。

「當初的火因是什麼？」停了好半天，他又突然問孫正。

「電、電路老化啊。」孫正一愣。

「那誰在使用電路，在這個房間、哪個時間？」路遐的神色嚴肅起來。

「是這個女人嗎？」孫正試探地問。

「不知道，」路遐看了看四周，頓了一頓，又開口說道，「我有一點線索，不過現在，我想還是先確認一下。」

「什麼？」孫正睜大了眼睛，「確認有什麼用？我們現在已經出不去了！」

路遐抹了抹汗，兩三步走到牆邊，一把撕開了牆上的掛圖，轉頭對孫正說：「沒弄清楚這件事的前因後果，就找不到出去的辦法，快來把它們都撕下來！」

孫正還想說什麼，看見路遐凝重的神色，將信將疑地走到另一面牆邊，嘩啦啦一口氣把所有掛圖全部都撕了下來。

路遐輕喘一口氣，轉過頭來對他說：「你做好心理準備來看這些牆上的痕跡了嗎？」

孫正幾乎白他一眼，拿過手電筒就向牆上一掃——

手印。

滿牆滿牆的黑手印，焦糊糊的手印。

並不是普通人的手印。

小小的，小小的手印。

嬰兒的手印。

有的漆黑完整，有的邊緣已經模糊。

怵目驚心地印在四周的牆上。

那彷彿是一個燒著的嬰兒，四處爬過的痕跡。

帶著慘烈的哭聲。

媽……媽？

02

桐花暗事件紀錄（1999～2002）（六）

紀錄人員：李婷（1999～2002年中醫科護士）

科室換了地方了，弄得中醫科的人都很不滿。跟上面的主管反映，為什麼一定要讓中醫科去那個辦公室，主管態度卻很堅決，一點商量餘地都不留，一定要讓中醫科過去，也不知是中醫科哪個醫生惹到他們了。

雖然只是在同一層樓的另一側，但畢竟是大家都有點畏懼的那個房間啊！

那個，2000年大火的房間啊！空了大半年了，霉運終於還是落到我們科頭頂上了。

我是有點迷信的人，那是死過人的地方，還是死於非命的，非常不吉利。也不知到底燒成了什麼樣，火災過後立刻就封鎖了，誰都不能看。

大家都偷偷說裡面場景肯定很恐怖。

那具女屍抬出來的時候，同事裡有好多都看見了，說完全是黑乎乎的一團蜷在一塊，被白布蓋著，露出來的地方全是焦爛的，彷彿在哪蹭一下都會掉下大片大片的灰。

這樣的屍體自然沒辦法辨認了。醫院也不想花那個錢為一個無名女屍做鑑定，在門口貼了幾天的告示，沒有任何人來認領後，也就不了了之了。

中醫科還是這樣緩慢地搬過去了。

搬過去之後，反而覺得沒什麼，牆上都貼上了圖紙，也就不覺得哪裡不對勁了。

今天早班，又沒什麼人來，我們幾個就在一起閒聊。

馬玉吃著蘋果，又談起前幾天醫院發生的那件事：「那個棄嬰，據說也沒救活，還是死了，唉！」

大概兩、三天前，有護士晚上七、八點的時候，在廁所裡發現了一個棄嬰，一看就是剛生下來不久的，也不知道是哪個狠心父母幹的，結果嬰兒搶救了半天，也還是死掉了。

「這年頭的人心喲……」旁邊老中醫許醫生跟著嘆氣。

「那孩子，活下來也不一定好，有這種不負責任的父母，不是活受罪嘛！」我說。

「哎、對了，你們聽群芳姐講過沒有？那個，那個我們這棟樓廁所的事啊？」馬玉精神一來，又要開始講疑神疑鬼的故事了。

「早聽膩了！」其他兩個護士擺擺手。

「那也是什麼嬰兒的故事，不負責任的父母多了，難說這些嬰兒哪一天會不會找他們報仇呢！」馬玉若有所思地說。

許醫生聽到這裡就板起了臉，說：「這種話不要亂說，尤其在我們這裡。」

幾個護士聽到醫生這麼嚴肅，只好噘起了嘴不說話。

「不只是父母哪，」我連忙岔開話題，「這幾天門口不都坐著一個大媽嗎？也不知道為什麼，一個人坐在那，天天都來，也沒有人管。我今天從他旁邊經過，終於好奇地去問他了，你們猜怎麼回事？」

其他幾個人都怪怪地看著我，馬玉停了一下，問：「怎麼回事？」

「他說他是來找女兒的，他女兒在我們醫院工作，我也沒聽清楚是什麼工作，他口音很重，像是從很遠很遠的鄉下來的，說話模模糊糊地，還老是重複。反正他就一直重複說『找女兒，找女兒』，『帶著外孫女，找女兒』，大概就是他女兒在這裡工作一直沒回去，家裡丈夫病死了，他就帶著外孫女來找女兒。」

「他女兒呢？」馬玉皺緊了眉頭問。

「等等、等等，」小翠打斷了我們的談話，一臉不解的神色，「什麼大媽？在我們醫院門口？我怎麼沒見過？」

另外一個護士也神色猶疑地說：「我、我也沒見過。」

我就奇怪了：「怎麼沒有，一直都在門口，我看從上星期就坐在那了。馬玉，你說是吧？」

馬玉用力搖頭，看向我的眼神更加怪異：「其實，其實我也沒見著。」

我還想跟他們說清楚，剛剛還在一旁看書的許醫生忽然就開口了：「他外孫女呢？他不是帶著外孫女嗎？在哪呢？」

「哦，我沒看見，大概是出去玩了……」說到這裡，我突然心裡一跳，一股寒意從背上直接衝了上來，「不過，不過……他，他好像一直做著這個姿勢……」

他一直環抱著手，好像抱著一個嬰兒，不過，中間是空的。

「等等，」孫正一把按住路遐想翻頁的手，「先停在這裡，我覺得這裡愈來愈熱，呼吸也愈來愈不順暢了。」

路遐也是燒得滿臉發紅的樣子，汗珠大顆大顆地滴下來：「這個故事我覺得跟這個房間有很大的關係啊！」

「沒錯，是有關係，」孫正頓了頓，似乎已經開始微微喘氣，「我們還是先想辦法從這裡出去，不然，不然這樣下去可不妙。」

「是很不妙，」路遐臉色也是前所未有的糟糕，他站起來環視周圍一周，最後看著窗戶說：「要不我們試試能不能從這個窗戶攀到另外一個房間去？」

孫正看了一眼窗戶，說：「這可不算個好主意。」不過他還是一邊這麼說著，一邊朝窗戶走去。

他用手想去扳開窗戶，卻猛地一縮手：「好燙！」

路遐立刻放下手中的紀錄簿，也趕到了孫正的身邊，一伸手，碰了一下窗戶邊，也燙得縮回手來：「好像真的燒起來了一樣！」

「怎麼會有這種事的？」孫正皺著眉頭看路遐。

路遐只好繼續苦笑。

孫正懊惱抓了抓頭髮：「我可不想這樣等死，我們想想那個被燒死的女人到底是誰？」

路遐伸手向那個紀錄簿一指，很乾脆地說：「不就是那個找女兒的大媽嗎？」

「什麼？」孫正驚訝地叫起來。

「看到這裡，我心裡已經有數了，而且，也很明顯不是嗎？」路遐看著孫正，「如果你相信這些的話，一切都會開始有個合理的解釋。」

孫正勾起嘴角，盯著路遐：「你是說，這個找女兒的大媽，就是被燒死的那個女人，那麼，他要找的女兒，是不是就是陳娟？」

路遐浮起一抹微笑：「你看，聰明如你，這不是很容易就想到嗎？」

孫正撇過頭去。

「只是再聰明的人，也看不出陳娟是這樣惡毒、喪盡天良的一個女人！」路遐語氣裡充滿了憤怒。

孫正一怔：「為什麼這麼說？」

路遐指著牆上的手印，氣得手都在微微顫抖，說：「難道不是他親手放火想燒死自己的母親和孩子嗎！」

「怎麼會？」孫正不解地皺起眉頭。

路遐似乎想了想，擺擺手，又退回桌子邊說：「其實這兩件事還不能完全聯想起來，這個中年婦女不一定和那場大火有關係啊，我再看看。」

為這件事我心驚膽戰了大半天。

中午一休息就拉著馬玉特地去門口看了看，結果卻沒有那個大媽。馬玉就勸我說可能是前段時間醫院事情比較多，遇見幾個家屬鬧事，又正好搬辦公室，大家沒注意到。

我想想也是，誰會去注意門口的一個大媽呢？

好不容易平靜下來一點，結果下午一下班，馬玉又來找我。

「小婷，你那件事，我幫你找了個人來看。」他神神祕祕地說。

「什麼事？誰啊？」我還不太明白他說的是什麼。

他就悄悄附在我耳邊上說：「門口那個大媽啊，你得感謝我，我幫你找了個重要人物來。」

說完他就朝門外一指，我一看，差點沒緩過神來：「……群芳姐？」

群芳姐點點頭就進來了。他算是在醫院資歷比較久的護士了，平時醫院有什麼大小事他都會幫點忙，所以大家也都認識他。三十歲了，就是還沒結婚，個子也挺嬌小，平時又愛笑，所以倒看不出年齡。

馬玉笑著拍了拍我的肩，說：「群芳姐是經驗豐富的人，讓他給你指導指導。」

群芳姐瞪了他一眼：「這還有什麼經驗豐富的！」

我覺得挺不好意思的，本來這件事就不怎麼可靠，在自己科室隨便聊聊還行，怎麼就傳到其他科室去了，還把群芳姐叫來，如果後來發現是我自己搞錯了，還不丟臉死了。

馬玉說：「2000年的大火那次你不是知道嗎？不是還寫了調查嗎？你肯定經驗豐富啦！」

說到大火，群芳姐的臉色好像變了一下，笑容好似僵在臉上。

看來大火這件事對他造成很深的影響，聽到這件事好像很不開心。

我只好開口說：「其實沒什麼……還是算了。」

群芳姐卻拉住我：「不不，這件事情我也要搞清楚，我一直想不明白。今天我跟你們一起。」

我又糊塗了：「一起幹什麼？」

馬玉立刻接道：「當然是晚上一起守在這啊！我們倒要看看這個四樓女廁所搞什麼鬼！」

我嚇得一抖，連忙說：「不要不要，我還是回家好了。」

群芳姐又拉住我，他們兩個好說歹說硬是要我留下來，還說三個人在這裡沒什麼好怕的，樓下還有護士站值班，要是真的沒辦法還可以找樓上值班室的人。再說本來都是人傳人的故事，愈傳愈可怕罷了。

看群芳姐那麼堅決，平時又幫過我不少忙，我勉勉強強答應下來。

不知道他以前講的那個女廁所的故事是真的還是假的。

我心裡是真的很怕，還特地從辦公室打了個電話回家裡。

我們三個今天晚上沒有班，找了個藉口還是在醫院待了下來，一邊聊天，一邊吃東西，不知不覺就到了晚上。

快到十一點半的時候，馬玉就等不及了，就說要上四樓去看看，硬拉著我們往樓上走。

看著漆黑的走廊，我腿都在發軟，可是又找不到藉口留下來，就抓著群芳姐，跟著他們往樓梯口走。

剛走到樓梯口，我就心裡發慌，一陣不舒服的感覺湧上來。

「還是別去了吧。」我對馬玉說。

「都等到這時候了還猶豫啥呀！」馬玉開始拉我，「這麼大的人了。」

群芳姐瞪他一眼，說：「還不是你瞎胡鬧！」說完又轉過頭來拍拍我的肩。

我知道馬玉好奇心旺盛，又多事，如果這次真的不去，他肯定過不了幾天就把我這麼膽小丟人的事傳得到處都是，只好硬著頭皮跟他們上樓梯。

半夜的醫院一點聲音都沒有，一上了樓梯，完全就是一片漆黑。

馬玉手中手電筒發出的亮光在樓梯上晃來晃去，可能是我太提心吊膽了，有時晃到牆角或者扶手轉角一下，都會驚一下。

馬玉看到我這樣，都不知笑了好幾次了。

走過三樓，要上四樓的時候，他故意用手電筒朝上面亂晃，光影在這個狹窄的樓梯間竄來竄去，好像會竄出什麼東西。

「哎、群芳姐，你上次就是在這裡聽到那個嬰兒的聲音的？」馬玉詭祕地問道，還向我投來一個眼神。

聽到「嬰兒」兩個字，我嚇得抓緊了群芳姐的胳膊。

卻聽到群芳姐很正經地說：「不是，是快到四樓的地方。」

說得好像那個故事是真的一樣。

我戰戰兢兢地跟著他們又向上走了一段，鞋跟的聲音似乎格外響亮，一聲聲地，空蕩蕩的走廊裡傳來回音，總讓我覺得好像不只三個人在爬這個樓梯，大概是恐怖片看多了，也疑神疑鬼起來。

快到四樓的時候，馬玉刻意停了下來。

他做出「噓」的手勢，讓我們不要出聲。

也不知道他在搞什麼鬼，等了好一會兒，他才說：「你們看，沒有聲音嘛。沒有嬰兒哭，也沒有嬰兒笑。」

說完舉起手電筒，向幾級臺階上方靠女廁所的方向照去，照到半牆白色的瓷磚和隱隱約約的門。他又沿著門邊上下晃了晃。

「咦？」我拉住馬玉的手。

他們倆同時轉過來看我，問：「怎麼啦？」

「剛剛，是不是有個人影走進去了？」我不太確定地問他們。

群芳姐的臉色變了一下，拍了我一下：「你怎麼也開始開玩笑了！」

我確實覺得有一瞬間，手電筒的光裡照到過一個人影，又說：「這個時候，可能也有人吧……」說到這裡，自己心裡也覺得這個猜測很荒唐。

馬玉也拍我一下，手電筒一下子晃回來，想晃我，我卻一下子抓住他的手，向他後面女廁所方向指去：「快看！剛剛你又晃到了！」

他手一軟，手電筒差點掉下來。

我看他嚇到了，就補充說：「不要害怕，我覺得好像就是我早上看到的那個大媽，還抱著孩子的樣子。」

他卻好像被嚇得更害怕，臉色都白了。

我回頭看了同樣臉色難看的群芳姐一眼，心裡也突然害怕起來，連忙安慰他說：「沒有，我騙你的。」說完，還勉強笑了一下。

說完之後，我就很不安地低下頭去沒有看他們，因為我是真的看到了。

一開始手電筒的燈光照過黑乎乎的門口的時候，就看到好像有一個模糊的影子，像陰影一樣，一下子從白瓷磚那邊過去了，也有可能是他晃得太快，一下子看花了。

第二次他一下子很大幅度地把手電筒的光從那邊晃過來照我的時候，就好像又看見像是抱著什麼的影子站在那個門口，但是晃得太快，不是十分明顯。我下意識覺得那是門口抱著孩子的大媽。

再次抬起頭的時候，就看見馬玉的手電筒燈光已經直勾勾地照著廁所門口了。

那個門裡，這個時候像個黑洞，照不穿。

而我腦中還一直浮現剛剛模糊的影子，抱著小孩站在女廁所門口，也不知是不是也直勾勾地看著我們。

「我、我想回去了。」心裡突然很慌張，我拉住群芳姐。看著照向女廁所門口的燈光，也讓我非常不舒服。

黑暗裡，就那麼一束筆直的光照著那小小一團地方，周圍的黑暗反而顯得更加讓人難受。

馬玉卻好像沒有聽到我的話似的，又噔噔往上爬幾步。

群芳姐一邊安慰已經在發抖的我，一邊也拉著我往上爬。

爬到四樓的時候，我覺得我已經快站不住了。

「我要回去……」我用很低的聲音說，覺得自己都快哭出來了。

馬玉卻對著我一笑，說：「我想上廁所。」

群芳姐連忙拉住他：「你別再胡來了。」

馬玉噘起嘴，好像很不滿地說：「你們怎麼這麼當真？不就是我們天天待的醫院嗎？四樓女廁所誰沒來上過啊，再說了，我是真的想上廁所，你們要是真的害怕，就在門口等我不行嗎？」

他一向自詡天大地大什麼都不怕，自然膽大，肯定也早就想展示一下自己的膽量了。

也不知是不是跟院裡幾個男醫生都打了賭。

可是怎麼能拖我下水呢！

群芳姐似乎也被他說動了，覺得我們反應過度了，只好說：「你快去吧，我們在門口等你。」

馬玉就咧開嘴笑了一下，舉著手電筒就朝幾步遠的女廁所走去。

因為走之前護士長就只給了一支手電筒，我和群芳姐就擠在一塊，靠著牆，在黑漆漆的地方，等著馬玉。

看著那一點手電筒光芒拐進了女廁所。

「不會有什麼事吧？」我拉了拉旁邊的群芳姐。

群芳姐沒有說話。

馬玉進去不久，就有一陣嘩嘩的水聲傳來，我有些奇怪地看向群芳姐，他完全融進了黑暗裡，看不見他的表情，但是從他抓著我的手感覺他還是很鎮定。

水聲一陣一陣的，聽起來是澆在地板上的聲音。

這個聲音……不像是在上廁所，倒像是在……洗澡。

以前家裡住那種宿舍，一層樓十幾戶人家，走廊盡頭一個女廁所、一個男廁所，每週燒好熱水，端著盆子就去那裡洗澡。

「群芳姐？」我忍不住叫了一聲。

這實在太奇怪了，馬玉到底在廁所裡面幹什麼？

這聲音持續了好一陣，終於停了下來。

周圍不見一絲光，黑得什麼都看不見，彷彿置身在巨大的黑色空洞裡面。

只聽得見滴滴答答的水聲。

滴答、滴答。

水聲變得很有節奏，並且愈來愈大聲，慢慢地在向我們靠近。

我什麼都看不見，心裡怨恨起馬玉把手電筒也帶進去了，而且出來了也不開手電筒的燈。

滴答、滴答。

好像那個濕漉漉的人滴著水在向我們走來。

馬玉到底在搞什麼鬼！是不是又想嚇我們？

我簡直能感覺到那一點點水也向我腳下流過來，沒有聲息地，就像他走路的聲音。

群芳姐也抓緊了我的手。

滴答的水聲一點一點地從我們面前過去，像朦朧的一團霧氣飄過。

我們倆竟然同時動彈不得，好像被嚇傻了一樣，黑暗裡不知道眼前這帶著水聲走過的是什麼，是誰，連呼吸的氣息都沒有。

都沒有人敢說話，寒毛陣陣豎起。

馬玉？是不是馬玉？

我很想問出口，但是接下來更加奇怪的聲音嚇得我差點坐倒在地。

嬰兒的聲音。好像很微弱，但是我肯定沒有聽錯。

我覺得我快嚇哭了。四樓女廁所哪裡來的嬰兒？

群芳姐的故事竟然是真的。

我緊緊抓著旁邊的群芳姐，感到他也在發抖，接觸到的皮膚都是冰冷的。

嬰兒在笑。

面前不見五指的黑暗裡，滴答滴答的水聲，還有咯咯的稚嫩笑聲。

太可怕了，太可怕了！

馬玉！馬玉，是不是他在嚇我們？

那個笑聲就在我們面前迴蕩，像是很開心的嬰兒笑聲。

在醫院裡聽見過無數次這種類似的笑聲，嬰兒們有時躺得好好的，也不知為什麼，突然也會睜著眼睛，莫名地笑起來，咧著嘴，不知看著什麼，喀喀地笑著。大人們看了也會跟著笑起來，彷彿是最溫馨的時刻。

但是這一刻完全是煎熬，我簡直覺得時間會永遠停在這裡。

嬰兒們在笑，是不是有什麼看不見的東西在逗弄他們？我從以前就這麼猜測過。

現在我更加畏懼這笑聲了。

但是終於，這聲音漸漸小了，滴答聲也似乎朝走廊更深處走去，漸漸弱下去。

「喀答」一聲，是開門聲。

我第一個感覺那就是我待的中醫科。

「就是……就是這個聲音。」好半天，聽到旁邊群芳姐顫抖的聲音說。

聽了他聲音，我好像一瞬間得到了一些力氣，覺得臉上涼涼的，一抹才發現自己居然真的嚇哭了。

完全不知道剛才一瞬間自己經歷了什麼。是自己想太多了，還是真的有什麼，我都不知道。

群芳姐又一次確定了這不是幻覺。

「是不是，真的有人在？」我心有餘悸地問。

「你……你感覺到人氣了嗎？我是說，呼吸聲音，或者體溫什麼的……剛剛靠得那麼近……」

「沒、沒有……也、也有可能我沒注意到……」我趕緊把眼淚都擦乾淨，實在太不爭氣了。

「我們過去看看，還是等馬玉出來？」群芳姐又問道。

剛剛那個，會不會就是馬玉？

我想問，但是沒有問出口。

而且現在這麼一說，才發現馬玉已經進去很久了都沒有出來。嘩嘩的水聲不是他，又是誰，剛剛走過去的，不是他又是誰？

但是嬰兒……我一下子不敢想了。

站在門口戰戰兢兢地胡思亂想又等了好一會兒，卻還是沒有馬玉的動靜。

「這個是什麼？」群芳姐突然疑惑地說著，蹲了下去。

啪的一聲。

突然周圍就亮了，一束手電筒燈光照出來。

群芳姐手裡拿著剛剛撿起來的手電筒，臉色蒼白。

不知道什麼時候，馬玉的手電筒居然從廁所裡滾出來了，還被群芳姐撿到了。

「馬、馬玉呢？」

「你聽！」群芳姐做了一個「噓」的手勢，又朝走廊那邊一指。

那邊的樓梯好像有人上樓，噔噔著。

是不是樓下護士站的人上來找我們了？還是值班的啊？

正好等他們過來可以一起進去看看馬玉到底在搞什麼鬼。我一下子鬆了口氣。

上樓的聲音愈來愈大，已經快走到四樓了。

「是陳娟！」群芳姐一下子叫起來。

陳娟？是誰？

我有點沒反應過來，今天沒有叫陳娟的值班吧……陳娟？

我的心一驚：「群芳姐，你不會是說那個陳娟吧？」又討好地向他笑笑，以為他在開玩笑。

群芳姐卻沒有回應我，拿著手電筒就朝那邊走去。

「等一下！你是不是聽錯了！怎麼可能聽聲音就知道是他呢？再說，馬玉……」我一個人不敢停留，追了上去。

心跳不知怎麼愈來愈快。

總有一種不祥的感覺籠罩在心頭。難道還有比剛才更糟糕的事嗎？

我有一種衝動想立刻轉身就回去了，但是沒有手電筒，沒有群芳姐，我一個人怎麼敢穿過走廊，在黑暗裡下到一樓去……還要路過那個女廁所……

在昏暗的手電筒燈光裡，我每走一步都心裡發毛。

總覺得周圍無聲無息地，有什麼未知的東西在湧動。

從來沒有這麼後悔過今天早上的決定。要是，要是困在這裡回不了家怎麼辦？我簡直不敢想。

再走幾步，就要到中醫室了。

那個起大火的房間，醫院裡十分不祥的地方……

前面手電筒的邊緣在牆角浮動著……快過去，快過去……

我正想側過臉去，趕緊從中醫科的門口走過去，群芳姐卻一下子停在了中醫科的門口。

「他在這裡。」群芳姐一字一句地說。

「什麼？」我愣住了，又反應過來，「群芳姐，你怎麼了？那個陳娟，他、他早就失蹤了啊！」

「他在哭，他在哭……」群芳姐拿著手電筒，好像開始喃喃自語。

「群芳姐……群芳姐……你不要嚇我……」我覺得眼淚又快湧出來了，周圍一片冰冷漆黑全部向我湧過來，簡直快喘不過氣來。

突然，他手一抬，手電筒燈光就直直射向了門上方的玻璃。

「啊啊啊啊！！」

我不知道我當時怎麼能發出那樣恐怖的尖叫聲。

那一瞬間，燈光照到那門上的玻璃，突然間那張巨大的臉貼在上面，嬰兒的臉咧著嘴，沒有牙齒，全部都是焦黑的，焦黑的，黑烏烏的眼珠，小小的焦黑的手爬在玻璃上，燈光照著它的一瞬間，好像在看著我……

我失去了所有思考能力。

那是什麼我不知道……我一下子坐在地上……

「他在這！他在這！」群芳姐卻在激動地叫著，「他在哭，他在哭……」

我什麼都聽不到，只有那張玻璃上突然出現的臉在我眼前不斷閃過。

「群芳姐……」我伸手想讓群芳姐幫忙拉我起來，他卻沒有理我，好像瘋了一樣，開始敲門。

「是他，一定是他，他的事情我都知道，我都知道！」

模糊的意識告訴我群芳姐說的那個「他」是陳娟，我不知道他為什麼這麼執著，為什麼他今天一定要來看看……

「媽媽，還是孩子？」群芳姐突然扔下手電筒，「陳娟，陳娟……」

門突然被他推開了，一股熱浪猛地從門後面傳來。

起火了？

朦朧中好像看到群芳姐衝進了門中。

然後眼前發黑，我一下子什麼都不知道了。

附：其後因為驚嚇過度昏迷的李婷被當夜聽到尖叫聲趕到的值班人員發現帶回。

馬玉和劉群芳從那夜之後就再也沒有出現過。

事後檢查女廁所和中醫科，並沒有任何異常。

03

「你看，我就知道後面還有故事。」路遐一臉胸有成竹地說著，轉過頭，卻發現孫正被嗆得滿臉通紅。

「好像，真的起火了一樣……」孫正尷尬地捣著嘴直起身來。

路遐心想你還要不肯面對現實到什麼時候，一邊也用手捣著口鼻說：「你有沒有想過，最開始劉群芳聽到的那個嬰兒聲音，是活的？」

「什麼？」孫正叫了起來，又突然一頓，馬上說，「當然是活的，不然還能是什麼？」

路遐忍住笑，把紀錄向前面翻了幾頁，推到還在咳個不停的孫正面前，「一開始被幾個護士講的故事糊弄了，反而把一件很簡單的事看複雜了。」

孫正抬起頭來看著他，好像在等著他的答案。

路遐悶悶的聲音從指縫裡透出來，繼續道：「假設這樣一個故事，一個從很遙遠的鄉下來的女孩，到了城市，從來沒見過世面的他，一下子被迷得暈頭轉向，成天被人嘲笑、被人看不起，恨不得忘了自己的出身，隱藏自己的身分，要假裝過一個體面都市人的生活。」

孫正點點頭，示意他繼續。

「可是，這個女孩在老家結了婚、生了孩子，丈夫在家裡種田，自己也跑出來工作，孩子丟給家裡老母親照顧。這個女孩似乎下了決心要重新開始人生，好長一段時間不和家裡聯繫，結果丈夫病死了也不知道，老母親無依無靠，帶著外孫女跋山涉水地到這裡來投奔女兒。」

孫正明白了他的意思，說：「所以，這個李婷在門口遇見的大媽就是這個女人的老母親帶著他的外孫女？」

路遐苦笑著搖頭：「這個時候遇見的，恐怕已經不是本人了吧……是什麼，我也不知道。」

孫正揚起眉，好像在等他做出更合理的解釋。

路遐移開目光咳了一聲，又轉回話題：「總之，這個女孩被突然出現的老母親和還是個嬰兒的女兒嚇壞了。因為他們的出現，他苦心塑造的形象就要被他們完全破壞了，他又會再一次成為嘲笑的對象了。而且他在這裡一個區區清潔工，哪能幫母親和孩子找到住處呢？於是，他偷偷把母親和孩子安排住在了醫院裡面。」

孫正睜大了眼睛，似乎恍然大悟：「你是說，他瞞著別人，讓母親和孩子到了晚上就到四樓的中醫室去睡？不，那時還是普通內科，也就是說還有檢驗病人用的診斷床。」

路遐投去一個贊同的目光，又繼續說：「四樓內科室提供了住宿，母親和孩子晚上還能到女廁所洗澡。但是這個無比虛榮的女人每天都過得心驚膽戰，因為醫院裡漸漸傳出四樓夜晚有嬰兒哭聲的傳言……」

「所以說，之前四樓女廁所有水聲是因為他母親和他孩子可能在洗澡，或者洗衣服，這樣說來，晚上女廁所聽到嬰兒的哭聲也是正常的，因為他的孩子就在那。」孫正接道。

「而這天晚上，劉群芳去四樓上廁所，就正好又聽到了那個嬰兒的哭聲，嚇得回了護士站，也同時嚇壞了那個女人，所以當晚他的反應比劉群芳還大。」

「等一下，」孫正打斷路遐，「有沒有可能，這個劉群芳那天晚上發現了事情的真相，只是沒有在紀錄裡面寫出來？」

「你是說，他在維護這個女人？」路遐看他一眼，又笑了，「這樣的女人根本就不值得任何人為他撒謊！當天晚上老母親可能碰到了什麼不太會用的電器，電路又老化起火，這個狠毒的女人大概想著正好一了百了，狠心把門鎖上，讓孩子和老母親活活燒死在裡面！」

孫正皺著眉頭聽他講完最後一段，質疑地問：「你怎麼就確定是他把母親和孩子困在裡面，那孩子的屍體呢？他又去哪了？」

路遐環視一周，帶著十分不容置疑的語氣對著孫正說：「我們被困在這裡，就是最好的證據。」

「你真的覺得是陳娟故意不開門讓他們被燒死在裡面嗎？」孫正卻還有些疑問。

「是的。陳娟這樣本來就沒有什麼水準又虛榮的女人很容易迷失自我，女人的心有時可以狠毒得驚天動地。」路遐的臉也似乎被燒得紅通通的。

「難道狠毒到可以燒死自己的母親和孩子？」孫正還在爭論，「即使他迷失了自我，但你難道不相信人心總是向善的？」

路遐揚起嘴角：「即使他沒有過這樣的想法，但趁著大火，他也可能產生一瞬間的邪念……」

孫正沒有繼續為陳娟辯論，只看了路遐一眼，好像在反問：是嗎？

路遐卻沒有停止解釋：「至於孩子和那個女人本人……我想，大概，也是入穴了吧。而抬出來的那具屍體，就是被他活活燒死的母親。困在這個穴裡，永遠面對著黑暗，永遠也走不出去，就是他最好的懲罰。」

孫正突然對「永遠的黑暗，永遠也走不出去」這個想法感到了一絲恐懼。他始終沒有真正意識到自己的處境，自己也會有永遠走不出去的一天，在這樣炙熱的環境下，心忽然涼了，怔怔地看著路遐問：「困在這裡的人，都是應該受到懲罰的人嗎？」

路遐一愣，馬上說：「當然不是，也有很多偶然的，你看在這個醫院每天其實都在上演著過去發生的事情，消失在這個醫院裡的人其實也每天都在醫院來回走動著，重複著消失前的動作。就好像兩個平行世界，大多數時候根本不會發現，只有氣場突然改變，在某個時刻和你相吻合，才會遇見，即使已經入了穴，也不一定會遇見每一件發生過的事。就像李婷和劉群芳後來在醫院又遇見了那場大火的再現，也是偶然的。」

孫正卻似乎陷入了沉思，眼裡一向堅定不移的光芒逐漸暗淡下去。

路遐沒辦法假裝看不見，接受現實，拚命掙扎，最後絕望，這是人在黑暗的絕境中最常見的心理反應，如果孫正真正意識到現實，開始絕望，那麼他們可能就永遠走不出去了。他只好故意大聲咳嗽兩聲，吸引孫正的注意，然後盡力提高音量說：「但是，正是他們後來這次事件，讓我們有了逃出去的機會。」

孫正抬起頭來看著他，滿臉已經燒得通紅，路遐從他身上彷彿也看到了自己現在狼狽的模樣，卻不得不繼續保持十分的精力說：「我們還有機會。你看這個紀錄——他們到了四樓，馬玉進了女廁所，卻再也沒有出來。這個時候出來的，不是馬玉，而是當晚大火事件的重演。」

滴答，滴答。

好像那個濕漉漉的人滴著水在向我們走來。

面前不見五指的黑暗裡，滴答滴答的水聲，還有喀喀的稚嫩笑聲。

嬰兒在笑。

「你看，這個時候，是那個大媽洗完澡，帶著那個孩子從廁所裡出來，孩子可能被大媽逗樂了，所以在喀喀的笑。」說完，路遐又帶著安慰的語氣看著孫正，「這樣解釋，是不是覺得沒那麼恐怖了？」

孫正瞪他一眼：「只有你才會覺得這種故事恐怖！」

路遐無奈地聳肩，又繼續翻看紀錄。

但是終於，這聲音漸漸小了，滴答聲也似乎朝走廊更深處走去，漸漸弱下去。

喀答一聲，是開門聲。

「這個時候，應該是他帶著孩子進了當時的普內三科，也是後來的中醫室。」

那邊的樓梯好像有人上樓，噔噔著。

上樓的聲音愈來愈大，已經快走到四樓了。

「是陳娟！」群芳姐一下子叫起來。

「陳娟也跟著上樓了，但劉群芳好像很敏感，一下就認出了那是陳娟的腳步聲，人消失了這麼久，也虧他還記得。」路遐一字一句地分析著。

孫正已經在大口喘氣：「然後，然後就起火了，再之後……再之後劉群芳就說他聽到了陳娟的哭聲……呼……不行，我們得趕快出去，我真的覺得，好像已經燒到了腳下，路遐……」

路遐也被嗆到，一邊大聲咳嗽著，一邊用手指在紀錄上移動著，然後停在了最後幾行字上。

嬰兒的臉，黑烏烏的眼珠，手……

他在哭……

敲門……

媽媽……孩子……陳娟……

門突然被他推開了，一股熱浪猛地從門後面傳來。

孫正一下子彷佛也看到了曙光，眼神都亮了起來。

「劉群芳！雖然大火那晚門被鎖住了，但是，但是後來那次，劉群芳推開了門！他進去了！！」

路遐用力點頭，一手拽起孫正的胳膊，站了起來，但剛站起來，就被嗆得頭暈眼花。

兩個人只好立刻撲倒在地上，對視一眼，覺得又好笑又著急。

孫正大腦理智的一部分告訴自己正在做一件從未做過的瘋狂事——在一場看不見的火災裡匍匐前進。

如果他可以保持之前的理智和批判精神，他一定會堅持待在這裡，看看這莫名其妙的灼燒感和那場火災是不是有半分關聯，然而本能和旁邊這個傢伙卻拖著他不斷以狼狽的姿勢向門邊爬去。

「只要……等到劉群芳推開門的那一刻……我們就可以出去！」路遐被嗆得發不出聲音，拚命用口型告訴他。

孫正點點頭，不用看口型他也能明白。

可是他突然又想到什麼，停了下來。

路遐回頭奇怪地看他一眼。

孫正艱難地發聲：「那麼，開門的時候……我們會看見什麼？」

推門而入的劉群芳？

路遐怔了一怔，立刻做口型：「什麼都不會看見……你閉著眼睛……衝出去。」

孫正咬了咬下唇，繼續跟著路遐向門邊前進，心裡卻變得猶疑不定。

他說不清楚，自己是不是在害怕些什麼。

人對於未知，總是恐懼的。

還差一步到門邊，突然聽到「喀嚓」一聲，一陣微風般的涼意忽然迎面而來。

路遐的表情凝固在臉上，他猛地拽著孫正站了起來。

孫正恍惚之下還沒站直身子，搖搖晃晃的，也沒有完全意識到發生了什麼。

「閉眼！」一隻手遮住了他的眼睛，他還沒來得及做任何反應，只覺得背後傳來一股無比大的力道把他用力往外一推，然後那隻手又突然鬆開了。

門已經開了，他就這麼閉著眼睛跌跌撞撞地被推出了門外。

那一瞬間有一種徹骨的寒意穿過他身體，襲遍全身上下。

好像在那瞬間痙攣了一般，他差點跌倒在地。

身後傳來「砰」的一聲。

他忽然一下子反應過來，扶著牆，轉身。

他愣住了，一動不動，又好像驚呆了。

門已經關上了，路遐還在裡面。

「路遐！路遐！」他一下子反應過來，開始拍打已經滾燙發熱的門。

門那邊傳來了低微的咳嗽聲。

「路遐！」孫正又伸手想去拉門把手，被燙得縮了回來，咬了咬牙，猛地握住滾燙的把手，但是怎麼轉都轉不開。

他又側過身來用身子去撞門，門似乎晃了一晃，卻沒有開。

四周是無盡的黑暗，只有門板晃動的聲音，在整個四樓走廊裡迴響。

怎麼辦？

此刻他的心中籠罩了一層幾近絕望的陰霾。

路遐怎麼辦？怎麼會只有我一個出來了？

「路遐，你聽得到我說話嗎！」孫正用盡力氣大聲叫道。

「這麼大聲……當然聽得到。」裡面傳來那個人的聲音，好像還帶著調侃，但顯得有氣無力。

「你等著，我想辦法把這個門打開！」孫正聽到路遐的聲音，稍微安了一點心。

「你怎麼就這個時候腦筋短路了呢，孫大高材生。」裡面那個人似乎也是貼著門在說話。

孫正也貼到門上：「你說什麼？什麼意思？」

路遐似乎在裡面敲了敲門，孫正感受到了他的方位，看來是趴著的，於是孫正也蹲了下去。

「你有沒有玩過一個遊戲？」

「什麼？」孫正又急又氣，都這個時候了，路遐還在胡扯些什麼。

「我們現在，就好像兩個進入遊戲世界的人，這周圍的一切……咳咳……我們摸到的、感覺到的，看起來都好像是實體……但其實，也不是……」聽路遐說話的聲音，似乎說話也變得愈來愈艱難。

孫正沒有心情聽他瞎掰，左右張望，想找點什麼來開門，卻只看到四樓走廊深深的黑暗，如同他此刻逐漸陰沉下去的心情。

「你聽我說，」路遐在裡面拍了拍門，似乎看穿孫正現在的心思，「我們入穴了，一旦在特定的時間內，任何過去的事情開始重演，那我們接觸到的、看到的，都是過去式，過去打不開的門，未來永遠也不會再打開，過去會出現的人，就會不停的、不停的在這裡出現，遇上了，就自認倒楣，所以……」

「所以這個門就打不開嗎？」孫正氣沖沖地說，「我不知道你一開始那套古怪的理論是從哪裡得來的，我現在就去找開門的工具，你要堅持住！」

說完他就站起身來。

路遐在裡面似乎也急了，用盡力氣拍打著門：「你別亂跑！！」

孫正假裝沒聽到，心急火燎地想找到辦法把門打開，胸口劇烈地起伏著。

伸手不見五指的黑，他簡直有一種恍惚的錯覺，不知道自己是不是真的站在一個走廊裡，還是站在最原始的荒野裡，只覺得周圍暗流湧動。

除了看不見，還是看不見。

充滿涼意的空氣讓他神經完全緊繃起來。

他要去哪裡找，他要怎麼幫路遐出來？

如果……如果，路遐出不來了，怎麼辦？

他簡直不敢想下去。

一直不肯接受現實的他，此刻被一種前所未有的恐懼和迷茫籠罩著。

這一切都超出了他的認知範圍。

「正……」門裡又傳來了路遐的聲音，「你聽我說，不要關手電筒，找到下一個安全的地方……能出去一個是一個……千萬不要亂跑……不知道會遇見什麼……你聽見沒？」

孫正試圖平穩呼吸，握緊雙拳，邁開了步伐，朝走廊深處走去。

路遐靠在門邊，感到皮膚似乎被燒得乾裂一般，呼吸也急促了起來，然而門外面已經沒了聲音。

他不知道孫正聽到他最後說的話了沒有。

『我是出不去了……你要好好的逃出去啊……』

只有他自己知道最後一刻自己為什麼沒能出去。

他反應最快，先把孫正推了出去，自己卻忘了閉眼。

那一刻，他的腳步就定住了，再也走不動，又怎麼可能跨得過「那個東西」？

他說不出來自己看到了什麼，右手還在不斷地顫抖著。推門而入的劉群芳？

他知道在這裡一直、一直困下去，最後就會變成那個樣子。

他們是不是也曾和自己一樣，不停、不停地在這個醫院裡尋找出路，在這個如同深淵般的困境裡掙扎，不斷看到殘存在這個世界最後的景象，那些東西……最後自己是不是也會和所有入穴的人一樣終於被消耗殆盡，時間從此定格。

日復一日地重複著入穴最後一刻的事情。

是在孫正旁邊看他玩手機？那倒也不壞……

孫正……還有機會出去。

他只是怕孫正，始終面對不了這樣的環境，在偌大而黑暗的醫院裡，不知道還有什麼東西在等著孫正。

他一個人，能走出去嗎……

路遐的呼吸明顯已經快喘不過氣來，火燒般的感覺開始向身體蔓延。

好像聽到女人的哭聲，伏在門外，撕心裂肺的。

他已經無暇思考了，靠著的門板開始輕微地抖動，不是孫正，是什麼……大概是那個狠毒的女人……

哭，他又在哭什麼呢？

那，孫正現在又在哪裡了？

路遐已經快僵硬的臉上露出最後一絲苦笑，這個時候居然還忍不住擔心他。

他吃力地抬起右手，向衣服裡面摸去。

就在這個時候，門顫動得更加劇烈了，就像是誰在拚命地拍門。

沒用了。

路遐想著，卻感到一陣冰涼向自己迎面襲來，他微微抬起沉重的眼皮，怔住了。真走運，一天看見這種東西兩次。

這是他最後的想法。

背後的門突然一鬆，豁然開朗，連帶著他整個人向門外栽去。前所未有的清涼和新鮮空氣讓他突然清醒過來。

他趕快用最後的力氣向外縮了縮，讓整個人都從中醫室裡出來，腳上火燒火燎地疼，但他已顧不得了，因為那扇門，讓他目瞪口呆地，又「砰」地關上了。

他筋疲力盡地呈大字型躺在地上，望著頭頂上一片烏雲般的黑暗，思考卻沒辦法停下來。

「路、路遐？」離他不遠的地方，另一個人正大口喘著氣，吃驚地看著他，手電筒還在他臉上來回晃動。

路遐躺在地上，轉過頭去，試圖做了一個不難看的笑：「這個門……真神奇啊……」

孫正飛快地跑過來，把路遐扶起來，臉上陰晴不定地：「你、你怎麼出來的？」

路遐眨了眨眼睛：「你猜。」

「猜什麼猜！」孫正又氣又好笑，說到一半，又似乎想到了什麼，睜大了眼睛：「難道，難道……我真的……」

「你什麼？」路遐一邊撐著地，一邊藉著孫正坐了起來，「我終於知道是怎麼回事了。」

孫正有些驚訝地看著他，等著他的答案。

路遐伸手把手電筒給關掉，然後說：「那個起大火的晚上，陳娟為什麼上樓？」

「是因為他知道劉群芳發現了這件事，他要上樓去找他母親和孩子。」

「沒錯，當他到樓上的時候，母親和孩子大概已經睡了，門也鎖了，但是他卻發現裡面起火了。」

路遐咧嘴忍著燒傷的痛說。

孫正的眼睛亮了起來：「這麼說，你終於覺得不是陳娟放火燒死了他們，也不是他故意不開門的了？」

「對，我確實誤判了陳娟，」路遐勇於承認錯誤，「陳娟到的時候，已經燒起來了，他拚命地拍門，想叫醒睡在裡面的母親和孩子。」

「你怎麼發現的？」孫正問道。

「我聽到了……不知為什麼，我聽到了他的聲音，他一直沒有放棄，一開始就在拍門，卻被我們忽略了，劉群芳也聽到了，我之前確實沒有仔細思考劉群芳衝進門之前所說的話。」

「他在這！他在這！」群芳姐卻在激動地叫著，「他在哭，他在哭……」

「媽媽，還是孩子？」群芳姐突然扔下手電筒，「陳娟，陳娟……」

「母親驚醒過來，發現已經被大火包圍，門又從裡面上了鎖，他的女兒在門外拚命地想救他們。」

「那『媽媽，還是孩子』是什麼意思？」孫正追問道。

路遐稍稍動了動：「這是給陳娟的一個選擇題，如果你只能救一個人，是救你的媽媽，還是你的孩子？」

孫正愣了一下，馬上說：「為什麼不能兩個都救？」

「因為，」路遐苦澀的表情隱沒在黑暗中，「他的媽媽，已經走不動了，火已經燒到了他的膝蓋，要嘛，他進去把孩子抱出來，但就再無可能再把母親抱出來；要嘛，他進去把母親抱出來，但是孩子，也救不出來了，火已經燒得太大了。」

孫正驚訝地看著路遐，問：「你怎麼知道的？」

「因為，我看到了。」

「什麼！」孫正完全無法相信路遐這句話。

「如果是你，你怎麼選擇？」路遐抬頭問孫正。

「我？我……」孫正遲疑了一下。

路遐一下子笑了，卻笑得有些不自然：「你其實根本不用選擇。」

「為什麼？」

「因為你的母親總會為你做出選擇。」路遐又動了動被燒傷的腳，似乎想看看還能不能站起來，「母親即使全身著火，也會牢牢地把你的孩子抱在懷裡，忍著全身被燒著的疼痛，爬到門邊，用盡全力，把門打開，把孩子推出去，關上門，不讓你冒著任何危險再進去……」

孫正手中的手電筒一下子掉在地上。

路遐指了指自己：「所以，我就是這樣才撿回了一條命。」

「你看到了？」孫正不敢相信，「那麼黑的環境，你真的看到了？你看到了什麼？」

路遐搖了搖頭，說：「你不會想知道的。」

孫正似乎有所觸動，微微嘆了一口氣。

路遐拍拍他的肩，說：「這個起火的中醫室，沒有怨魂，只有一個無怨無悔的母親，和因為無比後悔而入穴的另一對母女。」

「不，有兩個無怨無悔的人。」孫正糾正他，眼眸彷彿在黑夜裡閃著光。

路遐沒有作聲，似乎也陷入了沉思。

兩個人靜靜地，好長一段時間，都沒有說話。

寂靜的醫院此刻，竟沒有那樣壓得人喘不過氣的厚重感。

04

忽然，路遐動了動，激動地想用力站起來。

「怎麼了？」孫正一邊問，一邊把他扶起來。

「劉群芳怎麼推開門的？那一瞬間你怎麼出去的？」路遐的聲音因為激動而顫抖。

「什麼……你是說，他怎麼推開門的？」

「對！在那個時候，重演的是火災當晚的事，門應該是上鎖的，就像在那之前和那之後我們都打不開一樣，門應該是不可能從外面推開的！」

「那……」孫正口氣裡帶著不確定。

「他聽到了陳娟的聲音，又好像還看到了那晚的事，之前我們認為他還沒有入穴，所以能夠推開門很正常，但是，如果說那個時候他已經入穴了，那門是怎麼打開的？」

孫正似乎也想到了什麼，扶著路遐的手一下子抓緊了：「你是說，他、他……」

「沒錯！他是我們現在看到紀錄裡，唯一違反了這個定律的人，他是怎麼辦到的？如果我們可以找到答案……」路遐止不住興奮，「也許，我們也能找到突破這個穴的關鍵，我們就可以出去了！」

路遐正為此興奮著，孫正卻有些擔心地望著路遐。

「你還能走嗎？」孫正感受到路遐放在自己身上的重量，不由得問他。

路遐試著動了動腿，咧開嘴：「還能。」

摸著黑，路遐一隻手搭在孫正肩上，另一隻手撐在身旁的牆壁上，慢慢地站起來，站到一半，腿卻一陣發麻，接著一軟就要往下倒，還好孫正及時伸手又勉強把他扶了起來。

「嘿嘿，」路遐沒有喪氣，反而笑了起來，「我是不是很重呀？」

孫正咬著牙不理會他：「我們必須找個地方把你的腿傷處理一下。」

路遐按住他的手：「不急，我應該能走，我們先去劉群芳的辦公室。」

「劉群芳的辦公室在哪？」

「還不知道他負責哪個辦公室，我們得查一查。」路遐盡力讓自己站穩一點，緩慢地移動著被燒傷的腿。

一邊說著，路遐伸手往孫正身上摸去。

孫正「啪」地一聲打掉他的手，黑暗裡看不見表情，卻聽得出有些惱怒：「你摸什麼！」

「哎哎，摸一下怎麼了，又不是女人。」路遐有些好笑，用剛剛從孫正身上摸出來的東西拍了拍孫正，「我摸的是紀錄簿，何必這麼敏感嘛！」

孫正一下子沒了聲音，過了一會，只見一小團燈光亮開，再慢慢擴大開來，他終究還是十分配合地打開了手電筒。

路遐一手拿著紀錄簿，十分吃力地翻開，剛想鬆開撐著牆壁的手，整個人就靠著孫正的背，卻感到孫正一瞬間踉蹌了一下。

他嘟囔了一句：「文弱書生」，把手裡的紀錄簿硬塞到孫正手裡，搶過手電筒，用下巴抵了抵孫正的肩說：「我照著，你趕快翻，看看有沒有這方面的紀錄。」

孫正被蹭得酥酥癢癢的，動了動肩，嘩啦啦地翻起手中的紀錄簿。

昏黃的手電筒照著牆邊這小小一角，狹窄走廊的對面牆也暈出一團小小的光圈來，影影綽綽地，兩個人互相扶持著的影子映在其中，十分貼近地靠在一起，如此陰森的黑幕裡，竟也透出一分暖意。

「慢著慢著慢著！」路遐打斷了正欲再往後翻的孫正，「我想起來了。」

「什麼？」孫正疑惑的轉過頭，卻十分突然地撞見路遐因為靠得過近而放大數倍的側臉，臉上還覆著一層薄薄的細汗，連忙低下頭去。

路遐沒有注意到他，自顧自地說：「我記得，舅舅請我來調查的時候，提到過如果在閱讀紀錄簿的過程中有任何疑問，可以去三樓檔案室，那裡有很多以前遺留下來的資料。」

「也就是說，應該有劉群芳遺留下來的資料？」孫正精神也來了，「我們走吧。」

只聽得身邊看不見、摸得到的路遐苦笑了一下，用一種很無奈又很無賴的口氣說：「恐怕你要這樣扶著我下樓了。」

孫正瞟了賴在他肩膀上的傢伙一眼，一言不發地伸出手從背後扶住路遐，就這樣往黑暗裡走去。

『這樣也好，至少我們在一層層地往下走著。』孫正自我安慰道。

路遐就這麼半靠著孫正，一拐一拐地走著，快到樓梯口的時候，他又問了一句：「你怕不怕上樓的老張？」

身下的肩膀明顯有輕微的抖動，孫正停頓了一下，扶著路遐的手忽然抓緊了：「你有沒有覺得有點不一樣？我覺得……哪裡不一樣了？」

路遐轉了轉腦袋向四周看去，濃重的黑裡依舊是濃重的黑，陰沉的寂靜裡依舊是陰沉的寂靜，沒有一絲生氣，密不透風地，彷彿處在被世界拋棄的空間，除了手電筒那一束微弱的光，告訴他們這是破舊的醫院樓梯一角。

「哪裡不一樣了？」路遐沒有明白孫正的意思。

「我覺得，好像更安靜、更黑了……」孫正說著說著，好像也自覺說得莫名其妙，毫無道理，聲音小了下去。

路遐依然摸不著頭緒。

「就好像黑夜裡的那種黑，和墓地裡的那種黑的區別……」孫正描述不清，只好放棄，「哎、算了，是我多心了。」

說完，又在心裡嘲笑自己也變得過分疑神疑鬼起來。

路遐卻沒有就此放下心來，提醒孫正提高警惕：「二〇〇〇年大火的發生時間是在午夜，那麼現在應該是午夜過後，大多靈異事件發生的時段就是在午夜至凌晨三點之間，這段時間，是某種東西最容易出來活動的時候。」

雖然遇見了很多難以解釋的現象，但孫正對鬼神說仍然十分排斥，路遐舊疾復發又再次拋出那一套鬼神研究，讓他不禁皺起了眉頭。

路遐沒有注意到孫正微妙的反應：「但就算是某種東西大量活動的時間，你的感覺不是應該更覺得有什麼東西蠢蠢欲動似的，像黑夜裡隱藏著什麼不安……而不是整個世界一下子安靜下來……」

「又不是寫小說……你怎麼這麼當真，」孫正打斷了路遐走向愈發奇怪的描述，「只是錯覺罷了，我們繼續往下走吧！」

剛想邁步下樓，手電筒緩慢地照著通往三樓的樓梯，孫正突然沒來由地感到心裡一陣刺痛，腦袋有些發暈，彷彿那照著的一片樓梯，都成了灰色的畫面，像老舊黑白電影裡昏暗的場景。

一瞬間錯覺讓他覺得這裡彌漫著彷彿遙遠的記憶裡誰在絮絮低語，隱沒在光線邊緣無盡的黑霧裡。

果然是有些……奇怪的……

他沒有告訴路遐，平穩了一下呼吸，繼續踏出了走向桐花醫院三樓的第一步。

兩個人的腳步聲既緩慢又沉重，孫正覺得自己在一步步靠近什麼，卻又把這種詭異的念頭死死壓在腦後。

花了好大的功夫，兩人一攙一扶地終於走到了三樓，腳步聲的回音如同揚起的一抹微塵，掃過樓梯的最後一階，消失了。

兩個人同時都沒有出聲，簡直連呼吸聲都彷彿聽不見了。

孫正終於知道這是一種什麼樣的感覺了。

整個世界都已經死掉的感覺。

他的嘴唇微微顫動著，卻發不出聲音來。

「我們走，檔案室就是轉過去的第一個房間。」這個時候耳邊路遐的聲音拯救了他，讓他一下子感覺到這個世界裡唯一的生氣。

路遐拖著一條腿，一手撐著牆壁，一手搭在孫正肩上，緩緩挪動著。剛走了兩步不到，兩個人又同時停了下來。

好像踩到什麼東西，黏黏的，又好像濕濕的，鋪在這個地上。

可是什麼東西會這樣出現在三樓的走廊上呢？

兩個人同時低下頭去看自己的腳下，手電筒的光凝住了。

血、血跡？

一大灘的血跡，帶著膿血，好像是剛剛淌下的，在手電筒的光之下，分外怵目驚心。

誰的？怎麼會突然出現在這裡？

孫正剛剛稍微有些接受這個非正常的世界觀，突然出現的血跡似乎又把他帶回了現實的情景，腦子裡兩種思緒扭成一團，最終他還是做出了正常人會有的普通反應：「誰受傷了？還有人在，我們快去幫忙！」

說著，他扶著路遐就想往前走去。

路遐猛地把他按住，這力道前所未有地大，讓他差點整個人重心不穩向後倒去。

「慢著！你再仔細看看。」路遐的聲音裡也是前所未有地嚴肅。

孫正承受著路遐的重量，稍微放低了身體，路遐手中的手電筒向地面照去。

這裡並不是唯一的一灘血跡。

深紅色的血，長長地在向走廊深處蜿蜒，在地板上擦出或深或淺的印記。

一條長長的血跡，它的盡頭是什麼？

手電筒緩緩順著血跡向前方延伸，途中地面上也有一大灘、一大灘的血，如此多的鮮血讓人愈發不安。

沙沙。沙沙。

黑暗裡什麼聲音攪動著心神。

沙沙。沙沙。

血跡還在蔓延，不祥的預感也在兩人心頭蔓延。

是什麼？

沙沙。沙沙。

好像醫院所有的鬼魅幻影都在此刻遠遠避開了，只有這沙沙的聲音和血跡如同暗夜裡那一道陰森森的笑，拖長的尾音刺激著逐漸僵直的兩人神經末梢。

昏黃燈光終於也照到了盡頭。

幾乎就在那不到一秒鐘的時間，路遐以最快的反應扳下了手電筒開關，孫正出乎尋常地使出全身的力氣，幾乎是扛起路遐就向轉角第一個房間衝去。

房門居然還是開著的！

兩個人直接滾了進去，孫正大口喘著氣關上了門。

快逃！！那一瞬間連尖叫聲都堵在了喉嚨裡。

血跡的盡頭，是一團東西。

在緩緩地爬著，緩緩地挪動著。

沙沙。沙沙。

好像人的軀體，扭曲的形狀，卻又不是任何正常人能做出的姿勢。

長長的血跡，就是「它」拖過的痕跡。

那樣在地上慢慢地爬著、蠕動著，無所顧忌地，似乎在這個醫院的任何東西，都在它的範圍裡消失了。

沙沙。沙沙。

兩個人驚魂未定，只是重重喘著氣，好久都沒有說話。

它是什麼？它要爬向哪裡？

它，會不會回來？

一片空白之後，腦海裡又眨眼湧出無數的問題，剛剛那一瞬間停止工作的大腦累積了太多太多疑問。

兩人對視一眼，路遐甚至還沒有恢復打開手電筒的力量。

已經不想再看到了……

如果那個時候，它突然回頭了，會是什麼樣子？

他們都不敢想下去。

還沒有弄清楚那是什麼東西，兩個人的本能已經做出了最快的反應，大腦和身體都在盡無比的可能逃避著那個東西。

路遐漸漸緩了過來，卻發現孫正還在大口大口地喘氣。

「正，你怎麼了？」他以極低極低的聲音問道，似乎害怕驚動在門外的某個東西都會聽到。

「痛……心裡很痛……喘不過氣來……」孫正摀著胸口，依然是側倒在地上的姿勢，雙腿都蜷縮起來。

路遐慌忙俯下身去找孫正，說：「可能是產生什麼不適反應了……這種事我也聽說過，『它』實體化了。」

孫正側過臉來，表情依然是很痛苦的，咧著嘴問道：「……什麼意思？剛剛那個東西，是什麼？」

路遐搖搖頭：「我也說不清楚。傳說中有很多鬼會呈現自己死前的樣子，如果硬要給個科學解釋，這樣的鬼會發出很強烈的電波，一旦和生物的電波產生共鳴或者衝突，就有可能使人產生不同的反應。」

孫正有些困難地揚了揚嘴角：「哦？是嗎？」

聽得出來他只是半接受了這種說法，但依然心存疑慮。

「那你說……」停了半晌，孫正又開口了，皺著眉頭，「這家醫院裡，誰會這樣在走廊上……爬著，呃，然後死掉了？」

「這個……」路遐似乎之前就在思考這個問題了，但卻毫無頭緒，什麼人會以這種奇特的姿態死在一家來往人眾多的公立醫院裡，難道不應該是什麼太平間裡的白影、手術床上的黑影嗎？

那一地拖得長長的血跡牢牢地占據了他的腦子，總覺得有什麼，是他現在還無法理解到的。

孫正似乎稍微好了一點，舒緩了一口氣，終於能慢慢站起來。他撫了撫還隱隱作痛的胸口，感覺到路遐在黑暗中伸著一隻手在推他，無奈地伸手把他也拉了起來。

「好了，現在該怎麼辦？」孫正拉著還有些搖搖晃晃的路遐問道。

「我們一起找找劉群芳的資料。」路遐再次打開了手電筒，屋子裡亮起一束微弱的光，「不過，要再找一支手電筒，這樣我們可以分開查找。」

手電筒的光在檔案室裡掃過，中間立著一排排的書架，上面是成冊的資料，按照類型不同似乎還做了標記，有設備文件、合約文件什麼的，三面牆上還放著有鎖的鐵櫃子，光線裡滿是彌漫的灰塵，在空氣中飛舞著。

再向右邊照去，隱隱約約有一道小門，門開著，黑漆漆的一片。

「那邊應該是附屬的辦公室，我們去那裡找。」

兩個人彷彿暫時忘記了門外的恐懼，又彷彿看到了一點希望，互相攙扶著往那邊的辦公室裡走去。

剛一踏進辦公室，兩人就被滿地亂七八糟的文件嚇到了，好像有什麼狂風卷過般，紙和資料灰灑得到處都是，還有幾個被倒空的盒子，也雜亂的擺著，地上簡直沒有一點空隙可以供人走過。

「是不是之前誰在整理什麼資料？」孫正一邊問道，一邊小心地扶著路遐，把他放到辦公桌前的椅子上坐著。

「不像啊……」路遐手中的手電筒掃過地上的文件，「你看那張上面的日期，是二〇〇〇年的了。」

「二〇〇〇年？」孫正蹲下身去，撿起一張紙來，最下面果然寫著二〇〇〇年的日期，似乎是一張普通的員工考績單，沒有什麼特別的。

路遐在那邊不能動腳，只能動手，拉開一個個抽屜，找著能夠備用的手電筒。

「會不會是誰在找什麼資料啊？」孫正又翻起幾張來看，似乎都是員工的資料、資訊，只是因為已經被翻得亂七八糟，也不知道具體是什麼方面的資料與資訊。

「啊！太好了！」那邊路遐發出一聲歡呼，伸手就遞給孫正另一支手電筒，又不知從哪翻出了一塊麵包問，「餓嗎？要吃嗎？」

孫正接過手電筒，有些猶豫地看著麵包：「還能吃嗎？」

「怎麼不能吃！」路遐已經自顧自地掰了一塊下來，「反正我是已經餓壞了。」

「我待會吃。」孫正似乎因為之前的事還沒有完全平靜下來，拿著手電筒，有些不安地翻著地上的文件，「我覺得有點奇怪，醫院是會固定整理以前的資料嗎？為什麼今天這麼多員工的資料都被翻了出來？」

「唔……毋吃刀（不知道）啊……」路遐嘴裡嚼著一塊麵包模糊不清地說著，剛轉回頭，就被桌子上壓著的一張紙吸引住了。

而孫正也好像對地上的一堆資料產生了極大的興趣，開始一張張的收拾，按照編號排了起來。

「你看，路遐，這資料裡面的很多員工都是離職或者已故的，劉群芳的資料會不會也在這裡？」

半天也沒有聽到路遐的回答，孫正疑惑地抬起頭來。

路遐正盯著手裡兩張薄薄的紙，目不轉睛地看著，神色十分嚴肅，專注地簡直忘記了自己現在身處的環境。

孫正走過去，看到桌子上有一封已經被拆開的信封，被一個滿是灰塵的盒子壓著。

「劉群芳（收）」

他驚訝地把目光轉向路遐手中的信紙。

信上的字，因為年代久遠和保護不佳，很多地方已經浸了水，變得模糊起來。

他繞到路遐的身後，試圖去看信上的內容，開頭的稱呼讓他更加吃驚。

孫女群芳：

很高興收到你的來信。

我已經退出很多年了，也已經漸漸遠離那些東西了，卻沒有想到你會來信問這樣的問題。

記得你從小就不喜歡爺爺的工作，也不跟爺爺親近。大概，你也和很多人一樣，覺得爺爺是個裝神弄鬼唬弄人的神棍吧。爺爺不會解釋，也不知道怎樣跟你解釋。因為很多事情，除了自己是見證人，沒有人知道，也沒有人相信，有時候自己也會開始懷疑自己。

從一開始幹這一行，我就明白這一點了。絕大多數時候，我們都是孤軍奮戰的，遇見了許多危險，有許多就這樣犧牲的，也有許多這樣就廢掉一生的，但是通常人們都只是把這些當作意外、失蹤等問題處理掉了。當初帶爺爺入行的兩個前輩，有一個在江西蘆溪附近（你還記得爺爺去江西去了很久，沒有趕上你十歲生日那次嗎？）失蹤了，還有一個至今還在精神病院裡療養。

……

……

我勸過你，你忘了嗎？你的工作是你媽媽介紹給你的，記得你第一次工作拿了薪水回來，興高采烈的。很抱歉，爺爺那時潑了你冷水。我說你身上陰氣重，犯凶煞，那個地方不能待，讓你趕快辭職，換工作。結果那個春節，你都不願意來爺爺家吃年夜飯，聽你媽描述過那家醫院的環境，我很確定，那就是我一直「工作」的那種地方。

你還記得我們城裡最南邊有一個廢棄的磚廠嗎？你小時候問我，隔壁失蹤的張阿姨去哪裡了？我指了指那個磚廠，說他在那裡，結果你回去告訴媽媽，害你被你媽媽打了一頓。每一個城市裡，每一個人群所聚集、所居住的地方，都會有罪惡的產生，這些罪惡都會流向這個城市的某一角，滋養著「它」。有許多不小心闖進那裡的人，就這樣被它吞噬掉了，永遠困在那裡。

爺爺的工作，就是去解救還有機會出來的人。

……

……

你不要著急，也不要輕舉妄動。爺爺已經派了個很能幹的人去幫助你，大概過幾天他就會到了。他叫路曉雲，今年25歲，高高瘦瘦的，到時候也麻煩你幫忙安排一下。

……

……

爺爺和它鬥了這麼多年，現在才知道，爺爺錯了。

……

劉穆然

2001年4月10日

路遐看完信，似乎也忘記了孫正的存在。喃喃念著：「哥哥……終於有你的消息了……」

「什麼！」孫正張大了嘴，「你說什麼？」

路遐這才注意到他的存在，回過神來，疊好手中的信紙說：「那個路曉雲，就是我的哥哥。」

「你、你哥哥？」孫正有點沒反應過來，「你哥哥怎麼會和劉群芳的爺爺扯上關係的？」

路遐卻沒有直接回答他的問題，而是臉上帶著一些崇拜說：「哥哥是專業的，我就是混著玩的，什麼都不懂……現在，我總算找到了一些關於哥哥的消息了。」

「你哥哥，和他爺爺一樣……幹這行的？」

「可以這麼說。他二〇〇一年突然說要去一個地方辦點事，就收拾東西走了，前幾個月還斷斷續續收到他的消息，報個平安什麼的，可是到二〇〇二年的時候，就消息全無了，因為以前有過這樣的情況，我們一開始不太在意。可是過了很久，還是一點消息都沒有，我們也不知道他去了哪裡，開始著急的尋找。一找，就找了這麼多年……」

「可是，你不是說是因為這家老闆拜託你，所以才來……」孫正突然瞪大了眼睛，「你騙我？你根本不是什麼老闆的親戚，你只是來找你哥哥的？」

路遐露出一個無可奈何的表情：「但我確實找過院長詢問過我哥哥的消息，你看，我上個月突然收到這個，和這裡的地址……也不知是誰寄來的……」

他一邊說一邊往衣服裡面摸去：「之前在那個房間，以為要死了，我還想把這個給你……」

孫正生氣地打斷他，他剛拿出來的那把鑰匙就這麼叮地一聲掉在了地上：「所以一開始你就是有目的的？騙我跟著你要尋找的路線走？那麼我們進入這個鬼地方是不是也是你預謀好的？」

路遐苦笑著俯下身去拾起鑰匙說：「不是，我也沒想到。」

孫正狠狠盯著他，抱著胸不說話。

路遐歉疚地看著孫正，不知道能說什麼，沉默了半晌，卻只是呆呆地遞過手中的半塊麵包。

「來……你還是吃點東西吧……」

孫正瞪他一眼，轉身就向外面走去。

「等等、正，你要去哪裡？」路遐大驚失色，卻又沒辦法自己站起來，拉住孫正。

「我不能跟著你的路線走了，我要自己找路出去。」孫正一邊大聲說著，一邊朝門口走去。

他剛走到門口，突然又覺得腳下黏黏膩膩的有什麼東西，低下頭去用手電筒照——

「等等！你忘了外面那個東西了嗎！」路遐著急叫起來，「你……」

遠遠看著他的路遐，忽然一瞬間覺得呼吸都要停止了，嘴裡想叫著孫正的名字，卻沒辦法發出聲來。

他看見一灘血從檔案室的門縫慢慢地、慢慢地滲進來。

沙沙，沙沙。

孫正表情慘白地低著頭，目光盯在了腳下，而他面前的那扇門，誰都沒有碰它，卻輕輕的，彷彿一陣風吹過似的，自己打開了。

沙沙，沙沙。

孫正看著踩到的那灘血，濃濃地，在黑暗裡蔓延開來，充滿了整個視線。

然後他覺得有一陣微涼的風吹來，他拿著手電筒從地面向上移。

一雙眼睛，一張臉，正看著他。

05

「正！！！」路遐猛地站了起來，卻因為腳傷，又撲倒在地。

他努力向前爬了幾步，抬起頭來。

沒有孫正，什麼人都沒有。

檔案室的門還是關得好好的。

地上也沒有血。

孫正不見了，只有他一個人。

路遐怔怔地看著那道門，眼睛都揉痛了，孫正還是沒有出現。

他好半天回過神來，才接受了這個現實——孫正消失了，和某種東西一起消失了。

他用手撐著地板爬起來，腦子裡轉過了無數個念頭和猜測。

孫正被鬼帶走了？孫正變成鬼了？孫正自己跑掉了（可是怎麼跑得那麼快）？孫正……孫正……其實沒有孫正這個人，是自己的幻覺？

愈想愈荒謬，愈想愈不著邊際，最終一點實際辦法都沒有，他竟一下子失去鎮定。

他拍了拍自己因為著急和慌張而變得一塌糊塗的腦袋，默念著：「冷靜啊、路遐，冷靜、冷靜，正一定還在某個地方……」

任何世界，即使在我們看來，多麼不可能和荒謬，也有它自己的一套規則，不被我們所理解的規則，這裡的世界，也一定如此。

只要找到它的規律和規則，就有找到孫正的辦法。

路遐如此說服了自己，扶著椅子，慢慢從地上爬了起來，坐回椅子上又看到桌子上那個信封。

「哥哥，如果是你，會怎麼辦呢？」

他印象裡的哥哥，已經永遠停留在了二〇〇一年的模樣，永遠覆著一層他說不透的神祕感，和看不穿的隔膜。

「媽媽，哥哥晚上不睡覺！」

他小時候這樣跟媽媽告狀，媽媽摀著他的嘴，一把把他抱進懷裡：「別胡說，你哥哥病了，讓鄰居知道會把你哥哥當成妖怪趕走的！」

他常常把半個腦袋藏在被窩裡，偷偷看「生病的」哥哥。

路曉雲屈膝坐在窗邊，側著腦袋在看窗外的夜晚。

沒有月亮、沒有星星，他到底在看什麼呢？

黑夜活著，他活在黑夜裡。

甚至有時候他半夜裡醒來，路遐會發現哥哥不見了。

他隱隱約約察覺哥哥和常人是不一樣的，哥哥有時看別人的眼神，總是像穿過他，看著別的什麼。

媽媽應該是很頭疼的。老師總是頻繁地出入家裡，抱怨路曉雲上課總是睡覺，或者路遐又調皮搗蛋。

哥哥對這一切都很沉默。路遐從小就覺得，他哥哥身上隱藏著什麼力量，一切問題對他來說彷彿都不是問題，不關心也不費心去解決。

路遐想著想著，嘴角不由露出一絲苦笑。如果自己有哥哥一半的天份也好，現在就不會這樣束手無策了。後來漸漸長大的他，才隱約知曉了一些哥哥的祕密，自己私底下翻了不少書，還跟蹤過哥哥的行動，都是興趣與好奇使然。

如今路遐卻後悔從來沒有認認真真地跟著路曉雲研究過。或許以前的他，也只是處於獵奇心理，從未把這種鬼怪故事當真過吧！

「你現在真是沒用啊……」路遐自嘲地看著自己，腿依然疼得厲害，沒辦法支撐他行走。就算他現在能扶著牆行走，出了檔案室，遇見什麼危機也跑不掉，即使找到了孫正，出了什麼危險，行動不便的自己反倒還是個累贅。

腦子裡又浮現孫正眼含怒意地瞪著他，端正的五官都皺在一起的樣子，「還惹他生氣……」

路遐仰頭靠在椅背上，望天深深出了一口氣。可惜沮喪這種情緒往往只會在他身上出現一秒，他又倏地坐了起來，抓過手電筒。

他記得孫正說什麼來著？

地上有很多員工的資料，還都是二〇〇〇年左右離職或者已故的……

他把手電筒移向雜亂的地面，有些紙上還留著孫正的腳印，旁邊整齊地放著一疊孫正整理出來的資料。

路遐彎下身去，伸手把那疊資料拿過來，隨手翻了幾頁，果然是孫正嚴謹認真的風格，那麼短的時間內，已經把人員資料從其他資料裡拿了出來，並且全部按編號有序地排列過了。第一頁到最後一頁，看時間都是二〇〇〇年到二〇〇二年離職或者已故人員的，只有這個時間段，之後的卻沒有了。

他又想起了孫正的疑問，是醫院定期整理資料嗎？但是為什麼只有這個時間段？總覺得是誰特地把他們拿了出來，剛才桌上劉群芳的信也很奇怪，為什麼恰恰在這個時候會有人在翻劉群芳的東西？

他有一種不好的預感。孫正剛剛的消失會不會和這個也有什麼關聯呢……一邊猜測著，他開始仔細翻閱起這些孫正留下來的東西。

第一張是從二〇〇〇年就離職的員工開始的，除去基本資料和工作職位以外，還附有離職原因，到後面幾乎每張都是如此。有的還會寫上詳細的離職原因和手續資料，資料末尾都有一個小小的編號，似乎是一些重要文件和參考資料的存放編號。

路遐翻到最後，到二〇〇二年底就沒有了。

他看了看手中的手電筒，燈光似乎黯淡了些，看來電池遲早會不夠用。他皺緊了眉，目光又回到那份資料，總覺得哪裡不對。

這麼多資料如果是有目的的拿出來，會是為了什麼呢？

路遐已經顧不得現在自己身處的環境了，醫院、黑暗、某種東西，他都來不及思考。他注視著資料上的文字，手指下意識地在上面摩娑著。

一頁、一頁地再翻一次，一個、一個地再數一次。

果然……是編號，編號中間缺了幾個。根據前後的編號，這些存放編號應該是連在一起的，但是

B04到B07之間的，都沒有了。而且這其中，也沒有在同一時間段消失的劉群芳的任何資料。

路遐終於能夠肯定地下結論：有人在找一段資料，有人還想刻意隱藏那部分資料，就在不久前。資料裡面有什麼？又為什麼要隱藏呢？是不想讓誰看見呢？

難道……是我？

路遐沒有欺騙孫正的是，來之前確實有跟院長見過面。那個花白頭髮的陸（而不是「路」）院長笑吟吟地接待了他，還說雖然沒有聽說過他哥哥的消息，但是很歡迎他調查醫院的問題。

「我這裡有幾本資料和地圖，檔案室還有一些陳年的文件檔案，你如果要，我隨時都能提供……桐花醫院啊，有的問題確實很令我們頭疼，現在既然轉成私立了，這些問題我們自己解決起來也比較方便嘛……你如果能調查出一些線索當然好了……」

院長特地提到了檔案室，資料和地圖也是他提供的，現在想來，作為對路遐行蹤的第一知情人，是十分有嫌疑的。

他們是在試圖隱藏和路曉雲有關的什麼東西？

是不是有一些資料就在剛剛那疊文件裡被人拿走了？

路遐想到這裡，有種被人設計的怒意從心裡直竄到喉嚨，他低低咒罵了一聲，把那疊資料摔向了桌子上。

難怪覺得不對勁，不過那個老院長千想萬想也沒料到他路遐運氣背到還沒展開真正的調查，就已經轉眼自己入了穴。

還沒有太遲！

路遐精神忽然一振，立刻轉向了桌上就放在自己面前的那個盒子。

看來他們還在清理盒子裡面的內容，盒子下面還壓著那個信封，也就是說，剛剛清理到有劉群芳的這個資料夾……

他馬上把那個盒子拉到自己眼前，好像隨時還會被誰搶走似的。

盒子裡的東西看來已經被清理得差不多了，留下的那封至關重要的信簡直是他不幸中的萬幸。翻開劉群芳的工作證，他看到最底層躺著一張薄薄的照片。

照片上有一個大約二十多歲的女人和一個小孩。女人留著齊瀏海，頭髮都紮在後面，整理得整整齊齊地，看著鏡頭的他流露出一種自信，在他微揚的紅潤唇角掠過。

路遐又對比了一下那張工作證，這個面容秀麗的女人應該就是劉群芳。

他身邊的那個男孩，圓圓的臉蛋上一對圓圓的眼睛，亮亮的，透著陽光，一頭柔軟而深黑的短髮，小巧的唇微噘著，帶著一種孩子氣似的驕傲和不屑一顧。

路遐把照片翻過來，發現背後還寫著一行歪七扭八的字：

「群芳阿姨，叫嚴醫生和那個奇怪的叔叔來看我！！」

言語十分霸道又帶著一些撒嬌，從稱呼上來看，應該是那個小男孩寫的。

嚴醫生和奇怪的叔叔？

能被叫做奇怪的叔叔的人……路遐很直接地聯想到了自己的哥哥——路曉雲。

如果指的是路曉雲，那麼哥哥確實到過這家醫院，見到了劉群芳，不僅如此，應該還待了挺長一段時間——至少認識了這個老實、不客氣的小孩。

不過，嚴醫生……路遐抓過那疊資料，飛快地翻著，但是卻沒有姓嚴的人員資料。

也就是說，這個醫生可能還在這裡工作，或者已經離職了，只是資料被抽走了。

路遐多疑的性格又讓他多了幾分揣測，搞不好這個嚴醫生，就是抽走這幾份資料的人呢……

孫正覺得很冷。冷得他一下子睜開了眼睛。

好黑。這是在哪裡？

剛才……剛才……他腦中閃過一張臉，和那雙眼睛。

不、不可能的……他用幾乎快僵硬的手拍了拍自己的臉，直到感覺到痛感。

我不是做夢，但是……

他慢慢坐了起來，黑霧完全將他籠罩，壓迫得他幾乎喘不過氣來。他突然想起自己手裡還抓著一支手電筒。

啪。

一束燈光從手電筒射出來，那瞬間的明亮讓他簡直無法適應，孫正難受地閉了閉眼，好不容易才能漸漸看清周圍的情況。

這是……一條走廊？

兩邊彌漫著陰沉沉的霧氣，燈光彷彿隨時都會被那隱祕的黑暗侵蝕，他怔怔地站了起來，未知走廊裡不知從哪裡蜿蜒而來的涼風，沿著他的褲管，爬上了他的背脊，冷得他出了薄薄一層驚汗。

他甚至不敢挪動腳步。

沒有路遐嬉笑自若的聲音，他此刻只感到對陌生而詭祕的環境那深深的畏懼。

手電筒幽幽照著走廊的前方，照著那白濛濛的一小團，似乎已是走廊盡頭。

盡頭的周圍是什麼？一道通向更加未知的樓梯口，還是一個轉角向更深處的走廊？

他不知是冷，還是恐懼，不由自主地打了個激靈。

背後又是什麼？他未敢回頭。路遐說，不要回頭，那只會增加你的恐懼。

可是愈想，愈會忍不住想要回頭。

他突然覺得有窸窸窣窣的聲音從背後傳來，宛若是沿著地面緩緩而來的聲音，又宛若是沿著牆面鬼鬼祟祟襲來的聲音。

是什麼？他緊張地想道，又或者是錯覺……

細微的涼風似乎又在鑽入他的四肢百骸了，他幾乎是被迫挪動著腳步。一步、兩步，他驚訝自己走路竟然是沒有聲音的。

那映在走廊盡頭牆面的手電筒光圈也愈來愈大。

他第一次覺得，如果路遐出現，就好了……

忽然他停住了腳步。

因為已到盡頭，走廊的盡頭沒有樓梯口，也沒有轉角。

有一道門。

他看著那道門，不由自主地退後了一步。

很破舊、很破舊的門，連把手也是極其老舊且生銹的金屬把手，這幾乎都不是屬於桐花醫院興建年代的東西。

門上布滿了斑斑的血跡，暗紅色的血跡有的像是一片灑上去的，濺得到處都是，有的如同從某處滲出來的，長長地滴到下面，流出一道道的血跡線來。

除去血跡，還有數不清的劃痕。說不清是什麼樣的東西留下的劃痕，深深淺淺、長長短短，也不知處於怎樣的心理，留下這無數道的劃痕。若再仔細看一點，會覺得，也許是指甲劃的。可是那要多大的力氣，才能讓指甲在這種陳年的木門上留下如此深刻的印跡？

門的邊框上，亦有些歪扭卻完整地黏著一道紅線，不知道是什麼材質的紅線，也不知是用什麼黏上去的，沿著門四面的邊框，整整齊齊地把門框了起來。

簡直是……簡直是……

孫正有種想轉身而逃的衝動，可是目光卻又彷彿被什麼吸引，再度回到了門上。

門的後面會是什麼呢？

某種奇特的好奇念頭突然冒了出來。

他著迷似的，向前走了一步。

忽然他聽到一種很輕微的，幾不可聞的聲音——抓撓的聲音。

什麼東西在門的背後抓撓著門。

那聲音飄飄渺渺，卻又毛骨悚然得像在抓撓著你的後背。

明明是很輕微的聲音，但覺得是在很大力、很大力地抓著。

有什麼，在門的背後，很大力、很大力地抓著，撓著，用指甲，或者用沒有指甲的手指尖……

孫正感到自己怦怦的心跳，他能清晰明確地感到自己的害怕，但他還是被那道門吸引住了。

他又走進了一步，門上的痕跡，門背後的聲音，都彷彿在促使他向前、靠近。

他伸出一隻手，穿過冰涼的黑霧，去觸摸那道門。

啪！

孫正垂著手，呆呆站著。

手電筒低低地照著地面，光圈向前方延伸而去。門突然消失了，前方再一次變成了那種熟悉而令人窒息的黑暗。

孫正還處在極其迷茫和不知所措的狀態，手電筒向四周照了照，似乎又回到了某條長長的走廊，暗流湧動，每道門，每個牆角縫似乎總是隱藏著什麼難以言說的祕密。那些不安的揣測，詭祕的幻想就從這些手電筒難以光顧的地方悄無聲息地鑽入他的衣服，冰涼地貼著肌膚，緊緊地箍著他。

他拍了拍腦袋，想讓自己清醒些。或許只是受了驚嚇，再一看或許就回到了那扇門前，不，就回到了檔案室……

但是他眼前的情景依舊是一條走廊。門去哪裡了？我怎麼到這裡的？又是怎麼到那扇門前的？

那時血液鮮紅的顏色猛地湧入他的腦海，暈眩的感覺一下子籠罩了他，幾乎就快這樣摔倒的時候，他本能地伸出一隻手，靠牆撐住了。

孫正費了好大的力氣，把那個景象從自己的腦海裡趕遠了一些。他必須有一些正常的東西來思考，他必須保持自己神智清醒和頭腦清晰。

否則，腦子裡的那根弦就會斷掉，瘋狂和混亂就會占據他。

大概，有許多這樣不小心入穴的人，就是在黑暗和驚疑中瘋掉的吧？

這一點路遐當然沒有告訴他，但是孫正已經從自己不太穩定的狀態裡察覺到了。

『路遐，如果路遐在就好了。』他忍不住又一次這樣想。什麼時候自己變得這麼依賴起別人來？也就是這樣習慣性地相信別人才被一騙再騙，而且，他之前在氣頭上和路遐說了什麼話？他要自己找路出去。

好不容易平復了心情，孫正終於決定自己先找找方向，再進一步行動。

孫正覺得自己背後似乎也靠著牆，於是他鼓起勇氣，轉過身，手電筒也晃了一圈，轉了過來。

不是牆，是門，很大的一扇門，手電筒向上移，他終於看清了標示牌：「手術室（四）」。

手術室？這是在幾樓？哪個地方？

他更加感到莫名難解了。如果說遇到那些奇奇怪怪的東西還有一定解釋，那麼他突然從檔案室到那個神祕門前，再發現自己突然站在這個手術室前，又有什麼能解釋？

想到地圖和紀錄在自己身上，他稍微有了底，從包裡摸出地圖，打開來看。

他一手拿著手電筒，一手拿著地圖，看起來很不方便，他只好艱難地靠著牆慢慢地在地圖上尋找手術室（四）。

『一個人果然有點困難……』這樣的想法剛剛冒出來就馬上被他連忙擠了出去。

找了一遍，沒有找到。孫正動了動發疲的手臂，又打起精神繼續尋找。

看來桐花醫院的手術室應該都移到新的外科大樓去了，誰會在破舊的主樓建手術室呢……不過，他的目光被地圖上的幾道紅色大叉吸引了，之前因為完全不考慮這些地方，所以沒有注意。

現在他終於看到，其中一道紅色大叉的下面，就寫著「手術室（四）」，因為被紅色遮住了，所以一時還難以辨認出來。

竟然還是在三樓，但卻是在走廊的另外一邊，和檔案室隔著一整條走廊。

可是，紅色大叉……紅色大叉……是什麼意思？

他一下子想起來路遐曾稍微提到過，是「有些不吉利的房間」。不吉利，怎麼樣的不吉利？其他的手術室都不在這棟樓，怎麼又會忽然有一個手術室（四）在這個地方？看那個門把手，似乎也是有些年代的，他忽然覺得背後一股寒意。

不管是怎麼樣的不吉利，他必須馬上離開這個地方，找到下一個安全的地方。他飛快地向地圖看了一眼。

三樓只有一個地方安全：「普通外科三」。

他記了一下大概位置，又鼓起莫大勇氣照了照地面。奇怪的是，噩夢般的血跡不見了，那個沙沙蠕動的「它」，也不見了。

沒有時間思考這些匪夷所思的現象了。孫正把地圖塞回口袋，就朝普通外科三跑去。

手電筒確定了他的所在，逃離了那個有著大紅叉的手術室，他頭一次覺得鬆了一口氣，伸手就去開門。

啪。

好像……奇怪，好像被什麼電到一樣的感覺。

但他沒有絲毫猶豫，壓了壓把手，門就這樣開了，他衝進了門後的另一片黑暗裡。

用手電筒大致掃視了一圈普外三室，孫正心裡有點不確定起來。除了普通外科的一些陳設，辦公桌、書櫃，他沒有發現這裡有任何像路遐所說的「遮蓋物」可以擋住什麼的東西。那這裡怎麼會是「安全的」呢？

因為一時失誤走進中醫科，而那時的燒灼感還深深印在他的記憶裡。

或許，有什麼是路遐還沒有提到的吧？路遐現在怎麼樣了？他一個人在檔案室，腳也不方便……發現自己又不由自主地在想路遐，他又拍了拍自己的腦袋讓自己集中精神。

「先找一找那扇門到底是怎麼回事吧……」他自言自語地說著，拉過椅子坐了下來，又一次翻開了地圖。

這一次他仔仔細細找遍了地圖，也沒發現桐花醫院主樓有類似那個走廊的結構。

桐花的主樓每條走廊盡頭是有房間的，比如三樓的盡頭是手術室（四），和檔案室遙遙相望，其中一面樓梯對著的就是廁所。但是從地圖上的情況來看，沒有任何一層樓的走廊盡頭會是牆，也似乎沒有任何一層樓的走廊盡頭有這麼奇怪的一個房間。

那剛才他究竟是到了一個什麼樣的地方？也許，僅僅是做了個夢，一個幻覺？

或許只是一時混亂，其實人還是在三樓的，至於如何到了走廊的另一端……那可能是混亂之中跑過去的……

雖然自知這種理由完全說不通，那時黑霧繚繞如墜幽冥的感覺也還真實地停留著，孫正還是這樣暫時說服了自己。

他又想到了紀錄。說不定紀錄裡面曾有什麼東西吧？他翻出了紀錄。

整個事情的起源還是從三樓那條的血跡開始……

關於桐花三樓的紀錄應該比較好找，他於是先從一九九九年到二〇〇二年那本開始翻起，一頁頁尋找著帶有「三樓」、「印跡」之類的關鍵字。中途他停下來好幾次，卻每次都失望地發現主題並不是關於桐花三樓某種「東西」的故事。

好不容易，在李婷那篇紀錄後面幾頁，找到了一份看起來與「三樓」和「印跡」有關的紀錄。字跡清晰工整，似乎這次是知識水準較高的人寫的，他注意了一下紀錄人——

嚴央（2001 年～2002 年實習醫生）。

STORY 3　小男孩

窗臺上有一對小小的濕腳印，腳尖朝內，
好像要從窗外走進來一般……

01

桐花暗事件紀錄（1999～2002）（九）

紀錄人：嚴央（2001年～2002年實習醫生）

2001年4月20日

學長走之前就對我說過，實習醫生的日子是很難熬的。醫生不把你當醫生，什麼打雜的工作都叫你做；病人把你當醫生，什麼責任都往你身上推，夾在中間，左右不是。

到了桐花，居然還要寫什麼奇怪的紀錄。誰說外科醫生吃香的？有多吃香？剛來報到，這一層樓護士姐姐們就樂呵呵地跑過來，扔下這一本東西說：「小嚴，你新來實習的吧？大學生，有知識水準、外科的，還見多識廣，這個就交給你寫了！」

我翻了一下前面，什麼玩意，狗屁不通！

堂堂醫學大學大學生就被這些牛鬼蛇神給糟蹋了！不過……鬼故事，要是講得好，我還是願意聽的，愈駭人聽聞愈好，但是沒有任何水準的、邏輯太混亂的，沒有意義。我們大學裡的鬼故事太多了，久而久之，早已有了一套專門的研究方法。首先，從鬼的類型……

（似乎還想寫什麼，被劃掉了，看來是打住了話題）

好吧，第一個故事，可能有加油添醋成分、疑神疑鬼成分、胡亂湊數成分。

那是來醫院一個月左右的樣子，記得那幾天一直下著雨，綿綿細細的小雨，卻一直下個不停，一連下了好幾天，整個醫院裡來往都是濕漉漉、髒兮兮的，主樓的地板不知滑倒過多少人，就地送醫倒也方便。

那天早上，依舊是小雨，醫院也依舊是人來人往的樣子。我收了傘，向三樓普外室走去，走廊上全是大大小小的濕腳印，我一面小心防滑，一面到了普外三室。

劉醫生還沒來。據說是這家醫院的老名醫，我在他名下混還是運氣好。老名醫確實兢兢業業、勤勤懇懇，每次都提前十多分鐘來上班，他一坐診，我就只能閒著做點雜務。

看了看劉醫生還在聚精會神地應付那個瘸腿的病人，不是什麼大問題。我於是走到靠窗邊的書櫃裡，剛想拿出新概念英語的錄音帶來聽聽，突然覺得視線晃過的某個地方有點奇怪，但又說不出哪裡有問題。

是哪裡呢？這種微微異樣的感覺。我掃視周圍一圈，書桌、窗臺、書櫃，好像還是很正常……

咦，窗臺？

我探出頭去，愣住了。

窗臺上有遮雨棚，雨滴滴答答落在雨棚上，但窗臺上是乾的。可是，那上面有一對小小的濕腳印，腳尖朝內，好像要從窗臺進來一般。

我向地上看去，地上各種腳印混成一團，不能確定是不是曾經有過這一對腳印。

可是、可是，我忽然覺得全身有點發涼，這裡是三樓啊……

這個腳印看大小，也不過是個七、八歲小孩的腳印，怎麼會從窗臺外走了進來？如果在白天那肯定有人會看見，如果是晚上……那、那……二樓的高度，對一個小孩來說，是絕對不可能的啊？

我探出窗臺，向四周看看，樓外的管道離普外三室至少有兩、三個房間那麼遠，而左右隔壁的窗臺上卻沒有腳印。

「那個……劉老，今天你有沒有看見一個小孩……從這個窗戶進來啊？」我小心翼翼地詢問劉醫生。

他也是一愣，看向我指的窗臺，隨即訓斥道：「你這小子，每天混日子不說，還裝神弄鬼的幹什麼！」

我快快地閉了嘴，抬眼卻看見剛拿著東西進來的劉護士面色慘白地站在門口，手還微微顫抖地看著我。發現我的目光，他匆匆進來放下東西，又匆匆出去了。

啊、或許，是那個調皮小孩，那個什麼高樂高！

高樂高不叫高樂高，叫高樂天。我是倒了八輩子的楣才會認識到這個小孩，還是我平生第一個病人。

小孩第一眼長得倒是活潑機靈，可是剛坐下來問了他名字，他已經開始不乖了，抓過我桌上的病例資料開始撕，我好心把資料拿回來，他嘴一撇就鬧，砸桌子、踢腿的，他媽媽站在後面，賠笑說：「醫生你就將就著點，他就是這個脾氣。」

將就？我想想是我第一個病人，還是個小孩子，就忍著點，於是就看著他蹺著二郎腿一抖一抖地，一邊把我平時跟劉醫生做的筆記撕成一條一條的，一邊得意洋洋的樣子。

奇怪的是，檢查一遍，這個小孩活蹦亂跳，正常得很。

是不是我還不熟練，有什麼問題沒看出來，估計我的疑惑和為難都露在臉上了，他媽媽把我拉到一邊。

「樂天其實沒病。」他悄悄說

我差點跳起來：「沒病來醫院幹什麼？」沒病就拿我這個實習醫生開玩笑？難怪劉醫生這麼放心將這小孩交給我。

「你、你就幫他隨便開點什麼藥，讓他在醫院住過這三、五天吧，醫生，拜託了！」他媽媽言辭懇切，看起來卻不像開玩笑。

「什麼意思？」我一邊問，一邊看著那小孩已經開始翻櫃子裡的東西了。

他又悄悄拉了拉我的衣袖，「他每年都這樣，每年這個時候都來住過，醫院都知道的……你就隨便弄點什麼……」

我雖然疑惑，但是既然他都這麼說，劉醫生吩咐過按家長意思辦，看來是免不了了。

二話不說，我幫他安排打三天點滴，折磨折磨他。

小孩就這麼被他媽拉走了，順便還抱走了我一盒精裝巧克力。

高樂天到了住院部，據說是猶如一方霸王，進門就搶電視，硬是逼著整個房間的叔叔、阿姨陪他看了一整個下午的卡通，到處翻東西、找零食，鄰床的病人都被使喚去端茶、倒水，稍不樂意一哭二鬧三上吊，全住院部圍觀。

這都是我下班前聽護士說的，據說這已經是第三年了，每年都來鬧一次，偏偏是桐花醫院，偏偏就是這個時候，他媽媽又跟醫院上面有關係，奈何不得，總之下班之前高樂天鄰床的三個都辦了轉床手續，誰也沾不得那個小霸王。

我簡直忍不住要懷疑這是那孩子半夜從窗臺翻進來留下的腳印了。

但是，怎麼可能，一個八歲的孩子……

第二天，我受不了諸位護士苦苦哀求，去看了眼那小孩。小孩見我來，囂張極了，滿床打滾，摀著肚子說肚子疼，指著我大叫庸醫、庸醫！哼，素養不高，知識水準還滿高，庸醫什麼意思他懂嗎？他媽媽又著急又驚慌，一會幫他揉肚子，一會問他想吃什麼。

這樣的孩子，一看就是寵出來的。

我大筆一揮，再讓他打兩天的點滴，那孩子立刻大哭起來，可惜演技欠缺，擠不出眼淚，他媽媽一看，急急忙忙下樓去幫他買香蕉。

臨走前，我看了一眼他的鞋子，果然跟那窗臺上的小腳印有點像。

想糊弄我？我語重心長拉過這孩子的手跟他說：「嚴醫生跟你講個故事好不好？你想聽背靠背的故事，還是想聽聽這個房間那個晚上找朋友的小女孩的故事呢？」

高樂天肩膀一縮，瞪著我不說話。

我拍拍手十分得意的回去了。

剛走到主樓樓下，就聽見「咚」的一聲。那小子把他媽媽跑大老遠買回來的香蕉給扔了下來。我看著那在小花園裡摔得稀爛的香蕉，又是心疼又是氣憤。結果一路回去還沒好事，護士通知我，劉醫生告假，晚上值班我來替。

第一次值夜班，我有點小小的興奮。去對面買了幾籠湯包，幾袋洋芋片外加一盒牛奶，既不能虧待自己，又可以和護士姐姐們打好關係。

下班之後，醫院裡的人就漸漸散了，直至夜黑，燈一層一層地熄滅，雖然對面住院部還明亮著，這邊卻除了一樓急診室和護士站，只有黑洞洞的樓梯口，和遮雨棚被冷雨打得劈啪作響的聲音。

好靜啊。我一個人坐在急診室，百無聊賴地吃著洋芋片，只有聽到護士站偶爾傳來的嬉笑聲才讓我感到一絲生氣。

牆上時鐘的滴答聲讓這間急診室愈發寂靜。窗外亦是一片漆黑，冷風夾著雨從半開的窗戶飄進來，像是誰在低低私語。這真是講鬼故事的最佳時間，不，這簡直就是鬼出沒的最佳時段！

我一下子想到陰暗的桐花醫院走廊裡長期穿梭的那不知從何而來的陰風。傳說在這裡值夜班的醫生，獨自坐在辦公室裡，看著書，卻會突然聽到一陣急促的腳步聲，響在空曠的走廊裡，然後又突然消失。護士都說，那是剛在醫院死去的鬼魂，在醫院內追著什麼。

有的時候，也會發現不知何時關上的門悄悄地被打開了，無聲無息，不知已經這樣敞開了多久，也不知門外的那股黑暗在寂靜之中潛入的時候帶了什麼「東西」進來，或許已靜靜在你身邊站了很久，你卻絲毫未覺……

這麼想著，我渾身一陣發冷，轉過頭去看著門，猛喝一口牛奶壓驚，大不了一整個晚上就盯著這門看了！

就在這個時候，不遠處護士站的電話讓我一下子鬆了一口氣。

電話響了好幾聲，卻沒有人接，他們不是在那嗎？我奇怪地想。

然後電話又突然斷了。

該不會是什麼急救電話吧！難道是那人生死關頭抱著希望打了一一九，醫院卻緩慢地數著一聲、二聲、三聲，嗯，不是騷擾電話，同意接聽，可惜最後一口氣只夠它響三聲……這群護士在幹什麼？

就在這個時候，電話又響了起來。

叮鈴鈴，叮鈴鈴。

叮鈴鈴，叮鈴鈴。

好了，三聲了，你們快接吧！我聽著那電話聲不知為何覺得煩躁。

門卻「嘩」一地打開了，嚇得我手中的洋芋片都灑在了地上。

那個劉護士站在門口，臉色仍然是慘白的：「小嚴……你、你們普外三室的電話……」

「什、什麼我們的電話？」我一頭霧水跟著劉護士走到護士站。

幾個護士全都像見鬼似的看著我，圍著那電話，動也不敢動。

叮鈴鈴，叮鈴鈴。

電話還在響。

我走過去，疑惑地看向電話，心突然漏跳一拍。

電話上的來電顯示……是我們普外三室的內線號碼。

也就是說，是我們普外三室打過來的？這個時候，普外三室應該早已是一片黑啊！

我左右看看那些護士，他們都嚇得縮成了一團，就差沒尖叫出來了。

好吧，為了表現男子氣概，我一把拿起電話，把聽筒塞到耳邊。

「喂？」

那邊沒有聲音。

「不會吧，七夜怪談？」我試著開玩笑，讓氣氛緩和一下。

前幾年《七夜怪談》這片子很紅，我還在大學裡和幾個哥們一起看來著。

滋滋滋滋……

滋滋滋滋……

「誰啊？」我又問道。

一陣噪音在電話那頭響起，聽得我渾身起雞皮疙瘩，卻又不能在護士面前露出害怕的神色。

滋滋滋滋……

滋滋滋滋……

像是……像是錄音帶裡的那種噪音。

這聲音令我十分不安，我一下掛了電話。

轉頭對他們笑著說：「誰開這玩笑啊，也太老套了。我上去看看啊！」

雖然這麼說，我卻真不太有膽子上去看。

「對了，他們值夜的沒有發現什麼嗎？」那個劉護士開口了。

另外幾個護士搖了搖頭。

「護士長呢？」我又問他們。

「我就是。」劉護士站了出來，「我陪你上去一起看看。」

我嘴一咧，慘了，他這麼說我還真不得不上去了。眼光不由得瞟向旁邊黑幽幽的樓梯口，心裡叫苦。

「走吧！」他略帶著不容置疑的口氣說，又轉身叮囑了那幾個護士幾句，朝那邊走去。

剛走到樓梯口，那迎面而來的森森黑暗簡直讓我喘不過氣來，這比大學裡半夜起床上廁所還難受，無奈我打開手電筒，為了放輕鬆，開始與劉護士聊天。

「那個……不好意思，我初來乍到，還沒請教護士長尊姓大名？」樓梯裡空蕩蕩的，腳步聲尤為明顯，還伴隨著空曠的回聲。

「我？我叫劉群芳，小嚴你大學剛畢業吧？我其實就比你大幾歲，不用那麼客氣，叫我群芳都行。」他笑起來，氣氛一下子輕鬆了許多。

「這麼年輕就當上了護士長啊？我還是跟他們叫你群芳姐好了。」我一面跟他說著，一面注意著樓梯四周。

「小嚴，你覺得這醫院奇怪嗎？」

「啊？」我正膽戰心驚地適應著黑暗，被他一問，吃了一驚，「哪、哪裡奇怪？」

「今天看見的腳印也不覺得奇怪嗎？」他卻似乎早料到我的反應，轉過頭來看著我，眼睛在黑暗裡十分明亮。

我沒有說話。

「你相信世界上有鬼嗎？」他又一次問道。

我？

「嗯……作為一個醫生，我是不相信的。」我老實回答，但頭一次帶著心虛。

沒有鬼，但是這陰森森的樓梯上卻總是有一股迫人且令人心寒的氣息。

他低下頭去，彷彿用很小聲的聲音在說什麼。

我隱約聽到的是：「如果有，那就好了……」

這樣驚悚的語言出自一個女護士的嘴裡，我堅信那時是聽錯了，鼓起勇氣繼續向上邁步。

剛走到三樓，我就莫名覺得不舒服，又想起走廊間的腳步聲和詭異的穿堂風……

群芳姐卻似乎毫不在意，徑直就往普外三室走去。

我們站在普外三室門口，我覺得寒意一絲絲地從背脊上蔓延開來，除了面前那丁點的手電筒光，我覺得整個黑暗裡彷彿有眼睛在靜靜地看著我們倆，靜靜地看著，站在不知名的某一處。

忽然，一陣巨大的響動打破這壓抑的寂靜。

咚！

屋裡響起好大一聲！

難道真是那小孩在這裡搗亂？好大的膽子！也不怕半夜鬼上身？

群芳姐動作迅速地去拉門，卻發現門的鎖竟然已經開了，毫不費力就打開了門。

裡面什麼也沒有。

我們用手電筒在這間不大的房間裡掃了一圈。

書櫃、椅子、桌子，一切安好無恙。

我心裡的不安感卻愈來愈嚴重，有什麼東西，有什麼東西，我一下子想到了，手電筒移向了地面——

腳印。

一排腳印。

我和群芳姐面面相覷，他的臉色更加慘白了，而我猜測，我的也好不到哪裡去。

我一面擦著冷汗，一面走了進去。

果然，窗戶開著，冷風呼呼地吹進來，吹得窗戶上的玻璃嘩嘩作響。窗臺上有著兩個新腳印，腳尖向內，像是從外面往裡面進來。

這次仍然是小孩子的腳印，像是七、八歲小孩的樣子。

我順著那腳印移動著手電筒，一路從窗臺下來，對著門走，最後，在門口停下了。

我又趕快走出去，向門外附近照了照。

我和群芳姐的腳都是乾的，因此沒有腳印。

而這個濕腳印，竟然也是走到門口，就消失了。

難道那咚的一聲，是什麼東西打開了窗戶，走到門口，門開了，然後又走到哪裡去了呢？

「群芳姐，你趕快去問問巡夜的有沒有看見什麼人在醫院裡，我再在附近找找！」我對著群芳姐說著，腳卻在發軟。

群芳姐應聲就往樓上走去，我留下來，做了一些該做的事。

第二天，我簡直是在噩夢中醒來。

一到醫院，跟劉醫生報到，我就急忙往住院部趕去。

我要找高樂天這小子問個清楚，他是不是在搞鬼？

高樂天正在看卡通，看得搥床大笑，周圍是一大堆零食，他媽媽好像剛剛又下樓去幫他買什麼東西了。

他見我一進來，就哈哈大笑：「丟人，丟人！」

我瞪他一眼，什麼丟人！

這小子得意洋洋地揚起腦袋，「你不用在我面前掩飾，我全都知道了，哈哈哈！」

「果然是你搞的鬼？」我一步衝到他面前，拎起他來。

他在空中手舞足蹈：「不是！不是！我聽說的！哈哈，我把那個蟲子扔到小護士的衣服裡，他就全告訴我了！」

我把他摔到床上：「你懂什麼！」

他眨了眨眼睛：「你知道為什麼那個腳印走到門口就消失了嗎？」

我不屑地看他一眼：「為什麼？」

他盯著我：「因為你們打開門了啊！」

因為……我突然覺得那一瞬間大腦空白了，高樂天看著我，卻又不像在看著我，那雙八歲小孩的眼睛裡，眼神卻不像八歲的小孩。

他拍手大笑起來：「他就這樣附在你背上了嘛！」

我的第一個故事就是這樣，雖然我說它是故事。

但它是真實的故事。

我講的鬼故事，向來都是真的。

那個晚上，到底是誰呢？一個能進入我辦公室的人，一個熟悉我工作時間的人，一個想要接近我的人……

寫到這裡，我轉過身去，抓了抓背。

別說背上，就說背後，連個鬼怪都沒有嘛！

叫我去聽這些鬼故事，還不如去聽新概念英語呢！

02

孫正翻完這篇紀錄，只覺生生被那個小孩嚇出一身冷汗，卻沒有找到他想要那關於地上那個血跡和那道詭異的門的訊息。

他有些沮喪地看著攤在桌上的紀錄，也不知道這篇紀錄要傳達的是什麼意思，一點頭緒都沒有。

難道我真的比路遐笨嗎？

他被這個突然冒出來的想法嚇了一跳。

這時，他聽到一陣輕微的敲門聲。孫正嚇了一跳，剛才紀錄的情節還讓他驚魂未定，他懷疑自己聽錯了。

敲門聲又響起了。

是什麼東西？是人？是鬼？

孫正盯著那個門猜測起來。緊閉的門，外面未知的東西……

「路、路遐？」他試探性地叫了一聲。

似乎有微弱的呻吟聲傳來，孫正稍微向門口移近了一點，想聽得更清楚。

沒錯，有微微的呻吟聲，還有斷斷續續的敲門聲。

孫正緊張地握緊了拳頭。是路遐嗎？是他受傷了？

不、不對，他怎麼知道我在這裡的？

那是誰？是……是鬼？

他轉身想回到座位上，卻無法忽略那呻吟聲和敲門聲。

像是在向他求助。是誰？是什麼？

他試著用手電筒掃向門縫，蹲下去，想看看能不能看見什麼。

但是什麼都沒有看見。

孫正的內心進行著激烈的交戰。桐花醫院三樓似乎十分凶險，從他們一到達三樓起，他就接連不斷地遇見了太多驚悚而詭異的情景，他不確定自己還有沒有能力再承受下一個刺激。

醫院裡沒有別人，應該沒有別人了。但如果……如果真的還有誰，受傷了、遇險了……

孫正似乎終於下定決心，站了起來，朝門走去，卻走得心驚膽顫。

只打開一個小小的門縫，就好。

他輕輕壓了那個門把手。

路遐撓著腦袋，看著地上一大堆資料和剛剛整理出來的那一堆，他沒有找到丟失的那一部分。唯一的線索，就只有眼前這個盒子了。

他的目光回到這個盒子上，他把盒子舉起來，前後左右看了一遍，終於在旁邊找到一個小小的編號。

好在這個盒子留了下來，這樣他可以根據這個編號找一找前後編號裡的東西。

時間一分一秒流逝，他心中憂慮的陰影也愈來愈大。孫正不知去向，也不知道遭遇了什麼危險，在這個穴裡待得愈久，愈容易失去人本來的面目，漸漸變成和那種「東西」一樣的怪物。

他撐著剛剛費了好大力氣拆的一條椅子腳（幸好這裡有比較高的椅子），一瘸一拐地向檔案室裡靠牆的那堆檔案櫃裡走去。

按照盒子編號的順序和剛才那堆資料裡的順序，他大致確定了幾個櫃子。靠近了，用手電筒仔細照照，果然發現其中有幾個櫃子上有被動過的痕跡，一部分灰塵被拂去了，而其他幾個還鋪滿了厚厚的灰塵。

櫃子都有上鎖，路遐突然想到自己懷裡的那個鑰匙。難道鑰匙是用來開這個櫃子的？

他從懷裡摸出那把淺色的鑰匙，在家裡他就研究過這把被寄來的鑰匙，顏色和材質都非常不同尋常，鑰匙泛著貝殼般的光芒，材質細膩，像是用上好的寶石製作的。

得值多少錢啊！他偷偷感嘆道，用這個鑰匙一一去試那幾個鎖孔。

鎖孔太小，沒有一個能塞進去。

他皺著眉頭又將鑰匙小心翼翼地放回懷裡收好，看來只能來硬的了。路遐又摸出剛剛翻箱倒櫃弄來的細鐵絲，開始撬鎖行動。

又費了一些功夫，他終於撬開了那幾個櫃子。一大堆陳年的東西掉了出來，已經沒用的工作證、考績單，甚至還有計算機、錄放音機，雜七雜八的。

他大致晃了一圈，有些失望，好像都是比較普通的東西，難道已經被他們拿走了什麼？

就在這個時候，他突然聽到一個熟悉的叫喊聲，帶著驚恐，從不遠處傳來——

「**路遐！！！！！！！**」

他一個激靈，那是正的聲音！

孫正怎麼了？

他轉身就往門口走去，拄著那根椅子腿，剛走了兩步，他又停了一下。

真的是孫正？剛剛在門口突然消失的孫止，怎麼……

突然又是一聲巨響，像是什麼門猛然關上的聲音。

不管了！路遐不知哪裡來的力氣，那隻受傷的腳也忽然有了生命力，雖然一瘸一拐，卻走得非常快，他簡直恨不得自己能甩開這條腿跑起來。

倏地拉開檔案室的大門，路遐焦急地左右張望，在哪裡？在哪裡？正的聲音是從哪裡傳來的？

突然，他看到走廊的另一端，有微微的光芒在閃爍，是手電筒的光芒！

他照向那黑暗走廊的盡頭，只見一個像孫正的身影似乎正拚命抓著門把，然後另一隻手像是被什麼抓住了，死死在把他向外拉。

「正！」

路遐叫了起來，又奮力向那邊疾走而去，那隻燒傷的腳已失去了痛感，只想快，再快一點！

孫正聽到了他的聲音，轉過頭來，臉色蒼白得嚇人，眉頭間聚滿了驚懼和緊張，剛想開口，卻似乎被什麼猛地拉了一下，手不小心一鬆，整個人失去重心向前栽去。

千鈞一髮之時，手指鉤住了門把，他咬緊了牙關。

是什麼東西在拖著孫正？路遐一面力不從心地拖著那隻腳向那邊快速走著，一面去分辨那黑暗中的東西。

是那個爬的東西嗎？

不是……不是……

因為過於激烈的動作，手電筒的光根本沒有辦法集中，也使他無法正確辨別那個力氣如此之大且試圖拖動孫正的東西。

「正，你等著！」

孫正看著路遐跌跌撞撞地往這邊趕來，自己的手已經被門把勒得失去了知覺，只憑著本能緊緊地、緊緊地抓著。

他張開嘴，想說什麼，卻發現自己根本發不出聲音。

明明只有一條走廊的距離，路遐頭一次發現是如此遙遠，孫正似乎想對他說什麼，但是根本聽不到聲音，是什麼？

他看著那口型。

小……小心？

因為那一剎那的分神，孫正的手再也堅持不住，整個人被那巨大的力量拖倒在地。路遐也因這一瞬間看清了拖著孫正的東西。

什麼都沒有！什麼，都沒有！

他看不見有任何東西在拖著孫正，但卻似乎有一股無形的力量，現在正抓著孫正拿著手電筒的那隻手腕，快要向樓梯口而去。

「正！！！」

他嘶聲叫著，眼睜睜看著，卻還有一段距離擺在他面前，眼看就快追不上了。

要是、要是……

他突然想到了什麼。

「正，你接著！」

一個小小東西在黑暗裡閃過一道白色的弧線，向孫正的方向落去。

孫正只覺得一半邊的身體都因為在地上拖過而火辣辣地疼，下意識地伸手去接住了那最後的救命稻草。

冰冰涼涼的，小小的一塊東西。

他想也沒想，就把那塊東西向緊抓著自己手腕的那個地方刺去。

力道一下子消失了。

孫正彷彿也用盡了全身的力氣，就那樣側身倒在地上，動也不動。

他手裡握著那塊東西，在黑暗裡亦閃著白珍珠般的光澤——是那把鑰匙。

路遐終於趕到了孫正的身邊，孫正側躺在地上，整個人微微地喘著氣，彷彿再也站不起來了。

路遐把那個臨時拐杖放到一邊，小心翼翼地把手墊在孫正的肩膀下，想將他扶起來。他只覺得孫正好像動了一動，然後自己突然就被猛地一把抱住了。

那個人死命抱著他，手牢牢抓著他的背，頭倚在他一邊肩膀上仍然虛弱地喘著氣。

他能感覺到孫正的心跳很快，汗水也從他臉上流下，濕潤了他身上的襯衫。

路遐忽然有些手足無措，手僵硬地不知該放向哪裡，想轉過去看孫正，但只微微瞟到一點，就十分不好意思地將臉轉了回來，彷彿窺見了什麼不該窺見的神態。

「正……好了，沒事了……」路遐僵了半天，只得用空出的那隻手像哄小孩一般拍了拍孫正的背。

他覺得快被勒窒息了。

抱著他的這個人遇見了什麼，受了多大的驚嚇，他全然不知道，只是從未遇過一個像孫正這樣的人有這麼需要他的時候。

他以為自己很討人厭呢。

「等、等一下，我快窒息了……正……」孫正抱得太用力，路遐有點喘不過氣，剛開始還能輕撫孫正的背，現在變成了有些掙扎。

孫正一下子鬆開了那個讓他一瞬間就能安心的懷抱。

他面紅耳赤地轉過臉去，「不好意思，我太激動了。」

懷裡一下空了，路遐也不知是鬆了一口氣，還是一下子失落，「你沒事就好。」

「我，看見了很多奇怪的東西……」孫正抬起臉來，神色有些尷尬，「有點、有點……」

路遐咧開嘴來，露出兩個酒窩：「我理解，我也嚇壞了，來，我再給你安慰！」他張開雙手，敞開懷抱。

孫正白他一眼，推開他的手，又想起什麼，把手裡那個泛著貝殼色澤的鑰匙拿了出來。

「這個是什麼？」

「我之前跟你說過，莫名奇給我的一把鑰匙，好像跟我哥哥有很大的關係。」路遐放下手，眼中依然閃爍著因為孫正平安歸來的興奮。

「這麼重要的東西，你就不怕把它摔壞了？」

「……我怕。」

「……」一陣奇怪的沉默。

「其實它是硨磲製成的，」路遐支吾著打破沉默，「我記得硨磲好像可以驅邪，所以，就扔給你了。」

孫正盯著路遐的臉，內心泛起一種十分複雜的情緒。

「為什麼救我？」

「呃……這不是很正常嗎？」

「可是你第一次冒著生命危險把我推出門外，這一次又把這樣重要的東西毫不猶豫地扔給我，值得嗎？」

「原本這個世界就只剩下我們兩個人了，如果我們都不能互相照顧的話，還有誰能夠依靠呢？」路遐試圖解釋。

孫正依然盯著他，還想問出點什麼來。

路遐似乎有點不好意思，輕咳了一聲，又一下子想到了什麼，抓起孫正那隻被拽過的手臂。手臂上赫然有一個黑色的指印，森森印在手腕上。

兩個人驚疑不定地看著那個指印。

終於孫正說了一句話：「是個小孩子的手印。」

路遐默默點了點頭。

「剛剛我在這個普外三室，」孫正指了指旁邊的房間，「聽到有敲門聲和呻吟的聲音，就像誰受了傷。於是我開了門，才剛開了一條縫，就覺得被什麼東西一下子抓住了手腕，一股很大的力道把我向外拉去，幸好我情急之下用另一隻手勾住了門把……」

「你、你怎麼敢開門？」路遐露出一副孺子不可教也的表情，「除了我的聲音，其他的你都不能相信，不，連我的聲音你都不可以相信，也許現在你面前的我都是別的什麼東西變成的。」

「真的嗎？」孫正睜大了眼睛，戳了戳路遐，「還變得挺像你的。」

路遐第一次聽見孫正這樣開他玩笑，噗哧一下笑了出來，頓了頓，又似乎覺得氣氛一下變得太輕鬆，忍住笑認真說：「這裡還是很危險，我們先進這個普外三室，你把你遇見了什麼都告訴我。」

兩個人互相攙扶著又進到普外三室，緊鎖上門後，路遐十分警惕地用手電筒仔細掃視了一遍整個房間，也不由得「咦」了一聲。

「地圖上標的真的是這個房間？」路遐低聲問孫正，目光還不時在房間四處游移。

孫正指了指桌上，紀錄和地圖都攤開在那裡。等兩個人走到桌邊坐下，路遐就迫不及待地去看地圖。

「奇怪……這個房間到底特別在哪裡呢？」他確認了房間，卻沒有放下心頭的疑惑。

孫正本來就對在四樓走錯房間的事耿耿於懷，「會不會這份地圖根本就是錯的？」

路遐被他一提醒，又想起在檔案室的發現，內心矛盾起來。

「不過，我還有更重要的事情要跟你說，」孫正神色嚴肅地拉過路遐，「在檔案室之後，我遇見了非常奇怪的事情。」

路遐回過神來，聽到這話題，立刻來了精神：「嗯嗯，快說，那個、那個爬的東西沒把你怎麼樣吧？」

孫正心裡想你這麼興致勃勃的樣了，到底是在關心還是純屬好奇心旺盛，嘴上卻說：「沒有，當時來得太突然，我大腦完全一片空白，但是等我反應過來，周圍卻不一樣了。」

他詳細地把和路遐分開之後的事情一一講給了路遐聽。路遐最開始還是帶著小小的興奮，聽著聽著，嘴漸漸張大得快合不攏，孫正不耐煩地做了個「閉上你的嘴」的手勢，他又乖乖把嘴閉上，但神色卻愈發凝重。

終於講完，路遐結結巴巴了半天開口：「正……你、你不會因為那個爬的東西驚嚇過度了吧？」

孫正眉一挑：「你以為我在亂講話？」

「當然不是，」路遐討好地笑著露出兩頰酒窩，「只是，這種事情未免太科幻了。怎麼可能從檔案室忽然到了那個走廊，又忽然到了手術室前面呢？」

「我覺得從進醫院到現在所有都很科幻。」

路遐尷尬地笑了笑：「呃，也是啊……但是在我所知範圍內，這種事情是沒有解釋的，畢竟和入穴這些不一樣。」

「那醫院有沒有哪層樓是這樣的構造的？走廊盡頭沒有樓梯，只有窗戶，旁邊有這樣看起來很老舊的門的？」

路遐凝神想了想，搖了搖頭。

「那麼，除了這棟樓呢？醫院背後還有幾棟樓，那裡面會不會有？」孫正追問道。

路遐眼珠子轉了轉，先點頭，又馬上搖頭，「這棟樓是絕對不可能的，對面的內科住院部構造倒是有點相似，但是因為翻新過，不可能留下那麼老舊的一扇門，還有血跡什麼的……」他咂了咂嘴，做出一個被那扇門的描述噁心到的表情。

孫正瞥了他一眼誇張的表情，繼續問道：「那手術室呢？你對這裡的外科手術室瞭解多少？」

路遐還是搖頭：「不瞭解，手術室按理來說應該都在新的外科大樓裡面，不過不排除這裡有舊桐花醫院留下來的手術室，你沒有進去看吧？」

孫正無奈地聳個肩：「我沒有傻到到處亂闖的程度，再說那裡標了一個紅叉。」

路遐看著他，眼中漸漸流露出一種愉快，然後噗哧一聲偷笑了出來。

孫正摸不著頭緒，以為自己臉上有什麼，不自在地問：「你笑什麼？」

路遐擺了擺手說：「沒什麼，我在想，幸好你沒有真的到處亂走，也沒有出什麼事，不然……我就少一個人肉拐杖了！」

孫正把那根椅子腳扔到桌上，哼了一聲說：「我看它比我可靠，你還是關心它有沒有受到驚嚇吧。」

路遐笑瞇瞇地把椅子腳移到一旁：「它沒你舒服，也比不上你溫暖。」

孫正告訴自己忍住不理這個輕浮的傢伙，正色說：「不要高興太早，你忘了我剛剛就是在這裡出事的？我們還是不安全，你還是想想辦法吧！」

路遐笑意未減：「你不生氣了？不一個人行動了？」

孫正瞪他一眼。

路遐卻湊得更近：「你也發現兩個人行動才是最好的辦法吧？你怎麼忍心把我一個殘疾人丟在那裡呢？」

這句話勾起了孫正埋在心底的小小不安，他只得開口說：「那個時候，有點衝動……現在，我只是覺得兩個人一起比較安全，也能想到更多辦法。」

路遐點點頭：「那你願意和我一起找我哥哥啦？」

孫正一本正經地說：「我理解你的心情，但是你哥哥消失了這麼久，線索也很少，我們最好是一邊尋找出路一邊搜集和你哥哥有關的線索。」

路遐被澆了冷水，撇了撇嘴，瞟到攤開的紀錄，抬頭問孫正：「你之前在看紀錄？有找到線索沒有？」

「沒有找到門和血跡的線索，但是，那篇紀錄講的正好是這個房間的事。」

路遐低下頭去看紀錄，目光停在了紀錄人上。

「真巧，這個紀錄也是由一個姓嚴的醫生寫的。」

「有什麼問題嗎？」孫正湊過去。

「我在檔案室翻到一張照片，上面是劉群芳和一個男孩，背後就寫著叫嚴醫生和那個奇怪的叔叔去看他。」

「那個小男孩，難道是叫高樂天？」

「什麼？」路遐不解地看向孫正。

「你看了這篇紀錄就知道了，我懷疑那個小男孩有什麼問題。」

路遐帶著這個疑問看起了這篇嚴醫生的紀錄。看到一半，他又翻回去再看前面，然後又接著看，就這樣翻來覆去看了好幾遍，孫正終於不耐煩了。

「你能不能先看完？」

「不是，我覺得這篇紀錄，很奇怪，很奇怪。」

路遐嘴上解釋著，眼睛卻沒有停止在紀錄上移動，眉頭也愈皺愈緊。

終於看完了，他長吐出一口氣，目光炯炯地看向孫正。

「你有沒有發現這個紀錄的問題？」

「什麼問題？」

「你不覺得，這個紀錄和其他紀錄不一樣嗎？這個紀錄裡面，沒有消失的人。」

孫正似懂非懂，看著路遐，等著他下一步解釋。

「你看，在之前我們看過的紀錄裡面，都有一個現實存在的人消失了，我們把它歸因為入穴。老張、老毛裡面，老張消失了；劉群芳的紀錄裡面，火災之後陳娟消失了；李婷的紀錄裡面，劉群芳消失了。」

孫正看向路遐手裡的紀錄，點點頭，「在這個紀錄裡面，沒有消失的人。」

「是的，這個故事更像那種傳統的鬼故事，不是講述一個真實的人消失，而是講述一個虛幻的鬼，或者什麼東西的存在，腳印、電話……」路遐頓了頓，「我懷疑有問題的是這個嚴醫生。」

孫正沒有說話，似乎在思考。

路遐又接著說：「你看，檔案室裡也有些古怪，劉群芳和一些其他人的資料被拿走了，而且正好都是在二〇〇一年前後，也差不多是我哥哥失蹤的時間。這個嚴醫生，按照這上面說的，是二〇〇一年到二〇〇二年的實習醫生，那麼他也是在二〇〇二年左右離職的，我也沒有找到他的資料……」

「你是想說……醫院想隱瞞什麼和你哥哥有關？也和這個嚴醫生有關？」

「對，我覺得問題的關鍵現在在這個叫嚴央的人身上，劉群芳、我哥哥，一切都指向他。」

03

普外三室裡因這一時的思考而沉默下來，除了手電筒所及的那桌上一小面，其他陳設都淹沒在黑暗裡。整個房間被劃分為幾片大塊、大塊的陰影，靜立的櫃子和設備都化為濃重的黑影，長久潛伏在這個房間裡，似在夜裡會隱隱呼吸或有微微跳動的脈搏。

窗外也映著重重的黑幕，桐花的主樓如同被一塊巨大的布幕從上而下密不透風地罩住了，黑暗在布幕裡扼殺了不為人知的故事。

終於寂靜被路遐打破，他輕輕用手指節敲著桌面，試著分析。

「現在有幾種可能，其一，這篇紀錄就像老毛寫的那篇一樣，嚴醫生動了手腳，掩蓋了事實；其二，嚴醫生沒有撒謊，寫的是事實，但是有關鍵問題他忽略掉了；其三，嚴醫生沒有撒謊也沒有忽略事實，這個根本就不是一個值得我們思考的紀錄，這就是那個小孩子的惡作劇。你覺得呢？」

孫正被路遐一連幾個猜想給噎住，好半天才說：「有沒有可能嚴醫生和小孩都有問題呢？嚴醫生做了假，小孩子也搞了鬼？」

路遐被他這麼一提，一拍桌：「有可能！那個小鬼既然後來寄了照片，看樣子關係跟嚴醫生還挺好的，不像紀錄裡說的那麼糟糕，但是這一切跟我哥哥又有什麼關係呢？」

兩個人同時陷入了苦苦思索。

路遐又拿過那本紀錄，一字一句地仔細看著。

那個晚上，到底是誰呢？一個能進入我辦公室的人，一個熟悉我工作時間的人，一個想要接近我的人……

「正……我覺得……」路遐遲疑著開口了，「這句話很熟悉，你有沒有印象？」

「什麼？」孫正看過去，搖了搖頭。

「像是在哪裡看到過，」路遐視線停留在那句話上，「嚴央很像在暗示什麼。」

孫正沒有開口，他實在看不出有什麼特別。

「這篇文章，整個都透著一股不對勁的味道，如果把這裡的幾個關鍵問題聯想起來，電話、腳印、『咚』的一聲，而小孩……那個叫高樂天的小孩其實根本與這個事件沒有關係，嚴醫生卻試圖讓我們把他和這件事聯繫起來……這種手法，這些問題，我都覺得很熟悉。」

「熟悉？」孫正疑問。

路遐忽然一把抓住孫正的手，激動地說：「我知道了！我們完全想錯了！這個嚴醫生，我想不到他竟然這麼聰明！」

「怎麼回事？」

路遐激動的情緒尚未平息：「我們把太多注意力都放到故事的內容上了，我們太關注那些鬼怪了，而沒有從整體上來看這篇紀錄。」

孫正仍然表示不明白。

「你有沒有覺得這種手法很像一部很有名的偵探小說？」

孫正掙脫路遐的手：「什麼偵探小說？我很少看那些書的。」

路遐做了個鄙視的表情，無奈說道：「看來我又要浪費口舌了。你看過阿嘉莎．克莉絲蒂的《羅傑．艾克洛命案》嗎？我一直都很喜歡他，很多情節我還能絲毫不漏地背下來，《羅傑．艾克洛命案》雖然是他的早期作品，但是這個手法算是比較經典的……」

孫正皺了皺眉，示意他省去廢話進入正題。

路遐只得跳過背景介紹，繼續說：「這個嚴央，他故意寫這樣的一個故事，是想暗示我們什麼，而這個故事本身，可以說，其實沒有太大意義。他用拙劣的手法模仿了阿嘉莎的經典案例，只是想告訴我們很多事。」

「很多？」

「沒錯，很多。一篇短短的故事，他暗示了我們很多東西，還隱藏得相當深。」路遐語氣裡含著一絲佩服。

他在桌上找了半天，終於找到一支看起來還能寫的圓珠筆，然後把紀錄翻到空白頁，開始一邊寫寫畫畫，一邊解釋起來。

「我們從《羅傑．艾克洛命案》開始吧？我簡單跟你講一下故事情節。省去那些多餘的，直接從這個案件來講，故事裡的我，也就是夏波的醫生在一個晚上接到電話，告訴他一個莊園的主人羅傑被殺了，於是他趕到羅傑家裡，和管家一起撞開門發現了夏波的屍體，」路遐頓了頓在這裡做了個記號，「管家去通知其他人，而『我』留下來，『做了一些該做的事』。」

看見孫正一邊皺著眉頭一邊聽，表情裡多少帶著奇怪，路遐不以為意：「這個兇殺案的現場，留下來的有窗臺上羅傑兒子的腳印，而管家作證說在『我』當天走後一個小時左右還聽到房間裡傳來談話的聲音，於是這個牽涉到遺產的兇殺案似乎有好幾個嫌疑人……」

孫正似乎為久久聽不到重點而煩躁起來，路遐拍了拍他示意不要急，然後把記下來的要點移到孫正面前：「你看。」

上面寫著：電話、談話聲、窗臺的腳印、醫生的不在場證明、證人管家。

而嚴央紀錄裡的重點，也被路遐寫在下面：電話、「咚」的一聲、窗臺的腳印、醫生的不在場證明、證人劉群芳。

孫正細細對比了一下，遲疑地開口：「我承認這些看起來很相似，但是，這些元素也並不是很少見的啊，還滿容易同時出現在一個事件裡吧？」

路遐給他一個我就知道你多疑的表情，又在原紀錄裡勾了兩句話，「你說的對，一開始我也完全沒有聯想那麼遠，但是，嚴醫生的紀錄裡有幾句奇怪的話引起了我的注意，你看——」

我留下來，做了一些該做的事。

那個晚上，到底是誰呢？一個能進入我辦公室的人，一個熟悉我工作時間的人，一個想要接近我的人……

「你難道不覺得，這兩句話，其實他完全沒有必要寫出來嗎？而且，我可以肯定地告訴你，第一句話是《羅傑．艾克洛命案》裡面的原句，而第二句話，是化用了裡面的原句，這是在偵探白羅揭穿謎底的時候說的一句話——」路遐看見孫正眼中閃露著好奇的光芒，笑了笑，搖搖頭，「我先告訴你白羅是怎樣找出兇手的。」

他又在紙上寫起來：「白羅發現的關鍵，第一個是電話，他發現那個電話是一個人從另外一個城市打來的，並且那個人說當時無人接聽；第二個關鍵，是羅傑買的一個答錄機不見了。為什麼不見了呢？答錄機裡一定有什麼證據。也就是說，醫生接到的電話裡其實並沒有人真正告訴他羅傑被殺了，而且實際上管家聽到羅傑在房間裡的對話，很有可能是答錄機裡面放出來的，不是真實的對話，只是之後這個兇手把留在案發現場的答錄機拿走了。這個時候，白羅就說了那麼一句話。」

路遐抬起頭來，摸了摸腦袋：「不好意思，我記不起原話，但大概意思就是：一個之前去過另一個城市的人，一個知道這個答錄機的人……一個在管家通知其他人的時候，能單獨待在現場幾分鐘的人……事實上這個人就是，『我』——夏波醫生。」

孫正眼神明亮起來，似乎有些明白了：「這個小說裡的兇手其實就是『我』本人，那麼嚴央故意寫下這兩句話，是希望看這篇紀錄的人能夠聯想到《羅傑．艾克洛命案》這部小說？」

路遐點點頭：「這是他想告訴我們的第一個訊息。為什麼他套用的是《羅傑．艾克洛命案》而不是其他小說？」

孫正一下子想到關鍵：「難道他也是想暗示，這篇紀錄裡的整個事件其實也是他自己策劃的？」

「對，就是這樣。你看，現在我們將兩篇故事對應起來，我？就是對應嚴醫生自己，他要暗示這一切都是他自己策劃的，那個小孩高樂天？和小說一樣，是誤導我們的嫌疑人。劉群芳？是在當時被嚴醫生支走的管家。但是，你有沒有發現，我們手裡的這篇紀錄，缺了一個最重要的東西？」

孫正被問得一怔，然後試探性地回答：「電話？」

路遐搖搖頭。

「腳印？」

路遐再次搖了搖頭，手指節仍然有節奏地敲著桌面。

「答錄機？」

路遐笑著搖頭，手停止了動作，側頭提示孫正說：「這些都是可以製造出來的，但是最重要的環節卻是無法製造的。」

孫正一隻手撐著頭，苦苦思索了一下，突然問：「那個被殺死的羅、羅傑？」

「沒錯，」路遐終於點頭，微微一笑，「《羅傑．艾克洛命案》裡必定有一個被害者，我們這篇紀錄裡，卻沒有。這才是這篇紀錄裡隱藏的，消失的人。」

「消失的人？什麼意思？」

「這篇紀錄想告訴我們，還有一個人存在。一個他不能寫下來的人，不能讓看到這個紀錄的一些人知道的人。」

「是不能讓醫院知道的人？」

「也許。而且，這個被隱藏的人的存在，解釋了其他一切疑點，」路遐神色漸漸凝重，「電話？可以是這個人在嚴央的辦公室裡打的；腳印？一開始我們就被誤導了。腳印完全可以是室內製造的，可以是這個人用小孩的鞋在窗臺上印下的，也可以是他抱著小孩踩上去的。我懷疑，這個人……是我哥哥。」

「你哥哥？」

「和劉群芳、那個小孩，還有這個醫生都有關係的人，我只能想到我哥哥。就像他自己說的一樣，一個能進入他辦公室的人，必然是熟悉他的人，能得到他鑰匙的人，一個熟悉他工作時間的人，也必然是常常和他在一起的人，一個想要接近他的人，這個也許……總之，嚴央似乎費盡心思想要暗示，這個故事裡面沒有鬼，只有一個人影，在他的身後，也沒有鬼，而是站著一個人，這個人一直和他在一起。」

路遐的手指移向紀錄裡的一句話：

別說背上，就說背後，連個鬼怪都沒有嘛！

「一般正常人說話，不是應該說，『別說背上，就說背後，連半個人都沒有』之類的嗎？他為什麼強調不是背上而是背後，為什麼用鬼怪而不是用我們正常的詞語？」

孫正看著那句話，心想，你想得還真多，難不成這篇紀錄裡還有摩爾斯密碼？嘴上說：「這個……可能吧……」

「好，現在我們可以還原那天晚上發生的事情了，」路遐沒有發現孫正怪怪的表情，「這天晚上，這個醫生接到了電話，這其實是樓上的那個人打過來的，然後他和劉群芳上了樓，在門口聽到『咚』的一聲，這個聲音，完全可以模仿羅傑的案例，是某個答錄機發出來的。他們推開門，那個人當然已經不在那裡了，腳印，也已經製造出來了。劉群芳應該是知情的，也可能是不知情的，只是出於情節設計，嚴央在紀錄裡把他支走了。好了，是不是覺得這個故事攤開一看，很無聊，更談不上任何懸念？」

孫正不可否認地點點頭。

「但是真正對我們有用的資訊，現在才開始。你覺得嚴醫生這麼寫的動機是什麼？」

「要留下資訊，暗示給某些能讀到這篇紀錄的人關於你哥哥的資訊，又不能讓其他人、某些人讀出來這些資訊。」

「嗯，我也這麼想。而且……我的那套阿嘉莎，都是我哥哥買給我的。」

「難不成你覺得他們是要給你看的？」孫正撇了撇嘴，挑眉看向路遐。

「這個……」路遐拿不準，看著孫正，忽然眼珠子一轉，「怎麼，難道不可以嗎？」

「未免也太牽強了吧！」孫正無奈地看他一眼。

「我覺得可能性還挺大的，」路遐側著頭微笑，「不然嚴央怎麼知道看紀錄的人有沒有看過《羅傑·艾克洛命案》，能不能理解到他的意思呢？你看，你當時讀這篇紀錄的時候一點都沒有察覺到吧？」

裝什麼可愛啊！孫正哼了一聲，扭過頭去：「那些小說有什麼好看的！」

路遐忍著笑，繼續分析說：「不過這也只是其中一個原因。如果僅僅如此，他沒有必要花這麼多功夫，為什麼弄這麼多事情出來，打電話、印腳印，讓整個護士站都知道？」

孫正想了想，「他需要有藉口來寫這篇紀錄，如果沒有任何奇怪的事情發生，也沒有人消失，他這篇紀錄會被認為是編造的而不被採用。」

「沒錯！但是，還有一個原因。他們想在三樓調查什麼，故意製造出三樓鬧鬼的假象，以免在夜間有不必要的人出現，尤其是那些值夜班的人，就算聽到三樓有什麼動靜，這樣晚上也不敢仔細巡邏，只會應付性地看一眼就走。」

「原來如此！」孫正感慨一聲，但是又猶豫地問了一句，「但是你確定嚴央真的是這樣寫的？會不會我們誤讀了，想太多了？」

路遐聳了聳肩，承認了這個問題：「我也這麼想。所以，如果這篇紀錄裡的最後一則訊息能夠被驗證，那麼就說明我們是正確的。」

「最後一則訊息？」孫正吃了一驚，接著不由笑了出聲，「這位嚴央醫生的紀錄，是不是也太複雜了點？」

路遐也笑了，卻又迅速恢復了正常，嘆了一口氣說：「只是恐怕這最後一則訊息，已經被人拿走了。」

「什麼？」

「我覺得嚴央肯定留了什麼關於這個醫院的東西給我們，而且我推測這個東西不是和劉群芳有關，就是和那個小孩有關，但是……劉群芳的盒子裡，只剩下那封信和那張照片了。而且，那個小孩……」

路遐說著，抓起孫正的手來，露出那個黑乎乎的小孩手印。

「難道，他在之後入穴了？」孫正一顫。

路遐又嘆息了一聲：「這麼具有攻擊性的東西……那孩子到底遇見了什麼了？難道我們的線索就斷在這裡了嗎……」

孫正嘩嘩翻著手中的紀錄，有些遲疑地開口說：「我在紀錄上也沒有找到關於這個房間和這個孩子的別的紀錄……而且，我剛發現，有一個比較嚴重的問題……」

「什麼問題？」路遐動了動，側過臉來。

孫正將手中的紀錄遞到路遐面前，又將另一本翻開到第一頁，指了指說：「你看，第一本紀錄到二〇〇一年大概五、六月以後，就沒有了。一共只有十篇，第二本紀錄卻是直接從二〇〇二年二、三月開始的，也就是說，中間那幾個月發生的事情，沒有紀錄。」

路遐一把搶過兩本紀錄，刷刷地從頭翻到尾，又從頭翻到尾，然後猛地將紀錄甩到了桌上，轉頭神色凝重地說：「這哪裡是比較嚴重，這是非常嚴重，正！這就真正意味著我們目前最有用的紀錄，線索也斷了！」

「可是，第二本後面也還有紀錄啊！」

「那些紀錄最多只能讓我們知道哪裡發生過什麼事，但是，唯一知道怎麼出穴的我哥哥那段時間的紀錄，已經消失了！」

「嚴央為什麼不紀錄下來呢？」

路遐又瞟了一眼被他扔在桌上的紀錄：「我哪裡知道！」

孫正皺著眉頭想了想，好半天才猶豫著開口：「嚴央留下的線索被拿走了，檔案室的資料也被拿走了，紀錄斷了，也就是說，我們現在什麼線索都沒有了嗎？」

路遐點了點頭，臉色也變得有些慘白，他攤開手中握著的那把硨磲鑰匙，帶著沮喪的口吻說：「現在也無從知道這把鑰匙到底有什麼含意了……」

孫正似乎還無法接受現實的嚴重性，又一次開口確認：「也就是說，我們現在，找不到出去的辦法了？出不去了？」

路遐再次點了點頭，竟說不出別的話來。

孫正的手抖了一下，從他認識路遐以來，那個人就總是笑嘻嘻地，帶著一深一淺的酒窩，總是沉浸在某種愉快的氣氛當中。就算是入穴以後，他眼中也依然閃爍著充滿希望的光芒，更未曾說過一句讓人洩氣的話，樂觀得令人懷疑他的年齡。但他關鍵時刻絕佳的判斷力和分析能力，即使是孫正，也不得不為之嘆服。

然而這個時候，身邊這個人的目光，漸漸黯淡了下去，緊閉的嘴唇讓孫正終於意識到，也許他們真的走到窮途末路了。

即使是路遐，也這樣束手無策了。

路遐的腦子裡正飛快地轉過入穴至今的無數場景。還有許多謎、許多謎都沒有解開，也無法解開。他喜歡絕處逢生，也享受解謎的快樂，但是現在他們卻困在這裡，走到了真正的絕處，也失去了一切線索。

三樓的走廊極為凶險。從五樓一路走下來，三樓出現了許多不為人知的「怪物」和具有攻擊性的東西，情況也愈來愈複雜。不知道如果就此走到二樓，會不會出現更為可怕的東西？更何況他們現在手中的資料也是不完全的，能否安全渡過剩下的一段路程，仍然是疑問。

雖然手錶停止了運作，但他也估計得出來，從入穴到現在，起碼得有六、七個小時了，最是人困馬乏的時候。兩個人一路處於高度緊張狀態，除了路遐吃了點麵包，孫正真的是滴水未沾，粒米未進。是不是也快撐不住了？路遐轉頭看看孫正，正與孫正的目光相遇。

兩個人都在思考同樣的問題。

兩個人的眼裡都映著對方蒼白的臉色，酒窩從路遐的臉上消失了，鎮定也從孫正的臉上消失了。房間裡靜得可怕，黑暗的陰影此刻終於悄無聲息地潛入了他們的神經，深入骨髓。

路遐被孫正的黯然目光攪得十分不安寧，將視線移向了普外三室的那道門。

要出去嗎？

出去會有什麼？

沙沙爬著的扭曲怪物，不知從何而來的小孩遊魂……

他們的勇氣似乎也漸漸被這死寂的黑暗吞蝕了，兩個人漸漸難以想像移動腳步，走出這道門面對世界。

只覺得又累、又餓、又睏，渾身力氣就像在一瞬間被抽乾了，一點力氣也使不上了。

再這麼下去……路遐突然驚覺到自己現在的心境，竟在不知不覺間被某種絕望的情緒感染，他轉過頭去，想藉著跟孫正談話打起精神來，卻發現孫正趴在桌子上，竟然睡著了。

孫正枕著手臂，發出極淺的呼吸聲，背部也隨著呼吸微微起伏，臉上籠罩著一層睏倦和抹不去的不安。

在這種情況下都能睡著，想必是疲乏緊張到了極點吧！

路遐注視著孫正的睡臉，露出一絲苦笑。

他握緊了手中的那把鑰匙，路曉雲，你到底在哪裡？

那個許久未見的名字，帶著記憶也漸漸爬上了他的思緒。

04

老舊的酒廠、濃濃的酒味、爬滿青苔的潮濕牆面，破碎的藍色玻璃窗和歪歪斜斜的欄杆。

牆角裡冰冷的氣息，和伸手不見五指的黑暗。

「小川、小川，你在哪裡？」

他的聲音迴蕩在整個空曠的室內裡，那些破碎的酒罈都似化作了猙獰的手爪，四面八方向他抓來。

「小川，小川！」

周圍響著他自己驚慌失措的聲音，跌跌撞撞地，腦海裡浮現的都是酒廠破敗的牆壁和半敞開的門，每一道門後，都彷彿藏著一雙眼睛。

黑暗裡只有他一人奔跑的腳步聲，不，不是一人，好像有無數人，跟在他身後，無聲地……

「小川，我們不找小菜了，我們回去！我們回去！」

小川不見了，一點聲音都沒有。

拳頭揮向四周，全都落空，黑暗湧上來吞沒了他的拳頭、他的聲音，就連他的身體都完全被吞沒了。

哥哥是騙人的！他說小菜在這裡，他是騙人的！

不對……哥哥警告說，不要來這個酒廠，這是個鬧鬼的酒廠。

鬧鬼的酒廠……

「路曉雲，你還不出來！路曉雲！」門被拍得砰砰直響。

他不該炫耀他的哥哥能看見鬼，他也不該炫耀自己膽大。

「路曉雲，路曉雲！！」

他突然噤了聲，瞪大了眼睛看著前方。

那個人的身影完全隱沒在黑暗裡，若非他開口，他完全不能察覺這個人已經存在了很久。

「滾開！」

冷漠的聲音帶著十分的不耐煩，是十分熟悉的聲音。

什麼東西一下子鬆開了自己，他向黑暗裡撲去，撲到了那個人的一雙腿上。

那個人的身上似乎也沾滿了這種冰冷的寒意，他蹭上去。

「哥哥！」

只覺得被拎了起來，扔到了那個人的背上。

沿著牆，沿著陰沉沉的黑暗，他靠在那個人的背上，慢慢地向前走著。

默不作聲地走著，走著……

直到……陽光……

路遐似乎一下子被眼前明亮的陽光刺了眼，睜開了雙眼。

他這才發現自己竟然也睡著了，就在孫正的旁邊，也趴在桌上，睡著了。

然而陽光已消失了很久，桐花醫院如同墓地般的陰沉和黑暗依舊毫無縫隙地籠罩著這個世界。

他撐著額頭，似乎不敢相信自己竟然睡著了。

睡了有多久？

他用手電筒看了看四周，竟然什麼事也沒發生，他又摸了摸自己，身體還是溫熱的，觸感還是真實的，自己還沒有變成那些「東西」。

竟然，還夢見了多年以前的哥哥。

他還以為危急時刻大叫一聲路曉雲就會有用，然而路曉雲已經消失了很多年。

倘若是路曉雲的話……又怎麼會不管？

他隱隱覺得想到了些什麼，一把抓過桌上那本紀錄簿。

孫正覺得有人在推自己，還叫著「正、正」。他十分厭惡那種噁心的叫法，於是揉了揉眼睛，不耐煩地想叫那人閉嘴。

然後他一下子就清醒了。

「路、路遐？」

那個人離他很近，有些好笑地看著他：「怎麼了？你夢見什麼了？」

孫正晃了晃腦袋，神志終於清晰了起來。

「我睡著了？」他似乎不敢相信自己居然在這種情況下睡著了，還睡得這麼熟。

路遐攤了攤手，聳了聳肩：「沒辦法，大概孫大高材生你是信心十足吧！」

孫正奇怪地看他一眼，這傢伙什麼時候又開始了這麼怪怪的調子。

路遐不以為意，推了推他：「正，假如……你出去之後想要幹什麼？」

孫正一愣，怎麼突然會問這個問題？

「你說啊……」路遐又擠了擠他。

「我……我不知道……」孫正仍然沒有反應過來。

可是出去之後？出去……他被自己腦海裡的茫然嚇了一跳，他竟然不知道出去之後要幹什麼，要做什麼？他的腦子裡竟然已經滿滿的都是桐花醫院。

他掩飾住自己的表情，反問路遐：「你呢？」

路遐一抿嘴：「相親去。」

「相什麼親？」

「聽說入過穴的人都短命，我得趕快完成人類使命，留下優秀物種，免得老媽成天哀嘆他的大兒子。」

孫正心裡卻愈發泛起一股不祥的感覺。路遐怎麼會開始胡扯這些的？之前的他根本不會談到這些問題，而是二話不說直接行動。難道，路遐也真的覺得我們走投無路了？只能靠這些閒談來打發最後的時光了嗎？

想到這裡，孫正心裡一陣悲涼，他試探性地問路遐：「那，如果我們出不去了呢？」

路遐看了看孫正，又睜大了眼睛仔細看，兩隻亮亮的眼眸盯著孫正的臉，直看得孫正心裡發毛。

然後他忽然一本正經地說：「沒辦法，那就只有勉強找某個人，劉群芳做媒，老張、老毛群鬼為證，檔案室拜堂，手術室洞房，領養門外的小鬼當兒子，做一對鬼夫夫。」

鬼、鬼夫夫？

孫正又愣了一下，然後紅著臉反應過來，罵道：「神經病！」

路遐哈哈笑著，拍了拍手：「你那麼激動幹什麼啊，又沒說找誰，再說……我有了新發現。」

路遐笑著拿出那本紀錄簿，放到孫正面前。柳暗花明，他情緒正十分高昂，只道自己活躍氣氛開了一句玩笑，卻沒注意到孫正十分不自在的神色。

「嚴醫生既然能寫出這篇紀錄來，必定不會讓我們就此斷掉線索，我哥哥也必定不會就這樣放著我們不管，你再仔細看看這篇紀錄。」

孫正接過那篇嚴央的紀錄，手還微微扣著桌邊。

「嚴央確實留下了最後的訊息，但我們之前猜錯了。他最後的訊息不在那個小鬼身上，在這裡。」

「什麼意思？」孫正不解。

路遐露出一個意味深長的笑來，又用手指了指紀錄。

孫正翻了一遍紀錄，搖頭表示仍然不理解。

路遐保持微笑，提示孫正：「之前有一個問題，為什麼嚴央一定要套用《羅傑．艾克洛命案》？」

孫正自然而然地就回答了出來：「因為他要暗示兇手就是他自己，而且《羅傑．艾克洛命案》是他們和你都很熟悉的小說。」

「不愧是高材生，學得快，記得也很好嘛，」路遐點點頭，一頓，語氣卻一變，「但是，很多偵探小說裡其實都有這樣的設計。事實上，還有一個原因。這個原因就是我們忽略的一個重要道具，一個在《羅傑．艾克洛命案》裡面發揮關鍵作用的道具。」他看著孫正，目光裡閃爍著光芒。

「那個答錄機？」孫正一下子被點明，迫不及待地提了出來。

「對，如果真的是按照《羅傑．艾克洛命案》的手法，那麼嚴央一定有一個能夠錄音的東西，而且，你有沒有發現，這個嚴醫生，特別喜歡提到他的新概念英語錄音帶？」

孫正想起那個年代確實大多都是用錄音帶，新概念英語錄音帶在這篇紀錄裡出現的次數也足以讓人記得它，他點了點頭。

「我剛才重看一遍，發現了疑點。你看最後一句，這句話看起來是不是很多餘？」

叫我去聽這些鬼故事，還不如去聽新概念英語呢！

「是很多餘，怎麼？你覺得有什麼涵義？」

路遐頓了頓，鄭重地說：「他在叫我們去聽他的新概念英語錄音帶，用那個能夠錄音的東西來聽。」

孫正這次真的笑了出來：「路遐，雖然你分析得頭頭是道，但我真的覺得你想太多了。」

路遐似乎也在自我懷疑，沒有出聲。

「再說了，那個東西是什麼？我們到哪裡找？新概念英語的錄音帶？又到哪裡找？那是好幾年前的東西了，人都走了，醫院不是早就扔了嗎？」

路遐微皺著眉頭，也在思考著孫正剛剛提出的幾個問題。

突然，他腦海裡閃過一個畫面。

檔案室，檔案室裡他翻出來的那堆東西裡面……

「有，我知道了！那個盒子裡有錄放音機！那一定是嚴央當時學英語用的錄放音機！就是它！」

路遐一下子激動地站起來。

孫正還有些不知所措地跟著站起來。

「我們現在去檔案室，把錄放音機和錄音帶找到，他們一定在裡面留下了什麼訊息。」路遐精神振奮地對著孫正說。

孫正的目光隨之移向了那道門，他下意識地退了一步。

路遐注意到了他不自然的表情，不難理解他此刻心有餘悸的心情。走過去，拍了拍孫正的肩，露出一個大大的笑臉：「有我在呢！」

孫正盯了他一眼，心裡抱怨：『你在能有什麼用，能驅邪嗎？又不是一塊巨型磚碟。』

路遐不知道孫正正把他想像成一整塊磚碟，不等孫正同意，很自然地就整個人往孫正身上靠去，腦袋直接搭到他肩上說：「放心，有什麼找在背上幫你擋著呢。」

孫正被他下巴硌得不舒服，動了動肩膀，無奈地指了指桌上：「你至少先把紀錄和地圖收好吧。」

路遐就著那姿勢，伸長了手把東西都拿過來，一股腦兒塞到孫正外套兩側的口袋裡，一手拿著椅子腿，一手打開手電筒，爽快地說：「走吧！」

喀嚓。

兩個人小心翼翼地打開門，萬分戒備地望了一下外面，才邁步出去。

走廊的涼風讓他們同時打了個顫。

路遐握著手電筒照著地面，用極低、極低的聲音附在孫正耳邊說：「不要怕那個鬼小孩。」

孫正回以極平常的聲音：「我不怕他了，我只是覺得他很可憐。」

路遐剛想開口，忽然覺得聽到一種極其輕微的聲音，手下意識地抓了一下孫正的肩。

「怎麼？」孫正一下子警覺起來。

路遐不想草木皆兵，一邊豎起耳朵聽得更仔細，一邊保持平靜繼續：「沒什麼，那個小孩，你怎麼會覺得他可憐？」

總覺得背後涼颼颼的，那個低微的聲音在耳邊徘徊不去。是什麼聲音呢？

難道這個三樓還有什麼別的東西？

「我其實……」孫正頓了頓，「覺得每個人都很可憐。」

好像……是咳嗽聲，老人的咳嗽聲。

路遐悄悄把手探進懷裡，去摸索那把鑰匙。硨磲只能驅邪，說白了，就像是煙霧彈，效果是短暫的，敵人是不會就此消失的。

「路遐？」孫正停下腳步，半靠在牆邊。

「快走，不要停，」路遐連忙推他，耳朵依然在留意那個聲音，「什麼可憐？」

孫正沒有察覺異樣，又扶著路遐，慢慢沿著牆壁向前走。檔案室的標記就在前面，黑乎乎的一片。他的腦子裡一直迴蕩著正對著他們的走廊盡頭的手術室（四），那個標記了大紅叉叉的地方，不知為什麼，讓他心裡隱隱覺得不舒服。

為了緩解這種高度緊張，他回答路遐說：「這些入穴的人，並沒有犯什麼大錯，有的根本就是無辜的。可是，就這樣被永遠困在這裡，比死亡更可怕，比活著更痛苦，連一個小孩也不放過，難道不是很可憐嗎？」

路遐分了神，果然……是咳嗽聲，隱隱約約地從普外三室那頭的樓梯那邊傳來的。記得剛才那個小孩也是拖著孫正往那個方向……

『看來待會不能走那邊樓梯下樓，冒著危險也要從這邊的樓梯下去。』

孫正已經慢慢摸到了檔案室的門，他吁了一口氣，繼續道：「劉群芳爺爺提到的那個『它』，是什麼？是不是就是它把這些人帶進這個穴的？如果他們能抓出這個它，也許就不會有人再受害了……」

門咿呀一聲推開了。

兩個人剛想邁出一步，突然，只聽得背後傳來一聲巨響。

「咚！」

孫正嚇得手一軟差點就把路遐摔在地上了，兩個人頭也不敢回，和上次一樣狼狽得直接連滾帶爬進了檔案室。

心跳還未緩和下來，兩個人面面相覷，眼睛裡都映著驚疑不定。

這次又是什麼？

『三樓真的不宜久留。』兩個人同時想道。

『聽起來像是什麼從樓梯上摔下去了……』路遐心想。

『總覺得是什麼東西掉下來的聲音……』孫正若有所思。

路遐一下子想到什麼，指著孫正說：「你快幫我看看，我背上有沒有什麼東西？」

孫正嚇得一滯，壯著膽子問：「什、什麼東西？你難道是覺得背上突然變重了？」

路遐一皺眉，立刻搖頭：「不是、不是，只是叫你幫我看一下，以防萬一。」

孫正好氣又好笑，這才放心去查看了一下路遐的背上，確認什麼都沒有，也沒有留下任何黑色的印記兩人才罷休。

等兩人終於完全平靜下來，立刻想到了這次回檔案室的目的，孫正問道：「你說的東西呢？」

「在那邊！」路遐手向不遠處地上的一堆東西一指。

孫正頓時有種被當交通工具使喚的感覺，一面背著背上重物向那邊艱難行走，一面說道：「我們找到抗生素和血清，先想辦法處理一下你的腳。」

「當然、當然。」路遐這麼說著，語氣裡卻聽不出多少期待。

孫正從雜物堆裡拿起了那個錄放音機，發現上面還貼著幾張《還珠格格》的貼畫，頓時有些哭笑不得。

路遐看了一眼，笑著說：「那幾年正是紅遍大江南北的時候嘛，應該就是那個小孩貼的。」

孫正拍掉上面的灰塵，打開了那個破舊的錄放音機，發現裡面有一卷錄音帶，拿出來，上面寫著「新概念英語」。他又檢查了一下後面，發現沒有電池。

他把那個錄放音機和錄音帶遞到路遐眼前，眼神裡帶著質疑。

「你的意思是，嚴央和你哥哥用這卷新概念英語錄了什麼東西，然後叫我們去聽？」他看到路遐點點頭，眉頭卻皺得更緊：「只有一卷錄音帶？」

路遐接過那個錄放音機和錄音帶，反而很愉快：「這還不能說明什麼，如果錄音帶裡真的錄下了些什麼，就不應該這麼容易能找到。」

「那你覺得還有其他錄音帶？都放在哪裡呢？」

「如果還在醫院裡，那就是一個好幾年醫院根本不會動，甚至都不會注意的地方，即使定期整理，換了主人，也沒人會想要去碰的地方，比如剛剛這個地方。」

「是分散放的嗎？為什麼會把這些錄音帶留在醫院裡，不帶出去呢？」

路遐聳了聳肩，表示自己也不明白，又揚了揚手中唯一的那卷錄音帶：「幸運的是，我們還剩下手中這一卷，裡面應該有線索提醒我們找到下一卷。至於為什麼這麼重要的資料他們還留在醫院裡，我也不清楚。」

路遐異常激動地拿著那卷錄音帶，翻來覆去地看，孫正沒好氣地打斷他：「不要高興太早，它看起來也就是一卷英語錄音帶，能不能放還是問題，更別說裡面有沒有我們要找的線索了。」

路遐拍了拍孫正的肩，孫正差點一個不穩摔下去，氣得轉過身來，卻正撞上路遐笑瞇瞇的一張臉，酒窩裡都溢滿了欣喜，「沒問題，肯定行！」

他們把桌上檯燈座裡的電池拆了下來，塞到了錄放音機裡，那個古老的錄放音機的螢幕閃了閃，露出字來。

顯示的是時間——2002年1月20日，03：03：00。

檔案室裡一瞬間有一陣小小的沉默。這個時間帶著某種言不清、道不盡的涵義，彷彿拂去了昔日少女的面紗，如今露出老婦的一張面孔，竟有些滄桑且悲涼的意味。

路遐將那時間牢牢記了下來，然後把第一卷錄音帶放了進去。

兩個人靠在桌邊，靜靜地聽著。

錄音帶滋滋響了幾聲，響起了一陣標準的女聲英語，大意是新概念英語第二版第三冊如何如何。

孫正露出一個古怪的表情看著路遐，突然覺得兩個人在這種情況下費盡心機找出一卷英語錄音帶來聽英語實在是愚蠢至極。

路遐按住正欲起身的孫正的手，眼睛仍然緊緊盯在錄放音機上，嘴裡說：「你相信我，他們的訊息不會一開始就出現。」

就這樣，大約聽了幾分鐘英語，聲音突然就斷了，變成了模糊的滋滋聲。

兩人同時對望一眼，湊得更近了，幾乎臉靠著臉，彼此的呼吸都能清楚的感覺到。

滋滋，滋滋。

終於，滋滋聲也弱了下去。

「喂、喂！」一個年輕男子的聲音從錄放音機裡傳了出來。

05

孫正和路遐對視一眼，彼此眼中都看到了激動的光芒。如果沒猜錯的話，這個說話的人應該就是嚴央。

「你確定這個能錄下來？」聲音似乎離得遠了一些，看來是那個錄音的男人轉過方向和另一個人說話，「我的英語錄音帶啊……」

「你沒有錄影機和攝影機，普通相機沒有作用，手寫紀錄不可靠，只有用這個了。」另一個聽起來平平淡淡，沒有任何語氣變化的年輕聲音傳了出來。

孫正一下子感覺到路遐握緊了他的手，整個身體都因為激動而微微顫抖，他立刻判斷出來，這個聲音就是路遐的哥哥——路曉雲的聲音。

「可是……」嚴央的聲音聽起來十分不乾脆，「我真的要提著這個錄放音機大半夜的在醫院跟你到處走嗎？」

路曉雲似乎無視了這個問題，伴隨著錄音帶滋滋的聲音，響起了兩個人的腳步聲。其中一個走得很平穩，另一個應該是提著錄放音機的嚴央的腳步聲，因為有些晃動，錄音帶的音效更加模糊，而他急促追上的腳步聲幾乎蓋過了其他聲音。

然後聽到他不滿意地嘟囔一句：「好歹等我做完介紹啊，這樣別人聽了會覺得莫名其妙吧？」

於是沒等路曉雲說話，就聽見嚴央已經自顧自地對著錄放音機說了起來，這次聲音相當清晰響亮。

「嗯、是這樣的。我叫嚴央，就是一直提著錄放音機的人，也是這個醫院的實習醫生，正在積極準備考研中……走在我前面的這個人，叫路曉雲，哈哈哈，不要以為是個女生哦……」

「哦」聲發到一半突然變個調消了音，路遐判斷這個嚴醫生應該是被自己哥哥冷冷瞪了一眼。

醫生的聲音恢復了正常：「他，嗯，自稱是個無業人員……但我看他很有錢，搞不好偷偷摸摸在做什麼黑道的事。好了，最關鍵的問題是，我們現在在做什麼呢？一切得從頭講起……」

孫正不耐煩地推了推路遐：「可不可以快轉？」

路遐搖搖頭，很認真地說：「不行，這個嚴醫生到底是個怎麼樣的人還沒有確定，為什麼和我哥哥在一起？我哥哥的失蹤和他有什麼關係？沒有弄明白之前，他對我們的作用就不能忽略。」

孫正只好無奈地同意繼續聽下去。

腳步聲空曠地響在錄音帶裡，和之前疾步而行的腳步聲卻略有不同，並且兩人的腳步聲此時顯得相當有節奏，一步步地踏在什麼上面。

在上樓！兩個人很快判斷出來。

錄音帶裡聽得出嚴央一面保持快步上樓，一面說話的聲音還能中氣十足、四平八穩，可見相當有體力：「就在最近這段時間，我老是發現我們普外三室門口有個年輕的男人總是靠在門外的候診椅上睡覺，但是從來都不進來問診，衣著整潔又不像是流浪漢，這麼一連十幾天，我終於忍不住上前和他聊天……差點就以為，他是個神棍……後來護士長找到我，我才知道這個人是他爺爺派來的所謂的什麼高手，調查這個醫院的失蹤人口，當然我是完全不相信什麼神鬼的，但是劉護士長苦口婆心耐心勸導，讓我跟他一起行動，當助手，打掩護……因為我是這個醫院最閒的人……當然，我絕對不是因為覺得刺激好玩才答應劉護士的，完全是因為覺得十分有必要拯救那些失蹤人口，比如劉護士一直在說的陳娟什麼的……」

「所以這下他們的關係清楚了，嚴央應該是後來劉群芳介紹給我哥哥認識的，我哥哥根本就不需要什麼助手，真是多此一舉……」

「但是你哥哥一個陌生人在醫院裡怎麼可能隨意活動，他以前的工作是做什麼的？」孫正開始對路曉雲感到好奇。

「其實我也不清楚，他還在大學的時候就神出鬼沒的，據說是有接別人的委託工作。」

孫正的眼睛亮了起來：「難道他的工作就是去那些地方救那些失蹤的人出來嗎？這麼說，穴是可以出去的？」

路遐似乎也未完全確定，遲疑地說：「從我之前觀察和打聽到的來說，應該是這樣，我哥哥好像天生體質有點特殊，能感覺到什麼，不過我也說不準。而且問題是，即使其他穴裡曾經有幸運被找到的人……這家醫院我還從來沒有聽說過失蹤的人有出去過。」

孫正原本燃起的一點希望現在又完全熄滅了，只是洩氣地補充一句：「但願你哥哥這種特殊的體質能救出什麼人吧。」

「雖然我不太明白他那一套穴是什麼的理論，但是今天還是跟他一起行動了，嗯，我們現在已經快要到達三樓，現在是二〇〇一年四月二十二日晚上十一點四十五分……」

這時，孫正一下子按住路遐的手：「倒、倒回去！」

「怎麼了？」

孫正來不及解釋，直接按了倒退鍵。

「……但是今天還是跟他……四十五分……」

他指了指錄音帶，示意路遐仔細聽。

路遐不懂孫正的意思，奇怪地問道：「怎麼了，他說的這句話有問題嗎？」

「不是這句話有問題，你、你再聽聽，那是什麼聲音……」孫正搖搖頭，又按鍵倒了回去。

嚴央的這個句子又被來回倒退了一遍，路遐表示仍然不明白。

孫正瞟他一眼：「難道你耳朵不好？」

他再次倒回這個句子，正好藉著錄放音機的功能，按了慢速撥放功能。

路遐不平地說：「錄音帶噪音這麼大，在醫院錄音效果本來就不好，我怎麼能聽出什麼來，是你耳朵太尖……」

「噓！」

「但……是……今……天……答……還……是……跟……他……答答……一起……行動……答答……了……答答，答答……現在是……十一點……答答，答答……四十五分……」

聽到這裡，路遐和孫正兩個人都不知不覺坐直了，覺得背上一陣寒意。

這個錄下來的錄音帶背景音裡，有第三個人的腳步聲。

而且，這個腳步聲離嚴央和路曉雲的所在應該有一段距離，像是誰在奔跑。

「他，是不是沒有聽到？」路遐指了指錄音帶。

孫正點點頭，又不確定地搖了搖頭，再次按下播放鍵。

他們的精神忽然一下子全集中在錄音帶的背景音裡，嚴央說了一長串話他們幾乎都沒聽進去。

聽得出嚴央和路曉雲是深夜裡沿著醫院的樓梯向上爬，除了錄音帶的噪音和兩個人的腳步聲，周圍沒有別的聲音（除了剛才突然出現的第三個人的腳步聲）。

嚴央和路曉雲的腳步聲在空蕩的樓梯間迴蕩著。

孫正和路遐幾乎已經從這個聲音裡看見了他們自己的身影。他們也在這個醫院的樓梯間，在這個漆黑無人的空間裡，一步步在樓梯上走過。

沒有人，也沒有別的聲音，怎麼會聽不到那個突然出現的腳步聲？

「喂、你等等，我們到底要去幾樓啊？」嚴央在錄音帶裡問道。

另一個人的腳步聲明顯慢了一點，然後響起他平平淡淡的聲音：「四樓，劉群芳說有問題的那個廁所。」

「那個……是女廁所啊！」

「現在是晚上。」

「晚上？難道晚上就可以隨便出入女廁所嗎……女鬼也是有尊嚴的啊……」這句話似乎是嚴央的自言自語。

孫正又啪地一下按了停。

路遐不解地轉過頭來看著他：「又、又怎麼了？」

「你覺得他們現在大概在幾樓？」孫正問道。

路遐估算了一下錄音帶開始的時間和爬樓梯的速度，答道：「三樓？或者快到三樓吧！」

孫正同意地點點頭，也不解釋，直接將錄音帶往前倒，迅速按下慢速撥放鍵。

「四樓……劉群……答答……芳……說……有……答答……問題……的那個……答……廁所……」

路遐臉上的表情漸漸變得有些緊張起來。

「沒錯，這個腳步聲變大了，說明離他們很近。」孫正判斷道。

「可是，他們好像完全沒聽見，就連我哥哥也沒有注意到嗎……」路遐皺起了眉頭。

「而且……」孫正頓了一下，「還有一個更奇怪的地方……」

他又按了播放鍵。

「難道晚上……就……爺爺……可以……隨便出入……爺爺……女廁所嗎……女鬼……爺爺……也是……爺……」

錄音帶在這裡被迫停下了。孫正和路遐兩個人看著對方，幾乎同時欲言又止。

什麼也不必說，這裡的聲音很明顯。

一個男孩的聲音。錄音帶裡的兩個人卻完全沒有注意到的聲音。

「這個聲音，他們都聽不到，也就是說，」路遐終於開口了，「這個不是現實裡的人發出的聲音……半夜裡，哪家的小孩會在這裡遊蕩？」

「這個小孩就在他們身邊，你哥哥也不知道？」

路遐聳了聳肩：「你以為是看電影啊，我哥哥只是感覺比較靈而已，但是，這個小孩和抓你的那個是不是同一個呢？」

孫正下意識地縮了縮那隻還留有印跡的手，搖了搖頭表示不知道。

「我在那個時候，只聽到了呻吟聲，所以不能確定……」

說完，他們繼續轉向那個錄放音機。

錄音帶裡路曉雲的腳步聲似乎一下子停了。嚴央匆匆走了幾步，應該和路曉雲停在了同一個地方。

「怎麼啦？」嚴央的聲音清晰地從錄音帶裡傳出來。

路曉雲沉默了一會，忽然說：「這個三樓的樓梯，是不是死過人？」

錄音帶內外都同時有短暫的沉默。

嚴央結巴著說：「你、你怎麼知道……」

這句話還未說完，就聽見錄音帶裡他突然沒了聲音，一段幾秒滋滋的噪音過後，只聽「嗯嗯」兩聲悶悶地發出來，錄音帶裡再也沒有傳來兩個人對話的聲音，只有他們重新開始上樓的腳步聲。

『路曉雲搞了他搞不清狀況的嘴。』路遐心道。

『嚴央收到路曉雲的眼色住了嘴。』孫正心道。

數著他們的腳步聲，一步一步地，十三聲過後，腳步聲輕了。

整個過程中，孫正神經都繃得緊緊地，表情因為緊張都快僵硬，直到忽然感覺到旁邊一隻手伸過來，握了握他的手，讓他緊繃的神經有了些許安慰。

他們兩個都聽到了，此刻那個聲音再清楚不過。

就伴隨著路曉雲和嚴央的腳步聲，如影隨形。

孫正和路遐對視一眼，十分確定這個腳步聲來自三樓，此刻離路曉雲和嚴央很近。他們彷佛能看到某種危險不知不覺地靠近了錄音帶裡的路曉雲和嚴央。

兩個人的腳步聲再度響起，從那有些空曠的聲音來判斷，兩個人已經在三樓走廊上行走了。

只聽見輕輕「喀」的一聲，有門被打開的聲音，然後門再度被關上。

「呼——」嚴央長出一口氣，然後錄音帶發出重重一聲怪響。

孫正和路遐都不由自主一動，後來才立刻反應過來是嚴央把錄放音機扔在桌子上了。

「快憋死我了！」裡面嚴央一聲抱怨，然後停頓一下，聲音低了下來，「你、你從哪聽說三樓那件事的？」

響起拉開椅子的聲音，然後另一個人說：「沒有聽誰說過。」

嚴央似乎不相信地哼了一聲，接著說：「就算那個老人從樓梯上摔下去，摔死了又怎麼樣，塵歸塵、土歸土，人嘛，就是氮、氧、碳，大不了一堆水、蛋白質、脂質、無機質、碳水化合物，死了不就是從有機物變無機物，什麼鬼啊都是臆想出來的……」

路遐看見孫正聽到這段話很明顯地點了點頭，但瞬間又露出懷疑的表情，自己在一旁偷偷笑了。

「什麼時候摔死的？」路曉雲在錄音帶裡完全沒有理會嚴央的長篇大論。

「大概，大概三年前？我聽他們護士講的，是個盲人，年紀又大了，走路不小心從樓梯上摔下去，當場就死了。」

孫正一下子握緊了路遐的手，路遐不用看也知道，他又聽到了什麼。

「很近、很近，你沒聽到嗎？」孫正有些著急。

「什麼？」

「怎麼你耳朵那麼差，那麼近，他們怎麼也聽不到？」

「什麼？」路遐皺起眉頭。

「他在叫『爺爺』啊！他就在他們旁邊啊！」孫正低聲叫道。

「『爺爺』？難道……」路遐話未說完，就聽見錄音帶裡又開始了談話。

「和你那個小孩有什麼關係？」路曉雲聲音裡毫無起伏，語氣平平地聽不出他的情緒。

「想不到你這麼八卦，還這麼沒情趣地八卦，」嚴央故作低沉地說，「我告訴你，他就是高樂天的爺爺，三年前高樂天來看病……哎喲，哈哈！」

這時，孫正緊緊抓著路遐的手。

嚴央突然輕聲笑了起來，歇了口氣繼續說：「聽說劉醫生說他在那裡大吵大鬧肚子痛，要他爺爺去外面幫他買香蕉，他爺爺眼睛是瞎的呀，一邊疼著、哄著，拄著拐杖就往外走……哎喲，哈哈，你、你老是撓我胳幹什麼，哎喲，好疼！」

空氣凝固了一秒，只聽見錄音帶裡路曉雲依然平淡地回了一句：「我沒有。」

路遐也突然握緊了孫正的手，他們簡直可以想像到嚴央此刻目瞪口呆，一臉慘白的顏色，看著路曉雲說不出話來。

錄音帶裡猛然一陣翻箱倒櫃似的聲音，大概是嚴央掙扎著從椅子上摔下來，接著就是一長串劈里啪啦連續拍打的聲音。

「路曉雲，過來幫忙啊！」

只聽嚴央嘶啞著一陣大吼。

接著錄音帶裡的聲音完全就是一片混亂。原本就很大的噪音此刻混著人聲，椅子翻倒的聲音連成一片，無法辨別具體發生了什麼狀況。

「和我一樣的情況。」孫正低聲說著，看不清他臉上的表情，「那個男孩在抓他。」

路遐沒有說話，他看著孫正欲言又止。錄音帶裡聽得出來兩個人雖然慌張，但是這種情況對於路曉雲來說應當是司空見慣，所以他並不擔心，但是如果當時他沒有聽到孫正的聲音，沒有扔過去那個鑰匙……現在會變成什麼樣，他突然不敢想像。

他意識到這是一種後怕。站在局外人的角度，聽到路曉雲和嚴央的行動又更深地感到危險的無處不在。

有一種微妙的感覺漫上他的心底，他握著孫正的手動了動，想悄悄鬆開，卻感到另一隻手的顫抖，又不知不覺握緊了些。

06

錄音帶的A面終於走到了盡頭，啪的一聲斷掉了，孫正手動把它翻個面。大概那邊忙於處理危機，錄音帶到頭了也沒發現，中間一段並沒有錄下來，路曉雲如何解決這個問題也無從得知。

一開始播放，一段空白和噪音之後，錄音帶那頭重新出現的聲音已經漸漸平息下來，隨著門砰地一聲關上，裡面恢復了寂靜。

「這麼吵，值夜班的不會發現了吧，」嚴央顯然驚魂未定，喘著氣，語氣還有些顫抖，「你在門上弄什麼？」

「沒什麼，以後就沒什麼東西會進這個房間了。」聽路曉雲的語氣，剛才他簡直就像是置身事外，毫無影響。

「你亂貼些什麼啊！被醫院發現我們就慘了，怎麼能隨便亂來……」嚴央一下子急了，說了兩句，似乎又想起剛才的危險，聲音又漸漸低了下去。

「這就是普外三室為什麼是安全的原因嗎？」孫正轉過頭問路遐，「你哥哥弄了什麼東西？」

「我也不知道他弄了什麼東西……」路遐看著孫正，竟然有些不自在地把腦袋轉到另一邊。

孫正也沒在意，湊近了錄音帶，點點頭說：「那個男孩的聲音消失了。」

「你看，這是什麼？」錄音帶裡嚴央繼續說著。

「你不用把腳放得離我這麼近，那是小孩的手印。」

「果然，果然……」嚴央的聲音裡帶著一些恐懼，「是、是鬼嗎？我總覺得那個高樂天身上有陰氣，他不是人！」

「是嗎？」路曉雲的平靜地問道，明顯否定了這個問題。

孫正和路遐也對視一眼，果然是那個小孩入穴了嗎？

「你不相信？我來告訴你。我有專門打聽過那個小孩的事，那天是他爺爺帶他來看病的，出事的時候，樓下的楊護士，長得有點可愛的那個就在場。他說他親眼看見他爺爺牽著他出來，那孩子還對他笑了笑說：『護士姐姐好！』因為那孩子長得挺漂亮，他印象深刻。他爺爺走到三樓樓梯口的時候，眼睛看不見，也不知是誰撞了一下還是怎麼了，一下子就摔下去了，直接滾了十幾階樓梯，當場流了滿樓梯的血，就死了。而且……」嚴央壓低了聲音，「他們說，他們親眼看到小孩一下子就消失了，就在他們面前！只是後來又出現了所以大家都以為是看錯了。嘿、你看，這小孩後來怎麼冒出來的？多半是變成鬼了。」

錄音帶裡路曉雲沒有說話。

「你也聽說過吧，有人專門養的那種鬼娃，吸別人的氣，自家搗什麼鬼，你看他為什麼每年都要來醫院一次，還專挑這個時候，那多半是陰氣抵不住啦，要回來避一避，補一補……」嚴央倒是愈說愈起勁，似乎已全然忘記剛才的遭遇了。

「初出茅廬的年輕人，又胡來、又膽大，還沒記性。」路遐輕聲評論了一句。

孫正看他一眼，心想你對自己的評價還挺準確的。

路曉雲完全沒有接嚴央的話，路遐知道他哥哥會習慣性無視一般無聊的問題。

「劉護士也真倒楣，那孩子吵著要來探險，他還真敢帶他來，說什麼要在我辦公室嚇我，結果這兩天倒是滿足了這個鬼娃吸收陰氣的目的……」

「劉群芳只帶他來過一次。」

空氣再度凝固了。

「真的？」

「你是在害怕嗎？」

「沒、沒有！你不用過來！」隔著錄音帶和滋滋的噪音，也能聽出嚴央語氣裡帶著驚懼，「那第一天那個腳印，是什麼？」

「怎麼回事？有一天的腳印不是那個小孩刻意弄上去的？」孫正也聽出了問題，轉頭問路遐。

路遐看著孫正的臉，突然腦袋裡又像被什麼擊中了一下，停了好一會才開口說：「不知道。連他自己也不知道，看來這裡面還有問題。之前我們解開的那個紀錄裡面，還有嚴央自己也不知道的一個東西存在。」

孫正頓時覺得毛骨悚然，路遐在一旁看著他泛白的臉色，又開口了：「正，我可能有點遲鈍，我剛剛意識到……」

錄音帶又開始滋滋響起，孫正做了一個讓他噤聲的手勢。

路曉雲在錄音帶那頭沉默了很久。

「是什麼？」

嚴央再度問道，提高了音調。

「他大概在找他玩吧。」路曉雲終於開口了，但卻只吐出這麼沒頭沒尾的一句。

「什麼？」

突然響起椅子的聲音，似乎是路曉雲站了起來。

這次錄音帶裡他說話的語氣裡多了一分冰冷的意味：「這個醫院不對勁，出事的太多了。和其他穴相比，氣息也不對，這裡是個沒有出口的無底洞。」

話裡的寒意彷彿直接穿透了幾年的時光和陳舊的錄音帶，直透到孫正和路遐的心底。

『這是路曉雲有些發怒的徵兆。』路遐心裡暗暗道。

而孫正則感到的是一層層籠上來的陰影，連路曉雲都說這裡是個沒有出口的無底洞，他們難道還有出去的可能嗎？

「你按照醫院的要求，寫一篇紀錄。我會教你怎麼寫，不要告訴別人這件事，我要調查這個醫院的問題。」路曉雲的語調依然是冰冷的。

「啊？可是……」

啪。

錄音帶一下子斷在這裡，又響起英語朗誦的聲音。

「下一卷錄音帶的訊息呢？」孫正一下子焦急起來。

路遐按住他：「不要急，應該在後面。他們應該會在後面重新錄一段告訴我們第二卷錄音帶的訊息。」

「那麼……」趁著這個空隙，孫正提出憋在心裡的疑問，「你哥哥那句話是什麼意思？」

路遐一怔，立刻反應過來孫正指的是那一句「他大概在找他玩吧」。

他動了動嘴唇，想說什麼，卻覺得嘴裡十分苦澀，有些說不出口。

「是什麼？」第一次看見路遐這種表情，孫正愈發好奇。

「如果……我沒猜錯的話，」路遐一邊說著，一邊將錄音帶按暫停，「高樂天他家原本，應該是一對雙胞胎。」

「雙、雙胞胎？」

「入穴的，肯定不是高樂天。」路遐鄭重地說，「在這卷錄音帶的時候，我們就已經聽到那個孩子的聲音了，但是在這之後他們還收到了高樂天的照片，也就是說，入穴的……是另一個孩子。至於鬼娃什麼的說法，當然都是那個醫生的胡扯。」

所以，那個在走廊裡奔跑著的、那個在門口難過呻吟的、那個在窗臺留下腳印的和那個躲在桌子下面抓著嚴央腳的……都是同一個孩子。

三年前，和高樂天一起來醫院的，除了他的爺爺，還有他的雙胞胎兄弟。

所以，當聽到那個護士講起高樂天的時候，他才會覺得哪裡有點怪怪的。

他爺爺牽著他出來，那孩子還對他笑了笑，說：「護士姐姐好！」這個乖巧、懂禮貌，又漂亮的孩子，本來就不是高樂天。帶著他的爺爺滾下樓梯摔死了，他在那一瞬間就入了穴。護士親眼看見他消失，卻誤把他和後來出現的高樂天當成同一個人。

「高樂天呢？他每年這個時候都來醫院？他媽媽呢？怎麼一點都不提？不問問這個孩子？」路遐搖了搖頭，說：「也許是PTSD？還是創傷性失憶症？當年的事，誰也不清楚，他媽媽或許問過，再也找不到了。在這個孩子面前又不能提起，這家人失去了一個老人和一個孩子，實在很可憐。」

「難怪他媽媽那麼驕縱高樂天……」

「至少那個孩子的一部分，還活著，」路遐指了指自己的腦袋，「在他腦海深處的某個地方……那個孩子呼喚著他，在每年的這個時候……」

「他大概在找他玩吧。」

消失在三樓走廊的孩子，茫然無助地呼喚著爺爺，在走廊裡來回奔跑卻只有黑暗和恐懼，找不到出口。拉著他的手向樓梯奔跑的，也許，也只是想找人玩的那個小男孩……一個人在這個醫院，日日夜夜是怎麼度過的？害怕？孤獨？樓梯、走廊、窗臺、入穴後的殘影？現在，又躲在哪個角落呢？

另一個孩子呢？躺在床上，吃著零食，看著動畫。是不是在普外三室的門口，他弟弟一直都在等著他，等著他來和他一起玩……

「你哥哥原來都知道啊。」孫正感慨一句。

路遐望了望昏暗的天花板，然而又能怎樣，即使是路曉雲，也毫無辦法救出這個孩子。

他又轉頭望向孫正，也許很多事情，如何勉強，結果也是一樣的。

那麼，他們的結果呢？

似乎每解開一個故事，他們總會不自覺地陷入一陣沉默。

故事背後的每個人，他們也許都下意識地代入了自己的影子。自己也會像他們那樣最終、永遠留在這裡，消失得一乾二淨，多少年後，偶爾有人撞見自己的殘影，驚嚇一番罷了。

「我們……」孫正頓了頓終於開口，「聽一下錄音帶吧。」

他按了錄音帶的播放鍵。

路遐靠得很近，他看著孫正沒在陰影裡的側臉，幾乎是捉摸不透，周圍大塊大塊的黑暗，似已蠢蠢欲動。如果有一天，眼前的這張臉，終於被這黑暗完全吞噬，也終於變成了那樣的東西……他能做什麼？

心裡竟然開始慌亂和緊張起來。

錄音帶在錄放音機裡轉著，聲音逐漸傳了出來。

一串英文之後，一個聲音傳了出來。

出乎意料的聲音，路遐和孫正都一愣。

是個女人的聲音，年輕、清脆，連噪音都很小。

「路曉雲、嚴央，第二卷錄音帶我拿走了。裡面有對我來說很重要的東西，謝謝你們為了我的事去調查四樓那個房間。但是我並不想你們為我冒險，我聽了你們的錄音帶，我也知道這個醫院有問題，請向我爺爺說一聲抱歉。」

孫正和路遐對望一眼，同時明白──是劉群芳。

他拿走了路曉雲和嚴央的第二卷錄音帶，卻把第一卷留下了，並錄了一段自白在裡面。

看來第二卷的內容應該是和四樓中醫室相關的錄音帶。

不知道路曉雲和嚴央得知之後會如何反應？

「我從小到大，都沒有相信過我的爺爺。我從來不相信鬼神，我相信人可以憑藉自己的努力得到自己想要的東西，為什麼要臆想出一些東西來左右自己的命運呢？老人就是迷信，我是這麼認為的。可是，我看到了他，為什麼他這麼努力，最後換來的都是嘲笑呢？人害怕鬼，敬畏神，到頭來，人就連人自己也無法容下。你們所說的那種方法，我無論如何也要試一試，即使像你們所說入穴什麼的，不用來找我，這是我自己的事情。對爺爺來說，我堅持的事情，他也沒有讓我放棄過，不是嗎？

高樂天的事情，你們不要再查了。其實大家都知道那個孩子的事，他媽媽當年鬧事，醫院已經封鎖了消息，沒有人會告訴你們實話。你們提到的什麼邪門的東西，我想我大概知道一個。二樓化驗室裡面有一盆吊蘭，據說是當年院長親自操刀從死亡線上救回來的病人送的，此後有的醫生手術前會去那裡沾沾運氣，沒有人敢隨便搬動它。但是……晚上千萬不要去，小心。

對不起，騙你們去看那個演唱會，等你們回來的時候，我應該不大能見到你們了……幫我和爺爺說一聲：我很想他。」

錄音帶轉了一轉，嚓的一聲，終於走到了盡頭。

孫正若有所思地說：「這也說明了，為什麼你哥哥在的情況下，劉群芳還會入穴。他從錄音帶裡聽到了穴的祕密，用演唱會支走了他們兩人，自己跟著李婷他們去調查了這件事。」

路遲點點頭。

「所以……我們應該去二樓化驗室看看那盆東西。」孫正說著，手又一次下意識地撫向手腕上那道黑色的印跡。

他心裡仍然有陰影。路遐注意到他的動作。

路遐突然笑了起來，一拍孫正的肩，「好。那我們先看看地圖，我們至少離我哥哥他們愈來愈近了！」

孫正被路遐拍得差點撞上桌子，心裡一面有些忿忿，一面拿出地圖攤開來。

兩個人的目光同時停在了地圖上，呼吸好像都被黏住了。

晚上千萬不要去，小心。

「咳，」路遐率先打破沉默，「只是一盆吊蘭，就算我們在這種情況下去，問題應該不大……所以，應該不必太擔心。」

『明顯、完全沒有說服力。』孫正心想。

「可是，」孫正看向路遐，「不論二樓有什麼樣的東西，都很危險，不是嗎？」

就像這個三樓一樣。

「我們還有選擇的餘地嗎？」路遐苦笑著問。

孫正回以同樣的苦笑，他拉起路遐，沒好氣地說：「走吧。」

路遐毫不遲疑地整個人靠了過去，孫正被他的重量壓得一晃，卻沒有注意到那一瞬間路遐看著自己的腳黯然的神色。

燒傷……

路遐輕輕扯了扯嘴角。

他用手把褲腿向下拉了一拉，一手將錄放音機裝在自己口袋裡，一手拿起手電筒：「走吧！」

孫正扶著他慢慢走到門口，兩個人幾乎是極有默契地一個關了手電筒，一個拉開門。

07

門外空氣湧入的一瞬間，孫正加快了步伐，路遐也同時打開了手電筒。光芒有些刺眼，兩個人憑著記憶朝著樓梯方向快速走去。

孫正感覺到背上那個人的重量，很重，但是，很可靠。

終於適應手電筒光芒的時候，兩個人已經走到了樓梯口。

孫正向下邁了一步，整個醫院都浸沒在無邊無際的寂靜之中，連之前老張、老毛的腳步聲也完全消失了。

「對劉群芳來說……那件事就那麼重要嗎？」他突然問道，「他難道不會害怕嗎？」

路遐一怔。

「你呢，路遐？」孫正轉過臉，彷彿笑了一笑，「我好像也沒有看你怎麼害怕過。」

路遐沒有說話，搭在孫正肩上的手卻抓緊了些。

孫正似乎也不期待有什麼回答，似乎剛才就是一番自言自語，他藉著路遐照著的那道光，沿著樓梯慢慢地向下。

階梯上深深淺淺的光暈裡隱約看到階梯發白的顏色。

那幾乎是這個世界唯一的一點顏色了吧，就像現在和自己在一起的這個人，那也幾乎是這個世界上唯一能聽見的另一個心跳了吧。

「其實……」路遐突然開口了，表情全都淹沒在黑暗裡，「一件事、一個人常常都是莫名其妙就變得很重要的。如果，你突然意識到一個人非常重要的話，就會開始覺得害怕了……」

他停了一下，明明很小聲地在說話，孫正卻覺得那聲音很緊，抓著自己，像路遐抓著自己肩膀的手。

還有溫度。

「同樣是喜歡一個人，劉群芳其實很害怕，」路遐說著，眼睛看著孫正，有些亮亮的，「我比他更害怕，孫正。」

路遐感到自己靠著的那個人腳步停住了。

他眼睛垂了下去，好像想說話，但卻沒有說出口，肩膀動了動，又抬起了腳步。

路遐抬頭看了看黑乎乎的天花板，嘆了口氣。

「沒事，我們先出去再說。」在拐過一個彎，繼續下樓的時候，路遐這麼補充了一句。

他也不知道這句話是說給孫正聽的，還是一種自我安慰。

就這樣兩人都沉默著，沿著樓梯和那束低暗的手電筒向下走著。二樓已近在眼前，手電筒光圈的邊緣已經接觸到冰涼的地板，映出空氣裡浮游著的灰塵。

路遐的心情卻始終未能平靜。他以為自己應該如釋重負長吐一口氣，卻發現這份堆積已久的負擔不知何時又鑽進了腦子，完全攪亂了他的思考能力。

他看著孫正的側臉，卻又覺得沒有任何真實的圖像通過眼睛傳遞到大腦。

他會想什麼？或許根本完全未能聽懂？

如果不是因為這次事件，原本應該是兩個毫不相干的人。他那樣一心學術的高材生，或許根本不明白我在說什麼？完全沒接觸過這樣的情況也不算奇怪……他在想什麼？自己或許也完全不明白。

就像自己手裡的手電筒，在陌生的世界，也只能用微末的光亮探尋出一絲光明罷了。自己，也只是突然在這個夜晚闖入的一個人，可能四處碰壁，可能偶爾相通，然而最終，這個地方接納自己的時間，也僅在今晚而已。

「是在那邊嗎？」這個時候，孫正突然開口，讓路遐嚇了一跳。

「啊！是的，左邊。」路遐迅速反應了過來，趕快把手電筒向那個方向照去。比自己預想的還要糟糕……他本來完全沒有把剛剛那件事放在心上。

「路遐……」孫正又叫了一聲，聲音裡好像壓抑著什麼，「又開始了……」

「什麼？」路遐配合著孫正，腳步慢了下來。

「那種感覺……剛到三樓那種感覺……」

到三樓時的感覺？

路遐原本腦子裡的浮想聯翩因為這句話一下子煙消雲散。

那種毫無生氣的感覺，整個世界都一瞬間死掉的感覺？連徘徊在黑暗裡那些入穴後的殘影都全部消失的感覺？

他開始感到孫正整個身體的不適。

路遐輕輕拍著孫正的肩讓他稍微舒緩一下，目光卻四處警惕地打量著，他不排除，這是某種東西將要再度出現的徵兆。

他再也不能讓孫正從自己眼前消失了。

確認周圍沒有奇怪的聲音之後，他輕聲對孫正說：「放鬆，我在這裡看著，你只要朝著化驗室方向走就好。」

孫正此刻覺得那種沉悶的感覺愈來愈濃烈，直襲上頭頂，令他幾乎有些頭暈眼花分辨不清方向。

模糊的視線之外，他只能感覺溫度、呼吸、路遐。

「路遐……」他再次確認似的叫了一聲。

路遐也已明顯發覺孫正走路的方向已經變得歪歪斜斜，他努力將重量支撐移到自己扶著牆的手上，減輕孫正的負擔，一邊想說點什麼讓孫正鎮定下來。

「正，你的肩膀給我的感覺很像一個人。」路遐故作輕鬆地說，儘管壓抑著緊張的情緒。

腦子裡也暗暗思索著，到底是什麼？是什麼讓孫正總是產生這樣的反應？

孫正迷迷糊糊回道：「什……麼？」

完了，孫正腦袋已經徹底不清楚了，正常情況下，他都會問「像誰」而不是「什麼」啊！

「我哥哥。」

「又是你哥哥……」孫正感到自己的意識忽近忽遠，彷彿有什麼東西在遙遠的地方拉扯著它，「難怪你總是賴在我肩膀上不下來啊……」

還好，還算清醒。

路遐哭笑不得地繼續說著：「很像我哥哥當年背著我的感覺。那一次……也是在很黑的一個地方，我被困住了，關鍵時刻他就這樣走過來，一個人，像什麼都不能接近他，像個英雄……」

不過……也僅此一次而已。

「你哥哥……」孫正按住自己隱隱作痛的額頭，「長什麼樣子？」

路遐看了一眼前方，化驗室就快到了，目前也沒有發現任何奇怪的東西，於是接道：「高高瘦瘦的，臉色蒼白，還有黑眼圈……」

走廊裡依然靜得可怕，黑暗中是看不見的房間和看不到的房門背後。

腦袋一旦安靜下來，對那些如同眼睛凝視著走廊的房門和他們背後隱藏著一團團未知空間的無數異想就蜂擁而至。

加之這二樓不同尋常的氣氛，更讓猜疑肆無忌憚地占據他的思考空間。

他強迫自己和孫正談一些看似平常的話題，讓孫正保持最後一絲清醒，也讓自己保持最後一點思考能力。

他回憶起路曉雲，然後和孫正繼續聊著路曉雲：「其實，他像你一樣刻板，不怎麼說話……」

冷淡得好像自己只是他不小心認識的一個人，不得不每天看見的一個人……但是在某個方面真是天才，理智，又冷靜。

「所以，也像我這樣，沒有什麼朋友嗎？」這種時候的孫正似乎不經過任何思考，輕易地問了出來。

路遐噎住了。

「哼……」孫正繼續有些搖晃地走著，化驗室已經近在眼前，「路遐……」

路遐苦笑了一下，雖然自己很享受孫正無意識念著自己名字的感覺，但他已經完全像醉酒一般糊塗了。

「到了，正！」路遐推開化驗室的兩扇大門，孫正似乎最後的意識就是到達化驗室，這一刻終於坐了下去。

路遐趕快把他扶正了靠在牆邊。

化驗室外面的等候廳，應該說的就是這裡了。三、五排椅子，地上鋪著一層淺色的地磚，左邊是幾個窗口，應該是取化驗單的地方。

他用手電筒先大致掃了整個大廳一圈，隱約看到有兩、三個地方都放有植物。

幾年前的吊蘭，不知醫院易主之後是不是已經被扔掉了還是已經死掉了？他沒有多少把握。

即使路曉雲能預料到他會到這裡來，也料想不到已經是這麼多年以後，連醫院也可能變了樣。孫正此刻正經歷著劇烈的疼痛，一種蔓延過全身的疼痛。他說不出這種難受的感覺，整個世界都變成了重影。

路遐發現孫正已經從靠在牆上變成倒在地上，像上次一樣蜷著身子。

他有些手足無措，想把孫正扶起來，但看著他痛苦的樣子，又生怕一動他就會疼得更厲害。

孫正深吸了一口氣，突然皺著眉說：「那是什麼聲音？」

什麼……聲音？

因為路遐全部注意力剛剛都放在了孫正身上，忽略了周圍細微的變化。

此刻他才聽到那個聲音，那個令他們毛骨悚然的聲音。

沙沙，沙沙。

路遐把孫正拉了起來，不由分說抓緊了他的肩膀。

不論那個東西將如何出現，他也不能讓孫正再消失一次。

沙沙，沙沙。

熟悉的，那個東西的聲音。

孫正動了動肩膀，忽然說：「這個聲音，好像離我們不遠……」

沙沙，沙沙。

路遐大膽地拿起手電筒沿著四周牆壁又慢慢地掃視了一圈。

似乎沒有任何痕跡。

地面也很乾淨，淺色的地磚上沒有留下任何痕跡。

沙沙，沙沙。

他握緊了拳頭，拉近了孫正。

「抓著我，不要隨便亂動。」

到底，在哪裡？

沙沙，沙沙。

孫正忽然覺得什麼東西滴在了頭上。

他摸了摸腦袋，又聞了聞手。

腥味……

「路遐，頭上！」

兩個人同時抬頭。

手電筒照出的天花板上，有一團巨大的血跡。

血滴滴答答地滴下來。

手電筒沿著那團血跡移動，一條長長的，被什麼拖曳而過的血跡就那樣印在天花板上，向著房頂那面的盡頭延伸。

孫正和路遐的心幾乎停止了跳動。

那面的盡頭是一團大大的血跡。

卻沒有那個東西。

聲音，好像又突然消失了。

兩個人幾乎是互相拉扯著站了起來。

『離開這裡！』

孫正抓緊了路遐的肩膀，正想將他扶起，卻突然停住了。

他的整個世界都在這一瞬間停了。

他手上摸到了黏黏膩膩的一大團，濃重的血腥味突然撲鼻而來。

路遐也彷彿停止了呼吸，看著他，眼睛似乎一下都空了。

孫正看見，一個血團從路遐的肩後面緩緩地爬起來，伏在路遐的肩上。

一張臉，一雙眼睛，正看著他。

STORY 4　初戀

他就永遠地……被封在了這面牆裡，帶著微笑注視著某個地方……

01

好黑，空氣好冰冷。這是什麼地方？

啪。幸好手電筒還有光。

這裡是……走廊？

他突然覺得這個走廊很熟悉，濃濃的黑霧繚繞著的走廊，寂靜別無他人的走廊。

那條，不知名的走廊。

他怎麼又來到這裡了？是幻覺嗎？

他看了看自己的手，那觸摸到的一大團血跡，消失了，似乎從來沒有存在過。

那張臉，突然又闖入了他的腦海。

窒息一般的感覺捕獲了他，他蹲了下去，痛苦地搗著腦袋。

不可能，不可能。

怎麼會？

手電筒從他手裡滾了出去，沿著牆壁滾了兩圈，停了下來。

照著對面牆，光暈裡，白白的一片，什麼都沒有。

就像這個走廊，讓他覺得如此虛無……

「孫正……」他確認似的，念了一遍自己的名字。

抓不到身邊的手電筒，他踉蹌了一下站起來，扶住牆。

「路遐……」他又不經意地叫出了另一個名字。

腦子漸漸清醒過來。

自己，從路遐身邊消失了，到了這裡。

手電筒在不遠處，孫正拖動著腳步向那邊走去，卻覺得腳步如此之沉重，彷彿這黑暗承載了未知的重量，又彷彿濃重的空氣化作了一灘沉沼，深陷其中的他幾乎寸步難行。

看不見，看不見周圍都有什麼。

感覺不到，感覺不到這裡的生氣。

溫度、呼吸，什麼都感受不到。

他扶著牆這樣慢慢地走著，忽然又停了。

他摸到什麼東西。

和牆壁的觸感不同，像是……木頭製造的。他沿著那個東西緩緩摸著，到底是什麼東西？手上傳來粗糙不平的觸感，這面東西上彷彿有很多刻痕。

是什麼？

他竟有些焦躁起來，他向前努力邁了一步，蹲下去，撿到了手電筒。

手電筒直直地照著眼前這個東西。

那扇門。他不敢相信剛才自己竟然觸摸了那扇門，那扇面目猙獰的門。

血跡斑斑，布滿無數的刻痕，血跡沿著歪歪斜斜的刻痕流下來，古老、破舊，如同一具陳屍般的門。

又是出於多大的怨念，才留下這種深深的、詭異的刻痕？

似乎又有微弱的聲音從門後面傳來，什麼東西，在刮、在撓。

他側耳聽著，那麼用力地撓著、刮著，這扇門還是文風不動。

門把手，金屬帶鏽的門把手。

他不由自主地伸出手去，觸碰那個把手。

他緊張地閉上了雙眼。

門後面，是什麼？那個刮著、撓著的，是什麼？

喀嚓。

門把手向下動了一點點，就再也動不了了。

上鎖的門。

他又用力壓了壓，依然打不開。這個門，上了鎖。

他似乎更加急躁了，用嘴含住手電筒，兩隻手同時放在門把手上，用力向下壓。

他不知為什麼，這麼想打開這扇門。

啪。

孫正的手還停留在觸摸著什麼的姿勢，手電筒的光照著正前方，空洞洞的地面。

他的手指無意識地動了動，似乎還不敢相信剛才那樣清晰的觸感，此刻又再度消失了。

眼前的場景，多麼熟悉。

無聲的走廊、幽閉的空間，鑽入四肢的冰冷麻木感。

腦子裡有一個肯定的聲音告訴他，這是三樓走廊，他幾乎不用搜尋任何參考物，不用任何懷疑。

就像有什麼已經鑽入了他的大腦和內心，無聲無息地，那片黑霧也將籠罩他的全身，就像籠罩這棟醫院大樓一般。

身後，也一定是那個手術室（四）。

吱嘎。

思考在這裡戛然而止，身後傳來了輕微的響動。

手電筒發出的光也開始微微顫抖。

手術室的門，打開的聲音？

他握緊了拳頭，背後湧起陣陣寒氣，門沒有上鎖？門開了？誰開的？什麼開的？

他僵硬著，背對著那道未知的，或許打開的門，腦子裡的念頭繞過無數迴路之後終究都被恐懼吞噬掉了。

沒有風，也沒有人聲，門開了？不，也許不是門，只是別的什麼？

怎麼可能？不，事到如今，難道還有什麼是不可能的？

不知不覺，連呼吸都屏住了。

他的腳輕輕地，不離地地轉了個方向，他幾乎已閉上了雙眼，僵硬得像是臨刑一半，轉過了身，面對著那道門。

兩扇門，一面閉著，一面半開著。

裡面充斥著沒有任何不同的黑暗。

門半開的姿勢，就像是一種邀請。孫正這麼想著，反而倒退了一步。某些圖像竄了出來，他摀住頭，連退好幾步，絆了一下，連手電筒也掉在地上。

他發出一聲驚懼和痛苦混雜的呻吟，摸索著抓起那個手電筒，跌跌撞撞地，朝著記憶中樓梯的方向，落荒而逃。

「孫正！！！」

「正！！！」

路遐嘶聲叫著。

他簡直希望自己的聲音可以傳遍整個醫院，然後孫正就會從某個角落跑出來。

他靠著牆，甚至都不知道自己是怎樣一路摸索著從化驗室走出來，汗流了一身。

那時候孫正看著他那種徹底震驚的眼神似乎還在他眼前晃動著。

怎麼會消失的？

明明自己抓得那麼緊……不可能鬆手，也沒有感到任何力量把他拉開……

他找遍了自己全身，天花板、地板，沒有孫正，也沒有任何那個「東西」的痕跡。

是幻覺嗎？

連孫正都是幻覺嗎？

他笑了起來，汗水流過嘴邊滿是鹹味：「怎麼可能……」

但是，為什麼他們會入穴？為什麼孫正會消失？為什麼這一切會發生？

他走得太快也太累了，無力感一次又一次地襲上他的心頭。

蒼蠅在蜘蛛網上的掙扎，他們在這裡的苦苦掙扎，結局說不定都是一樣。

他的手撫向自己的那條腿。

燒傷？既然都是一樣……

他的身影在走廊裡愈行愈遠，孫正，他忽然有一種預感，在三樓。

昏黃的燈光裡映著牆壁上兩個搖晃著的身影，忽然撞見，頓住，彷彿壁影都陷入了黑白默片。

「正？」

「路遐？」

手電筒的光芒忽然劇烈晃動，壁上的人影像對不準焦的鏡頭裡的影像，雜亂而抖動著。

燈光忽然消失了，周圍恢復了一片黑暗和寂靜。

孫正感到自己被一雙手臂撈過去緊緊抱住了，像被打撈出的一條魚，怎麼動彈都只是讓呼吸能及的空氣更少而已。

「太緊了……路遐！」他終於悶著出聲了。

「我……」路遐立刻放開了孫正，嗓子有些啞啞的，「擔心你……」

孫正伸手想推開路遐，動作又忽然一停，手放了下來：「我……沒事。」

聲音裡透著疲倦，路遐隱隱察覺到那種不安，孫正側過頭去，低垂著腦袋看著地面。

「怎麼可能沒事！」路遐拉住孫正。

孫正依然看向一邊，腳步卻慢慢開始移動，過了好一會，他才開口說：「路遐，我、我看見你就會想起……」

路遐的表情僵了一下，忽然明白了。

「我明白了，你可以不用看著我說話……」他儘量放低語氣，天曉得他現在背上汗毛根根豎起。

他無從得知孫正消失的一瞬間看見了什麼，但是所有的情景都在提示著他，他不敢想，把猜想都壓了下去，假裝不知道，假裝自己什麼事也沒有。

是我嗎？

他卻又忍不住搜尋自己身上的每一個疑點，到底為什麼，我難道有什麼問題？

下意識地，他又摸向自己的那條腿。

「我還可以離你遠一點。」發現孫正不說話，路遐故作輕鬆地說著，向側面跳了一步。

「不、不用。」孫正立刻抬起頭，擺了擺手。

路遐卻仍然保持著一段距離，只是探過身問道：「你沒遇到什麼危險吧？」

「沒有……不、不是，」孫正的聲音裡帶著遲疑，手撫上自己的額頭，「我腦袋還很亂，讓我靜一下。」

路遐果然乖乖噤了聲。

兩個人走得很慢，就像在散步。明明知道走廊上什麼都有可能出現，唯一能找出答案的地方就在不遠處，他們卻下意識地不願接近那個地方。

路遐幾乎能聽到自己的心跳，焦慮不安地緊張著什麼。

孫正的平安歸來，實際上沒有讓他有一絲放鬆。

他總會發現的……我身上的問題……

還會有更多的問題出現吧？像之前那樣的情況，絕對不是偶然。我會怎麼樣？

他正想到這裡，孫正突然停了。

路遐感到自己的心都快跳出來了。

孫正慢慢轉過頭來，手電筒裡看的見他臉上奇怪的神色。

「路遐……」他的聲音帶著一絲顫抖。

「怎、怎麼了？」路遐應得不太自然。

孫正抓住他的手：「你的腳、你的腳，怎麼回事？」

路遐第一次想要掙開孫正的手，向後退了一步。

是的。走了這麼長的一段路，心亂如麻的孫正也終於發現了不對勁。路遐在走路，兩隻腿走得很正常，很自然。對了，他還想起來，路遐剛才還從他身邊跳開過。

他盯著路遐，強壓下內心泛起的一絲恐懼。

「你、你還是路遐嗎？」他沒想到自己竟然真的這麼問了出口。

路遐反而笑了起來：「你是被嚇暈了嗎，我還能是誰？」

孫正注意到路遐的手抓著他的褲腿。

「讓我看看你的腳。」他皺著眉頭不容反對地說。

路遐又嘿嘿笑了起來：「燒傷的腳，很難看的。」

孫正眉毛揚了起來：「真的是燒傷嗎？」

路遐望著他，忽然嘆了一口氣。他緩緩拉起了自己的褲腿。

孫正的表情凝固了，他看著那條腿，覺得一陣窒息。

「從中醫室出來的時候，還很疼，我以為是燒傷，」路遐的表情沒有變化，「但是，我們從檔案室出來之後，我開始察覺到這條腿恢復了知覺，但是，那種感覺很奇怪，就像是我在操縱著我的腿，但是……它走在地上的感覺，它對周圍空氣什麼的感覺，都和從前不一樣了，我從來沒有過這樣的感覺……」

「你可以行走？」

「可以。」路遐的臉上露出些許掙扎的表情，「但是，我拒絕用它行走。我寧願我的腿被燒傷了，不能走，直到剛才你消失了，我才不得不……」

「難道，是因為接觸到了那些、那些東西？」

「我覺得是的。在中醫室的時候我和它們接觸得太多，就像病毒感染一樣。孫正，我也許……正在變成它們的一部分。」

「不可能！」孫正馬上大聲否定。

「我都能接受，」路遐恢復了他一貫的微笑，「你還有什麼不能接受的？」

他停了一下，又繼續笑道：「而且，不用負重前進，你不會覺得很輕鬆嗎？等我完全變成了它們，我還可以偷偷做個間諜，把你帶出去。」

孫正緊皺起眉頭：「你在胡說什麼！」

『又在開一些自以為好笑的玩笑。』孫正心裡憤憤想道。

「過來。」他沒好氣地叫路遐。

「怎麼？」路遐看著孫正伸出來的一隻手，不明所以。

「我扶你走。」孫正不由分說，雖然十分艱巨且困難地將半個路遐的重量重新負擔到了自己身上。

路遐噗哧一聲笑了：「好吧，孫大高材生，不要太勉強啊。」

孫正最一開始受到的驚嚇，總算消除了不少，似乎還可以歸功於這條腿，他放下褲腿的時候這樣想著。

不出幾步，化驗室的門再度出現在眼前。

孫正的腳步頓了頓，路遐在他肩上輕吐著氣說：「二度進軍，只許成功，不許失敗。」

孫正瞥他一眼，走了進去。

路遐挪動著腳步，笑容卻漸漸從臉上消退了。

如果發現，那個東西的出現和自己也有關係，是不是應該不再靠近孫正？

他這麼想著，而孫正也正輕輕地下意識地摸著自己的手腕，摸著那道殘留的黑色手印。

兩個人帶著萬分警惕用手電筒一絲不漏地掃視了一遍整個大廳，百般確定沒有任何詭異東西出現後，對望了一眼。

「我們分頭行動吧，這個化驗室的等候廳還挺大的。」孫正提議說。

路遐扭頭看他一眼：「你……」

「我從大廳這邊繞過去，你從那邊繞過去，在對面那裡會合，找一找那盆吊蘭。」孫正不以為意。

恐懼和陰影都不是這麼容易克服的，路遐即使知道孫正在逞強，卻也沒有道理阻止。

他只好默然點了點頭。

孫正忽然又想起什麼，問道：「就算找到了吊蘭，又該怎麼辦？你哥哥把錄音帶放在了一盆吊蘭裡面？」

路遐聳聳肩：「這我可不知道。」

孫正瞪他一眼，這個傢伙信心十足、目標明確地來到這裡，卻完全不知道線索在哪裡。

「走一步算一步，我們沒有別的辦法了啊！」路遐攤手。

好吧，這傢伙倒是一貫如此。

孫正心裡滔滔抒發著對路遐的不滿，沿著左邊牆角，開始搜尋起來。

剛才大略掃視一番的時候，他注意到這個等候廳兩根柱子下，四面牆角中有三面牆角都放有植物，沒有細看，但似乎有吊蘭的存在。

他緊閉著嘴唇，不敢發出聲音。雖然主動提議分開來調查，即使就在同一個廳裡面，相隔不過三、四公尺，這裡依然是剛剛還遇見過……那種東西……的地方……

然而，面對路遐，就像剛才那樣扶著他，自己的心裡也還忍不住顫抖。

這個世界，簡直想把自己和一切都隔離開。

他感到頭皮陣陣地發麻，四肢冰涼冰涼的。他竭力讓自己的目光不再四處游移，那種莫名的心理讓他總想抬眼看看頭頂，但他又強壓下那雙抬起的眼皮。

專注，孫正……不要亂想……

總算走到第一個牆角，他幾乎深吐了一口氣。

手電筒照著角落那盆植物，不是吊蘭。

於是他沿著牆面，繼續向前走去。

喀。

他聽到一聲輕響，似乎從自己腳下傳來。

孫正低頭看了一眼，似乎是踩到的一塊地磚碎裂了。

他輕撫了下自己的胸口，差點因為過度緊張而叫了出來。他又忍不住用手電筒前後晃了一晃，背後是化驗室的窗口，陰森森的，看不穿玻璃板的後面，前面牆角過去就是一排窗臺。

窸窸窣窣的聲音從那邊傳來，還能看見一道手電筒在那裡晃動。

他忽然就安了心。

「正！找到了！」

那邊傳來一陣欣喜的歡呼。

孫正用手電筒向那邊照去，只見朦朧的光裡路遐提著一盆什麼東西，細長的枝葉垂下來，陰暗的光線裡彷彿伸長的手指甲。

路遐咧著嘴向他笑著。

那笑容幾乎讓他覺得刺眼了，他立刻放下這邊的搜尋，朝著那邊走去。

「怎麼樣？這裡似乎只有這一盆吊蘭。」路遐把那盆吊蘭遞到孫正眼前。

孫正捧起那盆吊蘭，從中間伸展綻開的枝葉搔得他癢癢的，盆沿的塵土落了他滿手。

「看不出有什麼稀奇啊？」孫正懷疑的目光投向路遐，「你確定那麼多年前的吊蘭醫院還留著？」

路遐聳了個肩：「醫院也沒道理扔掉它啊……再說，錄音帶裡劉群芳都已經說過這是沒人敢動的吊蘭了。」

孫正輕笑一聲，掂了掂手裡這盆吊蘭：「我可沒看出來這盆吊蘭怎麼就不能動了，那些故事總愛妖魔化一些東西，其實根本就不是那些東西的問題。」

「不管怎麼說，先把這盆吊蘭拆開來看看。」路遐不由分說拿過吊蘭，就準備把它整個倒在地上。

孫正立刻攔住他：「有像你這樣破壞植物的嗎？好歹……這也是醫院裡除了我們之外的另一條生命了……」

路遐噗哧一聲笑了出來：「難不成你現在還想著保護植物，珍愛生命？這個盆栽裡說不定有什麼蹊蹺，既然醫院曾經把這玩意當神一樣供著，肯定有什麼原因。」

說完他就抓住那些張牙舞爪的枝葉，剛準備向下一扯，又被孫正攔住了。

「你有點常識好不好？」孫正無奈地嘆了口氣，「這種植物幾乎每兩年就會換盆，盆栽裡有什麼也早都不見了。如果它真的有這麼邪門，被你這麼一搞怎麼還沒有妖魔鬼怪出現？」

路遐終於快快地放下那盆吊蘭，把它放回原位，望著孫正：「你覺得呢？」

「你看的那些亂七八糟的書上有沒有講過什麼某種植物會引來什麼的問題？問題可能不在於吊蘭的盆栽或者什麼，而是吊蘭這種植物本身……」

「植物本身和它們的擺放位置自然是有凶吉區別的，但是這個和我們現在研究的問題不一樣，這盆吊蘭對醫院有特殊意義，你看，是院長救的一個病人送的，所以上面是不是附了什麼……總覺得愈扯愈玄了……」路遐說到最後自己都笑了起來。

孫正卻有些笑不出來。吊蘭的問題查不出來，他們的線索就將再次中斷。

路遐其實早就在心中發洩著對那個一看就不大可靠的嚴醫生的不滿。竟然留下一卷莫名其妙的錄音帶結尾就跑掉了，吊蘭？天知道吊蘭上有什麼鬼東西！路曉雲你竟然也能容忍這麼不負責任的人和你一起行動？

「對了，」路遐靈機一動，「還有一個東西上面或許有線索。」

孫正扭頭看他。

「既然這個吊蘭這麼神祕，紀錄裡肯定少不了關於它的紀錄啊。」

「你是說……那本紀錄？」

「當然，」路遐笑瞇瞇地，「你不會以為它已經沒有任何用途了吧？」

『明明之前是你說它發揮不了作用了的。』孫正撇著嘴沒有說話，伸手從懷裡摸出那本紀錄。

桐花暗事件紀錄（1999～2002）（七）

紀錄人：齊天（1999年～2000年護士）

這件事，我也不知道寫出來適不適合。但如果能幫到忙，我會盡可能詳細地把事情的前後寫下來的。

最一開始是因為小田招惹了那個凶神惡煞的大媽。明明是好心想去幫那盆吊蘭澆水，誰知道那個大媽剛回來就看見，劈頭蓋臉對著小田一陣臭罵。我們看不出來那盆吊蘭到底有多特別，只有那個老大媽把它當寶貝一樣放在桌子旁邊。

我們化驗室的自然知道那個是不能碰的。小田趁著中午稍微清閒一點上來玩，看我們還忙著整理血樣，又不敢亂碰器具，只好閒著沒事幫忙澆花，誰知這一澆就出了問題。

醫院裡稍微待得久一點的，也都知道這個劉大媽，脾氣不好，資歷長，和院長同一年進來的，都說有老交情，不然他平時服務態度這麼差，早就把他開除了。

吊蘭是病人送給院長的，也不知道他怎麼拿了過來放在他辦公室旁邊。

說來也奇怪，醫院裡自從有了這盆吊蘭以後，處境倒也漸漸好了起來，偶爾接一些大點的手術，也順順利利。

最好笑的是，據說還有醫生會來找這盆吊蘭沾運氣，都說是沾院長的光。這當然是極其個別的事了，但不得不說，自從院長上次接了那個病人之後，醫院的境況確實好轉了不少。

一看小田被欺負了，大家就在旁邊八卦起來，什麼這個劉大媽都四十好幾了還沒結婚，都是那怪脾氣搞的，人又長得不好看，醫院裡工作了這麼久還沒個朋友啥的。

雖說都是小道消息，但在醫院裡待了這麼久確實沒聽誰說過他的好話。

結果我們一群人還在說著呢，那個劉大媽突然就走過來了，當時那個臉色，那個眼神，我現在還記得。

臉色和皮膚就像青灰的牆面，像金魚似瞪著的眼睛，那件幾乎天天都穿著的雪青色毛衣簡直就像那粗糙的毛蹭到自己身上一般讓人不舒服。

他拍了拍桌子，跟我們說：「那個丫頭還有沒有在哭？叫他來吃我的菜。」

大家早就看他不順眼，小張那幾個回瞪了他幾眼，然後我們幾個就圍著笑起來。

就是想氣氣那個大媽，他果然氣得臉都僵了，轉身又噔噔噔走了。

真幼稚。

我經常跟我家幾個弟弟、妹妹打交道，一看就知道這個大媽什麼意思。就像小孩子惹火了別人，又想賠罪，還要擺架子。

他的菜？好像誰稀罕似的。

他倒是學了我們那一套，我們幾個平時感情好的，中午午休就會把自己做的菜拿出來一起吃，那個大媽坐在一邊，經常用那種金魚一樣的月光盯著我們，一個人吃他自己的菜。

午休往往還沒結束，窗口就排起了長隊。看小楊一個人忙不過來，我們只好趕緊吃完就返回窗口。

小田也只好趕快下樓去，結果走到門口，我們遠遠就看見那個大媽又把他攔住了。還以為大媽不知道又要罵他什麼，小田也嚇得頭都抬不起來，結果劉大媽鬼鬼祟祟地說了句什麼，小田就飛快地下樓了。

我當時就想去問，但是馬上有兩個病人等著驗血，只好等下班再說。

結果下班後我早就忘了這件事，正巧又遇到朋友生日，我們幾個去餐廳吃到八、九點，又在街上逛了好一會。就快回到家的時候，小田一摸褲子，突然叫了起來，他的鑰匙居然不見了。

返回餐廳找了一圈，沒找到，小田都快急哭了，我們都勸他將就去我們誰家住一晚，結果他執意要回醫院找。

算來也就十點剛過，我就陪著小田回醫院了。

到醫院我就突然想起中午的事來，就問小田：「那個大媽中午跟你說了什麼？」

「叫我去吃他做的菜。」小田有點奇怪地看我。

「不是這個，是後來你走的時候，跟你說什麼？」

「哦！」小田的表情突然變得有點不自然，「我覺得怪怪的……他好像、好像在嚇我。」

「那個老巫婆，他又怎麼嚇你了？」

「他說，最近這幾天，看見貓就趕快走，千萬不要跟貓一起玩。」

我當時自然不在意，和小田一起大笑起來，那個大媽嚇人的伎倆也這麼差勁，裝神弄鬼的。

到了醫院，一樓走廊都空空蕩蕩的，護士站那幾個護士看我們回來都很驚訝，我們正好分了點晚上的點心給他們。

我和小田在護士站和更衣間找了一遍，都沒有找到鑰匙。突然才想起，他中午去過化驗室，說不定就掉在那裡了。

我至今都後悔自己當初這個決定，我要是硬拉著小田跟我回家就好了。但是，一切都是那個大媽從中搞的鬼！我寫這個紀錄，就是想說明，那個大媽肯定不是什麼好東西！

我們兩個就壯著膽子，找護士站借了兩個手電筒接著就往二樓走了。

醫院裡值班的時候，我也常去二樓上廁所，但是那個晚上，我從來沒有覺得醫院有這麼安靜過。

我們才走了幾步樓梯，轉頭一看就發現背後已經是一片黑暗了，我還抱怨了一句這鬼醫院。

「我們醫院有這麼黑嗎？」小田當時還問我一句，我不記得回答他什麼了。但確實，就那一層樓的樓梯，舉著兩個手電筒，都覺得昏昏暗暗地照不清楚。

那一路，我也覺得特別長，好像樓梯突然多了好幾階似的，就聽見小田高跟鞋的聲音一直響、一直響。

好不容易到了二樓，那個黑漆漆的走廊完全嚇到我們兩個，我一下子抓住了他的手。

「早知道，就叫守夜的老王幫你拿了。」我悄聲跟小田說。

結果小田的肩膀突然抖了一下，叫了一聲：「好癢！」

我們兩個都還沒反應過來，只見他手裡的手電筒晃了一下。

「怎麼回事？」

「怎麼毛絨絨的，還搔我……」小田說著，下意識地摸了摸自己的手。

雖說是虛驚一場，我們兩個卻不自覺地突然放輕了腳步，生怕驚動什麼似的。

走廊兩邊都是平時熟悉的科室，晚上乍看之下，卻突然覺得很陌生，牆壁、門的顏色都因為天黑而完全看不清楚，於是全都黑漆漆的一片。

「說不定……」小田看著走廊，又冒了一句，「是隻貓呢！」

他好像什麼都沒想起來，我當時就覺得哪裡有點不舒服。

「真調皮。」小田自己喀喀笑了起來。

這麼說著，他的腳步卻不知不覺快了起來。

我只好跟著加快了腳步。

走到一半，他突然又停下來，轉過身來張望：「小貓，是你嗎？」

我疑惑地跟著轉過去，小貓？雖然說在醫院夜裡出現既沒有聲音，行動也很迅速的動物最有可能就是貓了，但是……

我用手電筒向走廊照了照，只覺得陰森森得讓人發慌，哪裡有什麼貓，又趕快轉過去繼續往前走。

剛走進化驗室外的大廳，我又感到那種陌生的感覺，其實手電筒能照到的地方和平日裡也沒什麼區別，但大概是大廳裡突然少了排隊的人，沒了人氣，一下子就死氣沉沉了。

「小貓！」小田突然又轉身叫了起來，我一時沒反應過來，和他撞了一下。

我連忙朝他的方向轉頭一看，只看見大廳裡黑漆漆的一排排椅子的影子，由於光線實在太暗，一晃而過的時候，那陰影簡直會讓我以為那一排排椅子上，其實都坐著一個個的人。

就算有貓，大概也被他這動靜嚇得一下子跳遠了。

「我都碰到牠了，呵呵。」小田當時還笑嘻嘻地。

那個時候我聽他這麼說，也沒多想，小田大概是真的喜歡小動物，醫院裡偶爾多隻野貓也不奇怪。

天知道我那時要是提高警覺該多好！

幾乎等不及我用鑰匙打開化驗室的門，小田就推門快步走了進去。

「可能在小張的桌子附近，」我一邊說著，一邊幫忙在小張的桌子附近找著，「注意不要碰到試劑！」

就聽見小田那邊動靜很大，有椅子在移動的聲音，我怕他打碎東西，就站起來看了一眼，卻發現他弓著背在那裡不知道在幹什麼。

「小田？」

「小貓！」小田歡呼了一聲，「哎喲，在那裡嗎？」

我當時有點生氣，光想著那隻貓竟然跑進化驗室了，要是跳進了無菌室那還得了，卻沒想到這件事本身就有點奇怪。

「不要碰貓！」我當時叫了起來，也不知是不是突然想起那個老大媽說的那些，「等一下幫我把牠趕出去！」

小田又不作聲了。

我找了一圈也沒找到鑰匙，站起來，發現小田站在那個大媽的桌子旁邊。我看他的樣子有些奇怪，就走到桌子前想問個清楚。他當時就站在桌子對面，眼睛亮亮地看著什麼，一動不動地，好像還帶著微笑：「那裡，小貓！」

我前後左右四處都看了看，除了大媽的辦公桌，就只有那一盆吊蘭。

根本沒有發現他說的那隻貓的影子。

當時對他這種態度就有點惱怒，都怪我，沒有動腦子，那個時候轉過去還想說他兩句，結果一轉身，他又不見了。

「鑰匙沒找到，我們去把那貓趕出去吧！」我隱約看到他走到我旁邊了，那腳步又輕又快地跟著我，於是我轉過身就朝門那邊走去。

就這樣，一前一後地我們往回走。

回去的時候，我一直覺得他的腳步很輕，但是沒有想太多。

快走到一半的時候，才聽見他好像在後面，小聲又高興地叫了一聲：「抓住你了，小貓！」

感覺呼吸都吐到我脖子上了一樣，冰冰涼涼的。

我當時心裡正生氣，覺得他怎麼拖著我回來幫他找鑰匙，自己卻在抓什麼貓。

可是又走了幾步，我才忽然覺得哪裡不對勁，但那時已經太遲了。

我當時是想找那隻貓的，可是低頭去看的時候，突然才發現一個有點奇怪的問題。

小田應該是開著手電筒的，那他走在我後面，手電筒裡應該映有我影子的。

但是我看到的，只有一片手電筒的光。

當時我就起了一陣雞皮疙瘩，頭都不敢回，就差沒叫出來了。

感覺後面還是有那種輕輕腳步聲的感覺，我走了幾步就開始向樓下跑。

也不知為什麼，就是有一種直覺告訴我要跑！

跑的時候，很多早就該注意到的問題才突然冒出來：

貓走路沒有聲音是正常的，但是，怎麼從頭到尾連一聲貓叫我都沒有聽到？

怎麼小田穿著高跟鞋跟在我後面跑，連腳步聲也這麼輕？

那種毛骨悚然，在黑暗樓梯間裡飛奔的感覺，每當我想起這件事，就好像重新體驗了一遍。

「齊天，你幹嘛跑那麼快？大半夜的！」

馬玲這一聲一下子把我驚醒了，聽他說，他當時是看見我衝到他面前，喘著氣都快蹲到地上去了。

「小田呢？」

小田？

我轉過身去，手電筒一照，背後哪有什麼小田？

「小田？」我急得叫了一聲。

這一聲沒有收到任何回音。

我有時覺得那段時間大腦是一片空白的，等我反應過來的時候，我才明白小田竟然突然消失了。「齊天，大老遠就聽見你在樓梯上跑得飛快……啊喲，你趕快過來！」由姐的眼睛突然睜得很大。

我還想問小田，他一下子摀了我的嘴，摸出一個很小的鏡子遞給我。

一邊轉過去用很小的聲音跟那幾個護士說：「今天晚上什麼都不要問，不要提起小田，哪也別去、別亂跑，要上廁所就忍著，我們值完班馬上走。」

看他臉色似乎很凝重，我一開始還不明白他是什麼意思，但是當看到鏡子裡的我的時候，我尖叫了起來。

我的脖子上，有一對黑印。一邊一個五指手印。

他們悄悄問我怎麼回事，我當時太害怕了，連一句完整的話都沒辦法說出來。

我腦子裡只不停地閃著那幾個場景。

小田站在劉大媽的桌子對面，一動不動地看著那裡。

小田走在我後面，向前伸出手，抓住什麼，小聲又高興地叫了一聲：「抓住你了，小貓！」

我絕對沒有幻覺，我知道醫院裡沒有什麼人相信我。可是，院長叫我寫這個紀錄，不就代表著，這件事是有可能的嗎？

不能碰那盆吊蘭，也千萬不要晚上去那裡，要注意那個劉大媽。

2000年12月10日

附：其後田秀秀一直未曾出現，齊天三天後辭職離院。

醫院就此事調查詢問化驗師劉秦，並未得到任何相關結果，相關護士和化驗室職員均表示不清楚具體情況。

02

「哼。」路遐剛看完最後一個字，就聽見孫正冷哼了一聲，聲音輕得幾不可聞。

「怎麼？」路遐對他這種反應突然很好奇。

孫正移開目光：「沒什麼。」

路遐看了他幾秒，嘴角一揚，拍了拍紀錄簿說：「好吧，我們來看看這紀錄裡的吊蘭到底有什麼問題。」

孫正視線回到紀錄上，路遐的餘光瞥見他的嘴唇仍然抿得緊緊地，愈是忍耐著什麼，愈是像下一秒就會脫口而出的樣子。

路遐不疾不徐地繼續：「很明顯，其實這篇紀錄的關鍵不在吊蘭上面……」

「所以，你也覺得那個劉大媽有問題是吧？」孫正問道。

路遐被孫正搶話，頓了一頓，勉強地說：「他當然有問題……」

孫正目光閃了閃：「沒錯。」

「其實，這篇紀錄和第一篇差不多，」路遐若有所思地說，「你也注意到了吧？」

「嗯。」孫正點點頭，伸手想去扶路遐。

路遐擺擺手，表示自己站得很穩：「齊天最後當然不敢說出來，他脖子上的手印是怎麼來的……」

他把手裡的吊蘭放下，把紀錄向前翻了幾頁：「我最一開始覺得有問題，是因為發現他們兩個人的對話很奇怪，你看。」

「早知道，就叫守夜的老王幫你拿了。」我悄聲跟小田說。

結果小田的肩膀突然抖了一下，叫了一聲：「好癢！」

「怎麼回事？」

「怎麼毛絨絨的，還搔我……」

「可能在小張的桌子附近，」我一邊說著，一邊幫忙在小張的桌子附近找著，「注意不要碰到試劑！」

就聽見小田那邊動靜很大，有椅子在移動的聲音，我怕他打碎東西，就站起來看了一眼，卻發現他弓著背在那裡不知道在幹什麼。

「小田？」

「小貓！」小田歡呼了一聲，「哎喲，在那裡嗎？」

「不要碰貓！」我當時叫了起來，也不知是不是突然想起了那個老大媽說的那些，「等一下幫我把牠趕出去！」

小田又不作聲了。

「從他們回到醫院，上了二樓之後，他們兩個的對話就開始變得不自然，」路遐一行一行地移動著。

孫正的眼神亮了起來：「對，難怪我也覺得哪裡不對勁……因為，齊天說的所有話，小田都沒有真正回應他。」

「就是這個問題！表面上好像兩個人在一起，但是，他們一直都在各說各話，小田根本沒有在和齊天對話！」

那麼，另一個問題也隨之而來……

「齊天以為自己在和小田說話，那麼，小田在和誰說話？」

路遐和孫正相視一眼，心中了然。

「小田一直都在和那隻貓說話，」路遐繼續指著紀錄，「我剛才又仔細看了一下每一個小田提到貓的地方，我發現……」

「其實他提到的貓，是齊天。」

那個黑漆漆的走廊完全嚇到我們兩個，我一下子抓住了他的手。

「早知道，就叫守夜的老王幫你拿了。」我悄聲跟小田說。

結果小田的肩膀突然抖了一下，叫了一聲：「好癢！」

我們兩個都還沒反應過來，只見他手裡的手電筒晃了一下。

「怎麼回事？」

「怎麼毛絨絨的，還撓我……」小田說著，下意識地摸了摸自己的手。

「最一開始小田碰到這隻貓的時候，正好是齊天抓了一下他的手的時候，我一開始還不覺得，但是這個規律愈來愈明顯。你看，齊天走在小田後面的時候，小田轉過來以為是那隻小貓，但是這隻小貓除了小田他自己，根本就沒有人看到過。」

「小貓！」小田突然又轉身叫了起來，我一時沒反應過來，和他撞了一下。

「我都碰到它了，呵呵。」小田當時還笑嘻嘻地。

「齊天撞到了小田，小田以為抓到了小貓。而且，每次齊天說話的時候，也是小田發現貓的時候，他把齊天說話的聲音，當作了貓的聲音，你看，還有好幾個地方也是這樣。尤其是最後一個地方……就是小田抓住小貓的時候……」

快走到一半的時候，才聽見他好像在後面，小聲又高興地叫了一聲：「抓住你了，小貓！」感覺呼吸都吐到我脖子上了一樣，冰冰涼涼的。

「他脖子上感覺到的，不是呼吸，是小田抓貓的那隻手。小田抓住的不是貓，是齊天。」

孫正贊同地點頭：「這就是為什麼齊天脖子上會出現那個黑手印。」

「是的，但是這樣我們只是還原了那天真正發生的事情而已，齊天和小田那天回到二樓，化驗室，就是我們現在所在的地方，但是到二樓開始，小田一直把齊天當作了突然出現的一隻貓，而齊天一直很自然地和小田說話，直到……他發現影子不對勁的時候，這個時候，小田已經消失了，」路遐一邊說話，一邊在腦子裡整理著思路，「可是，為什麼是貓呢？這個貓和吊蘭到底有什麼關係？」

孫正看著路遐冥思苦想的樣子，笑了起來：「要知道是什麼關係，那個劉大媽不是知道嗎？」

路遐做了一個手勢讓他打住：「不要急，這是第二個問題，這些問題之間似乎有什麼關聯，你想想，劉大媽桌子旁邊的吊蘭，劉大媽似乎知道一些什麼關於貓的事，等等！有一個最大的矛盾你沒發現嗎？」

孫正不解地看向路遐。

路遐蹲下去一把拿起吊蘭：「吊蘭啊！吊蘭，如果是劉大媽那麼喜歡誰都不敢碰的吊蘭，不是應該在他辦公桌旁邊嗎？怎麼會在大廳裡被我們發現？」

兩個人的目光同時移向了陰森森玻璃後的化驗室。

「也就是說，這麼多年後，吊蘭已經被移動過了，」路遐皺起了眉頭，「奇怪，為什麼要移動它？我們一起去看看原來的地方。」

說著，他抱著那盆吊蘭就朝那邊走去，孫正伸出一隻手還想扶他，就那麼停在了半空中，過了一會才放下，他跟著追了上去。

路遐的餘光注意到了他的舉動，卻沒有吭聲。

之前他已經因為自己的腳開始擔心接觸所帶來的問題，小田和齊天這篇紀錄更讓他確信了自己的懷疑。

『不能隨意接觸了，路遐。』他告訴自己，也許有一天你會連他是人還是貓都無法分辨，也許……你還會帶來那個血淋淋的東西……

沿著牆走了兩、三步，就聽見腳下喀的一聲。

他用手電筒照了照，原來是踩到一塊鬆動的地板。

「孫正，你小心這塊，」他轉過頭去叮囑孫正，卻發現孫正就站在自己旁邊，不解地看著他。

路遐好笑地拍了拍自己的腦袋：「奇怪，我怎麼覺得你在我後面看著我呢？」

「什麼？」孫正看了看路遐，「我剛剛就站在你旁邊。」

路遐轉過身去：「我真的感覺到你就站在我背後看著我啊……」

說到一半，他停住了，快快閉了嘴。因為他發現，從剛才他站的方位向後看，他的背後是那面牆。

孫正看著他古裡古怪的表情，一陣莫名其妙。

路遐繼續朝那邊走著，只覺得那背後盯著自己的視線，那種錯覺，來得有些真實。

「不行，進不去。」孫正試著打開化驗室的門，「上鎖了。」

「讓我來。」路遐躍躍欲試。

孫正推開他：「別想了，這個門你撞不開的。」

路遐不甘心地拍了拍那道門，和其他科室的門確實不同，應該是重新裝修之後換上的門，厚實很多。

他又繞到那一排窗口前對孫正說：「看來有個醫生搭檔是必要的。」

孫正斜睨了他一眼，心想：『你還在為你哥哥和嚴央搭檔的事找理由啊！』

路遐沒有注意到孫正的表情變化，拿起手電筒透過玻璃向黑幽幽的化驗室裡面照去。

隔著一層玻璃的化驗室，手電筒的光透過一層玻璃過濾，照出的景象影影綽綽、朦朦朧朧，燈光的邊緣薄薄一片。

手電筒就這樣在裡面緩緩移動著，桌子、檯燈、化驗單、櫃子上的試管……

「這樣根本沒辦法看出來哪個是劉大媽的桌子。」路遐向孫正抱怨。

「當然，劉大媽還在不在這裡都是個問題。」孫正似乎早已料到這種情況，淡定地說。

「但是，我可以試著還原一下那天的情景，小田入穴時候的情景……」路遐的手電筒停留在窗臺前的那個桌子上，「你還記得小田什麼時候入穴的嗎？」

入穴？孫正一愣，小田入穴這是理所當然的事情，但似乎，他還沒有仔細考慮過他到底是什麼時候入穴的……

「肯定不是到二樓的時候，那時齊天還能看見他。」孫正思考著回答。

「當然不是，」路遐盯著那個桌子，「你再回憶一下，如果我沒猜錯，小田入穴的時候，就是齊天站在劉大媽桌子前的時候。」

我找了一圈也沒找到鑰匙，站起來，發現小田站在那個大媽的桌子旁邊。我看他的樣子有些奇怪，就走到桌子前想問個清楚。他當時就站在桌子對面，眼睛亮亮地看著什麼，一動不動地，好像還帶著微笑：「那裡，小貓！」

我前後左右四處都看了看，除了大媽的辦公桌，就只有那一盆吊蘭。

「鑰匙沒找著，我們去把那貓趕出去吧！」我隱約看到他走到我旁邊了，那腳步又輕又快地跟著我，於是我轉過身就朝門那邊走去。

「小田站在桌子面前，看著站在他對面的齊天，就是這個時候。之後齊天看到的小田已經不是小田了……腳步聲和影子都已經消失了。」

路遐看著那張桌子，把它假想為劉大媽的桌子，從他的角度看過去，當時黑乎乎的光線下，小田應該是站在右邊，而齊天站在左邊。齊天的手電筒照著小田，小田一動不動地看著什麼……那裡，小貓……

齊天四處看了看，只發現了吊蘭……

「一切要點都集中在這個地方了，貓、吊蘭、劉大媽、入穴，」路遐注視著那張桌子，就像注視著曾經站在那裡的小田和齊天，「為什麼一路上小田都把齊天當成了貓？為什麼劉大媽要提醒小田不要碰貓？難道這個貓……是在引導小田去某個地方……」

「是的，這樣一想，也就解釋了為什麼那隻貓一定要是齊天，」孫正反應過來，「因為齊天會帶著小田去化驗室，也許那隻貓就在等這一刻，等他走到劉大媽桌子前那盆吊蘭前的那一刻！」

路遐點點頭，眉頭仍然緊皺著，似乎並沒有完全接受這個說法。

問題還是出在吊蘭身上嗎？他低頭看看自己抱著的那盆吊蘭，為什麼自己抱了這麼久，沒有貓也沒有什麼跳出來？

如果……他突然有一個大膽的想法，他猛地轉過身去看著孫正，孫正嚇了一大跳。

「如果，一開始我們就被誤導了，問題根本就不是吊蘭呢？」路遐有些激動，「一開始小田被劉大媽訓斥是因為碰了那盆吊蘭嗎？還是……只是因為小田正好也碰到了劉大媽辦公桌附近的什麼東西？他最後在看什麼？是吊蘭嗎？不是，是齊天站的地方啊，齊天站在劉大媽的辦公桌前，也就是說，那個地方可能才是真正有問題的地方！」

「你是說，是離吊蘭很近的地方，只是因為吊蘭涵義特殊，所以大家都以為是吊蘭的問題？」

「沒錯，因為大家都排斥劉大媽，所以他那麼珍惜的東西就一定有什麼鬼，就是這個心態誤導了他們，也誤導了我們，問題如果不在吊蘭身上的話，那麼一定就在劉大媽的桌子前面，齊天站的那個位置。」

「所以，小田入穴那個時候，一直看著的位置不是那盆吊蘭，而是另一個位置？」

這樣解釋了之前所有的問題，吊蘭和貓有什麼關係？沒有關係，但是貓一定是想引導小田去劉大媽桌前某個位置……這也是為什麼劉大媽會知道小貓的問題，因為，那個問題的關鍵就在他自己桌子的面前！

路遐一邊激動地點頭，一邊把吊蘭放到一邊，重新走到門前：「快來幫忙，看來我們一定要找到劉大媽桌子的位置不可了。」

「不、不用了，你去把那個拿出來。」孫正指著玻璃窗後面說。

路遐藉著燈光一看，兩個視窗連接處的背面掛著一本小冊子。他壓低身子，把手穿過那個只留著一小截縫的窗口，摸了好一會兒，才勉強把那本小冊子拿了出來。

「呼！手都勒痛了，」他甩了甩手，把那本小冊子舉近一看，「化驗室清潔值班表。」

二話不說，他便翻了起來。

從最後一頁翻到第一頁，他抬起頭來看著孫正，一臉凝重：「不好，這裡面沒有劉秦。」

「也就是說，劉秦已經不在這裡工作了？」孫正有些緩不過來。

兩個人面對面沉默了好一會兒，幾乎是在為自己四處碰壁的運氣哀悼。

「沒事！」路遐用小冊子拍了拍孫正的肩，振作精神，「他不在這裡工作，只能說明他的辦公桌不在了，但是，那個位置一定也還在這裡，那個小田……」

他突然停住了，某種想法讓他背上一陣寒氣直冒。

「怎麼？」孫正接過那本小冊子。

小田入穴的最後一刻……

「那個小田，也一定還在這裡一動不動地看著那個位置……」路遐結巴了。

孫正翻小冊子的手一停，隨即瞪他一眼：「你還有嚇人的心情啊！」

路遐嘀咕著我可沒嚇人啊，忽然腦中晃過什麼，在他還沒來得及捕捉到那個訊息時，它已經一閃即逝了。

「我有一個疑問，路遐，」孫正把小冊子舉到路遐面前，「為什麼去年九月之後，清潔人員從三個減少到了兩個？」

路遐皺了皺眉：「你在意這個幹什麼？」雖然這麼說著，他還是仔細看了一眼。

去年九月之前，化驗室負責清潔的人員都安排三名，但是九月之後人員變成了兩名。

這當然是微不足道的細節，他們的人員變動跟我們有什麼關係……路遐雖然這麼想著，卻還是不由自主地四處張望。

去年九月可是桐花易主開始重新裝修改建的時候。

沒錯，化驗室的門都是新的，大廳裡的椅子看起來也像是新款式。腦中又閃過什麼。

他踱步到靠近窗口盡頭的那面牆，用手電筒上下照了照。牆也挺乾淨，雖然下面有不少蹭到的腳印什麼的。

忽然他一拍腦袋，叫了起來：「沒錯！我們進來的時候就應該注意到，這間化驗室和大廳是改造過的啊！」

孫正聞言也立刻抬頭四處看了看。

「所以人員從三名變成了兩名，所以吊蘭被移到外面了啊！」路遐得了靈感，猶如腦袋重新灌了機油，愈轉愈快。

孫正的腦袋亦反應迅速：「因為他們把化驗室面積縮小了，把外面大廳擴大了！」

「對！所以劉大媽辦公桌的位置，就從原來的化驗室內部，被移到了化驗室外的大廳，當然這都是劉大媽離職之後的事情，吊蘭也隨之被移到了大廳裡。」

兩個人懷疑的視線終於從化驗室內部轉向了他們現在所處的大廳。

孫正忽然朝著那面牆走了過去。

嚓。

他停了，轉過頭來，直射的手電筒亮晃晃地照得路遐眼睛幾乎張不開。

「路遐，剛才你覺得背後有人在看你，是不是……這個地方？」

路遐腦中剛才消失的訊息一下子重新回來了。

小田一動不動地凝視著的……

「正，你走開，不要靠近那個地方！」路遐一邊有些著急地說著，一邊朝那邊走去。

兩個人離那個地方稍遠了些，才停下。

「因為我記得你走到那塊地板壞掉的地方，突然冒出那一句話的。」孫正說道。

「是的。你記得我跟你說過生物電波的事嗎？背後有誰在看你，有誰在街上突然拍了你一下，轉過頭去也沒有人，但是，也許不是錯覺，你的頻率只是在某一刻恰好和某種東西同步了。」路遐盯著那塊地方。

「不過……當時背後是一面牆，」他臉色沉下來，「如果我的感覺沒有錯的話，現在完全能解釋清楚了，當初劉大媽桌子的位置，就是面前這面新蓋的牆的位置。」

我找了一圈也沒找到鑰匙，站起來，發現小田站在那個大媽的桌子旁邊。我看他的樣子有些奇怪，就走到桌子前想問個清楚。他當時就站在桌子對面，眼睛亮亮地看著什麼，一動不動地，好像還帶著微笑：「那裡，小貓！」

入穴的小田，一動不動地站在桌子前的小田，就永遠地……被封在這面牆裡，帶著微笑注視著某個地方……那裡。

兩人同時起了一身雞皮疙瘩。

「那、那個位置到底是哪裡？」孫正猶豫地問道，轉過頭去問路遐，卻發現路遐已經躡手躡腳地朝那面牆走去了。

如果，起作用的不是吊蘭……而是吊蘭旁邊，很近的地方的話……

「小田女孩，你可千萬不要從牆裡走出來……」路遐小聲地說著，埋著頭在地上四處找著什麼。

「只要那個地方沒有也被埋進牆裡就好。」孫正無奈地注視著他的舉動，也朝那邊走了過去。

那邊路遐似乎正好有了新發現，向他招了招手：「你看，這塊壞掉的地板，是新的！」

孫正望向那塊自己也不小心踩到過的地板，果然顏色和其他地板有一些不同。

「才剛換過的地板就又壞掉了，說明什麼？」路遐笑眯眯地對孫正說，露出兩個酒窩。

「說明這塊地方的地板老是壞掉，總是不停地換。」

「為什麼老是壞掉呢？」路遐的語氣不是疑問，而是帶著如同發現寶物一般的愉悅和欣喜，「因為這塊地磚鋪空了，下面有縫，老是受潮，為什麼一直沒有人發現？因為這裡原本就不是人會走過的地方，原本是藏在某個辦公桌下的地方。直到有一天改建了，人們才發現這一塊地磚老是會壞，但是改建已經完成了，地磚已經全部重新鋪過，只有不停地重換這一塊，但它還是壞……」

說著，路遐就著那塊地磚碎裂的縫，把地磚掰開了一點，露出下面的水泥來。

「你想說明什麼？」孫正懷疑地看著那塊地磚，「這就是那個位置？下面可是水泥。」

「別急，去幫我拿個錘子什麼的來把這個砸開。」路遐摸著那片水泥，心裡暗暗祈禱，下面一定要是空的啊，一定……

不過幾分鐘孫正就遞過來一個小錘：「從那邊消防栓旁邊拿的。」

路遐接過錘子就叮叮咚咚敲起來。

又胡來了。孫正想著，看著路遐拿著那不大好用的小錘試圖破壞水泥的樣子哭笑不得。

砰！

碎石四濺。

「哈哈哈哈！」路遐錘子一扔，終於忍不住得意地笑了起來，「我就知道！我就知道！這塊水泥果然是他們抹上去的，幸好很薄，你來看！」

孫正驚訝得合不攏嘴，低頭一看，果然一層薄薄水泥被砸開，露出下面一塊小得可憐的空洞，洞裡隱隱約約看見什麼東西。

路遐伸了兩根手指頭進去，夾了出來。

「噹噹噹噹！」他樂得眼睛都瞇成一條線了，「錄音帶，找到了！」

這、這簡直是不可能啊！

路遐的哥哥怎麼會想到把錄音帶放到這裡的？怎麼又恰巧被我們發現這一塊地板的問題的？

就算之前這塊地板是因為壓在辦公桌下沒有被人發現，直到五個月前重新裝修才出現問題……但是，這一切都巧得不可思議……

孫正從來不會相信好運這種東西，他沒有，他也不期待會有。路遐經常碰運氣似的亂來，他一直以來都不贊同。

也許是自己從來不會主動踏出一步去嘗試……

「真是天助我也！」路遐在錄音帶上狠狠親了兩口，「希望你們沒有受潮壞掉！」

他轉頭就想給孫正一個激動的擁抱，手伸到一半，又訥訥收了回去。

孫正還處於震驚之中，沒有注意到他的動作，直到路遐終於平靜下來，開始分析道：「我哥哥應該沒有考慮到這麼複雜，他畢竟沒有想到我們會隔了這麼久才找到他的消息，也就是說，他當初就是把這些錄音帶藏在劉大媽辦公桌下的地板空洞裡，如果我們按照線索去找，很快就會找到的……可是，劉大媽辦公桌下怎麼會有這個空洞？這個位置到底和那個貓又有什麼關係？」

「你哥哥應該已經找到了答案，就在錄音帶裡吧。」孫正回應道，摸出那個錄放音機。

「這裡有兩卷錄音帶，要聽哪一卷？」

「按照順序開始聽，我也不希望漏掉什麼，我們要趕快出去。」孫正拿過錄音帶就塞進了錄放音機裡。

似乎突然記起這面牆的背後有著什麼，兩個人幾乎同時背上一涼，趕快走到窗口邊，放下錄放音機，仔細聽起來。

03

前面依舊是長長的一段英語。

一段熟悉的噪音過後，錄音帶裡卻突然陷入了一陣沉默。

路遐和孫正奇怪地對視一眼。怎麼那個醫生不說話？

錄音帶裡的腳步聲很輕，裡面的兩個人似乎走得很慢。

幾乎就在孫正忍不住想按快轉的時候，就聽見嚴醫生怯生生的語氣開口了。

「我不該拉你去看演唱會，群芳姐也不該騙我們……但是都兩個月了，你不能這樣放著不管啊……」

他吞了一下口水。

那邊又是靜得怕人，光憑腳步聲無法判斷出那兩個人是在什麼地方行走。

「是我的問題，我答應你去的。」路曉雲難得出聲回應了嚴央，聽起來兩個人的氣氛很僵硬，「找不到穴的出口也是我的問題。我不做沒把握的事，找不到出口，我們就不能進去救人。」

「可是已經兩個月了，我觀察那個劉大媽也沒有觀察出任何問題啊！」

「是嗎？」路曉雲反問一句。

路遐幾乎已經想像到他哥哥面無表情實則胸有成竹的樣子了。

如果沒有把握，又怎麼會兩個月後叫嚴央開始錄這一卷錄音帶呢？看來出去有希望了！

「可是，這個時候去那裡適合嗎？」嚴央的聲音聽起來依然有些沮喪，「群芳姐已經消失兩個月了，感覺很不真實……」

嚴央的聲音很近，聽得出來他還是拿著錄放音機的那個。

路曉雲似乎沒有理會他的自言自語，只聽到錄音帶裡他的腳步聲愈來愈遠。

嚴央小跑了幾步追上去：「你難道不覺得可怕嗎？一個活生生的人就這樣消失了，所謂的穴的力量真的有這麼大嗎？這簡直就像是對醫院裡每天拚命工作去挽救生命的醫生的諷刺……」

路曉雲的腳步停也不停：「不覺得。」

「是，你當然不覺得，你又不是普通人，」錄音帶裡的聲音有那麼一瞬間模糊了一下，應該是嚴央的手抖了一下，「你知道穴在哪裡，入口在哪裡，出口在哪裡，所以現在這麼晚了你也敢去化驗室找那盆吊蘭……」

孫正和路遐對望一眼，看來這對搭檔的關係建立得沒有他們想像中那麼牢固。

『不過這也是理所當然，路曉雲那種喜歡獨來獨往的人……』孫正心想。

『不過這也是理所當然，嚴央那種什麼都不懂的人……』路遐心想。

路曉雲的腳步聲終於停了，聽他在不遠處開口：「你是在害怕嗎？」伴著輕微空曠的回音，看來兩個人是在長長的走廊上。

「怎麼可能！」嚴央反應一下子激烈起來。

「關上錄放音機，你回去吧。劉群芳已經不在了，你也沒必要跟著我。」路曉雲的聲音聽不出什麼波動。

啪。

錄音帶果然斷了一下，只留下最後嚴央的那聲「哼」。

孫正和路遐還未來得及有任何反應，錄音又突然被打開了。

這時的噪音大得驚人，滋滋亂響，只聽得見像是在小跑的聲音。

「呼呼，」拿著錄放音機的那個人終於停下了，也終結了孫正和路遐的噪音之苦，他的聲音迴蕩在整個走廊，「路曉雲，你就想一個人逞英雄，哼，我偏不走，你以為你有多大能耐，兩個月都沒找到出口，要是掉進去了只有我能拉你出來……呼呼……」

走在他前面的那個人第二次停下了腳步。

「看什麼看，我是回去拿鑰匙。」嚴央不知道從哪裡多出來的底氣。

路曉雲沒有多開口，透過錄音帶也無從得知他此刻的表情，錄音帶裡響起了兩個人並排走的腳步聲。

孫正和路遐似乎也鬆了一口氣，要是醫生和路曉雲吵起來不錄了，他們這邊才是真的出不去了。

只聽見嚴醫生用自言自語且很小聲的聲音在那邊繼續嘮叨著：「我為什麼會傻不拉幾地白天上班，晚上跟著你在這陰森的醫院亂跑？一定是因為罪惡感……罪惡感，算了，你這傢伙反正也不懂什麼是罪惡感……」

腳步聲就這樣持續了好一會，直到「吱嘎」一聲，門開了。

「其實我怕貓……」嚴央小聲說了句。

雖然他這麼說著，但他走路的腳步並沒有因此放鬆。路遐和孫正專注地聽著，心裡估算著他們走的距離。

如果路曉雲真的有什麼線索，那麼從現在的情況應該能推測出他們應該也在化驗室裡面調查。

果然，只聽錄音帶裡響起輕微鑰匙轉開門的聲音。

「滋——」

噪音突然就大了起來，驚得路遐放在錄放音機上的手一抖，那種模糊不清的聲音滋滋嗚嗚地響著，像某種悲鳴。

路遐和孫正對視了一眼，不知道錄音帶裡的兩個人察覺到了沒有，化驗室果然和外面有點不一樣。

「噪音好大。」孫正抱怨了一聲，餘光飄向與他們一層玻璃之隔的化驗室，心裡莫名一緊。

提著錄放音機的人走了幾步，還不知撞到了什麼，哎喲一聲，錄音帶裡隨之響起被放大無數倍的聲音，孫正和路遐同時皺了下眉。

「你要往哪走？回來。」這是路曉雲的聲音。

嚴央似乎愣了一下，錄音帶裡他的反應慢了半拍：「你對誰都這麼頤指氣使嗎？」

路曉雲回答得很乾脆：「不是。」

只聽見嚴央又走了幾步，停下來了。

悲鳴似的噪音似乎更大了，路遐終於把錄放音機的音量放到了最大，那滋滋嗚嗚的聲音就在整個化驗室大廳裡迴蕩著。

「你、你把那盆吊蘭舉起來幹什麼？」嚴央突然慌裡慌張地叫起來。

「拿走吊蘭才能把桌子往這邊移，快點。」路曉雲用命令的口吻說著。

錄音帶裡響起了桌子移動的摩擦聲，那聲音擦著地面像撕裂的驚叫，孫正和路遐完全想像得到嚴央戰戰兢兢的樣子。

「你不會把我認成貓的，對吧？」嚴央一邊移動著桌子一邊嘀咕著，「當然你也不會讓貓上身，所以我們只要辦完這一切就快快走人，大不了週六跟老媽去燒個香……」

說到一半就中斷了，似乎是接收到路曉雲的什麼信號。

過了一會，才聽到路曉雲離錄放音機很近地壓低聲音說話：「蹲下來，不要亂動，不要抬頭看，把這個地磚拿起來。」

『可憐的嚴央。』孫正內心感慨一句，他應該蹲在了劉秦的辦公桌前，卻不知道距離他一步之遙的地方站著什麼，在看著他。

錄放音機裡的兩個人在叮叮噹噹地弄著什麼，嚴央又在嘀嘀咕咕地說著什麼，但是由於噪音太大，路遐和孫正已完全聽不清楚。

「其實……他們倆的關係也還不錯。」孫正說道，帶著一種近乎羨慕的語氣。

「什麼？」路遐的音調一下子拉高了。

「……他們還一起看演唱會了。」

「開玩笑，我哥哥是被拉著去的，還耽誤了正事！」路遐頗有些憤憤不平。

孫正對他搖搖頭，說：「所以啊！如果你拉我去我也不一定會去。」

「……」

「你那是什麼表情，收起來。」

只聽錄音帶裡傳出一聲輕微的驚呼。

悲鳴般的噪音戛然而止。

似乎有什麼東西輕輕碰撞，那聲音輕而脆，傳到錄音帶的這一頭，透著一種冷冽。

「是什麼？」路遐皺著眉頭問道，湊近了錄放音機。

那小巧的聲音彷彿清晰地響在錄放音機的另一面，一下一下的打擊聲撞在路遐的耳膜上。

「這個是……」嚴央似乎又把那個東西拿得更遠了，「你認得出來嗎？」

路曉雲不說話。

嚴央繼續說：「我看著很熟悉……但是這不可能是人身上的，倒像是……」

「是貓骨。」路曉雲接下了他的話。

路遐一震，幾乎是從錄放音機旁彈了開來。那個洞裡，原本埋的是貓骨？

「這個大媽把四根貓骨頭埋在這裡做什麼……」嚴央問道，「難道說這就是為什麼那個誰會看見貓？難道說不是因為吊蘭的原因？」

「兩根脛骨，兩根肱骨，不好了。」錄音帶裡傳出骨頭輕微碰撞的聲音。

路遐只覺得雞皮疙瘩從後腰一直爬到了後腦勺。據他的認知，路曉雲很少對事情作出好或者壞的評價，大多數時候他選擇不說話，因為他認為行動完全可以解決這些問題，他不浪費口舌。這一次他卻破天荒說了「不好了」三個字。

「什麼意思？」嚴央的聲音聽起來明顯是被嚇到了，「這貓骨頭是不是什麼詛咒？」

「不是，下面還有東西，你把它拿出來。」路曉雲的聲音保持著鎮定。

錄音帶裡一邊傳來嚴央窸窸窣窣的聲音，一邊聽見嚴央說著：「問題果然還在這個大媽身上，不懷疑他是不可能的，不管是吊蘭還是貓都和他有關係。你才剛來當然不知道，據說他之前是養過一隻貓的，當寶貝養著，經常看見他在醫院裡抱著那隻貓到處走，還對著貓說話……不過，這隻貓後來過馬路被車給撞傷，過沒幾天就死了。」

路遐和孫正對視一眼，隱約覺得琢磨出點什麼，可是那點想法就像冒出水面的魚，還沒來得及抓住，又隱匿消失了。

「咦？」那邊嚴央驚訝地叫了一聲，「字條？看起來好像是很久以前的啊……啊！」

似乎是被路曉雲拿過去了。

「上面寫什麼？都模糊了，你念念。」

沉默了一下，錄音帶裡傳來嚴央的抱怨：「怎麼不念，你又拿給我幹什麼……小秦，很好吃，明天實驗結束再去吃你的菜……這什麼呀？」

「小秦，星期天下午去你樓下拿書……」

「小秦，明天的課我不去了，到時候給我筆記……志汶，志汶？」嚴央的聲音一下子尖了起來。

「志汶？」孫正用疑問的眼光看向路遐，他怎麼覺得印象裡有這個名字……

路遐也正在苦苦思索這個名字，熟悉，太熟悉了。

是誰？

「這是什麼？」路曉雲表示不明白。

嚴央一下子笑了出聲：「哈哈哈，終於有你小子不明白的東西了！我告訴你，這個紙條……應該是上學的時候一個男生寫給一個女生的，那個年代就流行，這個女生就是劉秦，當年還很年輕，這個男生叫做志汶，你知道志汶是誰嗎？這簡直是醫院裡的驚天大八卦啊！」

「我想起來了！」路遐恍然大悟，「這個志汶，就是陳志汶！」

陳志汶……這個名字好像一根針一下子刺進孫正的腦袋，他不由心口一緊。

陳志汶……

「陳志汶，他就是這個醫院的院長啊，笨蛋路曉雲！看來他和劉秦當年是同學，關係不錯嘛……不過劉秦留著這些紙條，放在貓骨頭下面幹什麼？陳大院長可是有老婆、有兒子的人了……」

「陳志汶，就是這家醫院的前任院長，正！」路遐終於抓住了什麼重要線索似的，激動地轉過頭來，卻看見孫正緊皺著眉頭，眼睛裡流動著茫然又恐懼的光芒。

「怎麼了？」

孫正回過神來，依然疑惑地說：「我總覺得有什麼東西漏掉了……」

「你是不是明白了什麼？」嚴央在錄音帶裡問道，似乎已經完全忘掉了貓或者吊蘭的故事，整個人都沉浸在八卦的興奮中。

那四根貓骨忽然又叮叮噹噹響起來。

「貓骨求姻緣，這是隨陰人用的東西，我聽說過，從來沒有見過。」路曉雲的聲音很沉重。

「隨陰人？那是什麼地方的人？」

「不知道。劉秦是隨陰人，這個醫院的問題就大了。」

「隨陰人？你聽說過嗎？」孫正同樣不解。

「沒有，」路遐搖搖頭，「聽起來像是某種奇怪族群的人，是不是懂點什麼奇門邪術的那種……」

「把東西全部還原，不能讓他發現，我們先回去。」路曉雲在錄音帶的最後如此吩咐道。

答、答、答。

路遐的手指有節奏地敲擊著窗臺，眉頭微微皺起，偶爾抿一下嘴試圖濕潤一下乾燥的嘴唇。

孫正沒有打斷思考中的路遐，他低眉看著玻璃窗後的一片漆黑同樣若有所思。

「我們……大概是能推斷出劉秦和前院長的關係，」路遐近似自言自語地說著，「劉秦是隨陰人，雖然我不知道隨陰是什麼地方，但想必是個極其偏遠的地方，我們是不是可以由此猜測劉秦和大家的生活習慣是有一定差異的？」

孫正不置可否地點點頭，心裡吐槽：『你大多數「推理」不都建立在猜測上的嗎？是非對錯也全都無從對證，反正你愛怎麼想就怎麼想……』

「再結合劉秦在醫院的處境來看，他一直都是受到排擠的人，因為他是從一個偏僻地區來的一個孤僻的人，格格不入，不合群……這些都是能想到的，」路遐的語氣轉折，「但是，你看，對他來說，有一個人是不一樣的。」

「陳志汶？」

「是的，從他們當年傳的字條來看，關係應該相當不錯，但好像也就僅止於好朋友的地步啊。對劉秦來說，這也許就是他的第一個朋友，不，也許陳志汶就是他的初戀……」

孫正揚起了眉，似乎終於提起了興趣。

「是啊，如果是初戀，而且是唯一的戀愛，這一切都很容易解釋了，」路遐恍然大悟的樣子，「陳志汶在這個醫院待了多久，劉秦就待了多久，陳志汶對他怎麼樣我們不知道，但是他當了院長，娶妻生子，過得應該說是志得意滿，劉秦是個傻女人，他就守著這個地方守到四、五十歲，一個人來來往往的……也不怕寂寞……」

孫正笑了一下，但這笑彷彿是沒有任何感情的：「他怎麼不怕寂寞？他不是有隻貓嗎？」

「哦、貓，對，他唯一的陪伴就是那隻貓，對著貓說話，跟貓一起散步，看起來挺快活，但是看著貓想著另一個人的滋味那也是苦上加苦……」路遐一陣感慨，「這隻貓，後來也離開他了。」

孫正的目光不由自主飄向身後那個他們拿起地磚的地方。貓變成人，人變成貓，劉秦這個女人是不是有過這種瘋狂的想法？

如果這隻貓有一天突然變成他就好了。

如果他有一天突然變成這隻貓陪在我身邊就好了。

想到這裡，他身體突然一震，這隻貓的身上，這裡曾經埋過的四根骨頭上面，是不是滿滿刻著這種想法？

他有沒有想過，有一天，他的貓真的變成了一個人？但即使是這樣的一天，那個人也仍然不是他想著的那個人……

「貓死了之後，他把那隻貓的四根骨頭和那些他一直收藏著的字條埋在他辦公桌下的一塊地磚裡，像什麼寶貝一樣每天緊張兮兮地守護著，」路遐繼續皺著眉頭編造著劉秦的故事，「吊蘭只是單純的因為和院長有關係他才把它放在旁邊，但是這個貓骨頭裡面，是不是有什麼古怪？」

「這個劉秦，是不是，」孫正頓了一下，似乎覺得有點不好意思開口，「會什麼巫術之類的？」

路遐看了他一眼，遲疑地點了點頭：「有道理，為什麼我哥哥第一眼看見這個貓骨頭也這麼緊張呢？他肯定是認出了什麼東西，他既然說四根貓骨求姻緣，想必這四根貓骨頭也確實有點什麼奇怪的作用。」

「所以小田當時碰到這塊地方的時候，他才會警告小田，這個貓骨頭沒有帶來姻緣，反而帶了一些邪門的東西。」孫正順理成章地補充下去。

就在這個時候，剛才一直轉著卻沒有任何內容的錄音帶「咔」地一聲走到了A面的盡頭。

路遐一邊無意識地撫摸著錄放音機，一邊繼續分析：「我哥哥從小田的事情中看出了古怪，又跟著劉秦調查這麼久終於找到了問題所在，他肯定從這四根貓骨頭中讀出了劉秦會的這些亂七八糟的東西，而且……他的預感很準確，這個醫院的問題跟醫院高層脫不了關係。」

所以他和嚴央提前埋下了這麼多線索，留下了這麼多證據。如果他們進行順利，那麼應該是準備在解決問題之後把證據都拿出來對醫院採取行動的……

但是，這些錄音帶一直留到了這麼多年後的今天，醫院的問題也一直留到這麼多年後的今天——難道……中途出了什麼問題？他們最後沒能取回這些證據，只能把線索留給後來的人？

這一任的院長又怎麼會知道這些資料、這些人？他和陳志汶也有什麼關係嗎？

「如果劉秦是在陳志汶的示意下……」路遐說著說著，逐漸被心中隱隱升起的不祥預感占據，停止了動作，嘴唇微微顫抖著。

路曉雲，你可不要嚇我……我對你期望很高、很高的……

你這個做哥哥的，你從小時候不陪我玩、不幫我抄作業，講話不有趣，沒帶過一大堆兄弟回來讓我見識，也沒帶過漂亮的女朋友回來讓我羨慕，你唯一能讓我崇拜的就是這點了，你千萬不能讓我失望……

不，當然不會，路遐甩了甩腦袋，似乎想甩掉這個念頭，路曉雲當然是無可置疑的，這點過去、現在、將來都不會錯。

「你說陳志汶示意劉泰做什麼？」孫正等了半天沒等到路遐的後半句，終於忍不住問了出來。

路遐回過神來：「假如劉泰會點什麼奇怪的東西，我說假如，然後陳志汶利用這一點，讓他幹了些什麼，導致了這個醫院的穴的氣場出現了問題呢？」

「讓他幹了些什麼？難道說他還能讓人起死回生、長生不老不成？」孫正十分質疑。

「我也沒那麼說，但是總是有可能的啊，如果我們把當初這個院長做的那個手術聯繫起來，不，我們如果在檔案室就好了，這些資料應該很容易找到，」路遐對於無法探知背後的祕密感到遺憾，「不過，現在的關鍵還是得繼續聽錄音帶，怎麼出去才是最要緊的。」

他拿出錄音帶，翻了一面，又警惕地瞭望四周，暫時還沒有任何特殊狀況出現，只是腳上冰冰涼涼的感覺似乎在向上爬。

他想到跟這個事件有關的劉泰，抱怨了一句：「劉泰這個女人啊，可恨之人必有可憐之處……」

「可恨？」孫正提高了音調，「劉泰可恨嗎？他一開始並沒有做錯任何事。」

路遐按下播放鍵，錄音帶轉了起來：「我承認，他的出發點並沒有錯，他也許只是被利用，但是……」

似乎並沒有在聽路遐的回話，孫正很快地接著說：「為什麼任何一群人，哪怕只有三個人，都總會去排斥另一個人呢？」

「因為，」路遐遲疑了，「即使文明社會鼓勵差異……」

孫正看了他一眼，浮出一絲笑意：「文明不過是人披的一張皮，你知道為什麼嗎？」

路遐第一次從孫正笑著的眼睛中讀出了冷漠，他閉上了嘴不說話。

「因為害怕。」孫正笑意未減，「沒有比害怕和羞恥更有力的武器了，因為與自己不同，所以感到害怕，因為害怕所以用排斥讓他感到自己的與眾不同是一種羞恥。」

路遐移開了視線，目光停在了孫正握緊的拳頭上，握得很緊，手腕上的那道黑手印都幾乎張開來。

路遐忍不住想去收攏那道驚悚的手印，微微探出了手，撫了上去。

幾乎是立刻感到手上傳來另一個人柔軟的溫度，孫正握緊的拳頭漸漸放鬆了。

錄音帶裡也開始有噪音出現，滋滋響著。

「不好意思，」孫正的語氣忽然緩和了，「說太多了，聽聽你哥哥他們怎麼說的吧。」

路遐輕輕收回手來。

「嗯。」

04

走廊裡空蕩地響著兩個人急促的腳步聲。

依照錄音帶第一面的情況來看，現在兩個人應該是從化驗室出來的返回途中。

錄放音機隨著主人的步伐左搖右晃地不時擦到衣物，發出巨大而難聽的聲音。

「路曉雲，」主人終究是耐不住好奇說話了，「隨陰是什麼地方？」

旁邊那個人的腳步罕見地頓了一下。

「你告訴我，隨陰到底是什麼地方？哪個省？雲南？江西？聽劉秦的口音應該是南方的……」嚴央沒有放棄追問，「神神祕祕的，那個地方有什麼稀奇的？坐個飛機、火車，再開車總能到吧？」

「隨陰，」路曉雲低沉的聲音從錄音帶那頭傳來，「是最接近大地之穴的地方。」

「大、大地之穴？」

路遐和孫正幾乎同時轉頭想問什麼，兩個人又同時面對面欲言又止。

『他又怎麼會知道什麼大地之穴……』兩個人心裡同時想著。

「你之前說過，每個城市都有一個穴？」孫正終於開口問道。

「沒錯。」

「那麼大地之穴……又是怎麼回事？」

路遐搖搖頭，又露出猶疑的表情：「我猜，那就好比說是，最接近黃泉的地方。」

「我不知道在哪裡，因為去過的人沒有幾個能回來的。」路曉雲在錄音帶那頭接著說道。

「竟然還有你都不知道的東西嗎？那你怎麼一看見貓骨頭就知道他是隨陰人？都沒有人回來過，那你怎麼知道這個地方的？」嚴央從震驚中恢復，語氣裡立刻充滿了懷疑。

「劉群芳的爺爺在江西的一個穴裡看到過關於隨陰的記載。」路曉雲這次出奇直接地回答了他。

「江西的一個穴？有記載？」嚴央吃驚地叫道，咽了下唾沫：「那、那我們要怎麼辦？」

路曉雲沒有說話。

「你看我幹什麼……我怎麼知道怎麼對付什麼隨陰人……」嚴央吞吞吐吐地應付著路曉雲的沉默。

「把問題引到他身上，他會替我們解決。」路曉雲說著，聲音在走廊裡低低地迴蕩，如同夜的漆黑一般沉著而難以撼動。

「我懂了！」似乎接收到路曉雲帶來的那種絕對信號，嚴央的聲音激動起來，「我們要設個局，讓他以為自己也陷入了這個醫院的困境，他為了解決自己身上的問題，自然就會去解決這個由他帶來的麻煩！」

「不在他身上。」

「那在誰身上？」

「陳志汶。」

「陳志汶。」路遐在這頭低聲道，幾乎和路曉雲同步。

劉秦最看重的是陳志汶，那就從陳志汶下手。

孫正從路遐的側面的表情也能讀出那帶著鼓舞和激昂的光芒。路遐隱隱約約在期待著什麼，而這種期待彷彿這一刻在他哥哥身上已經看到、已經實現了。

兩兄弟身上果然流著相同的血液。在這樣極端得連生命都不能確保的情況下，他們也隨時能因為未知、神祕和謎題興奮且著迷。

也許這也是為什麼這一瞬間，孫正從路遐身上看到夜晚星光般渺茫卻難以磨滅的明亮光彩。

這是路曉雲對劉秦的宣戰。這也是在穴的困境下，路遐和孫正第一次從處處受困的被動找回了主動的感覺。

那條走向出口的道路，路曉雲正在為他們鋪設。

錄音帶並未走到盡頭，但錄音就此戛然而止。錄放音機裡又響起純正的英式英語，女聲字正腔圓地朗誦著英文課文。

路遐幾乎是不耐煩地按下停止鍵，拿出錄音帶向衣兜裡隨便一揣，立刻將另一卷塞了進去。

還沒按下播放鍵，孫正伸手擋了一下，微瞇了一下眼，好像察覺到了什麼似的。

路遐用餘光四處瞄了一圈，除去令人熟悉和窒息的黑暗，他聽不到任何聲音，也看不見任何東西。

「怎麼？」他還是出於謹慎輕聲問了孫正一句。

孫正抿著嘴搖了搖頭。他感到一股壓抑，說不出來的沉悶感壓在胸口，然而這也許並不是什麼值得一提的事。

錄放音機再度運作，除了擔心裡面那塊電池能否繼續堅持之外，路遐還擔心著他們在這個並不安全的房間逗留太久，會不會有什麼危險？

他簡直期盼著這第四卷錄音帶裡會直接傳來路曉雲的聲音告訴他，出門，下樓，左轉，你們可以出去了。

然而，裡面突然傳出來的鼎沸人聲和喧鬧背景告訴他，這一卷錄音帶裡面紀錄下的，一定是一個重大的事件。

也是路曉雲和嚴央等待著的那個事件。

孫正同時也因為這久違的嘈雜人聲愣住了，他帶著茫然的表情看向路遐，路遐肯定地點頭示意他繼續聽下去。

錄音帶裡的背景應該仍在桐花醫院，因為隱約能聽到有呼喚護士的聲音，按照這個熱鬧程度，紀錄的時間應該破天荒的是在白天。

「今天，是二〇〇一年八月二十四日，」嚴央清了清嗓子，聲音意外地顯得十分穩重嚴肅，「路曉雲在醫院裡閒晃了兩個月，我們等了兩個月，按照他的話說，終於摸清了穴在這個醫院流動的規律，當然我不知道什麼流動、什麼規律，總之他說，它的氣息很近了……」

它的氣息？路遐微皺起眉頭，試圖理解這句話的意思。

孫正卻俯下了身，側著耳朵靠近錄放音機。

錄放音機裡的雜音多得驚人，加之舊錄音帶極差的音質，他什麼都分辨不出來。

路曉雲和嚴央似乎在準備著什麼，等待著一個時機——摸清穴的氣息和「它的氣息」，一個可以將問題引向劉秦和陳志汶的時機。

孫正湊得更近了。

忽然他身體一震，看向路遐：「你聽！」

路遐頓時神經一繃緊，探身向錄放音機：「你又聽到了什麼？」

他沒有孫正那麼靈敏的耳朵，依稀在錄音帶裡聽到的只有雜亂的腳步聲，門開了又關的聲音，最多的還是人互相交談著的聲音。

不、不對……

還有個女孩在咯咯笑的聲音。

他的目光和孫正同時對上。

柔得像搖盪在春風裡的柳枝一般的笑聲，明明應該是很普遍的女孩笑聲，他卻覺得哪裡奇怪。

笑聲似乎有點大，這麼多噪音裡面，這笑聲卻如此明顯。

孫正突然猛地抬起頭來。

呵呵呵、呵呵呵、呵呵呵。

路遐也霍然直起身來，目光移向了身後那面牆。

笑聲不在錄音帶裡！

在牆裡！在他們所處的這間化驗室裡！

幾乎是下意識地，路遐抓住了孫正的手：「快逃！！」

他剛邁出一步，突然身子一歪，手撐在了窗臺上，臉色一下子就變了，孫正同時感到他抓著自己的手更緊了。

呵呵呵、呵呵呵。

笑聲愈近，笑得清脆明亮，一個活生生的少女就像要從那牆裡飄然走出，一直凝視著房間的目光也像要滴溜溜轉著停留在他們身上。

孫正看到路遐那條腿明顯瘸了一步，又站了起來，抓著他就向門外飛奔。

他腿上的東西已經蔓延到大腿了……不，也許已經及腰了……

他們一手拿著手電筒，一手將懷裡還在發聲的錄放音機關掉，走到門口一頓——去哪裡？

不知是錯覺還是受了背後咯咯笑聲的影響，他們面對著化驗室外的空間，覺得整棟桐花醫院的大樓彷彿有什麼東西從死寂一般的黑暗裡甦醒了，魑魅魍魎似乎都透牆而出，窸窸窣窣。

怎麼回事？

兩人的心中同時浮現出錄音帶裡嚴央的那句話：「它的氣息很近了……」

它是什麼？跟穴有什麼關係？

沒有時間思考，路遐抓著孫正下意識就要向樓上跑去，他還記得上一個安全點就在樓上不遠。

孫正卻拉著他在向下。他說不出別的原因，他只是腦海中浮現了那道微開著的手術室門……

「去一樓！」孫正叫道，同時將扯出來的地圖甩到了路遐身上。

路遐慌忙中拉開地圖，視線晃動著在地圖上尋找著一樓，下去，左轉，過護士站……觀察室？

不，沒有時間懷疑了，路遐叫道：「去觀察室，過護士站，急診室旁邊！」

兩個人大步大步地跨過臺階，身上的錄放音機鬆動的外殼撞得咯咯作響。

「路遐，醫院、醫院有點奇怪……」孫正邊跑邊說。

「醫院，什麼時候不奇怪了，呼，」路遐喘著氣回應他，「只要最後一點希望還在我們身上……呼……明天就會是光明的一天！」

明天就會是光明的一天。孫正不知為何因為這句話而微笑，他喘著氣跑向一樓，嘴角的弧度還微微掛著，眼睛裡映出的卻是深深的黑暗。

化驗室的笑聲消失在他們身後，無從得知那笑聲飄向了何處。

就像是一個漸漸微弱的前奏，預示著一段正戲即將開場。

一樓，到了！

兩個人提起的心終於稍微放鬆了，跑過護士站，路遐忽然一停。

「等等，我去找找有沒有手電筒！」

他說著，就鑽到了護士站的後面。

孫正一刻不放鬆地注視著路遐露出的一丁點腦袋，醫院裡的氣息讓他喘不過氣來。沉悶，還有一種莫名的悲愴感。

他撫了撫胸口。

這一定不是不祥的預感，不是的。

他們才看到希望，他只是在這裡待得太久。

有多久？半天都不止了吧？

一個正常人，可以在穴裡存活多久？

想到這個問題，他看著路遐的眼光閃爍了一下。可能、也許，就只有一天，二十四個小時。

路遐捧著兩個新的手電筒出來，朝旁邊抬了抬下巴：「趕快過去！」

他剛說完這句話，整個表情突然一瞬間凝固了。

然後他以極遲緩的動作回過頭去看著他的身後，那裡是一片暗流湧動的陰森和寂靜，微茫的手電筒光線只照出了走廊盡頭的樓梯一角。

孫正只聽見路遐不可思議地叫了一聲：「哥……哥？」

什麼？

他懷疑自己聽錯了。

「路遐！」他用力叫了一聲。

路遐一怔，回過神來，拍了一下自己的腦袋。

「怎麼回事？」他向觀察室的方向走過來，「我……我一瞬間覺得，我哥哥和我擦肩而過……」

孫正說不出話來，他知道路遐很清楚剛才他的身旁只有一片漆黑。

路遐推開觀察室的手還有些微微顫抖：「就好像從前他和我擦肩而過的感覺一樣……只是有些冷……」

孫正跟進去，轉身緊關住門，打開新的手電筒，屋裡一下子明亮起來，路遐似乎也因為這明亮得過分的光線而恢復了一些平靜。

「坐吧。」他開口說道。

兩個人卻誰也沒有動，心還噗通跳動著。

孫正把兜裡的東西一股腦倒了出來。

「是不是……」他低著眼看著桌上的地圖、紀錄和錄音帶，「它的氣息也離我們近了？」

路遐只聽得到自己的心跳就在喉嚨跳動，腦子裡久久迴蕩著剛才在走廊的情景。

「正常人可以在穴裡存活多久？你知道嗎，路遐？」孫正又問道。

路遐搖了搖頭：「我不知道……和它有關……」

「它？」孫正似乎想起什麼，「和劉群芳他爺爺提到的那個它是同一個東西吧？它是穴裡的什麼東西？」

路遐扶著桌子，算是默認：「大概……我也不清楚，就連穴本身也只是一個比喻，穴是流動的，就像呼吸一樣，有進有出，我們要在遇見它之前找到出去的方法。」

他說完，也打開了自己手中的手電筒，掃視起這間觀察室。

大概因為觀察室靠近走廊盡頭，又緊鄰急診室，窗戶只有一排。室內吊著稀稀疏疏的一些點滴袋，下面的座椅比化驗室外大廳裡的座椅看起來要柔軟一些，沒有那種生硬的塑膠色澤，手電筒下給人感覺不再那麼冰冷。

房間四周也確實貼著不少日曆和一些醫療常識的宣傳海報，路遐和孫正大致確認了所在地暫時安全，也顧不得細細研究，把東西都翻了開來。

孫正剛想按下錄放音機的播放鍵，又忍不住抬頭環視周圍一圈：「這樣的房間，對『它』來說，也是安全的嗎？」

路遐噎了一下。

孫正還想說什麼，手裡拿著的手電筒突然晃了一下，路遐感覺到那個光線的晃動，隨著光線的方向看過去。

光的邊緣照著觀察室門上的那塊玻璃，一塊黑糊糊的影子，從玻璃外的邊緣擦了過去。

像是不緊不慢地走過，如同任何一個路過的人影那樣。

那種不真實卻又十分清晰，如電影般的場景令兩個人好不容易平復下來的心突然又狂跳起來。

那是什麼？那是誰的影子？

最重要的是……這個影子是剛才出現的，還是一直都那樣模糊地、慢慢地跟在他們身後，直到這裡？

「孫正……」路遐叫著孫正的名字，聲音都顫抖起來。

如果說，桐花醫院在之前都是死一般的寂靜，現在的它，好像在漸漸復活。

「你看到了？」孫正有些驚慌地轉過頭來望著路遐，試圖從他的眼睛裡找到不同的答案。

「我們都看到了。」

他眼中的光芒黯淡了，嘴角浮起一絲自嘲般的笑意。

『是啊，我們都看到了，路遐。』孫正低下頭去，『你有沒有想過，不是這個醫院在改變，而是我們在改變，我們在變成它們的一部分，所以我們能聽到、能感覺到、能看到了，我們也許已經遇見「它」了，我們已經來不及了。』

然而這番話他沒有說出口，他的目光重新投向桌上的錄放音機。

『忘了這個想法，孫正。』他對自己說，因為他不忍心破壞兩個人好不容易建立起來的鬥志。

STORY5　活死人

他剛剛在急診室死了？
那剛剛上樓，被追著進了手術室的又是什麼？

01

孫正按了錄音帶的播放鍵。

錄音帶裡傳來了嘈雜熱鬧的聲音，彷彿已經勾勒出醫院昔日人來人往頗忙碌的情景。

護士們推著車來回走動，病人在門口不耐煩地踱著步子，醫生在大聲叫著某個護士的名字，而嚴央正身處其中一角，懷裡藏著的錄放音機裡的錄音帶轉動著，路曉雲面無表情地靠牆站在一旁，似乎在看著某個地方，又似乎穿過那個地方看著別的東西。

一切聽起來都是醫院的日常動靜，只是紀錄這一天到底有什麼稀奇，他們等了兩個月究竟等來了什麼，它到底又是什麼？

「如果照你說的，入口離院長很近，我偷偷查了一下，今天下午七點在手術室（四）確實有一個手術，手術是院長安排的，具體是什麼手術我還沒有問到，據說是個來頭不小的人物，但他為什麼要在我們醫院動手術？這點我不太明白。」嚴央既像是在對著錄音帶解說，又像是在對著旁邊那個連氣息都隱沒在塵埃裡的人說話。

「我有一種直覺，路曉雲……」嚴央壓低了聲音，「他們在做非常非常危險的事……」

只聽旁邊良久傳來那個熟悉聲音，冷冷清清地穿過了層層噪音：「沒錯。」

「那……那個，」嚴央支吾了一聲，頓時恍然大悟似的一驚，「你難道要破壞陳院長的手術？」

路曉雲沉默了一陣，就在孫正和路遐都以為他不會再回答的時候，他突然問道：「你還記得六月入穴的有誰？」

「群、群芳姐……怎麼？」

「八月還有誰？」

「沒、沒了，有我們在怎麼還會有人入穴……」

「這個月還有誰？」

「當然也沒有啊，你什麼意思？」

路曉雲又陷入一陣沉默。

路遐聽到這裡，一拍腦袋說：「莫非他的意思是，既然已經半年沒有任何一個人入穴，為什麼『它』還是出現了？」

孫正若有所思地看著他，眉頭微微皺起。

「六月你記得找到的入口有幾個？」

「就只有中醫室那一個，路曉雲，你想說什麼？」

「八月有幾個？」

「有我辦公室那個……還有樓下那個，如果算上對面那棟樓，有三個。」

「這個月？」

錄音帶裡聽見滋滋的摩擦聲，應該是嚴央不耐煩地用手指刮著什麼：「你自己不都清楚嗎？問我幹什麼……好吧，五個，但是都沒出什麼狀況啊……說起來這個月有點多啊……」

刮東西的聲音突然尖銳地拖長，停住。

「難道……路曉雲，你想說，入口出現得愈來愈頻繁了？」

聽到這裡，路遐和孫正兩人的臉色同時變了變。

他們心裡大概都能揣測出路曉雲的意思了，沒有人入穴，「它」卻在接近，入口出現得愈來愈頻繁……

嚴央下一句話直接問出了他們心底的問題：「你是說——這些都是人為的？」

「雖然不知道『它』到底指的是什麼，但現在看來，我哥哥推測的情況是劉秦他們好像在想辦法把『它』引出來，而且是在陳志汶知情的情況下……他們到底想幹什麼？」路遐感到呼吸都急促起來。

它絕對不是一個什麼好東西。

不好了，它的氣息近了……

醫院裡把什麼東西引出來了？

也許路曉雲在錄音帶的另一頭對嚴央點了點頭，也許他並沒有直接回答嚴央的問題，他只是冷冷淡淡似乎毫無感情地說道：「你只要紀錄清楚他們做的一切事情……跟著我不要亂動。」

話音剛落，錄音帶突然滋地響了一下，就像是心臟猛地跳動了一下，這聲音似乎不是來自錄音，而是來自錄音帶和機械本身。

就像滋的一陣顫動。

路遐和孫正幾乎是同時緊張地左右一望，錄音帶於此同時也被切斷了，房間霎時陷入絕對寂靜。好像什麼東西在黑暗下悄悄移動著，卻又在突然回頭的那一瞬間停止。

兩個人心有餘悸地轉過頭來，錄音帶又滋滋響起了。

這時錄音帶裡的嘈雜背景音量就像突然被調小了，忙碌的噪音都如同隔著牆傳來的竊竊私語，只有揣著錄放音機的兩人走動的腳步聲依然能清晰地被分辨出來。

「他們過來了。」嚴央用壓得很低、很輕的聲音說道，兩個人的腳步聲也頓時放輕，似乎是走到了某個角落。

錄音帶裡響起空曠走廊裡車軲轆滾動的聲音，伴隨著幾個人匆忙的腳步聲，似乎是護士推著擔架車過來了。

「院長再過10分鐘就到，小孫你下去通知家屬，」模模糊糊有個女人的聲音傳來，「無關人員已經全部離開了嗎?」

「還有一些急診的病人,不過都在樓下。」另外一個年輕的聲音回答道。

「這次的時間選的不好,一年前在半夜,人少,但是院長說晚上不方便。」那個女人頓了一頓,

「小孫你還小……通知過家屬你就先下班吧。」

響起一串小跑的腳步聲,女護士聽話地下樓去了。

小的金屬車輪在地面上滾動的聲音又緩緩響起,冷而輕脆,那個推車女人的腳步聲此刻也冷冰冰地跟隨著。

簡直可以想像得到,整個走廊裡他一個人推著那一輛車徐徐走向手術室的場景。

做手術怎麼就一個護士?路遐心裡疑惑地想著,餘光看見孫正也緊緊蹙著眉,神情從這卷錄音帶重新開始之後似乎就沒有放鬆過。

「隔著門,錄不清楚,」嚴央很近又很輕地耳語道,「我稍微開一點點門……」

動作似乎被誰攔住了。

「你放心,老劉早就走了,他們以為檔案室沒人的。」

原來他們兩個是躲在檔案室裡,確實距離手術室只有幾步之遙。

開門聲輕到連孫正和路遐幾乎都聽不見。

但他們清楚聽到嚴央倒吸一口冷氣的聲音。

「不可能!」嚴央用幾乎嘶啞的聲音低叫道,「那個人……那個人!」

遠遠地,錄音帶裡傳出手術室大門打開的聲音,車輪的滑動響聲幾乎已經聽不見了,那個女護士冷冰冰的腳步聲卻還殘留在他們的聽覺印象裡。

錄音帶又滋地一聲震動了一下。

路遐和孫正又幾乎同時握緊了拳頭。

「門外……是不是有什麼？」路遐不知為何也壓低了聲音。

孫正沒有出聲。

兩個人下意識地向屋內移動了一點。

為了省電，手電筒已經關上，兩個人連門的方向也只能憑記憶推出個大概，更別說透過那玻璃去看門外到底有什麼了。

只是那不久前一晃而過的黑影，還森森地晃蕩在他們的心頭。

錄音又再次開始了，大概是因為這次的錄音紀錄了比較長的過程，中途斷斷續續了幾次，省去了不必要的內容。

錄音帶跳躍的內容也讓孫正和路遐花了好一會時間去適應。

兩個人的小跑聲和錄放音機被撞得前搖後晃的聲音。

「你看得出來吧，路曉雲，你看得出來吧？」嚴央邊喘著氣，聲音顫動得很厲害，不知是因為小跑還是因為驚嚇。

遠處隱隱約約似乎有人的腳步聲，兩個人應該離三樓還不遠。

「他推著的，進手術室的那個人，是個死人吧？是吧？路曉雲、路曉雲！」嚴央整個人的聲音都慌亂起來。

「過來，劉秦還在樓下，跟我走。」路曉雲的聲音聽起來仍然很冷靜。

「你應該也還記得吧，路曉雲，」嚴央放慢了腳步，說話的聲音卻愈發激動，「我跟你講過，ICU昨天一個晚上進去八個死了五個，當天晚上陸響就傳簡訊跟我說那個很有名的誰的兒子昨天在我們醫院死了，讓我保密，你看清楚剛剛那個人了嗎？就是他啊！」

進手術的那個人，是個死人？

孫正和路遐突然感到一陣寒氣上湧。

醫院在這個時候推了一個死人進手術室（四），他們到底想做什麼……

路遐腦中隱約有個極其荒誕又極其恐怖的猜想，他卻連花一秒鐘去思考這個猜想的勇氣都沒有。

不可能的。

在任何時代，任何時空，都是絕對不可能的。

「路曉雲，你到底懂了沒有！」

「陸響在哪裡？」

「如果還有急診病人，那他應該還在一樓急診室。」

兩個人的跑步速度一下子加快了，錄音帶撞擊錄放音機的噪音幾乎淹沒了醫院裡其他的聲音。

「怎麼辦，路曉雲？他們是不是在招惹什麼東西？」嚴央跑得氣喘吁吁，但因為終於收到路曉雲肯定的指示而稍微穩定了一些，「我們難道不應該去做點什麼？」

「如果沒有猜錯，急診室的陸響他們手上還有一個人，劉秦他們應該急需這個人。」

聲音突然消失了。

孫正和路遐都怔怔地看著錄放音機，腦袋似乎也還停留在準備接收信號的狀態。

聲音就在那麼短暫的兩秒鐘，或許一秒鐘，徹底從錄音帶裡消失了。

錄音帶還在轉動，沒有錄音中斷的聲音，也沒有錄音鍵重新被按下的聲音。

那一瞬間的聲音就好像被憑空吸走了。

可這也僅僅是一秒，一瞬的事情，幾乎難以察覺的事情。

只是兩個人如此聚精會神地聆聽，而使得這一刻顯得尤為突兀。

錄音帶裡兩個人的腳步也突然停了。

「路、路曉雲……」

「你聽到了嗎……」路曉雲的聲音彷彿從很遠的地方飄來，「它的聲音……它快出來了。」

它的聲音？

什麼都沒有聽到，他們在錄音帶的另一頭聽見了什麼，全然無法知道。

不，或許它的聲音就是消失的聲音，吸走一切的聲音。

「利用它去改變生命的禁忌……他們會很後悔的。」

他們在做非常非常危險的事……

桐花招惹的是穴裡的「它」，桐花醫院觸碰的是生命的禁忌。

02

陳院長和劉秦招惹的是穴裡的「它」，桐花醫院觸碰的是生命的禁忌。

錄音帶的主人還在喘著氣小跑，叮叮咚咚地響，錄音帶外的路遐正想開口說話，忽然臉就僵住了。

他聽到有門吱嘎吱嘎地響，就像是慢慢地被打開了。

然而這聲音清晰明瞭，因為它就來自觀察室的門外。

他連忙按下停止鍵，那聲音又忽地同時停止了。

急診室？

兩個人同時想到。

急診室裡有什麼問題？四周漆黑一片，寂靜裡只殘留著兩個人微微的呼吸聲。啪。

路遐率先打開了手電筒，逐漸明亮起來的手電筒照亮了觀察室的一角，愈發顯得整個醫院的陰鬱和黑暗。他拿著手電筒起身，想慢慢朝門口走去。

孫正卻一把按住他，順手就按下了手電筒的開關。

「在沒有聽到答案之前，你想把它引過來嗎？」孫正悄聲地說。

路遐乖乖坐回位子上，他不知道手電筒會不會引來什麼東西，但孫正的謹慎總是沒錯的。

兩個人在黑暗中靜靜地坐了好一陣，或許過了一分鐘，或許過了十幾分鐘，對他們來說，這種時候的沉默和寂靜比任何時刻都來得更加緊張和刺激，連頭上的頭髮似乎都在隨時警惕著周圍空氣的任何變化。

他們卻不敢動。

孫正的手握著衣襟裡的磚礫，感到冷汗濕潤了那枚鑰匙。

「現在沒動靜了，我要開錄音機了。」路遐輕輕地在孫正耳邊說，錄音帶轉動起來，轉動聲音在醫院突然顯得十分大聲，大到兩個人同時一動，變得更加坐立不安起來。

順著他們一路小跑，醫院裡的背景音也逐漸大了起來，聽得出有病人和護士在醫院裡走動，有什麼瓶瓶罐罐撞擊得叮噹響的聲音。

跑步聲也漸漸停下來了，他們已經過了三樓，下到了一樓。

「在那邊，我看見了！」嚴央的聲音顯得十分著急，「陸響！」

錄音帶聲晃動著，提著它的人急促地走了幾步：「陸響，你在嗎？」

「小嚴，你是在找陸醫生嗎？」旁邊忽然響起一個輕柔的女聲，「急診室剛來了幾個急診病人，陸醫生正在忙呢，你待會再來吧。」

話音剛落，卻聽嚴央沒有理會，又急匆匆走了幾步：「陸響！」

錄音帶裡隱約傳來車輪滾動的聲音，由遠而近，幾雙皮鞋在地面上走得啪答啪答響。

「陸響！」聽嚴央的語氣，陸響似乎已經出現了，就在剛才和擔架車一起出來的那群人中。

「小嚴，你找我幹什麼？」一個大約三十多歲男人的聲音，聽起來溫柔低沉。

路遐一震，這是……

這個聲音，雖然聽起來年輕了不少，但是……

這是陸院長的聲音！現任院長陸院長的聲音！

「正，這是陸院長的聲音！」路遐激動地轉過身去，「當年嚴央找的這個醫生陸響，就是現在的陸院長，我怎麼沒早點聯想到這一點……正！」

陸響……陸響……

剛轉過身去，他就感到孫正似乎渾身都在發抖，抖得厲害。

連牙齒都有微微咯咯作響的聲音。

「正？你沒事吧？」他慌了。

「什麼？」路遐的聲音幾乎是驚醒了孫正，「我沒事……可能是剛剛門口……我不知道……」

路遐還想說什麼，那邊嚴央的對話還在持續著。

「陸響，你聽我說……」

「嚴醫生，你沒事做可以到處閒晃，我們手裡還有病人要處理，陸醫生可沒時間跟你耗。」一個護士語氣不善。

「小嚴，這個病人是院長親自囑咐過的，我晚點找你，」陸響說著，提高了音量，「快！送病人到315A病房，快點！」

車輪聲和腳步聲都加快了。

「315A病房？」嚴央的聲音聽起來怔了一下，又氣急敗壞地對著那邊叫起來：「我這邊要說的事才是正事！」

陸響他們自然是沒有時間理會他。

嚴央無奈只好轉向另一個人：「路曉雲，陸響沒用了，你快告訴我那個病人是誰？我自己進急診室去找！」

「就是剛剛那個手腕上有一圈紅線的病人。」路曉雲不緊不慢地說道。

「什麼？」嚴央拔腿就開始跑，「你不早說！那怎麼會送315A病房而不是去手術室？……陸響！」

錄放音機晃動得厲害，錄音帶裡一片嗡嗡噪音。

按照路曉雲和嚴央之前的意思，他們本來是想藉著這個「它」要出來的時機破壞陳志汶的某個計畫——就是現在手術室裡即將進行給死人的手術，而現在推著的這個去315A病房的病人似乎也是關鍵……那麼他們要是來不及在那之前阻止，這一切似乎都白費了……也沒有從劉秦身上找到解決辦法的可能了……

對孫正和路遐來說，他們最後的希望也會破滅。

快，追上去！嚴央！

路遐第一次對嚴央寄予如此厚望，他們現在所處的情況比嚴央當時更加危急萬分。

它要出來了！

在二〇〇一年的那一天！

也就在現在！

追上了，嚴央的腳步聲放慢了。

「陸響！」他的聲音突然一陣哽咽，「你聽我說啊！他……他到底怎麼了……」

「嚴醫生！」旁邊那個護士顯得相當不耐煩。

「陸響，你就讓我再跟他說說話吧，他可是我的表哥啊！」嚴央聲音悲戚，還帶著一點哭腔。

車輪聲一下子停了，皮鞋的啪答響聲也停了。

「你表哥？」陸響的聲音十分驚訝。

「是啊！就是他剛才來通知我的，說表哥出事了，要我跟著來看看，所以我才來找你的！」

此刻演戲逼真的嚴央指的「他」應該是從剛才就一直站在後面不曾說話的透明人路曉雲。

「陸響，表哥他到底怎麼了？」

「你表哥……這個……」

「陸醫生，時間來不及了！」

快點……嚴央……

滋滋。

滋滋。

錄音帶裡的聲音突然再次跳了一跳，像是猛然一陣急促的快進，陸響接下來說了什麼變得十分模糊。

滋滋。錄音帶響起噪音，就像是磁場受到強力干擾的那種滋滋聲。

路遐拍了拍錄放音機，手電筒照上去，卻發現錄音帶正常轉動著，並沒有不小心按到快轉鍵。只是螢幕上顯示的電池在閃動著，錄放音機也快沒電了。

錄音帶裡的聲音依然模糊。

路遐啪地按下停止鍵。

孫正和他對望一眼，兩個人的臉上似乎都烏雲密布。

滋滋。

錄放音機又猛地發出一聲滋滋聲。

怎麼回事！

兩個人驚疑不定的表情裡都帶著這樣的疑問，卻沒有人問出聲來。

它要來了……

會不會因為我而把它引來？路遐的另一隻手下意識地放在自己的腿上，手上傳來的是冰涼的觸感。

孫正的表情仍然有些僵硬，目光停留在錄放音機上。

路遐咬了咬牙，拿出錄音帶，又放回去，按下了播放鍵。

滋滋聲終於消失了，錄音帶裡的聲音也恢復了正常。

「小嚴，你先回去，你表哥就交給我們吧，」陸響似乎剛剛結束一大段勸說和解釋，「快去315A病房，我們已經遲到了！」

錄音帶裡響起急促的跑動聲和擔架車的聲音。

「啊？」嚴央發出了一聲輕微到只有貼著它的錄放音機才能紀錄下的驚訝聲。

那群人的聲音戛然而止。

錄音帶裡一下子變得十分地安靜。

怎麼了？

路遐和孫正聽著這陣短暫的靜默腦子裡已轉過無數猜測。

「劉秦……」嚴央又低聲一句。

劉秦出現了？

「你們不要到315A，我去看看那個人，那個病人。」那是個不夠細也不夠柔的中年婦女的聲音，硬梆梆地像直挺挺的一根老木，甚至連語法和句子都很粗糙。

孫正和路遐的腦海中已經浮現出一個面生皺紋的大媽鼓著眼睛直直地盯著他們說話的場景。

氣氛一下子僵硬了。

病人不在315A，病人就在劉秦的面前。

「啊啊啊啊！！」

錄音帶裡突然爆發出一陣尖銳凌厲的尖叫聲，聲音似乎穿透了錄音帶，穿透了錄放音機的外殼，穿透了幾年的時光，直射入孫正和路遐的腦神經裡。

「啊啊啊啊！！」

緊接著錄音帶裡又是另一陣遙遠的尖叫，醫院裡似乎一瞬間都亂了套，車輪飛快地滾著。砰。

不知哪裡的大門轟地一聲打開，十幾個紛亂的腳步聲也隨之而來，遠處的、近在身旁的。

這些跑動著的驚惶腳步聲幾乎將醫院都震得轟隆隆響，錄音帶的聲音也鼓噪到了前所未有的大聲，彷彿擔架車、舉著點滴架的護士、從樓上慌忙跑下來的人們都一擁而上到了錄音帶跟前。湧到了孫正和路遐的眼前。

他們感到自己的腳下也在隆隆響動著。身邊有許多、許多人忽然在沉默的黑夜裡動了起來，籠罩著醫院巨幕一般的黑暗都分化出一團團的黑影，隨著潛伏的暗流湧到了前端。

「志汶，志汶！」

劉秦跌跌撞撞的聲音如此貼近地和錄放音機擦肩而過。

「劉秦！」嚴央驚呼了一聲，錄音帶的聲音開始晃動，他追上去了。

劉秦應該是往三樓手術室的方向跑去了。

那些沸騰的人聲也因此無比貼近地與錄放音機擦肩而過，玻璃就碎在身旁，護士尖叫踏著腳。

「鎮靜！鎮靜！」陸響急切的聲音幾乎近在眼前，然而這聲音很快被他自己的一聲「唉喲」打斷。

嚴央還在跑著，在人群裡鑽著縫，後面一直跟著另一個人的腳步聲，跟得又緊又快。

砰！

大門轟地一聲打開了，幾乎是種時空交錯的錯覺。

孫正猛地抬頭向上。

不是錄音帶！聲音就來自樓上！

混雜著的人聲、逼真的腳步聲，就在樓上！

「它出來了！」

「它出來了！志汶，啊啊啊啊！」

劉秦哀號著。

啊的尾音還未拖夠，錄音帶突然靜了。

就像一個嚎啕大哭的嬰兒猛地住了嘴，靜得那麼快。

03

「它來了，正。」一路遐摸索著去握孫正的手，顫抖得太厲害，指甲幾乎抓破了孫正的皮膚。

手電筒閃了一閃，差點就滅掉。

所觸碰到的孫正的皮膚冰涼得如同溶進了醫院的空氣，也顫抖得厲害，似乎連話也說不出來了。

逃跑！可是往哪裡跑？

兩個人的目光都驚慌地左右搜索著，可是周圍除了如葬禮般靜穆的排排座椅和蒼白甚至泛青的牆壁，別無選擇。

已經無處可逃了！

黑暗裡湧動著的未知東西隨時可能將這個不堪一擊的房間撲食掉。

滋滋。

滋滋。

錄音帶突然又轉動起來。

是自動換了一面？還是誰把它換了一面？

「它會找到我們的……馬上就會，」孫正用手摀住臉，埋下頭去，「我感覺得到……路遐……」

只要在錄音帶結束之前……

只要路曉雲和嚴央分秒必爭能在錄音帶結束之前結束一切……

路遐沒有說話，只是緊緊握著孫正的手。

「小秦！小秦！」

突如其來的聲音讓兩個人驚得同時一動。

錄音帶裡男人呼喚著的聲音空空蕩蕩地迴響著。

是在哪裡？三樓走廊嗎？

「小秦！小秦！你快來！」

走廊裡同時傳來他慌張的腳步聲：「你快來幫我，快來！我一切都照你說的做了……」

滋滋。

滋滋。

「志汶！志汶！」

劉秦回應他的聲音從錄音帶聽起來離嚴央他們很近，嚴央他們應該追上了劉秦，緊緊跟著他。

「人都消失了！小秦！它會帶走我！它會帶走我的……」男人的聲音也突然大了起來，他跌跌撞撞地跑過來了。

滋滋。

不穩定的電流聲不斷地跳動著，干擾著錄音效果。

隱隱約約有人跑步的聲音。

「他向手術室跑去了！」這是嚴央的聲音。

話音剛落，就聽見錄音帶旁的那個人也跑了起來。

錄音帶的主人追了上去，卻突然止住。

「你攔著我幹什麼！他進去了！」嚴央叫了起來。

路曉雲把他攔住了。

「你去一樓找陸響，我去追他。」

「你在想什麼、路曉雲！」

「你聽著，把他帶下去，不能讓任何人上三樓和二樓。天黑之前就離開醫院，」說話的那個人似乎還是沒有任何語氣變化，但聲音裡卻平添了某種不容置疑和肯定，「如果……」

滋滋。

滋滋。

錄音帶裡的電流聲又一次跳動了一下。

不知這一刻是路曉雲的猶豫，還是錄音帶內容忽然被跳過。

「在穴裡，我所見過的最長停留時間只有二十四個小時，不要待在走廊，待在房間的東南角，不要動任何反光、有類似鈴鐺聲音的東西。用皮膚去感覺，你會感覺到的。」

「原來在穴裡也要注意些什麼……」路遐念著，想到之前自己在穴裡有多少亂來的行為，不由得一陣心驚膽跳。

然而，路遐和孫正兩個人都沒有提到那個「二十四個小時」。

他們彷彿根本沒聽到。

又彷彿這個時間那麼近了，他們都不敢去細細思考。

路遐只是不時碰一下自己的腿或者背，默默算著那個時間，再默默注意著身旁的那個人有沒有被傳染。

令他慶幸的是，到目前為止，孫正除了頭暈和手上的黑印，並沒有表現出特別反常現象。

他會待得比我久，至少比二十四個小時久，會待到出去的。

每當這麼想的時候，因為上一刻醫院突然變化而煩躁不安的心都會寬慰一點。

「路曉雲，你什麼意思！」嚴央聽起來怒不可遏。

「我會在穴裡每個發現的入口都放上一面鏡子，如果你看到了那面鏡子裡面有「它」……就是一個本來你身邊沒有，卻出現在鏡子裡面的人，不要亂動，閉上眼睛用皮膚感覺相對溫暖的方向，朝那裡走。」

第一次，在錄音帶裡聽到路曉雲說這麼多的話。

「你、你要入穴？」

「也許吧。」

那個人似乎不願多說，腳步聲快了起來。

嚴央又緊緊跟了上去：「路曉雲你給我惹這一大堆麻煩就想這麼跑了嗎！」

只聽錄音帶響起一聲巨大的「叮」一聲，什麼東西正好撞到錄放音機。

「你扔這個什麼給我？」

「硨磲，劉秦身上摸到的，很值錢，你拿著它出了醫院賣點錢，就當作是你要求的補償了。」

那個人跑步聲突然加快了。

滋滋。

滋滋。

「什麼？」

錄音帶到這裡，任誰都聽得出來，嚴央和路曉雲兩個人分開行動了。

「哥哥他……」路遐對路曉雲單獨行動畢竟還是有些擔心，剛想說什麼，卻聽見孫正在旁邊喃喃自語什麼。

「鏡子……」

因為這一個詞，路遐的思路繞了一個大彎，彷彿一下子被提醒了，拉著孫正問：「剛入穴的時候……你是不是說過什麼，對，你問過我，電梯的對面是不是裝有鏡子？」

「六樓的電梯對面裝有一面鏡子，」孫正看著路遐，神情卻有些迷茫，「難道這是你哥哥在穴裡裝的鏡子？」

「對，所以只有你看見了……你看見了什麼？」就算是一點點微不足道的，早已被拋在腦後的線索，路遐卻也覺得自己捕捉到了至關重要的資訊。

「我看見了……」孫正腦子裡模模糊糊浮現誰的影子，綠色的電梯門一格格地分開，正面亮晃晃地掛著一面鏡子……哪個醫院會在電梯對面掛鏡子啊！自己這麼想著……可是鏡子裡面映出的人影，有誰？還有誰？

那個一晃而逝的面容，怎麼都記不清楚了。

或許就是錄音帶裡出現過的某個人，或許就是「它」……

如果那個時候，自己出了電梯朝著另一個方向走了呢？就不會遇見路遐，也不會被困在這裡，陷入永無天日的黑暗裡了吧。

路遐沒有從孫正口中問到具體的情況，失望的嘆了口氣，又倏地坐起來：「哥哥把磚礫給了嚴央……」

孫正聞言拿出被汗浸濕的磚礫鑰匙。

「這個本來是屬於劉秦的鑰匙，從路曉雲的手中傳給了嚴央，現在又是誰把它寄給了我？」路遐盯著那個磚礫若有所思。

路曉雲，還是嚴央？

兩個人中總有一個是活下來了？

又或者嚴央也將它轉交給了別人，輾轉到了路遐的手中，兩個人在這卷錄音帶之後就永遠消失了……被它帶走了……

而現在，它就在樓上。

不，或許它已經下來了，就在急診室附近，急診室裡的門開了，或許什麼正朝著對面的觀察室走來，黑暗裡像一團飄忽的黑霧，不知不覺地透過門縫已經侵襲到了他們身旁。

這一切就像一個無底洞，穴也好，它也好，錄音帶也好。

錄音帶留給他們的資訊愈來愈多，他們腦中的疑惑和迷惘卻未曾減少，問題反而更加不斷地湧現出來。

錄音帶的電流噪音沒有停止，一直低沉且有節奏地滋滋響著，整個錄音帶裡只有嚴央一個人飛快跑下樓梯的聲音，因為太急、太快，他已經忘記去關掉這個還在錄音的錄放音機。

醫院裡也似乎再也沒有別人的聲音了，病人、醫生、護士的聲音從這兩層樓完全消失了。

就連一直不緊不慢地跟隨著嚴央的那個腳步聲也消失了，消失得讓人有些不適應。

嚴央似乎到了一樓，一樓還有些許人聲，聲音對比著嚴央的喘氣聲和重重的腳步聲，就像是竊竊私語。也許是護士和醫護人員們正在整理剛才混亂留下的殘局，渾然未覺樓上的任何變化。

「陸響在哪裡？」嚴央似乎隨便找了一個護士。

「陸、陸醫生？不知道……」護士回答得支支吾吾。

嚴央又小跑了一段，似乎找到了下一個人。

他就這麼來回跑著、找著，滋滋的聲音也持續響著，偶爾忽然跳動一下。

「陸響找不到，哥哥竟然也把錄音留給這個不可靠的醫生……」路遐的心慌著急都表現了出來，他開始不耐煩地翻找著周圍所有能拿到手的資料，「它出來了……我們再想想辦法……」

孫正跟著他也翻開了地圖，試圖在地圖上尋找蛛絲馬跡。

地圖只有主樓的地圖，他們一路從六樓逃到了一樓，幾乎走遍了所有安全的房間，現在「它」就在醫院某個地方遊蕩，加上黑暗裡幽幽飄著無數入穴的「冤魂」，他們出了觀察室，似乎就走到了絕路。

陸響……陸響……陸響是現任院長，嚴央和劉群芳的資料是他刪掉的嗎？

他知道些什麼？

不、也許那個時候的他什麼都還不知道，只是院長和劉秦叫他推著那個急診的病人到 315A 病房……

啪。

突然就像是錄音帶裡的一陣電流流竄進了他的腦袋，他感到腦袋剛剛就像被猛擊了一下，痛得他冷汗直冒。

而此刻路遐和他心有靈犀正好想到了同一個地方——315A 病房。

「315A 是哪間病房？」路遐似乎自言自語地問道，沒有注意到孫正一晃即逝的痛苦表情，「為什麼嚴央聽到這個病房的時候有一點驚訝？那個時候還沒有新的外科大樓，也就是說應該在這棟樓對面的內科大樓，那裡有什麼稀奇……」

他正想再說什麼，忽然聽見錄音帶裡驚天動地的一聲巨響，幾乎就連整個觀察室都被這個聲音驚得一震。

怎麼了！

「這、這是……」

嚴央的聲音突然變遠了，變小了。

孫正和路遐立刻明白過來，錄放音機摔到了地上……是因為震驚嗎？嚴央看見了什麼？

「陸響！」嚴央爆發出一聲怒吼，「這是怎麼回事！！」

錄音帶裡響起推人較勁的聲音，幾個小護士從遠處趕來，嘰嘰喳喳開始勸架。

「你告訴我……你剛剛推出來的這個人是誰？」第一次聽見嚴央用如此冰冷和充滿殺意的聲音。

陸響似乎又被嚴央猛推了一把，連擔架車也被推動了，車輪在地上翻滾，發出脆而冷的響聲。

「是化驗室的劉秦劉醫生啊，他剛才下樓來見到我們尖叫了一聲就突然暈倒了，馬上就送進急診室，但是已經來不及了……」陸響受到的驚嚇還沒消退，剛開始說話還有些不穩和小聲，後來漸漸大聲起來，「嚴央，今天醫院已經夠亂了……」

「來不及了？你是什麼意思？」嚴央頓了一頓，或許是探手摸了一摸，「他死了？」

劉秦死了？

連這頭的孫正和路遐都呆住了。

劉秦剛剛在一樓暈倒送進急診室死了？

那剛剛上樓，被路曉雲追著進了手術室的劉秦又是什麼？

「路曉雲！」只聽嚴央叫了一聲，這聲音由遠而近，他飛奔出去的腳步聲也變得貼近起來。

他撿起錄放音機朝哪裡飛奔而去了。

STORY6　倒吊者

那是一片倒掛的屍林，繩子緊緊地纏繞著他們的腿部，像倒掛的風鈴，一串串的……

01

桐花暗事件紀錄（2003～2005）（四）

紀錄人：楊菲（2004年～2005年護士）

2005年12月3日。

我有聽幾個老護士講過醫院裡以前有一本紀錄，沒想到真的有這種東西，而且它今天居然到了我手裡。

也不知道院長想知道些什麼，我和鄧芸一直有矛盾，大家也都知道，我在這裡說他什麼，大家愛信就信，不信就罷了。

醫院裡鬧鬼的事，聽說過，也有人真的見過。老護士說以前特別嚴重，後來有次鬧大了，醫院那個老妖婆死了之後就見得少了。

老妖婆是誰我倒也不清楚，醫院裡留下來的老護士好像也不多，據說紀錄以前是另外一本，不知道上面寫了什麼，醫院裡護士們對這玩意非常好奇，就是沒人敢去拿來看。

要寫的這件事還是要從鄧芸的事情說起。

我承認，鄧芸和我的矛盾是從我家小王開始的，我家小王看不上他，他對我懷恨在心，我也沒辦法，我和小王是之後才在一起的，可是小王一開始也沒對他有什麼想法呀。

他這個女人，我不好說，有點那個什麼……挺多變的。你想想，過了才多久啊，兩個月不到吧，人家就說他又看上前幾天來住院的病人了。我們護士是不能跟病人隨便亂來的，他卻三天兩頭沒事就往那個病房跑，還老是晚上去，誰不會說閒話呀。

一開始是聽說那個病人前幾天做了手術，在住院部三樓哪個房間住著，鄧芸本來是負責四樓的，有天不知怎地幫誰代了一下晚班，後來就申請調到三樓了，而且也都是上晚班。過沒幾天，就有謠言傳出來說他跟一個病房的男病人打得火熱，晚上老愛去那個房間。這也怪他自己，他就是個大嘴巴，有點事就愛炫耀。

這種事傳出來，大多還真是他自己說出口的。

聽說那病人長得很高，面目清秀。他沒事就誇說那床的男病人氣質特好，和和氣氣的。這種男人大概也是看不上他，怕又是他自己自作多情了。別人問起那病人得了什麼病、要住多久，他又一概答不上來，要去查名冊，他也支支吾吾不說個名字。

問起詳細是哪個病房，他也只說三樓，說三樓走廊盡頭那個。

有幾個小護士一起圍著去看了，也沒發現像他說的有氣質的男病人。後來我轉念一想，他肯定就是編個故事想氣氣我唄。

就在兩天前，鄧芸失蹤的前兩天，我在主樓碰到過他一次。

當時205病人的病歷資料不知道怎麼地缺了一份，我去外科問問，出來時正好撞見鄧芸和陸醫生在那邊說什麼，趕快就往回走，結果電梯遲遲不來，眼看著他和陸醫生說完話也朝電梯走了過來。

還沒到眼前呢，一股濃烈的香味就撲面而來。

兩個人站在那裡等電梯有點尷尬，那股香味直往鼻子裡衝，不知道他什麼時候開始擦這麼濃的香水，我轉身就想走樓梯下樓，結果電梯「叮」的一聲就開了，我只好硬著頭皮和他一起走進去。

電梯裡只有我們兩個，本來氣氛就僵得很，結果電梯也裝怪，明明按的是一樓，它卻在往上走，我低頭看著地面，不想理他。

電梯門叮的一聲打開來。

我低頭等了一會，也沒等到有什麼反應，抬頭一看，六樓？電梯門前空空蕩蕩的，整個六樓也安安靜靜的，一個人都沒有。我只好趕快按了好幾下一樓，電梯門這才緩緩關上，慢慢往下。

走到一半，他不知道為什麼就突然開口跟我說話了。

「說也奇怪，那天我坐電梯也是這樣，按了向下，結果它上到六樓，打開門來還沒人，」他的聲音很沙啞，顯得很疲憊的樣子，「你說是不是覺得很毛？」

我心裡不爽，就回他：「這有什麼好毛的，誰按了電梯，結果又走樓梯了唄。」

「那電梯也該先到六樓再下到三樓，再到一樓啊？」他不依不饒地說著。

我才不想跟他在這個電梯不電梯的問題上糾纏啊，電梯一到一樓，我就趕快三步併作兩步走回住院部了，感覺那種俗氣的香味還在我身上逗留了好一會。

這是先前第一次碰到他，那時不覺得有什麼，就只記得他看起來很疲憊，抹著像花露水和香油混合的濃烈香水。

過了兩天，我才真正覺得哪裡不對勁。

那天晚上我值晚班，都快深夜十二點了，201房二床的病人跟他家屬不知道什麼原因突然吵起來，吵得隔壁床的病人都睡不著，小張在幫忙協調，我去樓上請護士長過去。

護士長就讓我在樓上幫忙把剩下幾份病人的資料整理整理。

以往醫院人多擠不下的時候，三樓的走廊上會擺著好幾床掛著的點滴袋，今年這時候還滿冷清的。臨近午夜，就只看見空空蕩蕩的走廊，吹著冷颼颼的風，牆面破舊，要麼大片大片地脫了皮，要麼全都是灰印子。

還在想今天晚上三樓誰值班，結果抬頭就看見遠處走廊裡有個人影一晃一晃地走過來，模模糊糊的。還沒看清楚是誰，那股花露水和香油混合的味道就竄進了鼻子，好巧不巧，居然是鄧芸。走近了一看，我都吃了一驚，才兩天不見吧，他整個人都像瘦了一圈，皮膚在走廊燈光下顯得尤其蒼白，燈光在白色護士服上打了幾塊陰影，更讓我覺得他整個人都像沉浸在陰沉沉的氣氛裡。

「你怎麼在這裡？」他開口問我，聲音依然很沙啞。走廊本來靜得像睡著了，他一說話，整個走廊都像是被驚動了。

「二床又有問題，護士長去看了。」我懶懶散散地回答他，反正到了二、三點我也準備回去睡覺了，和他也待不了多久。

他定睛看了我一眼，又摸了摸自己的臉，問：「你看我今天化的漂亮嗎？」

「什麼？」我目瞪口呆地看著他，只見他眼睛上濃濃的一圈黑眼圈，皮膚白得跟鬼似的，嘴唇也像凍紫了一般。

「還不太會化，」他見我仔細地觀察他，不好意思地別過臉去，「練習練習唄。」

原來他說的是化妝，大半夜的化什麼妝，還化成這副鬼模樣，香得都臭了，我乾脆就不說話了，隨便他在那裡低著頭摸自己的臉摸了好一會。

忽然他頭一抬，驚叫起來：「他叫我了！」

我下意識地回頭去看，鈴沒有響，也沒看到哪個床的燈亮了，轉身奇怪地看著他。

他把手指放到嘴上：「噓，我偷偷告訴你，那是個不能提名字的病房。」

「什麼？」

他突然一笑：「那天我在對面，看見他站在窗戶裡，對著我笑，就像開春時候的太陽，很溫暖。」

我還沒來得及說話，他就幽幽地轉身朝著三樓走廊那邊去了。

什麼不能提名字的病房？什麼「他」？簡直莫名其妙！這個女人瘋了不成？

話說完，他就帶著那個似笑非笑，回味著什麼的表情轉身走了。

聽聲音他朝三樓走廊那邊走去了，整個人都飄飄忽忽的。

咚咚。

遠處傳來敲門聲，也沒聽見有人說話。

我轉過頭看了一眼，那個模糊的人影站在那邊走廊盡頭，伸手推開了門，然後整個人也飄飄忽忽地進去了。

門大概輕輕關上了，所以沒聽見關門聲。

看他進去了，我倒是覺得鬆了一口氣，趴在那裡等護士長的消息。趴著趴著，就開始犯睏了，感覺整個人都暈乎乎的。

正迷迷糊糊，感覺一股香臭香臭的味道飄了過來，腦子裡當時有點轉不過彎來，但下意識地就覺得……是鄧芸吧？

那個香味飄了一會，也沒聽到他發出聲音，我因為太睏了，腦袋就像小雞啄米一樣不停在點頭。

我不記得那個時候有沒有跟他說話，隱約覺得好像問了他一句，「鄧芸啊，護士長了回來沒有？」

他也沒有回話。

只覺得有個冰冰涼涼的東西托住了我的腦袋，非常非常冰，又柔柔軟軟地……當時太迷糊，只覺得大概是個女人的手，鄧芸拿手托住我的腦袋了。

然後腦袋上又覺得被什麼東西蹭得癢癢的。

耳邊有咕咕的聲音，像是誰想說話，但是卡在了喉嚨，憋得令人發慌。

那聲音斷斷續續，小得像從隙縫裡面勉強傳出來的。

腦袋也被磨蹭得酥麻酥麻的，也有可能是太睏了的原因，至今想起來都覺得那個時候整個意識都不清楚。

我就下意識地去抓腦袋上那個東西，就那麼狠狠抓了一下，然後自己猛地就驚醒了。

一下子驚醒過來，我第一個反應就是找鄧芸，但是四下一望都沒有看見他人，還以為是他已經走了，但回過頭來，看自己剛剛抓下來的東西，天啊，真是嚇得我渾身汗毛都豎起來了！

我手裡不知道為什麼抓著滿滿一把頭髮，烏黑烏黑的，髮根纏繞在一起乾燥得發黃。最重要的是頭髮散發出一股濃烈的花露水和香油混合的香味。

我嚇得連忙丟進垃圾桶，還死命搓了好久的手。

我當時立刻去找鄧芸，我猜他肯定就在那個走廊盡頭的房間。

因為當時不清楚情況，就是被頭髮嚇了一跳，我還壯著膽子去看。

走廊上一個人都沒有，就連病人打呼的聲音都沒有，靜得怕人。

不知是心理作用還是什麼原因，就覺得一路上都有那股難聞的香水味道，簡直像霧一樣迷了我的眼睛和腦袋，看什麼都覺得很模糊，腦袋頓頓的，什麼都記不清楚。

慢慢地我終於走到了盡頭，可是一到盡頭，我就有些疑惑了。因為房間的位置比我從護士站看到的位置離走廊盡頭還要遠一些，而且，盡頭是314，314住著兩個女病人，我知道這點是因為他們兩個正好都是我大阿姨的朋友，住院還都住在一起了。

沒有男病人。

我又回憶了一下，總覺得當時看他推門的地方，是比314還要遠一些。

我朝前走了幾步，但314確實是這邊走廊最盡頭的房間了，過了314就只有空白的牆面，倒是乾乾淨淨的，沒有那麼破舊。

我摸了摸那面牆，腦子裡又模模糊糊地回想起剛才做夢一般的情形。

怎麼他的手會托住我的腦袋呢，為什麼他的頭髮就在我頭上蹭呢？

這是什麼樣奇怪的姿勢才能辦到啊？

我當時疑惑著，心裡覺得一陣發毛，鄧芸莫非真的瘋了？還是趕快回去找護士長吧！

第二天，我又特地去314問了一遍，兩個阿姨都肯定地說晚上睡覺睡得好好的，沒有護士進來過，而我到處去找也找不到鄧芸。

故事就是這樣了，我第一次寫這個，不知道這樣寫行不行？

而且我來醫院也還不久，不清楚情況。可是護士長叫我不要亂問，晚上也不要亂跑。住院部三樓的班向來都安排得很仔細，想想也是，其他樓層的班我都做過，只有三樓，除了那次意外，還從來沒有安排我上來過，平時基本上也都是護士長在負責三樓的病床。

可是三樓是不是有個不能提名字的房間？真的有那麼神祕？

還有鄧芸，這兩天怎麼也還沒看到他？

我可不是擔心他，但是那天抓了他一把頭髮，覺得挺不好的。

2005年12月3日

其後鄧芸一直沒有出現，醫院就此事對三樓當晚住院病人進行了調查，沒有得到相關資訊，調查不了了之。

錄音帶在錄放音機裡轉著，除了哽咽般的噪音再也發不出別的聲響。

兩本紀錄和地圖都攤在桌子上，本來低低照著的手電筒此刻卻骨碌碌地從桌上滾了下去，摔到地上。

啪的一聲，好像驚醒了兩個茫然的人。

路遐拾起那個手電筒塞到孫正手中，嘆了一口氣，說：「這就是我們所有能找的線索了，我們盡力了。」

孫正抿了抿乾澀的嘴唇，心底也覺得一片淒涼。

「從這篇紀錄上來看，他們提到的那個老妖婆肯定是劉秦……那件事之後醫院鬧鬼的事就變少了……這是不是說穴的問題應該解決了？」路遐嘴上這麼說著，底氣卻不足。

如果解決了，那我們現在是怎麼回事？

如果解決了，怎麼紀錄上又出現了入穴的情況？

病人……315A 病房……手術室……

孫正撐著額頭，隱隱覺得有什麼就快浮出水面，但怎麼都抓不住，還差點什麼……就差最後一點點的線索……

「他說的這個不能提名字的病房，就是 315A？」路遐仍然在一旁自言自語地推斷著，「肯定是的，那那個男人又是誰？這個鄧芸消失了？」

「可是這個 315A 是不存在的，這個護士已經去看過了，走廊盡頭的房間就是 314。」孫正提醒路遐。

「對啊，這個房間是不存在的，」路遐重複了一遍，腦子裡卻閃過什麼東西，「可是……」

孫正突然一下子摀住腦袋，那種暈眩的感覺再次襲向了他，他推開桌子站了起來。

路遐被他的舉動嚇了一大跳：「怎麼了？」

孫正額頭上已經有冷汗涔涔冒出，視線也開始有些模糊，他晃了晃腦袋，咬牙說：「我們快離開這裡！」

「離開這裡？」路遐左右四顧，又是焦急又是無奈，「我們還能去哪裡？」

「我不知道……」孫正又晃了晃腦袋，眼神稍微清明了一些，「就好像有什麼看不見的東西在往我腦子裡鑽……」

路遐望著孫正，昏暗的燈光下，臉上的冷汗映得他整個臉龐似乎都在發亮，忽然，他腦子裡湧出一個大膽無比的想法。

他猛地一下抓住孫正的手：「我們回三樓去！你敢不敢和我一起去？」

「三樓？」孫正幾乎以為路遐也在頭暈，「這棟樓的三樓？」

無數三樓恐怖的回憶瞬間湧了上來。

好不容易逃了下來，好不容易擺脫那個三樓……那個沙沙爬著的東西、那個樓梯口的小男孩……和那個微敞開的手術室……

回三樓？怎麼可能……

「正，看不見的房間不代表它就不存在，你還記得我之前跟你提到過什麼？」

孫正用力搖了搖頭，不知道是在拒絕回到三樓這個想法，還是不記得路遐的話。

「我們在六樓，入穴之前，我當時開玩笑跟你說過一句話，」路遐神色凝重，緊緊握著孫正冰冷的手，「對面的內科大樓有一個房間，是看不見的，只能在這棟樓的三樓才能看見。」

孫正眼神亮了起來。他隱約想起了這句話，就是因為一開始路遐這些莫名其妙的話才讓人覺得他鬼話連篇，完全不可信。

「你想起來了，是不是？你再想想，劉秦當年為什麼要讓他們推著那個急診病人去 315A 病房？和樓上進行的手術又有什麼關係？我可以肯定鄧芸說的房間就是 315A，而 315A 和手術室絕對有著密切的關係！」

手術室？

孫正的手微微顫抖，腦海裡一閃而過手術室微開的那個門縫，門後的黑暗裡似乎有什麼在注視著、等待著、覬覦著……

「我哥哥也是追著劉秦進了手術室，你想想，為什麼三樓偏偏有個手術室（四），為什麼就這個房間沒有改造？這不是很奇怪的構造嗎？」

孫正的手緩緩抬起，指著樓上：「是的……剛才聽見的『它』的聲音，也是從三樓傳來的。」

他的語調也十分緩慢，像是頓悟了什麼，又像是在指證什麼。

這是不是路曉雲給出的最後提示？這也是不是他最後消失的地方？手術室（四）？

路遐抓著孫正的手，幾乎是因為激動而將他往自己的方向一拉：「正，你看著我，你敢跟我回去嗎？」

孫正抬眼直視路遐，路遐的眼神裡帶著不容拒絕的堅決。

「你相信我嗎？」路遐注視著孫正，兩個人幾乎是面碰著面，彼此急促的呼吸都混合在了一起，「我們兩個人一起進來，就一起回去，一起出去，這是我們最後的機會。」

孫正看著眼前這個人，看著他的臉，一股奇妙的感覺慢慢湧上心頭。

兩個人從普通朋友到突然間的同生共死也不過才一個晚上，明明有太多事情可以做，就像在陽光下簡單的散步，或是喝茶聊天，這些再簡單日常不過、再廉價不過的事，此刻卻變成了最大的奢侈。

兩個人剩下的時間這麼短，或許只夠他們從一樓跑到三樓。

暗流湧動，醫院裡的迷霧在周圍久久徘徊不去，黑幕裡浮現的片片黑影也似乎在布幕背後飄動著。

孫正突然感到一股力氣扣緊了自己，兩個人之間的空氣突然被壓縮抽空，幾乎鼻子都貼著鼻子。

「我喜歡你。」路遐低頭對他耳語道。

然後不等他任何反應，路遐一手風捲殘雲般抓過桌上的地圖和手電筒塞到口袋裡，一手緊緊拉著孫正，猛地拉開一樓觀察室的大門，逆著奔湧而入的黑暗飛奔而去。

如果它來了，多半也會直接衝著我來，畢竟我身上的變化已經很明顯了。

如果別的東西來了，也多半會衝著我來。

所以最關鍵的時候，我至少也能引開它們，這樣孫正就有出去的機會了。

所以，我也必須撐到最後一刻。

做著這一系列舉動的時候，路遐的腦子裡反反復復都是這幾句話。

孫正臨走之餘，跌跌撞撞只來得及拿起錄放音機，一邊往懷裡揣，一邊覺得大腦和心臟都不受控制了。

腦子裡模模糊糊全是亂七八糟的影像，心臟也猛烈地跳動著，彷彿一直被路遐剛才的那句話撞擊著。

02

沙沙。

沙沙。

就在這個時候，熟悉的聲音突然鑽入了他的耳朵。

「路遐？」他叫了一下拉著自己的那個人。

路遐似乎全然沒有注意到身後的異動。

沙沙、沙沙。

孫正腦子裡的雜念一下子全都安靜了，他豎著耳朵仔細分辨著。

好像……不只一個。

沙沙、沙沙。

「路遐？」他一面轉頭去看，一面又叫了一聲。

晃動的手電筒照到地面的一角。

「什麼？」路遐終於聽到他的聲音，警惕地在前面應聲。

「沒、沒什麼。」孫正關掉手電筒，閉上眼睛以更快的速度跟著路遐朝樓梯口的方向跑去。

他說不出口。身後的黑暗裡幽幽藏著好幾張臉、好幾雙眼睛，直勾勾地盯著這個方向。

拖著一地的什麼，沙沙地爬著，沿著他們腳步的軌跡……

他甩了甩頭，試圖把那個圖像趕出腦海，遠離它們，逃，逃出去，就什麼也看不到了。

噔噔噔噔。

兩個人上樓的腳步聲在整個樓梯間迴蕩。

二樓，化驗室裡喀喀笑著的那個女孩不知走到了何處？

黑暗和急促的呼吸聲裡，有路曉雲和嚴央當初一步步走過、試探過的痕跡，也滿是孫正和路遐兩個人四處搜尋著線索倉皇逃下的回憶。

或許還有許多人在此和他們一樣做著困獸之鬥，在樓梯間來回奔走，抑或躲在某扇門背後瑟瑟發抖。

它不在二樓。

孫正不知為何十分確定。

三樓。

兩個人的腳步一踏上三樓，同時出於本能地壓低了呼吸聲，放慢了腳步。

路遐慢慢移動著手電筒，在地上小範圍搜索了一圈，沒有發現任何不明印跡之後，拉著孫正躡手躡腳地朝著記憶中的手術室方向走去。

醫院一如既往地沉默、安靜著。

這種持久的靜謐如同一根精細的針，旋轉著鑽入神經骨髓，漸漸全身都為之戰慄，又如同是無聲的撫觸，當你以為那只是一陣冰涼的風和空氣，那卻是無數看不見的冰涼的手，柔柔地撫摸著你暴露著的皮膚。

手電筒已經隱約觸及了手術室的門邊。那門依然微微張開著一個口，路遐試探性地透過那個口向裡面照去。

黑暗似乎深不見底，一瞬間就吞沒了那點微弱的光芒。

路遐深吸一口氣，他是個無神論者，但此刻他在胸前劃了個十字。

「跟我來。」

他緊緊握著孫正的手，沿著地上那點手電筒，慢慢向手術室靠近。

路曉雲曾經追著劉秦進到這個房間。

後來怎麼樣了？

沒有人知道。

吱嘎。

路遐推開了那扇門。

按照他的印象，門後應該有一段走廊，走廊之後會有消毒室，再往後走應該就是無菌手術室。

他探腳走了進去，身後的孫正也小步跨了進來。

吱嘎。

因為兩個人的擠動，大門又輕響了一聲。

走廊裡陰森森一片，依然不見任何異動，手電筒照著淺色的內壁，那內壁乾淨、透亮。

路遐突然感覺孫正的手動了一下。

「怎麼了？」他輕聲詢問。

孫正沒有說話，小步跟了上來。

走了幾步，前方就出現了消毒室的門。

路遐嘗試著推了推消毒室的門，門隙開一道小縫。他回頭給孫正一個驚喜的眼神，加大了力道，推開了消毒室的門。

這次他不敢逗留過久，只是匆匆用手電筒掃了一下，確定沒有什麼不該有的東西，就拉著孫正繼續往前。

「奇怪。」他嘟囔了一句。

「嗯？」

手電筒晃向右邊。

「手術室的門竟然在右邊，不在前面。」路遐望著那裡若有所思地說。

孫正的手又動了動。

「你是不是想到什麼？」路遐立刻問道。

那個人還是不說話，只是跟著他向前走了幾步。

路遐的手終於碰到手術室厚重的門，觸感充滿涼意，彷彿裡面的寒意透過這道門已經散發了出來。

他將手電筒插進褲兜，騰出那隻手，推了推手術室的大門，也許是因為過於小心又過於緊張，他不敢用太大的力氣。

門動了動，孫正伸出另一隻手，幫他一起，推開了這道門。

消毒水的味道撲面而來，彷彿迎接他們的就是一幅忙碌著的手術景象。

路遐深呼吸一口氣，深覺祕密此刻就要揭開。他探手拿出兜裡的手電筒，就是這麼一個小小的動作，手電筒在手術室內晃了一下。

「那邊！」孫正突然叫了一聲，甩脫了路遐的手朝某個方向跑去。

路遐還沒反應過來，黑暗裡又看不見孫正的位置，只得一邊晃著手電筒掃視周圍，一邊著急問道：「你說什麼？哪邊？」

孫正站在那個地方，消過毒般的發涼空氣在他臉龐上流連。

「你沒發現嗎？」他開口說道，似乎因為太久沒有喝水，聲音聽起來有些乾啞。

「嗯？你在哪？」路遐就覺得奇怪了，手術室明明不大，孫正到底在哪邊？怎麼就突然一個人跑開了？

「手術室（四）的構造，和對面那棟內科大樓的走廊盡頭，是對稱結構。」

進了手術室（四），才是走廊，走廊盡頭的右邊，一個房間，沒有樓梯。

這種原本在主樓不可能實現的構造，在手術室（四）一模一樣地重現了。

「你看，那個房間！」孫正又叫了一聲。

一個對角線看過去的房間。

模糊，漆黑。

卻有個人坐在窗邊，影影綽綽，似乎朝著這邊笑了笑。

路遐倏地覺得不對！依手術室的窗戶和現在的光線條件根本看不見外界任何東西！

「正！」他極度緊張地大叫了一聲。

手電筒飛快地在整個手術室掃了一圈。

淡藍牆壁、操作臺、無影燈……

窗戶邊站著一個黑黑的人影。

路遐渾身上下都冰涼了，那個從大腿爬上來的東西，已然要爬遍全身了。

「正……誰？」

第一次，他來到這個黑霧密布的走廊，走到了一扇破舊古老的門前。

第二次，他再次來到這個空無一人的走廊，手碰到了那扇門的把手。

第三次，他會幹什麼？

他在慢慢地逼近這個房間。

孫正的心還在怦怦跳著，帶著一種莫名的緊張。

他用手電筒掃視了一圈周圍，這個陌生而熟悉的走廊，進入手術室的那一刻他似乎就隱約有預感……自己會再次來到這個走廊。

而手上前一刻另一個人的餘溫還在。

「……路遐……」他喃喃念了一句，握緊了手。

走廊裡靜謐得沒有一絲聲音，就連他自己的呼吸聲都微弱得幾乎聽不見。黑霧深沉，似乎手電筒也無法徹底穿透整個走廊，照出它完整的面目來。

就像是一個絕對空間，一個絕對領域。

他的專屬領域。

他努力辨別著手電筒照出的那一小塊地面和牆面。記憶裡的那扇門離這裡不遠，沿著牆走，慢慢地走幾步就到了。

背後是什麼？

他腦子裡突然冒出這個念頭。他從來沒有轉過身去看過，這是哪條走廊？也許他只要回頭看一眼，就可以確認。

他的左腳向左動了動，發出輕微的響動，這聲音似乎連他自己也嚇到了。他停了一下，又終於鼓起勇氣，轉過身去。

後面亦是一片漆黑，像深不見底的天坑，連陰影都不可存在。而自己就像站在這個天坑的邊緣，多走一步都會一直墜落下去，再也捕捉不到一丁點光明。

他只需要確認一下，只是一下。

他小心翼翼地走了一步，用手電筒照著側面，探索著牆面。

慢慢地，燈光終於觸摸到一片不同於牆的顏色——門。

孫正吞了吞口水，手電筒向上移動，老舊掉皮的門上有著清晰的一排字：內科 314。

果然！

這果然就是與路遐目前所在一樓之隔的內科大樓。

過了這個 314，自己一度接觸到的那個門後，就是 315A 病房。

那個不能說的房間，那個看不見的房間。

奇怪的是……紀錄裡走廊盡頭是沒有這個房間的，為什麼他卻看到那個房間好好的在那裡？

因為確認了自己所在和發現 315A 病房，孫正拿著手電筒的手都在顫抖，如果不是這道走廊彌漫著陰森可怖的氣氛，他幾乎就要直奔 315A 一探究竟了。

他胸口起伏了兩下，努力控制住自己的心情和呼吸，折回走廊，再度小心翼翼地前往 315A 病房。

他不知道自己是怎麼來到這個走廊的，不知道自己為何被送來這個地方，也不知道315A病房裡有什麼在等著他。

腦子裡只模模糊糊浮現剛才看見的那個對他一笑的臉。

好像熟悉的一張臉……

孫正亂無章法地思考著，有驚無險地沿著牆壁摸索，終於摸索到了木製質感的門框。

手電筒照在門上，昏黃昏黃的一團。格外破舊猙獰的門上，有著清晰的刻劃痕跡，斑斑點點灑上的紅色印記如同乾掉的血跡，讓人浮想聯翩。這個門本身似乎就背負沉重和陰鬱的氣氛，又似乎折射著某種掙扎和反抗……如同他們現在的情況。

愈想愈好奇，孫正終於忍不住去扭動那個老式的把手。

喀答。

響了一下，門卻文風不動。

是不是時間太久了？

他這麼想著，一邊轉動，一邊用身體抵住門。

喀答。

門還是一動不動。

果然還是被鎖住了……

他失望地看著門，卻毫無辦法。

仔細看，還會發現門的邊框上繞著一圈細細的紅線。他想到錄音帶裡的路曉雲似乎也在普外三室門上繞了一圈這種東西……路遐和自己都沒有細看，但這個玩意難道有什麼奧祕？

路曉雲？路曉雲有沒有提到過這扇門？

沒有……

但是，劉秦必然知道怎麼打開這扇門的，陸響也一定知道，他們為什麼會把病人送到這個病房？陸響……劉秦……

這兩個名字令他的腦袋又隱隱作痛起來。

對了！

錄音帶的最後，路曉雲說什麼來著？

「你扔這個什麼給我？」

「硨磲，劉秦身上摸到的，很值錢，你拿著它出了醫院賣點錢，就當作是你要求的補償了。」

硨磲？劉秦身上的硨磲？

孫正手忙腳亂地把手電筒夾到手臂下，從懷裡摸出了那把硨磲鑰匙。鑰匙被體溫搞得有些溫柔，表面透著瑩潤的光。

因為根本無法發揮鑰匙的真正功能，一直都把它作為驅邪之用，但是……

孫正湊近看了看把手下那個鏽跡斑斑的鑰匙孔，這個孔是不是才是這把鑰匙的最終歸屬？

喀答。

鑰匙有些艱澀地被插入孔內，但又契合得完美無缺。

果然！一陣狂喜躍上孫正的心頭。

他抵住門，一面用力內推，一面轉動著鑰匙。

嚓。

門發出一聲悶響，開了一道小縫。

冰冷潮濕而帶著某種腐臭的空氣從縫中迫不及待地湧了出來。

孫正正想進一步推門而入，一張紙片似的東西緩慢地從門縫中飄了出來，落在他腳下。

似乎……是一張照片。

孫正皺了皺眉頭，俯下身去撿了起來。

一張有些發黃的照片。照片上有一張年輕的男性面孔，陽光落在臉上咧嘴笑著，露出一顆虎牙。他的眼睛笑得只剩一條縫，膚色被醫師袍襯得十分健康。背景的建築十分熟悉，大門上一行字寫著：桐花中路私立協濟醫院。

這是桐花的一個醫生？

孫正看著這面孔，覺得隱隱約約像一個人。

一個他從未見過，卻已經認識的人。

他將照片翻過來，背面寫著幾個字。

嚴央，01年4月，桐花。

03

路遐盯著那個黑影，拳頭都握出汗水來。

身體的本能促使著他快逃開，可是頭腦死死抑制住這股轉身逃跑的衝動。

這個黑影，不論是誰，都是和孫正緊密相關的關鍵。

他小心地向黑影靠近了一步，不知黑影是否感覺到他的存在，也開始慢慢地沿著手術室的牆邊移動。

路遐悄悄調小手電筒的光線，斜著照著一小片地面。這點燈光足夠他跟隨黑影的動作卻不至於驚動黑影。

「正？」路遐再次試探性地叫了一聲。

沒有回音。

他的腦袋在極度緊張的狀況下飛速轉了起來。這個黑影不是孫正？但是孫正怎麼可能在他眼前莫名其妙地消失？

黑影模模糊糊地，一聲不吭地在窗戶邊，像飄著一般移動。路遐亦步亦趨地跟隨，同時回憶著黑影出現的每一個細節。

孫正注意到這個手術室（四）和他曾經到過的那個走廊是對稱結構。正如他所料，這個手術室也是唯一能看到對面那個神祕病房的地方。

雖然這個想法極其荒謬，但是最大的可能就是……孫正就在剛剛一瞬間再次移動到了對面的走廊。

想到這裡，他懸著的心提得更高了。

那個走廊，只可能比這裡更加危險。

那麼眼前這個黑影呢？

他想起在一樓觀察室的情況。在「它」出現之前，觀察室外曾經出現過兩次奇怪的現象。門外飄過的黑影，和無人自開的急診室大門。

難道這個黑影就是一度在一樓出現過的黑影，跟隨著他們來到手術室（四）？

但是眼前這個東西，到底是什麼怪物？

不是之前在地上沙沙爬著的東西，也不同於他看到過的入穴的「東西」……不對……

路遐想起什麼，低頭看向自己。

不是它們變得不同……而是自己正變得不同，所以才能看到，才更接近於它們。

「你們找它很久了吧？」

什麼？

路遐被這突如其來的聲音驚得手電筒差點都掉到地上。他繃緊了神經四處張望，卻沒有找到這個聲音的來源。

等等。

這個聲音……在哪裡聽過。

像木頭一般乾燥乏味的女人的聲音。

「你很快就可以見到它了……害怕嗎？後悔也來不及了。跟著我，到這裡，你、我都在穴裡了。」

劉秦？

路遐被腦中跳出的這個名字驚呆了，這是劉秦的聲音。

怎麼會有他的聲音？

想不出任何可能……忽然，他的目光停留在靠在牆邊的那個黑影。

難道這個影子開口說話了？

劉秦在對自己說話？

路遐的大腦已經跟不上整個局勢的發展了。

「破壞我的事，可能嗎？我還有辦法……」聲音突然一頓，驟然尖銳起來，「你知道？你知道還追著進來？你知道什麼！」

是在問我嗎？我什麼都沒有說啊？

路遐慌慌張張起來。

說話的聲音讓空氣裡的冰冷危險感減少了許多，卻讓他更加手足無措。

不對。

之前的某個經驗讓他突然反應過來。

這個情況……和某篇紀錄的情況很相似。

就像小貓那篇紀錄一樣，自己一言未發，但是劉秦的聲音卻像是在持續和某個人對話。他不是在對自己說話！他早就入穴了，他又怎麼會和自己對話？

那他在和誰對話？

忽然之間，從觀察室到現在的一些零碎的線索，就像是鎖扣一樣，喀答一聲一環接一環地都聯繫了起來。

如果這個黑影是劉秦，他最開始出現在觀察室附近，之後聽到急診室的門被打開，不久也聽到手術室的門轟然打開……「它」來了。孫正和自己跟著上了三樓，到手術室裡卻發現這個黑影……在和某個人對話。

這完全是錄音帶裡出事當天的所有情形再現。

入穴的劉秦被追著進了手術室就再也沒有出來過。

他在手術室遇見了路曉雲。

現在自己就站在路曉雲當年的位置，聽著當年劉秦和路曉雲的對話！

一種前所未有的激動和緊張的心情此刻充斥在路遐心裡。此刻他就是路曉雲，當年發生的一切都在自己的身上上演。

誰是「它」？路曉雲的情況是怎樣的？一切問題此刻都有了答案！

「破壞我的事，可能嗎？我還有辦法……」聲音突然一頓，驟然尖銳起來，「你知道？你知道還追著進來？你知道什麼！」

一旦明白了自己現在的情況，路遐的思考立刻變得十分清晰起來。

劉秦在和路曉雲談什麼？

從剛才劉秦單方面的發言來看，劉秦應該已經察覺到了路曉雲破壞了他的那件事，他跑進這個手術室是因為他另有辦法解決這個問題……

而路曉雲回了他一句「我知道」。

看來路曉雲當時也另有策略。

「你不會明白，你以為，我為了他？」

路遐默不作聲，他試圖把自己帶入當年路曉雲的狀態。

『難道不是嗎？可惜你之前所設計好的一切，都已經被我們破壞了。你的那些不起任何作用的貓骨，也在這之前被我們拿了出來，替換成了錄音帶，以防這些骨頭還有其他特殊作用。』

「是……但你還是不明白。」那個女人的聲音經過這麼多年，卻未受到任何時間的磨礪，彷佛是從答錄機裡還原的那麼清楚，「你不知道我有多享受這種感覺……」

感覺？路遐隱隱察覺劉秦的某種想法，他們之前好像猜錯了。

「控制……你們把這個叫做控制，你懂嗎？看他恐懼、害怕，一次次地來求我……所有都控制，他找人寫什麼紀錄，還有什麼人師……不行的，只要開始了，都得由我控制。」

劉秦說這段話的聲音是冰冷的、無動於衷的，那枯木般的語調卻更顯得這番話有某種震懾的力量。

這個女人想要的，不是什麼愛、什麼情，是對另一個男人至高無上的控制和力量。

路遐彷彿也呆住了。

「現在，我可以完全主宰他的一切了。你們，正好，它出來了，我替代它，我就是它……他會畏懼我一輩子，他記得我一輩子……」

話說完，那個毫無感情的聲音卻突然笑了起來，沙啞而粗糙，感覺不到任何快意。

真正的可憐人，是劉秦，還是陳志汶？

路遐下意識地想倒退一步。

他已經理出了當年大致的情況。雖然路曉雲和嚴央破壞了劉秦之前的計畫，劉秦卻正好將計就計跑進手術室，它已經被他們引了出來，而劉秦竟然想要取而代之，成為「它」？

「它」難道是一個人？

那麼，現在站在自己面前的劉秦，難道就是「它」？

但自己現在是路曉雲，路曉雲的面前站著「它」，路曉雲會怎麼做？路曉雲難道就是這樣消失的？

路遐收回自己剛剛想退回的那一步。

不會。

哥哥不是這樣大意馬虎的人。

既然哥哥回了劉秦一句「我知道」，想必他也是胸有成竹的。

他已經看穿了劉秦的想法？那他自己又是怎麼想的？

「你不會的，」路遐鎮定地開口，「也不可能。」

「……你在說什麼？」

路遐頓了頓，說：「因為，我會成為它。」

話剛一出口，他自己就怔住了。

他不知道自己怎麼會冒出這一句話。

那只是一瞬間的直覺。然後他的腦迴路正常運轉一圈之後，他就已經發現，這是路曉雲唯一可能會想到的辦法，也是他唯一會說出的話。

哥哥……

那個黑影就在這個時候突然一動，風一般就從手電筒的燈光裡消失了。

路遐驚覺，馬上抬頭四望。

只聽那個聲音在距離自己不遠的手術室門口方向說了一句話：「有人進來了！」

他猛地把手電筒移向手術室門口，黑影已經消失了。

孫正將照片小心地放進自己襯衫內裡的包裡。無論這是誰最後留下的照片，這都是當年無比珍貴的一份記憶。

吱嘎。

他側身從門縫中擠了進去。

古舊的腐臭味更加濃重了，他即使掩著鼻，那味道也似乎透過手指縫隱隱約約地刺激著他。

手電筒能照到的範圍很小，所及之處顯露出來的都是汙跡斑斑的地面，深一塊、淺一塊的顏色，就像那扇門一樣，令人浮想聯翩。

這到底是個什麼樣的病房？病床呢？

孫正鼓起勇氣用手電筒沿著一面的牆角慢慢掃過去。牆上似乎也布滿了什麼印跡，一道一道的。

他不經意多看了那一道道的印跡一眼，忽然一陣寒意從腳底直竄上腦門。

這是……血字？

他顧不得這個猜想是怎麼冒出來的，好奇心促使著手電筒再往上移。

兩個字赫然映入眼簾：

出去！

就像一道閃電瞬間劈中了他，他整個人一下子僵直了，手控制不住地顫抖起來，明明感覺到手電筒就要從手裡滑落出去，手指頭卻怎麼動都碰不到那個手電筒，彷彿它距離自己非常遙遠，就像面前的這個世界一樣。

出去……出去……

他沒辦法移動手電筒去驗證這牆上的一道道印跡是否寫的都是這兩個字，誰寫的？已浸入牆壁，與年代和時間化為濃得辨不清的血色，一筆一劃似乎都刻印著那股深深的怨念與積憤，震懾人心。

而之前門後聽到的抓撓聲，是不是也是寫下這些字的那個人在門後的最後掙扎？

咚。

手電筒終於滾到地上，發出骨碌骨碌的滾動聲。

啪。

似乎碰到了什麼東西，手電筒停止了滾動。

孫正也因為這一連串響動恍然回過神來。手電筒？他努力控制自己不顫抖，彎下腰循著聲音和光線的來源去摸索手電筒。

手指劃過冰冷的地板，一想到自己觸摸到地上那未知的印跡他又忍不住一陣顫抖，接著摸索過去，他終於碰到金屬質感的手電筒。手指又向前移了移，手電筒撞到的是……

一個激靈，他連著那個東西和手電筒一起抓了起來。

一照之下，果然，手電筒撞到的是一卷錄音帶。

新概念英語的最後一卷錄音帶。

04

錄音帶裡嗡嗡響著。

是噪音。可是噪音裡隱隱約約又響著某種轟隆隆的聲音。

乍聽之下覺得是很正常的背景音，可是仔細一想，錄音帶裡少了一個最常見的聲音。

腳步聲。

湊近一點聽，還能聽到拿著錄放音機的那個人在微微喘氣，似乎還未從一陣激烈的奔跑中過來。

嗡嗡隆隆的聲音還在持續，偶爾會突然聽到一陣放大的人聲，又突然匿去了，十分詭異。

此刻拿著錄放音機和錄音帶的應該是嚴央，他這是在哪裡？

叮。

錄音帶裡突然響起一種無比熟悉的聲音。這是……

電梯？

叮的一聲剛剛過去，就聽見啪啪的聲音，似乎誰在拚命地按著電梯上的某個鍵。

一旦確認了嚴央的所在，這情形就更加匪夷所思了。

電梯門的聲音傳來，迅速開了又闔，也許歸功於那個不停按著的某個鍵。

嚴央在坐電梯，電梯到了卻不停，還在不停地按著關門鍵……他在搞什麼？

嗡嗡、嗡嗡。

從那陣混亂到現在，其實並未過去多久，醫院裡的人卻已經漸漸散去，電梯被嚴央一個人霸占著上下不停，卻沒有其他人來打擾。

電梯隆隆聲還在繼續。叮地到達某一層，他又啪啪按著按鍵讓門開了又闔上。

就這樣一直一直繼續。

就在孫正幾乎要以為錄放音機是不小心一直在重複撥放那一段聲音的時候，叮的一聲，嚴央停止按按鍵了。

錄音帶裡傳來一聲戛然而止的驚呼，彷彿他看見了什麼驚悚的畫面。

錄音帶開始晃動起來，伴隨著一陣短促的腳步聲，他跑出了電梯。

驚魂未定地，他沿著樓梯開始跑，錄音帶在錄放音機裡也跌跌撞撞地響。就這樣跑啊跑，似乎一路跑了好幾層樓，他卻沒有絲毫猶豫，彷彿早已經知道自己要去哪裡，要幹什麼。

腳步停在某一層樓。

「路曉雲！我來了！你在哪裡？」

因為之前的奔波和呼喊而有些沙啞的聲音迴蕩在空曠的走廊裡。

他又向前跑了幾步，停了下來。

「這裡好黑……路曉雲？唔……」語調一個明顯的轉折，好像嘴一下子被誰從背後摀住了似的。

「你就是進來的那個人？」一個壓得很低的聲音，冷得沒什麼明顯的語氣，只隱約聽出一點訝異，「麻煩了。」

錄音帶的主人本來還在動彈，聽到這個聲音一下子安靜了下來：「路曉雲？」聲音也壓得低低的，還沒有從見到這個人的情緒中恢復過來。

一陣輕微移動的腳步聲，兩個人像是悄悄轉到了更隱蔽的地方。

「這裡沒有你的事，你進來幹什麼。」那個人又破天荒地再次開口了，之前的驚訝和所有其他情緒已很快地從他低沉冷漠的聲音裡消失了。

就因為這句話，拿著錄音帶的嚴央呼吸聲突然急促起來。他掙脫路曉雲叩叩叩向前走了幾步，就大聲吼了起來：「路曉雲！我上有爹媽，下未成家，就跟一個女孩交往過，初吻都還健在，這輩子年輕瀟灑著，你以為我為什麼跑進來找你？還不是因為相信你這個瘋子，相信你一定可以……」

「噓。」另一個人立刻拉住他，不知道又用什麼方法堵住了他的大嗓門。

嚴央也一下被什麼嚇到了：「路曉雲……你好冰……」

沒有正面回應他這句話，停了幾秒鐘，路曉雲用平淡的語調問：「你怎麼進來的？」

嚴央沒有說話，但他一定對路曉雲做了某個動作或者指示。

「電梯……」出人意料地，路曉雲剛開口就頓住了，「你看見了什麼？」

嚴央不覺得路曉雲的問題突然多了起來，接著就滔滔不絕地講述起他獨闖禁區的經歷：「你聽我說，都是你自作聰明一個人跑掉，我從三樓下來，你猜發生了什麼事？簡直、簡直就是莫名其妙！明明我們看見劉秦進了手術室，下來他們卻跟我說劉秦突發什麼病死了，這怎麼可能！我一聽就知道不妙，劉秦會害了你！……你點什麼頭？你知道？你這個不要命的瘋子，還好我回來了……

我到處都找不到你，突然就想起來我們當時說劉群芳那個問題的時候，劉群芳怎麼跑進去的？就是因為你當時提了一句要是不小心接觸到或者看到穴裡的某個東西就會很危險，某個東西，就是『它』了，劉群芳故意去找『它』，那我也可以故意去找『它』……我想了半天想到你跟我說的鏡子，你說如果看到鏡子，還看到有什麼不該出現的東西就一定要避開，那不就是了嘛。我只要不停、不停地坐電梯，總會不小心撞到『它』吧，只要故意不避開『它』我就可以跟著進來了……你眉頭皺得那麼難看幹什麼……

但是奇怪了，我就只看到一面鏡子，還以為會有什麼怪物出現，但什麼都沒有……」

「這就對了，它還需要一點時間，」路曉雲十分耐心地聽完他的長篇大論，「跟我來。」

接著就傳來兩個人快跑的聲音。

「手術室？」腳步聲停下的時候，嚴央喘了口氣，驚訝地輕呼了一聲。

錄音帶裡又一次靜了下來，連兩個人走路的腳步都顯得小心翼翼。

「看。」

「什麼？太黑了，什麼都看不見……」

「你很快就會看見的。」

話音剛落，錄音帶突然劇烈地滋滋響了起來。

噪音淹沒了所有錄音，大到整個錄放音機都像在轟鳴。就像被強烈的磁場干擾，又像被用力抓撓的話筒，錄音帶幾乎就在此報廢掉了。

可是這一陣怪異而突然的噪音轉瞬又消失了。

背景音恢復了醫院黑幕下的靜謐，只有呼吸和說話的聲音帶來些許生氣。

「剛剛、剛剛發生了什麼？」嚴央說話帶著明顯的顫音。

卻沒有人接話。

「路、路曉雲，你在哪裡？別嚇我啊……路曉雲，」嚴央似乎察覺到不妙，立刻緊張地四處尋找起另一個人來，「啊，抓到你了！」

大概是誰打開了手電筒，又或者是誰移動了手電筒，嚴央再次驚呼了一聲。

「這是哪裡？我也瘋了，路曉雲，我怎麼、怎麼覺得……我們在另一個地方？」

「硨磲鑰匙給我。」

錄音帶裡響起窸窸窣窣的聲音，嚴央仕拿他當寶貝一樣藏著的那把鑰匙。

「等等！別、別開，這是什麼地方……315A？」他的聲音突然大了起來，「我們怎麼會在315A的！我們是妖怪嗎？」

路曉雲卻沒有理會他，鑰匙和鎖孔接觸的聲音響起，接著喀嚓一聲，鎖開了。

「只要在劉秦來這裡之前趕到這裡，我們就贏了。」

那扇遍體鱗傷的門吱吱嘎嘎地開了，黑漆漆的口愈長愈大，當年的那兩個人也是這樣帶著探尋、緊張而又害怕的心情走進了這個房間，直到那些陳舊的陰影，腐敗的空氣完全吞沒了他們的身影。

可曾再出來過？

「好臭……」嚴央輕輕抱怨一句。

腳步聲停下之後，一時間竟再無其他聲音傳來。

錄音帶好像停了，這麼安靜，好像裡面的人連呼吸都忘記了。

啪。

一聲巨響。

前次經驗表明，錄放音機再次重重地摔到了地上。

「這是……」嚴央的聲音出奇地低，出奇地冷，那一瞬間他看見了什麼東西，給他的震憾如此之大，短短數秒之內，這種從未在他身上見過的沉和冷就蓋過了他的任何驚訝、恐懼、疑問。

「人。」路曉雲以同樣嚴肅而冰冷的語氣回答他。

啪！

錄放音機終於從什麼都再也握不住的手裡滾落到地上。

錄音帶滋滋地響著，像是卡住了。

孫正跌跌撞撞地站起來，手電筒隨著身體和手的搖晃在地上胡亂照著。

腦子裡全是嗡嗡的亂響，所有醫院裡的人和聲音都在叫囂著，衝撞著他的腦袋，要擠出來、要湧出來。

就好像腦袋裡裝了一個許久的炸彈，瀕臨爆炸邊緣，衝擊力如此之大。

人。

是人。

他終於擠出一點力氣抬起手裡的手電筒。

一個圓形的東西。

他瞇了下眼，身體卻已快於思想，出於本能地在顫抖，顫抖得厲害。

一個人的腦袋！

他一下子扔掉了手電筒，猛地用手摀住自己的眼睛。

卻阻止不了那一瞬間看到的東西在腦子裡不停地迴旋又迴旋。

腦袋，乾癟到連骨骼輪廓都能完全看到的腦袋，只剩一層皮，或許連皮都算不上，乾裂的皮，烏黑的皮裹著那顆圓圓的腦袋，兩個凸出的眼睛朝著自己的方向緊閉著。

彷彿隨時都會睜開，彷彿一直都在黑暗中凝視著門，凝視著自己。

一顆被吸乾了所有，如同滿地烏黑雜草紮成的一顆腦袋，如同裂開的大地，臉孔裡的每個裂縫都滲出黑氣。風一吹就會碎成碎末，手一撕即可連皮剝落，露出黑漆漆的眼洞和鼻孔。

那畫面幾乎已滲入了孫正的骨髓，他無法阻止自己去回想，去思考那恐怖而詭異的腦袋。

腦袋下面是空的……腦袋卻和自己在相同的高度。

不知不覺，摀著自己臉的手都快嵌進皮膚了，而他卻沒有任何痛感。

這顆腦袋……是倒吊的！

這是一具倒吊的屍體！

就在這個時候，斷掉的錄音帶不知為何自己恢復了正常，跳了一跳，又突然傳出了聲音。

「這是……乾屍……」嚴央一字一句地說，「這裡，全都是乾屍。」

「還有一個，你抬頭。」

嚴央停了一秒，聲音變了變：「貓？」

他突然反應過來：「難道這隻貓，就是這一切的開始？劉秦當年死掉的那隻貓？被他倒吊在這裡，還用了什麼保存得這麼完好……他想做什麼？」

「這是……隨陰人的……祭祀。」

「什麼意思？」嚴央不解地追問了一句。

「這就是……超越生命禁忌的代價。」

錄音帶裡的嚴央愣了一下，似乎又看到了什麼，迅速反應了過來：「這些……這些屍體，都是醫院裡死去的病人……難道這個祭祀就是需要一個死人的屍體緊緊地被繩子綁住吊在這個房間？不、不對，還有一個活著的人……活著的那個替代品，只要他被『它』帶入穴，就可以換得另一個人的生命……路曉雲，這不可能，這……」

路曉雲沉默了。

「還有那麼多無辜入穴的人呢？劉秦難道沒想過嗎？『它』到底是什麼？穴到底……」說到一半語氣一滯，嚴央忽然發現了什麼，「等等，繩子盡頭連著的那是……」

「不要看！」路曉雲的聲音猛地提高了一倍，緊接著就是嚴央「唔」的一聲。

滋滋。

滋滋。

不安分的噪音從錄音帶裡跳了出來。

嚴央的聲音遠遠地傳來：「路曉雲……你摀我的眼睛……你……」

「閉上眼睛。無論接下來發生什麼，都不要看。」路曉雲的聲音有些變了，哪裡變了卻又說不清楚，「這是……出口……」

孫正打了一個激靈，慢慢地把手從臉上放下。

他靠著手電筒燈光的方向，撿回了手電筒。

沿著那顆腦袋，他一點點向上移著。

乾屍，因為徹底地被吸乾而縮小了近乎一倍的一具屍體。

劉秦是如何製作，又是如何保存這些屍體的，他無從得知。

本是白色，卻已然汙跡斑斑的病服鬆鬆垮垮地套在這些倒掛的屍體上，如果不是那顆腦袋還在細如乾柴的脖子上倒掛著，只怕這些早已不合身的病服已全部垮落到地上了。

孫正走近了一小步，屍體上散發出一種奇臭，卻保存得完好無缺，沒有任何蛆蟲和屍蟲。不知道劉秦用了隨陰人的什麼祕法，衣服上好像還掛了一個牌子。

模模糊糊的。

上面是編號：「03」。

他轉向側面一具。

同樣乾癟的一顆腦袋，眼睛上有一層黑布。

編號：「02」。

手電筒一眼望去，面前豈止是一顆腦袋，那是一片倒掛的屍林。繩子緊緊地纏繞著他們的腿部，彷彿只要風一吹，這些屍體就會前後搖擺碰撞著，像倒掛的風鈴，一串串的。

他突然就明白了，當年路曉雲一眼之下就明白了的一切。

一切的開始，是劉秦的那隻貓。

他是如何開始這種超越理解的祭祀，因為那隻貓的死，令他終於走向喪心病狂？

那隻貓是第一個祭品，換得了陳志汶當年手術臺上的那條人命。

02號祭品，當年老張見到的那具蒙有白布的屍體。

那是醫院第二次進行這種祭祀，那個「它」帶走了老張，卻不知換得了誰的生命。

03、04、05……

劉秦在這幾年做過多少次祭祀，而陳志汶又是如何一面得意於成就，一面戰戰兢兢地與「它」擦身而過？

「它」不僅僅帶走了祭祀需要的那個活人替代品，還有無數無辜的人也因此不小心入了穴，再也回不去真實的光明世界。

穴到底是什麼？為什麼路曉雲就能突然明白？

那麼……劉秦被破壞的這場祭祀裡，最初設定的祭品是某個死去的人，和那個將被送往315替代入穴的活人，躺在手術室的人即將從「它」那裡獲得新生命。嚴央延遲了活人被送往315的時間，而「它」卻已經出來，尋找最近的一個替代品——陳志汶。

最混亂的時候，劉秦情急之下，引著路曉雲和他一起入穴。

祭品、替代品、新生命和「它」，這四個必要條件裡面，只有「它」和替代品是不確定的。難道……劉秦竟然是想成為那個死去的祭祀品，然後利用路曉雲成為那個替代品來完成這個祭祀？

那，路曉雲跟著劉秦入穴又是為了什麼？

忽然，隱沒在層層屍體後面，一張已經扭曲的面孔映入他的眼簾。

一張臉，一雙眼睛。

看著他。

這是……

孫正的腦子突然炸開了，他猛地撥開那枯木般的身體，發了瘋一般衝向最盡頭，隱藏得最深的那一個屍體。

而「他」，就像是望著他，望著那些乾枯冰冷的屍體來回擺動著撞到他身上，他一路踉踉蹌蹌地在惡臭和碰得喀喀響的腦袋間前進著，「他」緊閉的嘴角也像是露出了滿足的森森笑意。

他幾乎是撲到那張臉上的，手摸到那張臉，有一種冰涼刺痛的觸感。

忽然，屍體垂下來的手動了動，搭到了孫正的後背。

他又猛地轉過去。那手隨著他身體晃動，又軟軟地垂了下來。

也許是因為之前的動靜吧。

孫正的目光順著那隻手向上爬著，爬過病服，爬過被繩子一圈一圈緊緊纏繞的雙腿。

繩子的盡頭，不是盡頭，是一條長長的繩子在延伸……

不對，那應該屬於天花板的地方，那是……

所有之前轟轟烈烈炸開來的畫面，又轟轟烈烈地湧回腦海，蔓延到全身骨髓深處。

出口。

他忽然也笑了，嘴角有個細微的弧度，瞇著眼。

他摸著那張倒掛的臉，慢慢地，沿著乾硬的表面，摸到眼睛，就好像還在拭去上面殘留的眼淚。

模模糊糊地，聽到錄音帶裡還有人在說話。那個人說：

「我們……錯了……」

和「它」鬥了這麼多年，才知道自己錯了。

孫正抱著那個錄放音機，裡面的錄音帶已經停止轉動。他靜靜地走到門口，整個人的腦袋和內心從沒有如此安靜過，就像這個醫院，在黑暗裡沉睡到了最深處。

他走到這個醫院裡隱藏的房間門口，聽到有輕輕的敲門聲，好像還有個女人在輕輕地說話。有一股花露水和香油混合的味道隱隱飄來。

他，這個味道雖然不好聞，倒也能遮掩這個房間帶出去的奇臭。

是了，盡頭掛著的這個人，就是當年門口這個女人——鄧芸想去碰觸的那個人。

在繩子盡頭的那個地方，他如何倒掛了，入了穴。然後他倒著、倒著，像往常一樣走出房間，走到叫楊菲的女護士前，用手撥弄他、想叫醒他，就連頭髮垂到他腦袋上也渾然不覺。

然後這入穴後的殘影，在夜裡日復一日，夜復一夜地重複著。

孫正又輕輕笑了笑，他自然而然地打開門，走出去。

STORY0　最初

那些血淋淋的東西密密麻麻地趴在地上，抬起那張臉，一齊看著他。

01

「這邊還有一個傷者，趕快！」
「這還算是傷得輕的，那邊幾個已經鬧得人仰馬翻了……」
「幸好醫院今天不忙……這個右腿骨折，送三樓做止血接骨，趕快！」

「現在幫你做麻醉，深呼吸。」
「病人情況？」
「血壓 110/70，脈搏 80，狀況穩定。」
「醫生，這裡是X光片，病人右腿長骨骨折。」
「手術刀。」

「醫生，長骨刺入血管了！病人呼吸增快、心跳過快……」
「呼吸系統感染了？胸部X光？」
「醫生，病人吐血！」

「醫生……這是……」
「給我看心彩超！」
「右心房、右心室有擴大，右心室運動減弱，醫生……」

「這不是感染，這是長骨刺入血管引起的肺栓塞……」

「肺栓塞？」

「……已經晚了……晚了，準備通知病人家屬……」

「請問哪位是病人家屬？」

「家屬？家屬？人呢！」

「他現在是什麼狀況……不、我不是家屬，他沒有家屬……肺栓塞？你等等，我打個電話……」

「陸、陸院長？這個是肺栓塞，發現的時候就來不及了，你做過急診你知道……」

「別廢話，這裡交給我。」

「陸院長，不行啊……人都死了這麼多年，那個玩意不能碰啊！」

「我跟了陳志汶這麼多年，他那點破東西還有什麼不懂的，老女人也死了……人推過去了沒有？」

「陸院長，你忘了……」

「我沒忘，陳志汶怎麼上位的，我陸響也可以怎麼上位，這個人馬上就要死了，連個屁大的親戚都沒有，送到哪都是一樣……」

「孫先生，現在送你到住院部 315A 病房入住。你放心，導演和大家都會等著你出來的。」

「沒事的，好好養病，也讓導演他們放心。」

吱嘎。

門開了。

黑暗，腥臭。

不，不不不不。

放我出去。

我要出去。

出去，出去出去出去。

出去！！

孫正霍然睜開眼簾，陰影覆蓋下的一塊巨大手術燈迎面而來。

全身都軟軟的沒有力氣，他動了動手，腳完全無力，他用手努力撐著，坐了起來。

自己躺在這張手術臺上，什麼時候？

就在剛剛突然從315A……剛剛？不，不是的。

他抿緊了嘴，扶著床沿，雙腳下了地。

一邊站起來，他一邊瞇著眼端詳了一下這個陰暗的手術室，然後用手撣了撣衣袖，似乎要撣去上面陳腐的氣息，向門外走去。

關上門的時候，他從門縫隨手把手電筒向裡面一扔，只聽到骨碌碌幾聲，沒了蹤影。

要找一個人，路遐。

路遐左右張望著，身上全是黏答答的汗。

劉秦不知去了哪裡，自己追出來繞著三樓走了一圈，走出一身冷汗，卻沒有任何發現。

有人進來了。

那個時候，是誰進來了？路曉雲又做了些什麼？

他不是路曉雲，無從探測到穴裡氣息的變化，也無從知道該採取什麼樣的行動。三樓靜悄悄的，手電筒掃開一片弧形的範圍，照著幾個緊閉的門，像是潛伏的獅子在緊閉著嘴，一旦光線移開，就會張開嘴猛撲而來。

他感覺整棟樓裡有什麼在動，悄無聲息地移動著。

從那個「它」出來以後，這種感覺就沒有消散過。

路遐密切注意著四周的動靜，眼睛、鼻子和耳朵，都以最緊張的狀態探測著周圍一絲一毫的變化。他甚至像他哥哥說的那樣，學著閉上眼睛以皮膚來感覺。

這樣高度耗費精力的過程已經持續了將近一個小時，而他整個人從入穴到現在已經超出負荷運作了十幾個小時。

他的身體也已經快受不了了。從腳部開始的變化已經爬過了下半身，開始向上半身蔓延，這讓他更覺得自己是一個香噴噴的誘餌，一個即將成形的那種東西，必然吸引來無數同類。

而他手無寸鐵，一個人戰鬥。

答、答、答。

一個腳步聲忽然響起。

答、答、答。

緩慢而遲鈍地踏在樓梯上的腳步聲。

似乎勾起了他頗為久遠的回憶，路遐皺著眉頭聽了一會，霍然驚起——這是他曾經仔細研究過的老張的腳步聲！他朝著三樓來了！

無論如何都不能再接觸到這些東西了，更何況誰知道「它」出來之後這些東西又有什麼變化？他看了看四周，數秒之間做了最迅速的決定，躲進檔案室。

自他們走後，檔案室的門一直虛掩著，眼看腳步聲一步一步地逼近三樓了，路遐一個側身就溜了進去。

以在穴裡訓練出來的速度，他飛快用手電筒掃視檔案室一圈，從地板到天花板，確認沒有任何奇怪的東西之後，他鬆了一口氣。

穴裡的東西活動愈發頻繁了，這是他剛剛獨自在三樓轉過一圈之後得出的結論，而這也是為什麼他始終未能突破三樓到樓下去尋找孫正蹤跡的原因。

左側樓梯有老張徘徊的影子，右側樓梯是那個小孩活動的範圍。

就好像冥冥之中有什麼東西把他困在了三樓。

側耳聽著腳步聲漸遠，他推開一個門縫，用手電筒小心翼翼地照了照外面。在這樣無比的黑暗裡晃著手電筒光線是神經最為緊繃的時刻，愈是照出這一片明亮，愈是顯得那些依舊黑暗的地方隱藏著重重危機，而新開拓的每一片黑暗裡隨時都有可能跳出什麼來。

燈光晃過對面的牆壁和門框，暫時確定這一小塊範圍內安全，路遐輕踏出一小步從門縫擠了出去。

剛欲動身下樓，他即大呼不妙。

樓梯上有一條長長的血跡，不知延伸何處。

這肯定不是孫正的血跡。

他輕罵了一句髒話，這下糟了。

他幾乎已經聽到那令人毛骨悚然的沙沙聲了，不、不是幾乎，是已經聽到！

手電筒換個方向，赫然映出一個扭曲的身體，正橫在他面前的走廊，看不見面部，只是以極慢的速度蠕動著，血咕嚕咕嚕地從它身下某個地方冒出來，灘了一地。

拳頭一下子握得更緊。

果然，這玩意也是衝著自己來的，怎麼辦！

他手裡唯一有效的碑碟鑰匙已經給了孫正，走廊裡抓不到任何東西可以防身。

更危險的是——他似乎已經聽到密集的沙沙聲從樓下往這裡來了，還有更多這種東西？

怎麼辦？怎麼辦！

他腦子裡浮現了一個地方。

腿可以不要了，活命要緊！

路遐咬緊牙關，飛起一腳狠力踩踏在那個蠕動的東西身上，飽含憎惡之情。只聽吱嘎一聲，好像脊椎折斷的聲音，「吱」的一下一大灘血頓時從那個東西身下湧了出來。

路遐忍不住又罵了一聲，繼續以飛快的速度躍過這東西，直奔距離不遠的普外三室。

普外三室是路曉雲留給他最後的防空洞。他絲毫沒有猶豫地連滾帶爬衝了進去，然後立刻轉身緊緊扣上門。

心噗通噗通狂跳不止。

自己在這裡尚且如此艱險，孫正那邊不知又是如何？

但願這裡所有的怪物都衝著自己來了。

他背靠著門，喘著氣待心境平復下來。

而這短暫休息的時間讓他有了足夠的空間思考——如果，如果路曉雲真的成了「它」，不，不會的，他一定是用了某種方法解決這個問題的，那麼按照最後看到的那篇紀錄來說，醫院從那以後進入了一段平靜期。劉秦死了，「它」也不再活動了，問題應該是解決了。

可是，到二〇〇五年底的時候，穴又開始吞噬活人了。這只能說明一件事——有人重新開始了劉秦進行的那種活動，而這個「它」，也變成了另一個新的「它」。

是誰重新開始這種活動的？

聽錄音帶裡的情況，劉秦和陳志汶從來沒有具體告訴他們是怎麼一回事，他們只是聽著命令辦事，私下察覺這件事不太尋常罷了。

然而密切和這種事情接觸的，有幾位護士，對了，還有一個……當年急診室的陸響。

而他就是自己不久前才見過的現任陸院長。

身居掌權之位，行事自由，由此看來，他的嫌疑比任何人都大。這也是為什麼他一聽說自己是來找人的，才連忙叫人把檔案室的資料處理了嗎（雖然沒有來得及處理乾淨）？畢竟當初嚴央第一時間接觸的就是他，而他也應該從嚴央那裡聽說過不少事情（嚴央看起來比較信任他）。

他竟然膽大包天到動用這種禁忌的東西……但是，既然如此，他為什麼還留著嚴央和劉群芳的資料，對了，還像陳志汶一樣找人寫紀錄……

原來如此！

路遐恍然大悟，陸響沒了劉秦的指導，在執行的過程中必然出了什麼差錯，醫院裡就此出了一個大問題，他留著所有資料和紀錄都是為了尋找方法解決這個問題。

原來他和我們是一樣的。他雖然身在穴外，卻也如同被困在這個穴的怪圈裡，苦苦掙扎尋找著破解的辦法。

陳志汶、陸響，每一個試圖利用穴的人，最後也都落得和被他們牽連而入穴的那些無辜生命同樣的結局。

路遐笑了。他明明聽到密集的沙沙聲在門外聚集，卻咧開嘴笑了，露出一口白牙。

不能放棄。

路曉雲在最後關頭做出了多大的犧牲，自己就必須鼓起多大的勇氣。

路遐吸氣，轉開門鎖，濃稠的血水沿著門縫滴滴答答滲進來。他右手扣住門鎖，側身手肘用力，將門狠力向外一頂，動作頃刻之間一氣呵成，只聽見「啪」的一聲重物落地的巨響。

這扇門不知道被自己老哥施了什麼魔法，對付起這麼難纏可怖的玩意倒是得心應手。

沙沙、沙沙。

沙沙、沙沙。

又有數個密密麻麻的東西湧向這裡，他們畏懼著這扇門，只能在門外虎視眈眈。

不解決它們，就將困死在這個房間裡。

路遐故意將門拉開一個更大的縫來，果然就有血淋淋的肉團往門縫裡扭動著擠進來。

路遐忍不住又劈里啪啦罵了一串，以飛快的速度倒退幾步，然後猛衝一下，飛起一腳，只將門板踢飛撞向右面牆壁。

只聽「啪唧」幾聲血肉模糊的巨響，路遐本就高大，力氣足夠，這一腳之下，門板不知夾死多少那個東西，又不知撞飛多少那個東西。

門前倒是一掃清明雪般空曠寬闊了。

他長吐一口氣，拍了拍手。

「要不是我餓得沒什麼力，那就是一腳一個……」

話還沒說完，他忽然沒了聲，因為他隱約聽見一個熟悉的腳步聲。

很輕很遠，但再熟悉不過。

這聲音似乎從走廊盡頭傳來，手術室的方向。

孫正！

路遐一陣激動，奔出門外。

奔到走廊，他迫不及待地用手電筒向手術室方向照去，沒有人影，腳步聲卻仍然在響。

他在裡面。

「正，我在這裡——」

他喊話還未結束，就被一股很大的力道猛地拖倒，下巴生生磕在地板上，差點沒把舌頭咬斷。

什麼？

他驚慌地想爬起來，卻發現自己腳踝被什麼緊緊抓住了，向走廊的另一頭拖去，幸虧他身材不弱，那力氣有點拖不動他。

路遐一眼向腳那邊望去，這一眼差點沒把他嚇得一口氣上不來，他竟然隱約看見一隻蒼白的手，小孩子大小的手抓著自己腳踝。

這是那個高家的小孩，而自己，現在的自己，竟然能看見他了！

他不知道是被小孩嚇的，還是被自己嚇的，竟怔怔的不知道掙扎了。

嚓。

那邊普外三室的門動了動，這一個聲響倒是把他驚醒了。

他再轉頭看向那邊，大叫不好。

剛才那腳之下，還有一個生還者，此刻像個肉團一般，蠕動著從血堆裡咯咯怪響著爬出來，朝自己而來。

身形之扭曲，連腦袋在哪裡也分辨不出來了。

「正！孫正！」路遐叫著呼救，卻發現自己已經用盡力氣，這呼救聲微弱不堪。

將自己拖倒的小孩也真是怪力驚人，那一隻蒼白的小手已將自己拖動，刷刷地摩擦著地板，整個人無法使力地倒著往那側樓梯而去。

血肉模糊的那個東西行動看似緩慢，卻也慢慢挪到了自己跟前。

眼看那肉糊糊的一團就要撞到自己臉上。

難道我真要與他們化為同類，生活在這永恆的黑暗之下？

千鈞一髮之際，路遐大吼一聲，兩手向前長伸，正好抓住了前方的門框。他死死扣著，腦袋躲避著那個肉團，現下已經躲到牆角，無處可避。

他忽然想起，自己在一開始就提到過的一件事，路曉雲在關鍵時刻也曾經叮囑過嚴央的一件事。

不要動任何會發出類似鈴鐺聲響的東西。

他幾乎是用盡最後的力氣，從褲兜裡摸出那把從頭到尾都沒能派上用場的院長辦公室鑰匙，一把扔到那小鬼附近。

小朋友，對不起了！

路遐心裡叨念著，那塊鮮血淋漓的肉團立刻溜過去，一躍而起撲倒那小手看不見的後半部分。抓住路遐的小手終於脫力，跟著那東西直滾到走廊那邊去了。

那究竟是什麼怪物……

路遐心驚膽戰地扶著牆站了起來，渾身幾乎虛脫。看不出來那塊只會蠕動的肉塊還能爆發出如此速度，看來自己真是次次死裡逃生。

幸好不論身體如何變化，到底還是受自己控制。

想到孫正，他倏地又站了起來，狼狽不堪地繼續朝手術室跑去。

02

陰影裡，一個模糊不清的人影從手術室的門縫裡款款走了出來。
路遐手裡的手電筒晃了晃，停在那個人臉上。
清秀的面孔，蒼白得幾乎無血色，微抿的唇，和被燈光照得睜不開的眼。
「正！」
他叫了一聲，直奔過去。
那個人也恍惚地抬眼看見了自己，神情裡有種說不出的感覺。
還差幾步遠的時候，路遐幾乎是張開了雙臂準備要擁抱了，但他忽然卻猛地剎住了腳步。
他看見孫正皺著眉頭有些迷惘地看著自己，他忽然就遲疑了。
如果自己靠近孫正，那那堆追著自己而來的怪物也會追著孫正而去。
而自己，也儼然已是……半個怪物。
眼前的孫正和自己，好像已不再是十幾個小時前的孫正和自己。
他開口想說什麼，又閉了嘴。
他竟失去了相認的勇氣，是害怕自己，還是害怕這個三番兩次消失又三番兩次從手術室裡出來的孫正？
誰知道這個回來的孫正，還是不是消失的時候的那個他？
「路遐。」孫正叫了一聲，又向前走了一步。
「正……你……」路遐欲言又止。
「什麼？」孫正問道，眼裡透露出一種欣喜，這欣喜卻讓路遐覺得不知為何有些陌生。

「你……」路遐剛想說話，突然感到一陣徹骨的涼意和黏膩感從腳上向上爬，「你不要過來！」什麼東西爬到了自己背上。

「你怎麼了？」孫正臉色變了變，更靠前了。

路遐緊張地後退一步，身後的這個東西，不一般，很不一般。

他簡直能感到那個氣息吹吐在自己的後頸。冰冷、死亡一般的氣息，就在剛才那瞬間倏地貼到了自己背上。彷彿兩隻黑洞洞的眼睛早就在觀望著自己的一切，然後在這最後一刻，終於抓住了自己。

是……「它」嗎？

「它」終於找到了我們嗎？因為……我要成為它們的一員了嗎？

「我、我沒事，你站在那裡，不要動。」

這下糟了……怎麼身體，有點不受控制……腳動不了了……不可能的，不可能的……這……

不能讓孫正過來，也不能讓他被「它」捉住。

「你到底怎麼了？」孫正聲音著急起來。

路遐看著他，近在眼前，又好像遠在天邊。

我到底怎麼了？我也不知道。

「快……給我，給我那把鑰匙，」路遐艱難地說，「給我，我就沒事了……」

也許鑰匙……是最後的希望。

也許鑰匙……也救不了自己。

孫正一邊在兜裡摸索，一邊靠近路遐，眼睛四處張望著：「有什麼東西？」

「沒、沒有！」

什麼都沒有……不要看，我怕你一看……就看見「它」……

而那個時候，你肯定不會扔下我一個人跑掉的。

摸了一會，孫正終於摸出了那把硨磲鑰匙，他剛拿出來，看見那晶瑩如玉的鑰匙，眼睛忽然一亮，說：「對了！我終於找到出口了！」

路遐一怔：「出口？你找到了？」

他伸手去搆那把鑰匙，卻發現自己搆不到。

孫正走近一步，語氣也變得溫柔了：「路遐，我們終於可以一起出去了。」

那個東西似乎已經停在了自己背上，就像死亡已經在虎視眈眈。

孫正的手也搭上了路遐的手，冰冷的。

路遐不知神經哪裡一跳，啪地一下打掉孫正的手：「別碰我！」

孫正彷彿也被他這舉動驚到了，看著他，眼裡充滿了驚疑。

「我……我……」路遐結巴著，我怕你被我傳染，我怕你看到那個東西，但他沒能說出口。

他不知道如何解釋那個東西為什麼總是出現在自己周圍，因為他知道，這只能說明一個問題——自己已經不再是個正常人，自己在不停地吸引著這些東西。

而他，不能讓孫正也這麼明白。

「一件事、一個人常常都是莫名其妙就變得很重要的。如果，你突然意識到一個人非常重要的話，就會開始覺得害怕了……」

「同樣是喜歡一個人，劉群芳其實很害怕……我比他更害怕，孫正。」

「你找到出口了？」路遐遮掩尷尬，後退一步，又結結巴巴地說，「這很好，你、你可以出去了。」

孫正一挑眉，眉中隱隱有怒氣：「你是什麼意思？」

「其實，只要你出去，我就可以放心了……」路遐這句話是發自肺腑的，他強忍著黏在自己背上的那個東西的噁心，認真地說道。

早在他發現自己腿出了問題的時候，他就已經有這個心理準備了。

自己恐怕是出不去了，但他會和孫正走到最後，只要能幫助他出去，他也沒有什麼放不下的了。

孫正正想說什麼，路遐又開口了：「你不用擔心，我會陪你到出口的，至少我也要看看出口是什麼樣子……」

他還想笑，卻笑得很難看。

孫正猛地抓住路遐的手：「你說什麼？再說一次！」

路遐注視著孫正的眼睛，忽然覺得自己掙扎了這麼久，此刻竟一下子都豁然明朗了。

坦然了。

心境雖然是從未有過的淒涼，但再也沒有任何雜亂的思緒糾纏了。

背上的那個東西也竟似不存在了。

自己找到了哥哥，在這種極端的情況下，能將孫正安全地送出穴，就行了。這原本就是一種奢望，而如今有一個人能出去，那已是奇跡了。

「我至少……要幫你看看，那到底是不是出口……」路遐又笑了，一掌拍在孫正的肩膀上，順勢把他從自己身前推開。這掌牽動了背上的東西，他咧了咧嘴，又很快把這個表情遮掩過去了。

「路遐！你現在發什麼神經！」孫正幾乎是吼了起來，「你是不是不相信我了？你不想跟我一起出去了？」

「來，磚礫給我，」路遐還在笑著伸手去拿孫正手上的鑰匙。

「路遐！」

路遐無奈，一攤手：「沒錯，我騙你的。我不能和你一起出去了。」

啪！

孫正將手中的磚礫狠狠摔在了地上。

「你騙我？」

「我都是騙你的，你趕快走吧，我沒有想過要和你一起出去，我已經找到哥哥的消息，我……」

路遐一邊說，一邊連連後退，自己都覺得自己這模樣，真是又可笑又狼狽。

「路遐，你看著我，你到底有什麼問題？你認真說，好嗎？」孫正又一次放軟了語氣，他看著路遐的眼光裡，帶著某種希冀。

路遐從來沒有見過孫正這樣的表情。

總是拒人以千里之外的孫正，眼裡怎麼也會有這麼柔軟的東西？

路遐幾乎就想拉著孫正落荒而逃。

但他感到整個人都僵硬了，動不了了。

自己就像慢慢在被「它」吞噬，第一層皮已經被「它」剝下。

只剩下嘴，還能不流暢地說話：「我認真的……你走吧，我老實告訴你……這、這個穴，想要出去，就必須、必須由「它」來控制……你懂嗎？我哥哥當年，就是變成了「它」，「它」就是我哥哥，所以醫院才、才……」

「你在說什麼，路遐……你……」

「所以……我留下來，最好，我也可以變成「它」……一開始那封信裡，就是這麼告訴我的，我一開始就是這麼想的，我騙了你……沒辦法，你趕快走吧。」

路遐說著，他從來沒有發現，說謊是這麼困難的一件事，每一句話，都要讓腦袋和心抽動、跳動一遍。

這一次騙你，真不好意思。

但這是最後一次了。我以前說過的，你就當做都是在騙你吧，忘了最好。

「你相信我嗎？」

「我們兩個人一起進來，就一起回去，一起出去，這是我們最後的機會。」

「我一定會讓你出去的！」

03

「沒錯。」孫正眼裡的柔軟突然消失了，臉色就在一瞬間改變了，彷彿籠罩了一層陰霾的冰山，「『它』曾經是你的哥哥，路曉雲。」

這句冰冷的話讓路遐所有沸騰的情緒剎那靜止了。

「因為他，這個穴有了一個且僅有的一個倖存者，但是，」孫正語氣一頓，忽然笑了，嘴角彎起的弧度像是刀鋒銳利的弧度，「你回頭，看看趴在你肩上的那個東西。」

路遐驚而回頭。

一張臉，一雙眼睛。

一張熟悉的臉，一雙熟悉的眼睛。

孫正的臉，孫正的眼睛。

「你不該騙我的，路遐，」孫正笑意愈濃，「我幾乎都心軟了。」

路遐不停地來回看著眼前孫正的臉，和停在自己身上的那張臉。

兩張一模一樣的臉，他找不出任何不同。

但他感受不到任何呼吸，背上的這個「孫正」沒有任何呼吸。

「我也沒想過會是這樣的，」孫正慢慢走近路遐，他伸出手，扣在另一個趴在路遐肩上那自己的腦袋上。

漸漸扣緊用力。

路遐轉過頭不去看那血腥的場面。

肩上的重量一下子消失了，卻沒有鮮血濺到自己的身上。

那個人拍了拍他的肩，讓他睜開眼：「你再看看你身後。」

路遐扶著牆，拿著手電筒向身後照去，他踉蹌了一下，覺得自己快站不住了。

那些血淋淋的東西密密麻麻地趴在地上，抬起那張臉，一齊看著他。

都是孫正的臉，都是孫正的眼。

「很熟悉吧？喜歡嗎？」

路遐一下子坐倒在地。

不可能……不可能……

孫正也順著蹲了下來，湊近了看他：「你還好吧？我扶你起來。」

說完他伸手就去扶路遐，路遐一下子揮手擋開，抬頭望向孫正的眼裡有種說不出的淒涼。

孫正哼了一聲，不一會兒又兀自笑了起來：「也對，我急什麼，你不是很快就要和它們一樣了嗎……」

路遐只覺得呼吸也艱難起來，胸口劇烈起伏著。

也許這不是孫正。

也許這是「它」搞的什麼詭計。

他如此安慰自己，可是愈來愈多的細節浮現在腦海裡，他的想法就像漂浮在水裡的稻草，時而左、時而右，沒有定數。

他仰面靠牆，閉上了眼。

孫正注視著他，笑意隱退了，悲傷從冷漠的臉上一逝即過，然而很快他又掛上了笑容。

過了一會，路遐突然睜開眼，竟似十分平靜地問：「這個穴，到底是怎麼回事？」

這個問題讓孫正一怔，頓時覺得十分無趣似的，他將懷裡的錄放音機扔了出來：「315 裡撿到的，自己聽吧。」

路遐仍十分平靜地撿起錄放音機，擦了一下，按播放鍵的時候，卻不知為何手抖了一抖，按成了快進鍵，他匆忙去按停止鍵，卻又手滑按下了播放鍵。

錄音帶裡嗚嗚響著。路遐兩手一攤，靠在牆上，整個人就像被抽空一般，竟任它去了。

孫正面無表情地撿起那個錄放音機，按了倒退鍵，直退到錄音帶的最開始，嚓的一聲不動了，他又面無表情地按下播放鍵，把錄放音機放回路遐的面前。

不知為何，這裡播放的錄音帶滋滋噪音竟少了許多。

路遐像死人一樣聽著嚴央坐電梯一路追著路曉雲追到穴裡，又聽到他們進到 315 病房所見的一切。

講到倒掛的人的時候，他的嘴唇動了動，似乎是想問點什麼，卻啞著聲音，什麼都沒能問出口。

路曉雲剛剛說完「這是……出口……」時，孫正啪地一聲按掉錄放音機。

「你確定你還想知道接下來的故事嗎？」

路遐的腦袋轉向他，目光都顯得十分呆滯，然而他還是緩慢地點了點頭。

咚！

錄音帶裡傳來巨大的重物墜地聲。

「路曉雲！！！」嚴央一聲急吼。

一陣輕微的混亂，嚴央好似驚慌失措的樣子：「路曉雲，你醒醒，你、你怎麼、怎麼……」

怎麼可能會倒下？

但路曉雲確確實實地倒下了。

吱嘎。

門被誰推開了。

嚴央問道：「誰！」

「這個時候，好。他，不懂『它』，只有我，才可能。」中年女人嘶啞難聽的聲音說著不流暢的語句。

看不見任何東西的嚴央像是一下子撞到什麼，砰地響了下：「劉、劉秦？」

女人沒有說話。

「你不是死了！哦、不，你沒死？你來這裡幹什麼？」

女人走了兩步。

嚴央立刻緊張兮兮地開口：「不許動他！」簡直可以想像得到他是怎麼像被踩到尾巴一樣護在路曉雲的身前。

「『它』要帶走他，不用我。」劉秦突然喀喀怪笑起來，「你，知道了這個祕密，它也不會饒過你。」

「祕密？這裡除了一堆噁心巴拉的死人和你這個戀屍癖的怪女人，還有什麼祕密，」嚴央急了，「我要是那個什麼『它』，我第一個帶走你這個擾它清淨的女人！」

「哈哈哈哈！」

劉秦更加刺耳尖銳地笑了起來。

「你不懂，穴是什麼。你們，懂嗎？」劉秦尖銳的聲音幾乎穿透了錄音帶，「這個世界，每個地方，都有數不清的罪惡，又有數不清的新生命出現，沒有穴，這些罪惡就會不停地累積，傳給新的生命……」

「什麼？」

「穴，是一個通的，迴圈的通道。每個城市裡所有的罪惡，和汙穢都從這裡過濾，新的生命才有一個新的開始……你們不懂它，不尊敬它，不守護它……穴是再自然不過的一個過程，只有隨陰，守護它，在你永遠都找不到的地方……」

嚴央沒有說話。他也說不出話來。

「你看，這就是你所謂的出口……」

嚴央動了動，又驚起道：「不，我不能看！」

路曉雲說不能看，就一定不要去看。

「你，怕了，」劉秦格格笑著，「出口，是什麼？這裡和那裡，不過，是兩個對立[1]的，這兩個世界，有什麼區別呢……你看，這個門、這個房間，在醫院出現之前，在很早很早之前，你們就害怕

1 對立，劉秦原意是指對稱。

它、封閉它……直到我，才真正地打開了它……」

「你在說什麼，我不懂！」

「很簡單，我把這些，都獻給『它』做禮物，沒有靈魂的——死人，都是它的祭品。我用他們把『它』吸引了出來，『它』碰到的每一個人，都會被帶進穴內……」

「不可能！這是絕對不可能的，這些都是生命啊！」

劉秦沒有理會嚴央，繼續道：「每個祭祀需要一個死人，就是掛在這裡的，他們，和一個活人，一個準備被『它』帶入穴的替代品。這樣，我就可以用這兩個人，從『它』手裡換得另一個人的生命。」

「難道就是這樣，這個醫院……才不斷有人誤闖入穴，卻一直沒有出口……」嚴央的聲音聽起來掙扎而痛苦，「我還是不懂……」

「沒錯，是我，打亂了這個穴的迴圈，我沒想到，這些祭品，死掉的東西，無法流通，阻礙了它，『它』不停、不停地吸收著罪惡，卻永遠沒辦法消化……所以它找了很多、很多人，很多、很多人入穴。」

「你這個喪心病狂的女人！」

「不，我也不明白為什麼。不過，當我變成『它』的時候，我就會明白了。」

「那些入穴的人和這些、這些乾屍有關係？不不，不可能。沒有誰可以主宰人的生命，以命換命，什麼罪惡，什麼新生，這些都是不可能的，你知道這些是不可能的！」

這些都是不可能的。

劉秦在顛覆嚴央的整個生命觀。

除非這個「它」……

「它」把接觸到的人都帶入穴裡，而把應該死去的人的生命留了下來，「它」豈不是是主導死亡和生命的存在……

「如果，要用你們常見的那些東西來說，」劉秦頓了頓，「『它』就是死神[2]。」

死神……

「你們都錯了。」

「我們……錯了……」嚴央喃喃重複著這句話，不知是在疑問，抑或是在思索。

所以劉群芳的爺爺才說，和它鬥了這麼多年，才知道自己錯了。

因為這個「它」……從來都不應該是敵人。

「好了，」劉秦語氣轉冷，「時間到了，『它』該做出選擇了。」

錄音帶裡響起繩子拖動的摩擦聲，還有一陣金屬碰撞叮叮作響的聲音。

「好臭，你在做什麼？」嚴央掩住了鼻子，聲音有點悶悶的又十分理直氣壯，「有我和路曉雲在這裡，你還能繼續胡作非為嗎？」

劉秦輕笑了一聲。

「這裡有三個入穴的人，『它』會選擇我成為新的一個『它』，而他——就會是那個死人，你……就陪我永遠待在這裡吧……」

嚴央閉著眼睛，看不見劉秦的動作，但他似乎沒有退卻：「怎麼可能？我不知道你會怎麼做，我也沒什麼特殊本事，但無論你想做什麼，我都會拚了命地不讓你成功，你就永遠無法完成它了。」

「這不是你或者我的選擇，病毒會選擇宿主，『它』，也會選擇下一個『它』，你不懂，」劉秦的聲音變得淒厲，「我十二歲的時候，祭祀，『它』就選中我，阿媽把我放跑了出來……這一次，『它』

2 死神：sin and death，即罪惡和死亡，是地獄的守門人。

當然還是會選我，『它』會選擇最能承受這個世界的罪、怨、冤的那個宿主。」

劉秦又走了一步。

「不、不許動他，」嚴央的聲音聽起來開始發顫，「路曉雲、路曉雲，你快醒醒……」

裡面傳來一陣窸窸窣窣的聲音。

「大不了，我、我背你，我們逃出去，路曉雲，你……」

他突然不說話了。

因為那個熟悉的平穩無波聲音終於出現了。

「我說過，你不會，也不可能，因為……」剛醒來的他說話還有些低沉。

「路曉雲……你真是大英雄，superman，我對你是又愛又恨欲罷不能……」嚴央又驚又喜。

「嚴央。」路曉雲一下打斷他。

「哎、哎？」

這大概是第一次聽到路曉雲直呼其名。

「記著，剛才他所說的穴的祕密，和這裡你看到、你聽到的相關的一切，出去之後要忘了它。」

「可是……」

「如果不能忘了它，這個祕密就要保守一生。所有從穴裡出來的人，生命都很短暫。我不覺得你會成為一個例外。你不用保守這個祕密太久，也不會太辛苦……」

「我不會說的，這些話說出去有誰相信嗎……」

「一直到死，都不能告訴任何人……我弟弟也不行。」

「停停……」嚴央聽到這些，竟開始有些惱怒，「什麼死不死的，這個醫院的問題怎麼解決？我們怎麼出去？你腦子是不是還有點暈？」

「錄音帶，也不能帶走，再也不要回這個醫院。」

「路曉雲？」

路曉雲沒有回答他，而是突然對著另外一個人說話了：「隨陰人，你敢和我賭嗎？」

哈哈哈哈，劉秦再度尖銳地笑了起來。

「賭。」他說，「賭什麼？」

「賭他，和這個醫院。」路曉雲指的「他」無疑就是站在一旁的嚴央。

「路曉雲！」嚴央又驚又疑。

滋滋。

噪音響了起來。

滋滋。

而且愈來愈大。

「我已經贏了。」路曉雲淡然宣布。

「哈哈哈，」女人大笑起來，「怎麼可能？」

「你看看我，你十二歲就認得這是什麼。」

錄音帶倏地尖銳地響了一下，就像是一個緊急剎車，一個刀鋒猛烈劃過玻璃的聲音，女人在錄音帶裡尖叫起來。

「怎麼可能，你怎麼可能會贏過我呢！我才是它選中的人……」

他最後不可置信的淒厲呼喊戛然而止。

砰。

一聲重物倒地的巨響，這個瘋狂而執著的女人在最後一刻終於感受到了失敗和驚懼的滋味。

他殘留給這個世界的影子將是無止盡的怨念。

劉秦死了。真正的死了。

它其實早已經做出了選擇，就在之前路曉雲倒下的那一刻。

只是嚴央此刻仍然不曾意識到，他和眼前這個男人之間的距離。他以為，他仍是那個言語冷漠，朋友少得可憐，神出鬼沒的路曉雲。

「路曉雲，那繩子的盡頭，一圈黑黑的，像沒有底……你、你看見了什麼？」

「……生命，無色的生命。」路曉雲的聲音就像從遙遠的邊緣地帶傳來，每說一句話，就伴隨著陣陣滋滋聲，使得原本就因為距離而難以聽清的談話更加模糊。

「生命？生命是什麼樣子的？你怎麼知道那就是生命？」

沒有人回答這個問題。誰向前走了幾步，另一個人又緊緊跟了上去。

「路曉雲，我可以睜開眼睛看嗎？」

「不可以。」

「我什麼時候可以睜開眼睛？」嚴央急著說話。

「有光的時候。」

「那我睜開眼睛就可以看見你，是不是，路曉雲？」

突然有人笑了，這個笑聲如此陌生，彷彿從來不曾出現過：「別傻了，這裡沒有路曉雲了。」

只有「它」才能帶你從手術室到315A，也只有「它」能帶你出去。

因為，我已經成為它。

劉秦才是那個替代品。

桐花醫院的穴從來沒有人出去過，或許會有唯一的一次例外；桐花醫院的穴從來沒有出口，或許從此會有。

他贏了，戰利品只有賭注，沒有路曉雲。

空氣彷彿停滯了一刻。

「嚴央，你抬頭。」

「不……我不看了……」嚴央的聲音裡壓抑著什麼，哽咽著什麼。

「抬頭。」

「不。」

「你看，有光。」

多年以後，不知誰留下的一張照片，緩緩從門縫裡飄了出來，照片裡有一個沐浴在陽光裡的燦爛笑容。

04

曲終一聲，戛然而止。

錄音帶斷在這裡。

再也不會有任何路曉雲或是嚴央的聲音響起了。

「聽到了嗎？」孫正靠近路遐問，「你哥哥，是被『它』選中的下一個『它』，劉秦是替代品……」

路遐眼皮動了動，抬眼看他。

「我就欣賞你們路家人這一點，」孫正回視路遐的目光，「他是第一個，贏了『它』的人。」

路遐的目光移向躺在地上的那個瑩白硨磲鑰匙，上面隱隱有一小條裂紋。

他之前最不願去想的一種猜測，終於要成為現實了。

「我至今仍然覺得，路曉雲生下來就是要成為『它』的。留在穴裡的『它』，在這之後竟然沒有讓任何一個人入穴，」孫正說著，搖了搖頭，彷彿不敢置信，「一個人，都沒有。」

路遐的手指慢慢在收攏，握成一個拳頭。

嚴央出去了。

醫院之後再也沒有出現過新的問題。

「現在你知道……為什麼過了這麼久你才收到這把鑰匙了吧？」

帶不走的錄音帶，塵封在醫院裡的祕密。

信封裡的硨磲，保留一生至最後一刻的祕密。

「可惜，你哥哥功虧一簣，留下了一個最不應該留下的人。」說這句話的時候，孫正的臉色漸漸變了，笑容徹底消失了，籠上了一股陰怨的氣息，「陸響。」

這個名字讓路遐從恍惚中醒了過來，他突然伸手抓住孫正的雙肩：「所以，315A裡倒掛的人裡……是不是有一個，是你？」

孫正任他抓著自己的肩，又像是自顧自地在說：「是啊……我看見那張臉，我就想起來了，什麼都想起來了……」

他停下來，似乎在回想什麼：「算起來，那個護士，叫鄧芸是吧？他不應該找到我的……」

路遐的手扣得更緊了，孫正卻像是絲毫感受不到疼痛。

他繼續說：「因為陸響很怕我，怕到了極點……知道為什麼後來那個女護士怎麼都找不到315A

嗎？因為陸響，哈哈哈，陸響把整個315A的大門都封上了，他親自刷了一遍又一遍的漆。那個晚上，他不停地刷著，白色的漆沾了他一身，因為他不停地在發抖，不停地說，『對不起，對不起』……太難看了，陸院長，那個樣子太難看了……

他以為從此就再也沒有人找得到這個房間了，他以為我從此就再也出不了這個房間了……」

路遐的眼睛閃了閃，眼前的這個孫正太不真實，太過於陌生，他已經分辨不清這是夢，還是現實。可是孫正，從進醫院到現在，確實一步步在變，在他所忽略的每個角落，或者說，在他所想要忽略、想要忘記的每個角落。

從他開始消失，對看見的血人一聲不吭；從他開始怨懟地說些什麼，從他開始聽到陳志汶和陸響的名字開始頭痛……

他竭力把這些不是孫正的孫正拼湊起來，拼湊成眼前這個掛著陰鬱笑臉的男人。

「我不停地在提醒自己，又不停地忘記。這不怪我，」孫正注視著路遐，「因為我的思想，已經碎成無數個碎片，連我自己都拼湊不起來。」

他看到路遐露出茫然的表情，又接著說：「你聽不懂了是不是？是你一路拼回了我的記憶。在那個手術室，我看見一個男人坐在那個房間的窗邊向我微笑，就好像在說，來吧、來吧……」

路遐記起孫正在那個房間裡奇怪的舉動，他指著黑暗裡模糊的一片，卻說，你看，那個房間！

「後來我忽然想起了，那個向我微笑的男人就是我自己啊！」孫正撫掌大笑，「哈哈哈，哈哈哈，我曾經多少次坐在那個窗邊，滿懷仇恨地看著窗外的世界啊……我想，你們都來吧，都來吧，和我一起……」

他的笑容又突然停了：「可是，我來到三樓的時候就該想起來的。你還記得吧，這層樓有死亡的氣息……」

路遐腦子裡又閃過他們從四樓來到三樓時的畫面——像記憶裡老電影一般的樓梯，孫正奇怪的反應，走廊裡的沙沙聲。

「因為這層樓，這個手術室裡，有死亡的回憶，」孫正指著自己的腦袋，「死亡的回憶……我的，很多很多人的……連你哥哥，也在普外三室的門前提醒過我，他留下的東西狠狠地震了我一下……」

「你到底……」面對這樣的孫正，明明有太多、太多的疑問，路遐卻發不出一個完整的問句。

「對了，那個時候，我們還遇見了我，我在地上沙沙地爬，流了一地的血……我們卻只是害怕我……」孫正指著自己的手開始微微顫抖，「我不甘心，我爬到了自己面前，我看到那張臉，一下子想起，那是自己的臉……」

血跡的盡頭，是一團東西。

在緩緩地爬著，緩緩地挪動著。

沙沙、沙沙。

好像人的軀體，扭曲的形狀卻又不是任何正常人能做出的形狀。

「我一看見那些自己，就頭痛欲裂，每張臉都印著我的過去，都表示著我曾經的渴望都化為了絕望，路遐，你從來都沒有看過它的正面，你要是鼓起勇氣，哪怕看過一眼，那該多好玩啊！」

每一個沙沙爬著的，都有著孫正的臉。三樓走廊的、二樓化驗室大廳的、一樓黑暗裡的、三樓和路遐搏鬥過的，這些源源不斷的東西，都有著孫正的臉。

「不、不可能……」路遐動了一下，卻沒有力氣支撐他坐起來，「這些都是不可能的！」

孫正溫柔地伸手把他扶起坐正，輕聲說：「你自己不也告訴我，這個世界上有許多事情都是無法解釋的嗎？你跟我說這句話的時候，我還什麼都不知道呢，是你一步步帶著我，找回我自己的……」

「正，一定是哪裡出問題了，」聽到這裡，路遐找回了一點思緒，抓著孫正的手更緊了，「你本來不是來看牙的嗎?後來我正好遇見你，我們兩個就不小心入穴了，這個穴裡的一切東西，都和你是無關的……」

「怎麼可能是無關的呢?」孫正又浮出一個淺淺的微笑，「這個世界才是我生活的世界，早在之前，我就完全想不起來我在這個世界以外是什麼樣子的，我出去了又該是怎樣的……畢竟那離我也是很多年前的事了。」

「……很多年?」

「是啊，很多年，這麼多年，我總是記起了又忘記，忘了又記起，」孫正拍了拍自己的腦袋，好像自己記性很差似的，「所以當你被困在起過大火的那個房間裡又逃出來的時候，我還以為，是我把你放出來了。因為，我忘了我曾經在穴裡一絲不漏地看到過那場大火的再現，我也衝上去打開過那道門……

可是後來我發現，無論我打開多少次，那都是過去的事，都是無法挽回的……就好像，無論多少次我站在那個電梯前……鏡子裡的人，始終只有我自己。」

「我會在穴裡每個發現的入口都放上一面鏡子，如果你看到了那面鏡子裡面有『它』……就是一個本來你身邊沒有，卻出現在鏡子裡面的人，不要亂動，閉上眼睛用皮膚感覺相對溫暖的方向，朝那裡走。」

門又一寸寸地左右分開。

迎面竟是一面鏡子!亮晃晃的，映出緩緩分開的電梯門和孫正臉部僵硬的模樣。

「路遐，怎麼不看著我？我肯定地告訴你，」孫正揚起了眉毛，表情裡帶著一種快意，「我，就是現在的『它』。」

這是一個路遐已然能猜到的事實，也是一個能徹底擊敗路遐的事實。

他的哥哥是曾經的「它」，眼前的孫正是現在的「它」。

路遐抓著孫正的手一下子鬆開了。

孫正臉色一變，一把抓回那隻手，直勾勾地盯著路遐：「怎麼，你怕我？對啊，我也很怕我自己，我不是『它』主動選擇的，我恨著，然後這想法不知不覺就占領了這個世界……」

「為、為什麼？」

孫正看著路遐望著他茫然又無望的眼神，卻彷彿穿透了這個人，看到很遠很遠的地方去了：「那也是個像那天一樣混亂的下午……」

砰。

不知哪裡的大門轟地一聲打開，十幾個紛亂的腳步聲也隨之而來，遠處的，近在身旁的。

這些跑動著的驚惶腳步聲幾乎將醫院都震得轟隆隆響，錄音帶的聲音也鼓噪到了前所未有的大聲，彷彿擔架車，舉著點滴架的護士，從樓上慌忙跑下來的人們都一擁而上到了錄音帶跟前。

「那個下午，醫院裡迎來了一批十來個傷者。他們都是在附近拍攝電影的劇組人員們，市區不遠處有一個古鎮，正在拍攝一段飛車爆炸的戲。古鎮路窄，屋子破舊，不料這一爆，正好將旁邊一座危樓震塌了。

你沒聽過吧，路遐？應該的，因為這本來就不是個大事故，受傷的也大多都是皮外傷，於是那個編劇，那年……那年他應該才二十四歲吧，剛入行，跟著到現場，被老房子的橫梁砸了一下，跟著送醫院了。

你想起來了吧？那時離C大的講座也並沒有多久。急診一看就說是骨折，照了X光，送手術室（四）。手術室（四）是什麼地方，那時他還什麼都不知道，躺在擔架上，打麻藥，送進去。

沒有任何人察覺骨折引起的肺栓塞，直到他開始咳血，心力衰竭……不、不急，他還沒死。

醫生還沒有找到家屬，陸院長和導演就趕過來了。他沒有死，陸院長推著他一路來到315A病房，告訴他：『你在裡面住一段時間，導演他們都等著你出來。你要是撐不過，導演和開車的小陳可得內疚一輩子了。』

那個房間，是有個看房人的，是個瞎子。他沒等到陸院長所說的人死了，就開始了他的工作。倒吊人，聽起來很可怕吧？哈哈哈哈哈！」孫正忽然放聲大笑起來，臉卻狠狠扭曲了，「我沒死！我從頭到尾都是活的！我有意識！」

路遐彷彿也被這段故事驚呆了，怔怔地望著孫正。

那部電影，就是他們還曾經聊到過的《黑暗救贖》，那是在C大講座一年多後的事情了。

那也確是，多年前的事情了。

那個時候的桐花醫院已經寧靜了很多年，他在四處遊蕩，幹點閒活，尋找哥哥的消息，孫正躺在手術臺上，導演和陸響達成了某種協議。

無親無故獨身一人的孫正，成了最大的犧牲品。

於是，315A在陸響當上院長之後重新被打開了，送進去的第一個人，就是孫正。路曉雲當年苦心經營的一切又重頭開始。

「那是一種很巧妙的手法，要用一種針，極細的針，扎在倒掛的人頭皮上許多地方……血凝得很快的，所以這人必須是剛剛死掉的，這有個標準，極精妙的標準，還有劉秦的祕法，就像醃製一塊肉，你不想聽是不是？」他的語氣突然放得極輕柔，眼神也放得極溫柔，望著路遐，「我的故事，你也不想聽了嗎？」

「孫正……」

「我為什麼還會有意識呢？我本來應該是死掉的啊？我還在想著，要出去，安慰安慰導演和小陳，發生了這件事，不怪他們，不能讓他們太內疚。是不是很可笑？

那明明……明明是永遠也出不去的房間……也許我已經死了，掛在那裡的那具屍體，皺巴巴的臉……可是，路遐，」孫正的手撫上路遐的臉，「為什麼我又還活著？」

我無時無刻不想著出去，我拍打著門，拍上一天一夜，直到渾身沒有力氣，沒有力氣的時候，我就用指甲抓門，不斷地用力抓，總有人會聽見吧？總有人會來看看我吧？劇組裡，總有一個人會問，孫正呢？

沒有，我等了這麼久，一個人都沒有來過。我於是又想著，早在躺在手術室的時候，從那張床上滾下來，自己拖著腿，爬出去就好了。爬遍整個醫院，也要找到一個人，帶我出去……找到一個願意帶我出去的人，一個要和我一起出去的人……就那麼爬得渾身是血，腿斷了，傷口撕裂了，我也不在乎……」

孫正看到路遐的臉上有什麼東西亮晶晶的，他伸手去擦，擦得手上也濕了。

「你流什麼眼淚啊、路遐，我早已經沒有眼淚了。我想了這麼多年，想出去，想出去，後來我才發現，最初的我，已經死了，變成那具屍體，倒掛著，看著我多麼可笑。我那些想出去的渴望，抓著門的我、手術臺上爬下來的我，甚至幻想著成為了一個正常人等著別人帶我出去的我，都彷彿變成了活體。那些都是我碎裂的想法，唯一維繫著這些東西的……就是出去這個想法……

你不要不相信，路遐。你自己不也說過嗎，有些強大的精神力量會實物化嗎？和你一路走到現在的我，就是那萬千碎裂思想裡塑造的其中一個我。」

又似乎想到什麼，孫正溫柔的神色忽地凌厲起來，他甩開路遐，恨恨地叫了起來：「他們騙了我！你又騙我！沒有人在等我出去！也沒有人願意和我一起出去！」

路遐終於緩緩地搖了搖頭，囁嚅著張嘴，但是發不出一個音節。

「因為我和他們不一樣嗎？我不愛開玩笑，我是袁教授的學生，我比誰都認真，比誰都優秀……他們不喜歡我。我喜歡一個人來往，我沒有朋友。即使我走了，即使導演和陸響就這麼出賣了我的生命，他們也不會有一人關心、一人過問。他們也許還拍手稱快……路遐，我沒有做錯什麼吧……我在這裡見過許許多多的罪，我一個都比不上……」

「困在這裡的人，都是應該受到懲罰的人嗎？」

「為什麼任何一群人，哪怕只有三個人，都總會去排斥另一個人呢？」

「因為害怕。」

害怕你的不同。

「我所有的這些想法、這些怨念，籠罩在醫院的每個角落，直到有一天，我才突然發現，我已經侵蝕了整個醫院……『它』還沒有選擇我，就已經消失了……於是，我成了這個穴裡的『它』，你無法理解這種奇妙的感受。你說，穴是這些罪惡和咒怨的匯合地，而『它』就是這個穴的核心。當你日日夜夜看到那些，體會到那些相同的、相似的怨念，聽到那些人來來往往的聲音……

當你有一天變成『它』的時候，你才能明白……這是一個死穴，被這些祭祀吸引出來的『它』只有不斷地、不斷地尋找下一個人來代替自己，解除這種痛苦……這是一種本能，路遐。」

它唯一的本能。

「我最快樂的，就是看著陸響因為他唯一的一次衝動而後悔恐懼一輩子。我終於知道劉秦當初的感受了，這就像會上癮一樣。你看著另一個人的生命，他的情緒、他的思想，都完全被你左右，這是至高無上的力量和快樂！陸響陸院長，他的整個醫院都因此而一塌糊塗，他要把我封起來，他翻到從前的資料，他去尋找嚴央他們留下的線索，可是他什麼都找不到，哈哈哈哈……你不要搖頭，我不痛苦，一點都不。我明白，因為我太明白了。

罪惡？哈哈哈哈，世界上到底有什麼罪惡？誰來定義邪惡與正義？誰來定義死亡和生命？沒有。世界上是沒有罪惡的。有的是我們身上這張皮，你可以說，這是一張皮。

這張皮構成了我們的整個世界，這個世界是我們所有的聲音、所有的文字、所有的圖畫，所有一切能與我們交流的東西。我們住在這層皮裡，罪惡？純潔？正義？他們都是別人和我們塗抹在這張皮上的東西罷了。

為什麼你認為它是汙穢的？因為你看到的、你聽到的、你學到的、你由此理解到的，這個世界告訴你——它是汙穢的。

我讓那麼多人入穴了。我沒有剝去誰的罪惡，我只是剝去了一層皮。

我還原了生命本來的顏色，生命最初的存在。

他們為什麼走不出去？為什麼他們永遠無法存在於你們的世界？因為他們的這個世界，已經被我拿掉了，永遠不存在了。

你能明白的，我知道，你那麼聰明。」

「孫正，為什麼是我？」路遐終於平靜地問出口，他看著眼前這個人，還是那麼活生生的，有溫度有生命的一個人。無法想像這曾經是一具屍體，又或者這曾經是在地上扭曲爬動的一團肉體，更無法想像這個人背後，有著一段黑暗故事，還有一個宛如巨大黑洞般的穴。

穴的深淵裡閃爍著萬千繁星，每一顆都是一個故事，一個靈魂。

「你？我想著自己還是那個從前的自己，偶爾走進一家醫院，然而你拍了一下我的肩，你告訴我，陸院長是你的舅舅。是的，你提醒了我，陸院長，這三個字，你還記得嗎？」

「舅舅，院長是我的舅舅，不知不覺就買了家醫院呢！」路遐不禁有些得意。

「但是你拉著我逃跑，你多傻啊、路遐，你沒有你哥哥那麼厲害的，你卻比他還逞強。你明明自己都救不了，還想救我嗎？你給了我這麼多希望……我從來沒有看到過的希望……」

我卻不能回應你的什麼。

「你知道為什麼它們總是跟著你嗎？那些爬著的東西？」孫正笑了，這是一種真誠的笑，眼睛也第一次笑得彎了起來，「因為我喜歡你，路遐。」

「每個它都是我，它代表了我的每一個思想和渴望，想接近你、靠近你。」

路遐想起來了。

第一次它出現，是自己救了孫正，兩個人互相扶著走下樓梯的時候。

第二次它出現，是在化驗室大廳，自己那時候這麼宣布：「同樣是喜歡一個人，劉群芳其實很害怕……我比他更害怕，孫正。」

「第三次它出現，是你說喜歡我的時候，我看見身後一片片的我，眼睛裡閃爍著狼一樣的目光，幾乎要撲食掉這唯一僅有的一刻。」孫正貼近路遐的臉，「這句話，你應該是沒有印象了吧？」

它們已經毀掉了這唯一僅有的一刻了吧？

「不是！」路遐幾乎是立刻起身反駁，臉一下子不小心就貼到本就離自己很近的孫正的臉。

你拿掉了一層皮，你卻拿不掉一份感情。

那張臉，此刻已經是冰冷的。

令他想到在大樓的另一面，倒掛著的那張臉。

兩個人的目光終於碰在了一起。

「你好冰，路遐。」然而孫正卻笑著這樣對他說。

就好像在對他宣布——你走不掉了，路遐。

路遐好像看到那雙眼睛裡，晶瑩閃爍著淚光。

這句話撬動了路遐腦子裡的某根線。

「我們一起逃出這裡。」

不可能！

我們是逃不出去的，如果你不能出去，我也不能出去。

「我差一點就讓你走了，」孫正說著，揚起了眉，「那個時候你卻因為『它』而想一個人留下，『它』又怎麼樣？大不了我們一起留下，是不是，路遐？」

大不了我們一起留下……

孫正牽起路遐的手，路遐順從地跟著他慢慢地站了起來。

「你看，我不會選擇下一個『它』的，」孫正轉頭對路遐笑著，「你自己說的，劉群芳做媒，老張、老毛群鬼為證，檔案室拜堂，手術室洞房，領養門外的小鬼當兒子，做一對鬼夫夫。你覺得怎麼樣？」

路遐跟著孫正向前走了兩步，想起這是一個問句，於是他麻木地點點頭：「挺好的。」

「我跟你開玩笑的，你想得真美！」孫正笑了起來，「但是，我們可以成為兩個『它』，是不是？」

「是。」路遐擠出一個微笑，他的食指在衣服下擺輕輕劃著什麼，就像在一點一點釐清什麼。

錄音帶，路曉雲，嚴央，它。

只有「它」才能帶你從手術室到315A，也只有「它」能帶你出去。

孫正沒有注意到路遐的動作，他滿意地點了點頭，兩人走到手術室（四）的門前，路遐主動拉開了手術室的門。

「你一定也想看看，真正的我是什麼樣子，是不是？」

路遐又點了點頭。

兩個人穿過黑暗的走廊，悄無聲息地，彷彿已與這黑暗溶為一體。

什麼時候路遐的手電筒也沒電了，兩個人早已沒察覺。

推開手術室的門，孫正領著路遐進去。

啪。

這是一條黑霧彌漫的走廊，空氣裡是徹骨的冰涼。

走廊的盡頭是什麼？

手在牆壁上慢慢地摸索著，不斷地摸索著，也許下一刻，就不小心摸到另一隻冰冷乾枯的手。

也許下一刻就摸到另一個未知的空間。

然而，兩隻手同時摸到了一扇門，門上刻滿了一道道痕跡，就像刻下的是遠古洪荒的記憶。

這個房間，是什麼年代遺留下的記憶？又在醫院新興之時，被收容為了其中一部分。

孫正閉眼去摸門的把手。

會成為兩個「它」的。他這麼認真地想道。

路遐在黑霧裡倏地睜開了眼睛。

這裡就是出口。

我們會一起出去的，無論他是什麼。

兩個人各懷心事地一起推開了那扇門。

尾　聲

那兩個站在那裡說話的年輕人，就好像從來沒有存在過。

桐花路中街的私立協濟醫院，又將易主。

醫院占地約有一百六十幾坪，共有三棟大樓，正前方的六層建築，外鋪一層九〇年代流行的碎石子表面，然而最舊的那一棟正是主樓；主樓後並排著兩棟五層高的大樓，右邊那一棟是經過改頭換面的內科住院部，左邊一棟帶些風吹雨打痕跡的粉色大樓就是外科部。

黃旬扶了扶眼鏡，走進醫院，他以傲慢的目光掃視整個一樓一圈。

破舊、採光差，太陰暗。

然而正適合我，想必這個醫院也有不少故事可以發掘。

他走到掛號處，一位老護士慵懶地翻著什麼。

「院長辦公室在幾樓？」他得意地亮出自己的記者證。

老護士抬頭看他一眼：「五樓，電梯出門左轉。」

他點了個頭，邁步就朝電梯走去。

護士在後面嘀咕一句：「醫院都賣了還採訪院長幹什麼，有什麼屁用。」

電梯不知是多少年前修的，相當古舊。外面一層綠色的漆，少部分已經剝落了，露出了銀色的金屬內裡。按鍵也不甚靈光，從前按的人多了，表面發揮保護作用的透明塑膠已經碎裂，向中心凹陷。

黃旬用力按了好幾次，終於顯示了向上的鍵頭，看來螢幕顯示還比較完好。

電梯終於停在了一樓，果然太舊了，開門相當緩慢，像是一寸寸地向左右兩邊分開。

電梯裡兩個年輕男人抬頭看了他一眼，又繼續聊天。

黃旬進門時下意識上下打量了一下，左邊的男人長得挺白淨，書生模樣，右邊那個戴個有點過時的那種寬邊眼鏡，還笑得很誇張。

說話的時候，書生模樣的那個一臉嚴謹，讓人看了不想親近。

「這電梯還是有這毛病，下個樓還要先上幾趟六樓，哈哈哈。」寬邊眼鏡的那個笑著說。

「自從那小子找你哥哥坐了這部電梯，它就有這個毛病了。」書生模樣的那個一本正經地說。

黃旬用餘光奇怪地瞟了後面兩人一眼，他們說的話題有點讓人摸不著頭緒。

「他就知道亂來。」另外一個男人頗不滿地抱怨。

「亂來？你才是最亂來的那一個，」電梯裡映出後面那個書生狠狠瞪了旁邊的寬邊眼鏡一眼，「你當時在315A怎麼還敢再騙我一次？你怎麼還敢做那種絕對不可能的事？」

「哈哈！」那個寬邊眼鏡的男人笑著猛地一拍手，黃旬被嚇了一跳，幸好自己一向比較穩重，在兩人面前保持了風度。

「因為當時我突然想起一件很重要的事，」那個寬邊眼鏡男的聲音一下子嚴肅認真起來，「一件我本來一直覺得很矛盾的事。」

「什麼事？」

「你記得我們最一開始打開錄放音機上面的時間嗎？2002年1月20日，03：03：00。」

「嗯，然後呢？」

「可是你算一下，劉群芳失蹤大概是在二〇〇一年六月，而他們是過了大概兩個多月才去化驗室，嚴央自己說是在二〇〇一年八月二十四日，錄了最後兩卷錄音帶……」

「時間不對？」

「就是這個問題，你看，二〇〇二年是誰動過那個錄放音機？而且，按照最後的情況，錄放音機應該是和最後一卷錄音帶被留在那個房間的，又是誰把第一卷錄音帶裝進錄放音機，放回那個箱子裡呢？」

「你是說……在劉秦那件事結束之後，又有誰把一切都放了回去，在等著我們到來？」

路曉雲，還是嚴央？

還是說兩個人一起？

可是一個成為「它」的人，一個再也不能回到醫院的人，又怎麼可能完成這件事呢？

除非……

「叮！」

電梯突然叮的一聲。

黃旬猛地抬頭一看，大叫糟糕！自己一進電梯就被這兩個男人吸引住了，不僅忘了按樓層，還跟著他們坐到了六樓。

好丟臉！

他只好挺起胸膛裝作若無其事地走出去。

剛走出電梯，他就遠遠看見兩個人靠在窗邊，好像在看什麼。

怪就怪在，這兩個身影有點熟悉。

就在這個時候，其中一個人轉過頭來，向這邊看了一眼！

那個人戴著過時的寬邊眼鏡，臉上掛著有點誇張的笑容，隱約聽到他問著旁邊那個書生模樣的男人：「那你說，我們現在到底是什麼呢？」

這是——

黃旬心臟漏跳一拍，他連忙轉身向身後看去。

身後一個人都沒有。

那兩個站在那裡說話的年輕人，就好像從來沒有存在過。

番外　噩夢逃殺

序 螺旋

孫正向前走了一步。

不對。

下雨了。

他抬頭一看，不知何時，天空一片陰霾，淅淅瀝瀝地下起小雨。雨小卻迅捷，密密麻麻地在眼前鋪成了雨簾。沒有一絲風，這雨直直地下，細細地下。

天陰得只有一片淡墨的烏雲。

嘩啦嘩啦。

雨不知何時匯成了小流，沿著石板路的兩邊順坡而下。

石板路？地上是一片窄窄的青石板路。大概是常年下雨，上面薄薄地覆著一層絨似的青苔。石板都是不規則的方形，卻很用力地想整齊地拼在一起。縫裡都是稀泥，還有被碾碎的青草。

青石板路修在一個小坡上，彎曲著向上，兩邊都是牆，像是古早以前誰家院子的石灰牆。

孫正揉了揉眼睛，走了一、兩步。

雨打在肩頭，仍然在下，已然是一片雨霧，視線都有些模糊。腳下還是石板路，沿著坡向上，看不見盡頭。

他總覺得手上有些不舒服，什麼東西毛毛躁躁的。

「奇怪了……」孫正嘀咕起來，「做夢嗎？」

也有可能。

這兩天心情抑鬱，沒有睡過好覺，也許自己正在睡覺。

他想著，繼續向前走。

身上被雨淋濕了，有一種極其逼真的透骨涼感。這雨水不僅比往常所見的更加密集，而且格外的涼。

天地之水本是一個無限循環的過程，不知道這涼入骨髓的雨，來自哪裡？

青石板的路是繞著院牆環形向上，遠遠望去，轉過彎就不知道它將去往何處，孫正就這麼沿著青石板路彎彎地向上走著。

走過這段院牆，前方依舊是一段青石板路，石板曝露在青苔之外的地方都被雨水沖洗得有些過分乾淨了。那些發白的痕跡讓人幾乎懷疑這是常年下雨沖刷出來的。

孫正又耐心地繞過這一段向上的青石板路，頭髮開始濕答答地滴水。

手上毛躁的感覺更加明顯了，他低頭瞥了一眼，好像手腕上繫了一根粗麻繩。原來是這玩意，他把繩子從手腕上褪了下來，拎在手裡。

這條繩子在末尾打了個死結，形成一個巨大的環，有點像用來拴什麼東西的繩子。

孫正惱怒地想，這個夢有些過分逼真了。

還是環形的青石板路，灰院牆，雨霧。孫正一直在上坡，他開始思考自己是要去哪裡。

可是在夢裡是不用思考的。

又一段彎曲的上坡路，仍然不見盡頭。院牆也永遠彎曲著沒有盡頭，連一個直角的轉角，他也不曾見過。

這院子到底有多大？

雨濛濛的天氣，無盡的轉彎，還有那粗魯的視線，終於讓孫正煩躁起來。他停住腳步，轉頭向後方看了一眼。

這一看，卻令他的心猛地像被冰錐刺了一下。

腳下是陡峭、傾斜著的坡度，密集的雨水濺起，在石板上形成了一片濃霧，自己居高臨下地看去，竟然看不穿那蜿蜒向下的石路。只覺得視線隨著螺旋般的坡道似乎要陷入未知的深淵。

自己從這裡走上來，竟然不知道來路有些……有些猙獰。

那背後看不穿的雨霧裡有什麼，讓他背脊陣陣發涼。自己為什麼一直這麼向上走著？下面是什麼？上面是什麼？

等等……地上淡淡的紅色是什麼？

他順著那個顏色的方嚮往自己身上看去，這才發現，手裡的繩子在雨水的沖刷下滴滴答答地滴著淡紅色的水，在無數石板縫裡蜿蜒。

這看來，有點像血……

孫正努力壓抑自己惴惴不安的情緒。他告訴自己，夢，都是這麼沒頭沒腦的。

他開始加快腳步，本來上坡路就走不快，但他仍然嘗試著加快速度。

一圈，又一圈。

忽然，他倏地停了下來，踉蹌了一下。

因為他想起來了——自己一直沿著這個螺旋形的石板路向上，可是，這面灰色的院牆，怎麼可能也一直螺旋向上？院牆裡的，不是房屋，是什麼？自己手裡拿著的繩子，到底被用來做過什麼？

01 委託

風雪嘩嘩。路遐裹著外套，戴著帽子，縮在位子上一動不動。

「去嘛、去嘛！」胖子仗著皮糙肉厚，穿著一件T恤在他旁邊要命地撒嬌。

路遐好不容易從層層衣服下伸出一隻手，冒著寒風顫巍巍地豎在胖子面前。

「停，你到底想去幹什麼？我不記得你對任何通俗、古典、音樂、現代、主義、戲劇感興趣。」

「還記得前天指給你看的那個美女嗎？嘿嘿……」胖子終於吐露實情。

「哪個？黑頭髮的、捲髮的，還是那個摔了一跤的？」路遐飛快地把手縮了回去。

「都不是，是那個你難得打出九十分歷史最高分的。」胖子有些不好意思地搓了搓手。

路遐回頭以鄙視的目光瞅了他一眼，說：「我那九十分是打給他旁邊那個男人的。」

「去嘛、去嘛！」這胖子又開始撒嬌。

路遐受不了地摀住耳朵，終於站了起來：「好吧，時間、地點？」

「今天下午兩點開始，C大，通俗古典樂與現代主義戲劇，連續三天哦。」

路遐伸了個懶腰，拍了拍胖子的肩膀：「下週晚飯，你知道的。」說完，悠然走出了房間。

路遐不是來聽講座的，準確地說，他是來瞭解新委託的。

他的副業，用他的話講，是解決各種怪奇事件，用別人的話講，是裝神弄鬼。

胖子是一次委託中誤打誤撞認識的，不但興沖沖地搬來和他成為了室友，還自告奮勇地成為了他的中間人。但胖子是個不太可靠的中間人，因為他從來不懂路遐的理論，也從來不打算弄清楚路遐的

「業餘業務」到底是怎麼做的，只是時常有便宜賺，他便毫不客氣地擔任起了牽線搭橋的責任。

講座來的人很多，整個演講廳裡人聲鼎沸，還有不少路遐識得的熟面孔。

路遐看了一眼入口的海報，今天是講座的第一場，上面寫著袁成莫教授的名字，他心裡一跳，這位高人降臨C大了，我居然還不知道。

幸好胖子拖我來了。

一邊排隊，他一邊用餘光瞟了瞟正在往人群裡張望的胖子，心裡暗喜，賺了一個免費講座和一週晚飯。

最後在擁擠的人群中，胖子以其強健的身軀在第四排為兩人占得一席之地。

「在那邊，第二排。」胖子指了指前面，從他手指的方向，只隱約看見一個後腦勺。

「好吧，黑髮，是中國人，腦袋不是很大，說明臉大概不大，估計也不太胖……」

路遐瞟了一眼，給胖子評價，伸著脖子只等著袁教授出場。

胖子給他一個胖拳，說：「我去打聽打聽，你待著。」說完，他就弓著身子溜出去了，也不知跟誰打聽去了。

袁成莫教授出場了，這位享譽界內的重量級學者個子雖矮，其貌不揚，但甫一出場就顯出大家氣度，只是眼光輕輕一掃，大鬍子動了動，偌大的演講廳原本嗡嗡的人聲一下子就消了下去。

袁教授剛剛站定，從旁邊匆匆走出來一個穿著黑西裝的年輕人，抱著一份文件走到教授旁邊，臺上燈光還沒完全打開，隱隱約約只看出兩人相襯之下，那個年輕人倒是身材修長。袁教授一面伸手接過文件，一面低聲對他囑咐著什麼，原本嚴肅沉重的面孔上竟然浮現一絲難得的笑意。

路遐稍稍注意了一下教授身邊的這個年輕人，有些羨慕地想，真好啊，有袁教授當導師，將來也應該是相當厲害的人物吧。

那個年輕人跟教授說了幾句話，又匆匆退場，走了下來，坐在了第一排，正好在那個美女的前面。路遐剛好瞥到側臉。

講座進行到一半，胖子又溜了回來，氣沖沖地一屁股坐在路遐旁邊。

「有什麼了不起的呀！嘖嘖，我看在學校再混這幾年出來也邁入高齡了，我們是儘早投身社會主義事業，為人類繁衍生息……」

「停停停。」路遐連忙叫胖子打住，「怎麼了？那美女拒絕你了？」

胖子立刻低下聲來，湊在路遐耳邊說：「你猜 Linda 為什麼來這個講座？」

「Linda 是誰？」

「就是那美女，他也是別有用心的一小撮人之中的一個。」胖子的聲音裡帶著詭異。

路遐又抬眼看了那美女一眼。

「我聽說——他都追坐他前面那男人好幾年了，那男的也是袁教授手下的研究生，說什麼一心研究，不考慮這些，被拒絕了。」胖子說完，又感慨一句，「唉，美人啊！」

路遐點點頭：「嗯，美人，九十八分。」

胖子又皺起眉頭：「也沒發現那人長得怎麼樣，還不是跟我一樣一個鼻子、兩個眼睛的，為啥他就沒看上我……」

路遐揚起眉看了胖子一眼，不疾不徐地說：「嗯，剛剛九十八分也是給那個男人的。」

第一場講座結束，主持人宣布了明天一大早的講座時間和地點。

觀眾紛紛站起來鼓掌。

胖子一邊鼓掌，一邊往前面湊：「Linda 過來了，要帶我們去見委託人，我們跟上。」路遐點頭默許。

掌聲經久不息，那個年輕人迎著他的導師下來，似乎走到幕後去了，會場上想追上去圍觀教授風采的人都堵在臺下。

名叫 Linda 的美女避過擁堵的人群，妖妖嬈嬈地帶著路遐和胖子從演講廳出去，右手手腕上一長串首飾晃得叮叮噹噹響。

路遐和胖子不知不覺被帶到一處僻靜的 VIP 小廳，走到門前，Linda 忽然停了下來。

「路遐是吧？」只見剛剛還笑容滿面的他臉色嚴肅了起來，「沒想到這麼年輕，不過這位客人既然指名找上你，我希望你能好好保密。」

路遐一笑：「相信我的職業操守，保密這部分我一向做得最好。」他心中卻隱隱有些興奮起來，自從他開展副業以來，從未接過大單，一切都因為在他的頭上，有個巨人壓著他，但是今天這個客人又是 VIP 小廳，又是雙重中間人，這項委託，一定不簡單。

Linda 同樣微微一笑，笑容看起來別有深意，路遐來不及細究，胖子就急吼吼地想推門，Linda 卻臉色一變，伸手將胖子攔下：「他進去，你留下。」語氣不容拒絕。

胖子一僵，瞬間又賠笑道：「留下就留下，我也不愛湊熱鬧，還不如陪你聊聊天……」

路遐被胖子噁心出一身雞皮疙瘩，一邊咳嗽了一下一邊推門進去，剛推開，他就愣住了。

VIP 室的陰影裡，端坐著一個人，剛走進門，那種窒息的安靜就令路遐覺得像進入了一個隔離的世界。室內光線昏暗，但剛剛才聽完整個講座的他，還是輕易地認出了坐著的這個重要人物。

「袁、袁教授？」

居然是袁教授……路遐擦了擦眼睛，又連忙左右看看有沒有什麼人在監視著自己。

「我本來，不是找你的。」袁教授突然開口，相比之前演講廳上的雄渾，此刻的聲音竟有些疲軟。

路遐尷尬地停在原地，好半天才回了句：「教授你好。」

「路曉雲，是你哥哥吧？」

路遐怔了一下，反應過來：「是的，不過如果您要找他的話……」

「我知道，」袁教授不耐煩地打斷他，「我從去年開始就沒辦法聯繫到他了。」

路遐不好意思地笑了笑：「大概，他很忙吧……」心裡卻暗暗嘆息，果然，大人物都是衝著哥哥來的，也只有老哥才有這個脾氣對這種大人物都不理不問……

「誰都好……」袁教授原本冰冷的口氣帶上了一絲哀求，「請……幫幫我……」

轉變得太過突然，路遐嚇了一跳，差點以為房間裡換了個人。

「教、教授……」他緊張地看了下身後的門，好像犯了錯的孩子，生怕別人聽見動靜衝了進來。

「我不敢睡覺……不能睡覺……我受不了了，所有人，我找過了，所有人……」袁教授的聲音在室內迴蕩著，整個廳裡彷彿充斥著一種悲涼，「隨時都可能，隨時都會……」

「教授，你、你冷靜，到底怎麼回事？」

袁教授抬起頭來，斜映在牆上的他的人影跟著伸出五根手指頭：「五個人，他來了，我們五個人都會死……他會殺了我們……」

什麼意思？路遐皺起眉頭，他忽然有種奇異的預感，他即將接到的是一件前所未有的事件，一件從來只有名叫路曉雲的人才能接觸到的事件……

「您是說……您的生命受到了威脅？」

袁教授把頭埋得更深了，彷彿不願讓任何人看清他的表情。

「這是他的詛咒，我們五個人……在噩夢裡，無窮無盡的噩夢裡……一個接一個地死去……」

「詛咒？在夢裡？」路遐以為自己聽錯了，「您沒有在開玩笑吧？」

「是的，在夢裡。」袁成莫斬釘截鐵地回答。

「在夢裡？」路遐覺得有些滑稽，但是他不敢笑，他只好結結巴巴地問，「您怎麼會……怎麼會覺得……」

他本來想說，像您這樣德高望重的文藝界教授，怎麼會相信這種荒謬的東西，可是話到嘴邊，出於禮貌，他又生生咽了下去。

「因為，」袁教授突然抬起頭來，看了一眼右手戴著的手錶，「我昨晚，在夢裡的這個時間，被殺死了。」袁教授的話音裡帶著一種冰涼徹骨的寒意，躥到路遐的腳底，沿著他的每一寸筋脈攀爬遍布了他的全身。

路遐不能說話，也不知道怎麼說話。

忽然，只見袁教授的腦袋向後一仰，就像脖子被緊緊套住之後一下子被鬆開，軟塌塌地倒向了座椅後方。

「教授！」回過神來的路遐猛地衝了過去，「教授！！」

袁教授倒在他的座椅上，終於近距離看清教授的臉之後，路遐才發現，那緊閉的眼睛下是深深的一道黑眼圈，灰敗的臉色和花白的頭髮顯示出他最近一直處在神經衰弱難以入眠的狀態。

路遐探了一下袁教授的鼻息，回頭就對著廳外大喊：「救護車！胖子！Linda！快救人！」

袁教授的身軀輕微地動彈了一下，右手緊緊握住路遐，吐出十分微弱的幾個字：「請……幫幫我……」

「怎、怎樣幫你？怎麼讓你活下來？」路遐急得語無倫次，額頭冷汗涔涔而下。

「不……不是我……」袁教授的聲音漸漸衰弱下去，「那個孩子……孫正，他還不知道，讓他……活下來……」

02 頭七

C大的講座因為袁教授突然病危而一時陷入混亂，當天晚上的活動不得不全部取消。雖然內部在沒有任何準確消息之前明確指出要封鎖消息，不少媒體還是聞風而至。

在所有到場人中，路遐是最為惴惴不安的那一個。因為受不了胖子的追問，路遐已經把胖子趕回了公寓，他以為自己一定會備受責問，Linda卻只是深深地看了他一眼，便匆忙於處理因為袁教授的突發事件而帶來的一系列麻煩去了。

那個年輕人，袁教授提到的孫正，此刻正站在被記者重重包圍的袁成莫教授病房周邊，好像有些疲憊地扶著額。

從一絲不苟的著裝打扮和面部表情看得出來，這是個挺嚴肅正經的人。還是有不少人上前找他搭話提問，他都簡短地回答了，不過總是一副很冷淡的表情，旁人想問話，甚至想慰問，都被這種不冷不熱的表情拒以千里之外。

看他微揚的頭、挺直的背脊和蹙眉的樣子，果然名師高徒，骨子裡就透著一股高傲，難怪Linda那樣的美女也會在他面前碰釘子了。

他也並不是那種在人群中會閃閃發亮的人，只是如果不小心晃過這個人，視線會停留一下，然後有人會覺得，嗯，還挺好看的。

路遐就是這個視線不小心停留了一下，還正好覺得還挺好看的人，不知不覺自己已經盯著別人看了好一會，他醒了醒神，站直身體，終於下定決心走了過去。

袁教授的聲音在他腦海中久久迴蕩不去——

「**那個孩子……孫正，讓他……活下來……**」

「你是跟著教授做現代主義戲劇研究的？」路遐看到搭話的人都訕訕離開，主動湊到那個人身邊，一邊問著，一邊和他一起看著前方擁擠的人群。

「嗯。」那個人漫不經心地應了句。

路遐兩手抱胸，也似乎很漫不經心地自我介紹：「哦，我是路遐。」

那個人好像沒聽到一樣，好長一段時間沒有回答，半晌，又好像才反應過來，輕描淡寫地應了句：「嗯，我是孫正。」

雖然早就知道他的名字，路遐還是以多年搭訕和識人的經驗立刻下了判斷。人如其名，太過一本正經，看樣子是那種就算讓他掃大街也會掃得一絲不苟、一塵不染的那種人。

而自己卻是那種一門心思邪門歪道，什麼都涉獵，什麼都半吊子的人，我那兩分果然沒扣錯。

孫正突然又開口了：「講座結束的時候教授還在和我討論《文藝復興》對現代美學的意義……沒想到……」

路遐愣了一下，不知該如何安慰，只好書呆子似的回答：「不可否認華特・佩特對後來美學研究有很大影響，但是我更贊同教授從巴赫金語言哲學和結構學的角度來認識現代主義戲劇。」真是沒有比這更糟糕的安慰了，路遐後悔地心想。

孫正卻反而側臉看了他一眼，問：「你是誰？」

路遐無奈地在心裡嘆了一口氣，重複介紹自己不是一件令人愉快的事情，但他還是臉上帶笑地伸出手：「叫我路遐就好了。」

孫正的面部表情也放鬆了下來，眼睛裡閃著一絲愉悅的光，回握他的手：「路先生你好，我叫孫正。」

路遐心想你之前已經說過了好嗎，還是保持著笑容跟他握了握手。

剛收回手，孫正又恢復了一臉嚴肅的表情，側過臉去，半皺著眉看著遠處的加護病房。

路遐心裡偷偷訓道，這孩子真不懂事，一邊輕聲咳了一下，腦子一轉，繼續話題：「老袁啊，好像還跟我提起過你。」

孫正敏銳地捕捉到了自己教授的名字，疑惑地轉過身來，看著這個至少比自己導師小三十歲的年輕人。

路遐熟練地擺出「我就知道」的理解的笑容，說：「他還跟我提過他前段時間睡不安穩，但是怎麼……」

「是的，自從那次旅行回來，教授的狀態就每況愈下。」孫正微微嘆息。

「旅行？」路遐在腦子裡記下這個重要訊息，「哦、那次旅行，我聽說了，出了點小狀況吧？」來了，情報。

這一試探，就歪打正著，孫正點了點頭，舉起右手：「那天晚上急著回來，走了小路，結果出了點小車禍，你看，當時留下的傷都還沒好。」他的右手腕上有一道明顯的疤痕，像是被什麼銳器劃過。

他試探著問。

「這真是太驚險了，幸好你們五個都沒什麼大礙……」

路遐藉著之前袁教授提過的資訊，一邊假裝熟悉地對話，一邊循循善誘，希望可以獲得更多的資訊。

「五個？」孫正奇怪地看了他一眼，又笑了，「你大概記錯了吧，我們只去了四個人。」

「哦，是嗎？那……」路遐對他的這個回答卻有一絲懷疑。

我們五個人都會死！這是袁教授留下來的話。

路遐又緊接著問：「你呢……你也做了那個夢嗎……」

「夢？」孫正笑了起來，「什麼夢？」

路遐一怔，難道這個年輕人在裝傻？可是他的表情確實很茫然。

「你知道，有時睡不好，是因為一些奇怪的夢……」路遐解釋說，觀察著孫正的表情。

他要麼是個影帝，要麼就如教授所說，噩夢還沒來得及降臨到他的身上。

「你說笑了，我一向睡得很好。」孫正輕描淡寫地回答。

不等路遐再問，孫正就站起身來：「我得去問問教授的情況了。」但他又像是想到什麼，臉色忽然變了變。

路遐捕捉到了這個輕微的表情變化，連忙問：「怎麼了？」

孫正看了他一眼，遲疑地說：「如果算上司機的話，確實是五個人，不過司機齊先生上週已經去世了……」

胖子唯一能讓路遐刮目相看的能力就是資訊搜集。他很快就查到了齊先生的資訊，家庭、住址、親屬關係、生辰八字一點不漏。路遐一面紀錄電話那頭胖子查到的資訊，一面叫上一輛計程車飛奔至目的地，連他都對自己這迅速的行動力感到吃驚。

大概是親眼見到袁教授送入搶救前的最後一刻，他留下的那句話仍舊讓路遐心中震盪不已。

讓他……活下來……

路遐業餘接觸的靈異事件零零總總也有幾十件了，大部分的一眼便知道是假的，無非是自己嚇自己，只有極少數有確實無法用任何常理解釋的現象存在。但他這是第一次，還未做過任何查證，就對一個委託如此用心。

齊征，跟隨袁教授二十年的私人司機，上週五晚間凌晨三點在睡夢中突發腦溢血病故，享年四十二歲。

路遐穿過了半個市區來到齊征所住的偏僻社區，社區是九〇年代初的建築，大門口寫著「天樂社區」，可惜年久，名字的一部分脫落了，於是變成了「大樂社區」。

路遐可沒有時間大樂，他越過守衛室，直奔二棟三樓之七號，齊司機的家。他在腦中已經想好一番說辭，如何說明來意，又如何巧妙打聽消息。

可是計畫趕不上變化，剛爬上三樓，他就停下來了。

二棟三樓之七號，一扇灰色的防盜門，門上的小鐵窗扣得嚴實。

「有人嗎？齊太太，請問你在嗎？」路遐敲了敲門，站在走廊口大聲叫道。

沒有人回答。

他又叫了一遍，只有他的回音在昏暗的社區走廊迴蕩。

日光通過狹窄的走廊雕花形孔透進樓梯間，靜幽幽的，路遐孤零零的身影在地上和牆上拉得老長。好陰暗，大概是和對面那棟樓靠得太近了。

路遐想著，瞟了一眼這道門，他的心忽然不自覺地加快了跳動，不對，不對。

這裡，有問題。

防盜門的把手上布滿灰塵，這個汙染嚴重的城市只要一天不打掃就會有一層灰，看來這裡起碼兩天沒有人回來過。

門框上方有紅色的印記和類似羽毛的殘留物，如果不出意料，那上面曾經是狗血和雞頭。

門上有亂七八糟的刮痕，大概是小孩子胡亂劃上去的，但是有一大片卻是空白的，那上面應該曾經貼了什麼東西，不久前卻被撕掉了。

大概是過年時貼的「福」吧，為什麼撕掉了呢？

他回頭看了一眼旁邊的六號家門，這家人的門把上也滿是灰塵，他們也正好兩天沒有回來了？

對了……七號門縫下還有什麼東西。

路遐走上前去，湊近門縫，他瞇起眼睛，覺得門縫下的東西有些奇怪。

時近傍晚，太陽漸漸下山，窗外的日光又黯淡了幾分，路遐只好半蹲下去。屋裡果然沒人，否則這個時候門縫下應該隱隱透出燈光了。

不，就算沒有燈光，這種防盜門下面的門縫也遮得太不透風了些。

路遐大膽地伸出手指，在門縫處，輕輕向裡面，用指尖扣了一下——

這一扣，他頓時像隻兔子似的，猛地跳了起來，差點撞到背後的六號門。

他震驚地看著自己的手指——上面沾著些許炭灰。

他一下子就明白了！

齊司機上週五去世，天干逢七為煞，地支逢七為沖，前天凌晨，是齊征的頭七！

頭七，頭七這天發生了什麼？這家人地上密密麻麻鋪著炭灰，就連門縫也鋪滿了，他們是想證明什麼？

他們又看到了什麼？

為什麼兩天都不回來？不、不是不回來……

路遐站在樓梯口看著日光在兩扇門之間影影綽綽地描出雕花影，這樓梯間有一種毫無人氣的寧靜。

對，就是毫無人氣。

因為，這兩家人，不但齊家人，就連對面的六號住戶，都在兩天前匆匆搬走了！

路遐慢慢地從三樓退了出來。

頭七在地上鋪炭灰，這種習俗，在現代城市早已銷聲匿跡，就連農村也很少再見到。

而且，如果僅僅是腦溢血死亡……這動靜鬧得也太大了……

齊征的死亡，袁教授的病危狀態……這樣看起來，確實有些巧合，袁教授的說法令路遐總是充滿質疑的內心動搖了起來。

這麼一邊想著，一邊走著，他突然感到一個視線。

從走出公寓的那一刻起，一個緊緊跟隨著自己的視線，因為太過強烈，令他不得不注意到的視線。

「誰？」他左右張望。

一張曬得黝黑的臉，正盯著他，竟然是社區的守衛。

路遐以為自己是不是被誤認為形跡可疑，連忙匆匆低著頭朝外走去。

「他們搬走了。」剛與守衛擦肩而過的時候，路遐聽見他開口說。

「果、果然搬走了？」路遐抬起頭來，這個約莫五十來歲的守衛，大冬天的卻只穿著一件破舊軍大衣，手裡提著一個水盆。

「發生了那種事，搬走了才好。」守衛裹緊了自己的軍大衣，「我勸你，不要再去找這家人，不吉利。」這個可怕的老守衛，竟然從頭到尾都默不作聲地將自己的行蹤看在眼裡。

路遐笑了：「老伯伯，這有什麼不吉利的呀，聽說齊叔叔去了，我也該來探望探望阿姨一家啊。」

老守衛冷哼一聲，抬眼盯著他：「你大概很久沒跟你齊叔叔聯絡了吧？」

「怎麼？」

「那個齊征，他前陣子就瘋了，你不知道？社區裡接到好幾個投訴了！」守衛突然湊近了些，壓低聲音，「他晚上做夢……發出鬼一般的叫聲，整棟樓都能聽到……」

路遐卻見怪不怪，聳了聳肩。

老守衛見他不以為然，扇了一股涼風：「還夢遊……」

「夢遊？」路遐想起袁教授所說的夢中殺人，「他夢遊？」

「那天早上起來，整個三樓都是血跡，把整棟樓的人都嚇壞了，到處一問才發現，齊征晚上夢遊把自己的右手戳得滿手是血，大家都以為他瘋了要割腕自殺，他老婆準備第二天帶他去醫院，可是——」

「可是什麼？」

「第二天凌晨，齊征就真的去了，再也沒醒。多年輕的一個人啊……」

「那他們為什麼這麼快就搬走了？」

老守衛意味深長地看了一眼二棟三樓的方向，搖頭不語。

路遐幾乎已經邁步走出社區，老守衛也慢慢走到之前的木板凳處準備坐下，忽然，路遐又猛地大跨步折了回來，悠然停在老守衛面前：「老伯，你留不了那個東西，還是交給我吧。」

老守衛久經風霜的臉上一變：「你在說什麼？」

路遐順著老守衛坐的方向向不遠處的三樓看去，緩緩說：「三樓坐東朝西，你選擇放板凳的這個位置正是避煞東西大利向，你坐在這裡沒有移動過吧？否則怎麼能一直看到我去了齊伯伯家又等到我出來？前天晚上按日數來算確實是頭七，按照齊伯伯的生辰來算，卻正好也是『出煞』的第一日——私歸，今天晚上才是真正的出煞回魂夜，正歸。」

老守衛目瞪口呆地看著路遐，說不出話來。路遐又看了一眼背後守衛室，面露了然的笑意：「桌子上放著剪刀，是利器，你手裡的盆子隱隱還有桃子的甜香味，是不是熬了桃湯用來洗澡？明明是齊家的事，你在避什麼煞？」

「你……你……」老守衛舌頭也打結了。

「老伯，你是不是在頭七那天留了不乾淨的東西？雖然你迷信懂得不少，可是要真是什麼妖邪，你今天晚上肯定躲不了。」路遐有一絲得意，「把東西交給我吧，我來解決。」

「你？你才多大？你就懂？」老守衛抬眼上下打量著路遐，嘴上逞強。

路遐腦中靈光一閃，頓時想到了答案：「是錄影是嗎？頭七那晚，你們竟然錄影了？你們錄到了什麼？」

守衛渾濁的眼珠轉了一下：「不是我錄的，是……是他們家裡人。」

「你看了錄影？錄影現在在哪裡？」

守衛點了點頭，又搖了搖頭：「錄影已經被他們家做法燒掉了。」

但接著，他的臉色慘白了起來：「但是，我洗出了錄影截圖的照片……」

03 照片

路遐捏著手上那個信封，能感覺到裡面包著幾張薄薄的照片。

他腦中閃過無數個可能，最好的辦法，是現在就把它燒掉，一點痕跡不留。只要燒掉，再做點處理，就什麼事都沒有了。

如果是路曉雲，一定會默不作聲地把收到的任何不乾淨的東西，點火，燒成灰，然後平靜得跟什麼事都沒發生過一樣，打電話過去對雇主說，錢。

可惜路遐不是路曉雲，他唯一比路曉雲多的東西，就是好奇心。

老守衛到底洗出了什麼？齊征頭七那天到底出現了什麼？

關於頭七的說法實在有太多種，因為傳說死者的魂靈會在這天回歸，房間裡便會留下魂靈的痕跡，譬如地上有腳印，又譬如被喝掉的半壺水之類的，只是往往都是人為的裝神弄鬼，真正的頭七回魂已經成為了傳說。

路遐握緊了拳頭，無論如何，只有看到這組照片，他才能解答這個疑惑，才能解決袁教授的問題。

他緩緩打開信封口，輕輕抽出一張照片。

照片的光線十分黯淡，一層灰炭的地面，照片下方寫著時間：「01：23」。

第二張照片，01：45。

路遐湊近一些看，他看到地上有一點痕跡，均勻分布的炭灰散開了一小塊。

他抽出第三張，一邊想：『接下來會是腳印嗎……』

01：50——不是，散開的痕跡變長了，正好有電視櫃那麼長。

01：52——痕跡變得更長了，從電視櫃一直到了客廳盡頭。路遐的手抖了一下，這是什麼？

01：53——痕跡轉過客廳邊緣，彎了一個弧形。

01：54——痕跡不知怎地變化的速度也加快了，一分鐘之內，已經完成了一個繞著客廳的巨大弧形。

01：55——一個大的橢圓形。路遐湊近看，這個形狀令他莫名地開始有些出冷汗。

01：56——依舊是橢圓，但是地上的炭灰好像又少了些。

01：57——橢圓。

01：58——橢圓。

01：59——橢圓。

路遐突然手猛地一抖，數張照片從他手中散到地上。

他一下子站了起來，渾身發冷地看著照片。

他終於懂了！

這不是腳印——這是拖痕！

這就像是人被什麼拖著在地上一圈、一圈又一圈地畫著所留下的痕跡！

時近傍晚，路遐一邊吃著泡麵，一邊在紙上凌亂地畫著，試圖拼湊出一些線索，他同時吩咐了胖子在網上搜尋關於夢中殺人的資訊，包括各種民俗文化裡與夢有關的妖魔。

一共五個人，五個人都會死。

第一個是齊征，從手上的那組照片來看，至少在夢中，他不是死於腦溢血，而是被拖著走……被勒住拖死的嗎？

第二個是袁教授，還在加護病房，無從得知他在夢中遭遇了什麼。

第三個已知的是孫正，他昨天還很正常。

第四個是誰？第五個又是誰？

如果袁教授所說的都是真的，那麼至少剩下的這三個人，都會在夢中死去，也許就會在今後幾天。

可是……為什麼會殺死他們？他們的夢裡又出現了什麼？

「他的詛咒」？「他」又是誰？他們在旅行中遇見了什麼？

袁教授沒有來得及告訴他這些答案。現在看來五個人中有三個人都在同一個城市，另外兩個人也很有可能就在這個城市，但是城市這麼大，怎麼才能找出另外兩個人呢？

孫正？不，從昨天的情況看，他的戒備心很重，大概不會吐露更多消息了。

更何況，在路遐心中，袁教授一心委託給他的孫正，也是他懷疑的對象之一。

目前所知道這五個人之間的聯繫只有那次旅行……特徵？大概都會因為噩夢而出現睡眠不足的種種狀態。不過，另外兩個人會不會也湊巧出現在C大的講座呢？

路遐正冥思苦想，他的手機卻不合時宜地響了起來，路遐看了一眼來電顯示，猶豫地接起電話。

「喂——」路遐頓了一下，將桌上亂七八糟的照片反面扣在桌上，「媽……」

「臭小子！」那邊一個女人吼道，「怎麼這麼久才接我電話！」

「我才剛起床呢。」路遐連忙撒了個謊解釋，「媽，什麼事啊？」

「你小子，什麼時候回家？」女人聲音放緩和了些，「你還記得小時候隔壁王家不？他家女兒玲玲啊，來我們這裡工作了，哎呀，真是女大十八變，今天我一見啊……」

「停停停！」路遐連忙叫停，「媽，我才大學畢業，別急著幫我相親找老婆好嗎？」

「哎呀、小子，你就沒有一個看上眼的？」

路遐嘆口氣。

那邊咕噥了一下，又不甘心地問：「真的沒有？你小子沒什麼毛病吧？你是不是也成天研究那些有的沒的怪東西……你呀，工作也定不下來……」

「沒有……我這不是沒什麼感興趣的嘛……」路遐無奈不已，「再說，怎麼說相親也輪不到我啊……」

好像意識到自己提到了不該提的東西，路遐一下子閉嘴了。

電話兩邊同時靜了下來。

好半天，那邊女人才嘶啞著問：「……有你哥的消息了嗎？」

路遐掛了電話，把照片都收了起來，揣在兜裡。他把窗戶拉開了一條縫，傍晚冰刀般凌厲的風讓他的頭腦清醒了些。

窗外，C大的路燈剛亮，影影綽綽搖晃著樹影。

他輕輕呵了口氣，在寒風中呼出一團白霧，望著這團白霧在空中慢慢消散，他的心中卻漸漸升起一股空曠的迷茫感。

「真是的……以前也經常幾個月不見人，這次只不過是長了一些吧！」路遐說著，自嘲似的笑了笑。

他又打開手機，按下一個鍵，螢幕上出現一長串未接通的通話紀錄，都是同一個號碼。

他靜靜地按下確認重撥。

電話裡傳來「嘟——嘟——」的聲音，接著就是一句：「對不起，您撥打的電話現在無法接通，請稍候再撥。」

路遐卻對著電話自言自語般地說起話來，彷彿電話另一頭有人正默默地聽著：「哥，我遇到一件事，一件很奇怪的事……你還記得袁成真教授嗎？他在夢裡被人殺害了，是的，在夢裡，而且他不是第一個……哥，夢裡真的可以殺死現實中的人嗎？」

「對不起，您撥打的電話現在無法接通，請稍候再撥……」

要完成袁教授的遺願，他只有一個辦法。

「哥，今晚是出煞回魂夜，我決定再去一次齊征的家裡。」

路遐再次返回「大樂」社區的時候，天色已經完全暗了下來，他看了一眼時間，剛到九點整，在午夜之前，他還有大約三個小時的時間。

守衛室的門緊閉著，老守衛不知所蹤。

社區裡的路燈幽幽亮著，抬眼望去，一排幾棟樓上，稀稀疏疏也都亮著住戶的燈光，再把視線投向二棟三樓，無燈的三樓在一片燈光中顯得格外黯淡。

他確認了一下身上所帶的道具是否齊全，深呼吸了一口氣，邁出右腿，朝著三樓之七號出發。

社區仍舊是老式的感應燈，路遐用力跺了跺腳，燈才濛濛亮起。他冷得將雙手揣在兜裡，慢慢地向上走著。

他走得非常慢，眉頭愈皺愈緊。他感到一股視線在注視著自己，可是狹窄的走廊裡，只有他一個人，沒有別人。

他抬頭看了一眼，那盤旋向上的樓梯縫間一片幽深，延伸至未知一般的漆黑。

啪！

他又在二樓狠狠跺了一腳，燈閃了閃，亮了。

視線──那股視線，又來了！

路遐猛地轉過頭去──沒有人！一樓的燈光閃爍著，眼看就要熄滅。

他又再次抬頭。

三樓的燈光因為他響亮的腳步聲，也隱隱閃了閃──那是什麼？

人影？

路遐三步併作兩步地飛奔跨過二樓，等他快爬上三樓的時候，剛才還在閃爍的燈此刻已經熄滅了。

他站在三樓走廊口，一動不動。

此刻一樓、二樓、三樓的燈竟然已經全滅了。他只要一跺腳，也許二、三、四樓的燈就會全亮，但他沒有動。剛才三樓有一個人影，雖然只是短短的一瞥，但他十分確定。

現在，在黑暗中，在這不到一坪的三樓樓梯間，這個人影，在哪？

路遐的手慢慢在兜裡握緊了，是的，他兜裡有一把剪刀。

就在這個時候，他感到一個更加尖銳的東西抵在自己後腰。

「別動。」一個聲音銳利地說。

不知怎地，路遐竟然鬆了一口氣，他乖乖地一動不動了。

「拿出你的東西，開門。」那個聲音說。

說話的人彷彿沒有呼吸一般，或者呼吸也是極冷、極淺的，明明刀就抵在自己身後，路遐幾乎感覺不到人的體溫或者呼吸的熱度。

只有一種莫名的，十分沉重灰暗的感覺籠罩在他左右。

路遐不敢亂來，他拿出自己的撬鎖工具，將細鐵絲歪歪斜斜地塞進了三樓之七號的防盜門鎖孔。

這個人是普通的小偷嗎？或許是把自己當成回家的人想要進屋打劫？路遐一邊想，一邊摸索著開鎖的方法。沒錯，他確實學了不少邪門歪道。

喀嚓，門鎖鬆動了。

不、不對……

他說的是「拿出你的東西」，而且，自己正在撬鎖，他竟然沒有一絲驚訝，他是有備而來的。

他知道自己的目的。

他是誰？

門輕輕地開了，裡面傳來一股濃重灰灰味，路遐忍不住咳了一聲。

這就是齊征家。

外面稀疏的燈光讓路遐看不太清楚屋內的擺設，似乎進門的正是客廳，因為這家人已經搬走的緣故，屋內也沒看到什麼大型傢俱，只有地上角落有一些塊狀黑影，應該是遺留下來的廢棄物。

路遐感到自己的心跳在加快，額頭上沁出了汗水。不知是因為他正站在這個客廳，還是因為身後那個人所散發出來那死亡一般陰鬱的氣息。

地上的灰，有痕跡。

「進去。」那個人說，就好像沒有看到地上的灰痕。

路遐遲疑了一下，沒有動。

冬夜很冷，空蕩蕩的客廳旁邊有三個敞開的房門，那黑漆漆的房門口，也正一動不動地、冰涼刺骨地注視著他。

「進去。」背後的刀威脅似的動了一下。

路遐的腳踩上了炭灰。看來沒有時間做任何準備了。要死一起死，他想。

「看見地上的痕跡了嗎？沿著這個痕跡走。」聲音命令說。

路遐不得不服從。

他的腦海裡迴蕩著照片裡那一圈又一圈的劃痕，他感到自己渾身的汗毛在踏進這個圈的一刻，全都倒豎起來了。

這裡有過什麼。

他搖了搖頭，要把雙重恐懼的感受從腦海中趕出去。

「你是誰？」路遐問。

當然沒有回答。

路遐咬著牙，繞著客廳的那圈痕跡，慢慢地、慢慢地，走完了一圈。

當他走過月光最清晰的地方的時候，他隱約看見地上的人影，在自己的身後，那個人影，陰沉沉的，毫無生氣。

「繼續走。」發覺路遐停了下來，那個聲音又下令道。

第二圈？

路遐心中一凜。

難道他的目的是……三圈？

那個人另一隻手不知拿出了什麼東西，「啪答啪答」地滴到了地上。

啪答啪答。

待路遐看清楚時，他踉蹌了一下。

是血，他幾乎不用看，那濃稠的血腥味已經彌漫了這個房間。

雞血。

離午夜還有多久？路遐覺得自己的冷汗也在「啪答啪答」地向下滴。

和地上的血跡乎一起畫了一個圈，

路遐腦中迴響起一段古老的童謠，他在哪裡聽過……也許是哥哥那裡，也許是在最早最早那偏僻的老家……

櫻桃嘴，小女孩

叮噹環，響叮噹

綠山坡，紅衣裳

轉啊轉，轉三圈

轉三圈，小女孩

路遐打了個寒顫，他頓了一下。

「你想要什麼？」路遐問，「為什麼這麼做？」

那個聲音破天荒地吐出了兩個字：「答案。」

路遐不得不繼續走，最後一圈。

綠山坡，紅衣裳

小女孩，不見了

這個童謠背後，隱含著民間一個迷信的傳說。

最初的唱歌人在山坡下遠遠看見一個穿紅衣的小女孩，戴著叮叮噹噹的耳環，沿著山坡一直轉啊轉，轉到第三圈的時候——人影卻消失了。

等唱歌的人好奇地跑上山坡再看的時候，山坡上只剩下那件紅衣裳。

對，那件紅衣裳，本來不是紅的，是用雄雞血染成的。

馬上就要走完最後一圈了，路遐只覺得客廳裡三道空蕩蕩的房門中伸出了三隻無形的手，已經溫柔而冰涼地撫上了自己的肩頭。

「什麼答案？」路遐最後啞著嗓子問。

背後的人影在陰暗的月色下停住了。

「一個人。他在哪裡，他過得好不好。」那個人這麼回答路遐，然後慢慢消失在路遐的視線裡，融進了那片月光中。

04 小鎮

好涼。

路遐哆嗦了一下，他摸了一把臉，發現臉上濕漉漉的，這麼說來，他抬起頭，下雨了。

細細綿綿的雨，是他最討厭的天氣。偏偏這雨比他所見過的任何雨都來得細，又都來得密，小路間騰起一片濛濛雨霧。

他把眼鏡摘下來，用袖子擦了擦上面的雨水，又重新戴上去，這才想起來有些不對。

不對。他這是在哪裡？

眼前是一條青石板的小路，像是一條上坡路，兩邊都是草和泥，他踮起腳尖想看清楚前方有什麼，隱隱約約卻只能看見一塊一塊的青石板，和像是石灰牆圍起來的建築形狀。

轟隆隆。

忽然大地震了一下，路遐一抖，再向聲音來處看去，只見高高的山坡下，隔著雨簾，在遙遠的平地上，有橫排著十分壯闊的數條火車軌道。

一輛火車，在這裡望去小得就跟火柴棍似的，正徐徐啟程。

看那數條寬敞的鐵軌，山下那裡想必交通來往甚是頻繁，但卻沒有見到像大火車站一樣的建築。這裡沒有站，只是許多列車的必經之路，可是這裡究竟是哪裡？

路遐試圖看個清楚，但是山下地勢低處全是雨霧，他什麼也看不見。那一條條的火車軌道，看似很近，卻又無比遙遠。

路遐又擦了下眼鏡，他沿著古老、長滿青苔的石板路向山坡上走去。大約走了十來分鐘，他的全身都已經濕透了，那雨不知為何透心沁涼的，直透到他骨子裡。

前方好像有什麼……

雨霧中朦朧有個人影，在慢慢地行走，手上還拎著一個東西。路遐又抹了一把眼鏡上的水珠，小快步追了上去。

這會不會是在齊征家的那個神祕人？

不，這是……

孫正？路遐吃了一驚。那個人影，正是孫正。

他正仰起頭，迷惘地看著天空，雨水順著他的下巴和脖子流進了衣襟裡，他也毫不在意，只是兩眼空洞地凝望著。

路遐正想接近他，卻又看見孫正手裡的東西，頓住了。

一條打成環的粗麻繩，上面隱隱還在向下滴著淡紅色的水。

這個是……

路遐正躊躇著，孫正卻突然偏過頭來看著他，臉上迷茫的神色變成了驚訝：「路先生，你怎麼會在這裡？」

「這裡？」路遐連忙問，「這裡是哪裡？」

孫正仍然奇怪地一眨不眨地打量著他，還繞著他左右走了起來。路遐從來沒被人這麼直勾勾地打量過，頓時渾身都不自在。

他不覺得有些失禮嗎？

「我怎麼會夢見你呢？」孫正自顧自地笑了起來，「看起來我還記得挺清楚的。」

「夢？」路遐心中一緊，「這是你的夢？」

孫正卻指了指天上：「你看，這裡的天一直沒有太陽。什麼都沒有，一直在下雨，就好像想洗乾淨什麼似的。」

路遐卻接著追問：「你夢見這裡多久了？這是哪裡你有印象嗎？」

孫正轉頭瞥了他一眼，搖了搖頭：「斷斷續續的，我之前還夢見一直繞著一面牆在走，但是今天就到了這個小鎮。」

「小鎮？」

「你看——」孫正指著前方，聲音裡有一絲雀躍，「那裡——」

雨霧中佇立著一棟灰黑色的建築，依稀可見上面一塊一塊的石磚，看外觀，那是一棟十分古舊的建築，幾乎在現代農村都已絕跡。

它的頂層有一扇窗戶，不，與其說是窗戶，不如說是一個視窗。因為它沒有玻璃，只有框起來的一圈木條，上面飄著一層青色的簾布。

雨打落在上面，簾布悠悠地晃動著，那窗口若隱若現，黑黝黝的一片。

等兩個人稍稍走近了些，才赫然發現，眼前這棟樓，不過是冰山一角。

它的身後是一片延伸出去的房屋，黑色的磚瓦屋頂，每個房屋之間都緊緊地連著，從他們的角度看去幾乎看不見任何空隙。

那一片廣闊的屋群，就像是一群從天上降落的烏鴉，密密麻麻地停在這個山坡上，將所有的翅膀都鋪展開來，散發出深沉而不祥的氣息。

他們遙望著這片攀附在山坡上的房屋群，兩個人不由得都看呆了。

他們從未見過這樣的小鎮，明明有大片的土地，卻將房屋密密地靠在一起，雨「劈里啪啦」地打在那灰黑色像是被濃煙熏過的屋頂，卻無法滲透進它們之間。

「這根本不符合小鎮建設的原理。」孫正一板一眼地說。

「太奇怪了。」路遐和孫正達成了共識，「這樣緊密地靠在一起，他們怎麼分得清楚自己的田地……」

「不，不是。」孫正又一次將指尖遙遙地指向他們所見的第一棟樓，「這樣的話，他們每一戶，都沒有窗戶——除了這一間。」

路遐心中沒來由地升起一陣寒意。

他看著這片房屋，確實，在那連雨水都無法滲透的屋頂之間，是沒有真正的窗戶的。至少透過那片房屋裡的窗戶，是無法看到這外面的世界的。

除了最高的這個窗戶。

那簾布又輕輕地飄了起來，就像是溫柔地撫過窗臺。

那看不見的窗戶裡一片黑暗，是誰曾經，或者現在，正注視著窗外的他們……

「啊，入口在那邊！」孫正眼睛一亮，小快步走上山坡。

路遐驚訝地發現孫正竟然對這陌生的村莊毫無懼意，但他瞬間又明白，因為孫正把這當做了自己的夢，自然可以肆無忌憚。

路遐忽然就有些不好意思了。這裡的孫正和他之前認識的死板的孫正相比活潑了一些，他感覺自己好像無意中走進了孫正的內心世界，而孫正自己卻毫不知情，單純把他當成了夢中的路人甲。

「等等！」路遐伸手拉住孫正，直覺告訴他，這個小鎮沒那麼簡單。

這是一個可以殺人的夢。

而這個小鎮在他眼中，正散發出森森的肅殺之氣。

「你來過這裡嗎？」路遐問道。

孫正奇怪地看了他一眼，搖了搖頭。

「可是……你沒發現，這裡一個人都沒有嗎？」

「你不是人嗎？」孫正笑了出來，「難道你做夢都會有很多、很多人嗎？」

路遐噎住，他在這裡似乎不能用常理跟孫正解釋溝通。

孫正又看了他一眼，若無其事地繼續說：「在我的夢裡……我常常都是一個人……」

這句話他說得輕描淡寫，路遐卻莫名被刺了一下。

這個人，有多孤獨？

兩人畢竟不熟，他這樣想著，倒沒有太過放在心上。

最初的那棟房屋下，有一個像山洞似的拱門，裡面依稀有些光，卻看不清楚門之後是什麼。

路遐亦步亦趨地跟著孫正沿著上坡路向那個門走去，還不停地分神觀察周圍有沒有可疑的事物。

「啊啾！」路遐打了個噴嚏。再這樣淋雨下去，他可要感冒了。

可是，就在這一個噴嚏的瞬間，他腦中忽然響起一片嗡嗡的嘈雜聲音。眼前模糊的一瞬間，視野裡彷彿朦朦朧朧出現許多人影。

跑著跳著的小孩的聲音、花花綠綠的衣裳、在身邊一擦而過上坡的人的影子、迎面對著這個方向揮手的人的影子……

路遐一晃頭，猛地睜大眼睛——

雨，眼前還是只有雨。

靜謐的雨的聲音，和陰沉的空無一人的小鎮。

砰！

一聲巨響，水花濺了路遐滿臉。

只見孫正倒在地上，手緊緊抓著脖子，臉上浮現痛苦的神色，路遐大吃一驚，連忙衝了上去。

他這才發現，孫正的脖子上牢牢纏著的正是他之前手上的繩子。因為被勒住了脖子無法呼吸，孫正張著嘴，像是在呼救，又像是在拚命呼吸。

但是——

路遐的動作停了一秒鐘，因為，他沒有看見勒住孫正的人。

孫正的身後什麼都沒有。

只有一根繩子，勒住了他，一根濕漉漉的，血跡尚存的繩子。

「我來了，我來救你！」路遐叫著，連忙去扯開繩子，卻根本拉不開，就連自己也幾乎被那股很大的力道跟著被拉動。

一股力氣在拉著孫正，往那道門的方向……

路遐心裡此刻是說不出來的驚懼，慌亂間，他猛然想起，自己兜裡還有一把剪刀。

他拿出剪刀，對著繩子方向就是一陣亂戳。

「唔……」一聲悶哼。

繩子鬆了。

雨水裡汩汩染開一片血色。

孫正的身後漸漸浮現一個人形，那人一身黑衣，連戴的鴨舌帽都是黑色的，他摀著腰部，血正是從那裡不斷地湧出來。

孫正大口大口地喘著氣，然後回頭看了一眼身後這個剛剛企圖謀殺自己的……人？

「是你！」

三個聲音異口同聲道。

路遐看了看孫正，又看了看地上那個人。「你認識他？」路遐的聲音拔高了。

「你不是……」孫正有點猶豫，「搭車的那個人？」

「搭車？」那個人痛苦地哼了一下，路遐和孫正才想起來這個人受傷了。兩個人都有點不知該不該幫忙止住傷口。

這個人剛剛還試圖用繩子勒死孫正……

「就是我們一起去旅行的時候，你中途上來搭車的……」孫正又說了一遍。

路遐卻一把抓住孫正：「你說你們一起旅行？是不是和袁教授一起的那次？是不是齊征開車的？」

孫正被路遐激烈的反應嚇了一跳，茫然地點了一下頭。

路遐冷笑了一聲站起來，俯視著那個人：「原來如此。原來這麼容易就找到了，跟著袁教授旅行的是你，在齊征家背後拿刀威脅我的，也是你，對不對——」

那個人卻把頭埋得更低了，彷彿不想讓路遐看見他。

他身上有一種非常契合這細雨的氣質，讓人莫名地感到抑鬱。

毫無生氣，行屍走肉般的一個人。

「所以，」路遐盯著這個人，「夢中殺人的也是你嗎？」

「夢中殺人？」孫正有些糊塗了。

可是……路遐皺起眉頭，他是怎麼辦到的？

難道是自己眼花嗎？剛才孫正的身後明明什麼都沒有，直到自己刺中了這個人……

那個人剛才說「是你」，他認出了孫正還是認出了自己？

那個人緩緩地、慢慢地，指著孫正，說了一句話：「他，必須死。」

轟隆隆。

山下的火車忽然發出一聲巨大的轟鳴，連同大地也猛地震顫了一下。

前方的那棟樓裡的簾布又飄了起來，此刻飄得特別高，終於露出了整個方形窗洞裡的全貌——一個長方形的相框，裡面一張模糊的黑白人像。

端正地看著這個方向。

05 兇手

「孫正……快醒醒！」

「孫正！」

孫正霍然睜開眼睛，猛地坐起來。天朦朧將亮，映著眼前一個湊近、明媚的面孔，他正有些不安地看著自己。

「Linda？你怎麼進來了？」眼前這個女人出現得實在太突兀，孫正嚇了一跳。

Linda 絲毫不覺得失禮，反而埋怨地看了他一眼：「我看見你房門微敞著，又沒人應聲，有些奇怪，就進來瞧瞧，你做噩夢了？」

「嗯……」孫正沒有明顯表達出對他擅自闖入的不滿，又皺了一下眉頭……昨晚忘了鎖門？因為袁教授的事情，自己竟然恍惚得連門都忘了鎖。

「沒事吧？」Linda 又關心地問了句。

「沒什麼。」孫正回答著，向他示意回避一下，Linda 聳聳肩，站起身來，又叮叮噹噹地搖著手鏈出去了。

孫正覺得自己身上濕了一片，飯店的空調兀自呼呼吹著暖風。他摸了一下才安下心來，自己只是出了一身冷汗……不是雨。

他很少做夢，剛剛那個夢，不知道為什麼讓他十分不舒服。

孫正走進洗手間洗了一把臉，水澆在臉上讓他覺得清爽不少。脖子附近莫名火辣辣地痛了一下，他下意識一摸，並不在意。

洗完臉，他立刻打了個電話，卻得知良教授仍然在加護病房，至今沒有醒來的跡象。

他茫然地坐倒在床邊。

路遐一個激靈，睜開眼來。

他發現自己正大字仰躺地躺在齊征家空曠的客廳裡，暖暖的陽光灑在他的身上。

他站起來，拍乾淨自己一身的炭灰，地上有一串血跡，從他落腳的地方一直延伸到了門外。

夢醒了，那個人逃走了。

路遐的拳頭慢慢握了起來，他一定會找出這個人來。

什麼夢中殺人，都是他在裝神弄鬼。

他環視了一下這個房間，不由得打了個冷顫，一邊拿出手機，一邊快步走出門外。

「喂！」電話那邊是胖子激動的聲音，「你這傢伙昨晚去哪了？一個晚上沒接我電話，你……」

「停停停，我等一下再告訴你，另外兩個人查到了嗎？」

胖子那邊傳來劈里啪啦打字的聲音，沒過多久，他口齒不清地回答：「唔，查到的不是太多，我只查到今年夏天八月底的紀錄，八月八日在成都的×××飯店，嗯、沒錯，成都，但是飯店方面的資料沒有很多，袁教授是他們的白金會員，入住資料都是保密的，當時訂了四個房間……但是除了袁教授，另外四個人的姓名、身分都沒有註明。」

「四個房間？」路遐思考了一下，五個人，訂了四個房間？

如果昨晚那個人就是兇手的話，袁教授又怎麼會同意讓這樣一個來歷不明的人臨時搭車，和他們一起旅行呢？

袁教授之前就認識這個人？

路遐腦子裡冒出了一連串疑問，直到胖子在那邊吼起來：「喂，你有沒有在聽我說？」

「什麼？」路遐一呆。

那邊傳來胖子咀嚼食物的聲音，他懶洋洋地說：「關於你讓我找的第二份資料。」

「快說！」路遐激動了。

「哼哼……」胖子得意洋洋地，「我手上沒有，不過你可以在C大新聞系的資料室裡找到它。我已經打電話過去確認了，你報上名字他們就會把資料給你的。」

路遐大喜過望，道了一聲謝，又用力拍了拍身上的灰，囑咐了胖子幾句，掛了電話。

「孫先生，早啊。」

孫正轉過頭去，看見一個十分眼熟的戴眼鏡男子在跟他揮手。

「啊……」他呆了一下，「路、路先生，你好。」神色有些不自在。

路遐看出他是想起昨天的夢了，心裡不知怎地暗笑了一下，於是故意說：「昨晚睡得還好嗎？」

孫正很快恢復本性，不冷不熱地回答：「還好。」

「袁教授怎麼樣了？你今天怎麼有空來C大？」路遐又問道。

說到袁教授，孫正的眼神黯了下去：「還沒有醒來的跡象，我過來散散心。」

路遐卻突然一個箭步衝過來抓住了他的肩膀：「你脖子是怎麼回事？」

孫正被他的舉動嚇了一跳，摸了摸自己的脖子，手碰到一圈皮膚都火辣辣的痛，他這才意識到有些不對。

路遐對著他用手比劃了一個圈，做了一個吊死鬼的表情，還逼真地翻了個白眼。

孫正立刻明白過來，心中咯噔了一下，又隨即鎮靜下來，笑了笑：「可能昨天在哪裡刮到了吧……」

路遐並不點明，也微微笑著回答：「下次小心啊。」他又接著提議：「一起走走？我還有很多學術上的問題想向你請教。」

孫正顯然是沒有心情跟人研討學術的，他猶豫了一下，卻點了點頭。

兩人於是探討了一路文化研究的理論，從雷蒙德．威廉斯聊到斯圖亞特．霍爾，最後爭論得興起，乾脆買了一杯咖啡一起坐在C大操場邊，看著幾個年輕的學弟正冒著凜冽的冬風英姿颯爽地打籃球。

「啊，好久沒活動活動了。」路遐捂著咖啡一邊取暖一邊感嘆。

孫正只是笑了笑，抿了一口咖啡。

「袁教授平時也鍛鍊身體嗎？我看他身體挺硬朗的，怎麼這麼突然……」

孫正剛剛稍微放鬆的心情又突地沉了下去，「教授平時都忙著研究和四處演講，沒有時間鍛鍊，不過……」他忽然想到什麼，莞爾一笑，摸出手機翻了一下，遞給路遐，「你看，這是他去年宣傳新書活動時，唯一一次打乒乓球的照片。」

路遐接過手機，上面是袁教授正抬起左手揮拍的照片，就連打乒乓球都有著一股洶洶氣勢，孫正特地拍了照片，十分自豪地分享給路遐看。

孫正還真不是普通地崇拜袁教授啊。

路遐心裡感慨，也許袁教授沒有看錯，孫正從各方面來說都是值得袁教授最後囑託的一個人。

但照片……總覺得哪裡怪怪的……

「對了……」路遐遲疑著問出口，「上次跟你們一起去成都旅遊的另外兩個人怎麼沒來探望袁教授？」

孫正臉色一變，手中的咖啡險些灑落在襯衫上。

「什麼兩個人？」

路遐故作無知：「你們不是四個人一起去的嗎？另外兩個呢？」

孫正停了一下，像是想起什麼不太愉快的回憶，眉頭皺了起來：「有一個是臨時搭車的。」

臨時搭車的，就是昨晚那個人，也就是說，第四個人，是那個神祕人。

路遐心知肚明，卻裝作好奇的樣子：「那，另外一個你也認識嗎？」

孫正手一僵，忽然站了起來：「好像不關你的事吧！」說完，他惱怒地看了路遐一眼，連告別的話都不再說，轉身就朝操場外走去。

路遐呆在原地，甚至忘了追上去道歉。他原想這並不是那麼難以回答的問題，但是孫正的反應怎麼這麼激烈？

還是自己試探得太突兀了，顯得多管閒事？

然而這還只是其次。

袁教授、孫正、齊征、神祕人，和最後一個人。

這五個人都到齊了。

所謂的「他的詛咒」……指的說不定就是這個人，袁教授只是被他迷惑了而已。

一切都是這個神祕人在作祟，他可能用某種手法在夢中出現，然後在現實中用某種手段謀殺他。

在夢中殺死一個現實中活生生的人……這是不可能的……

路遐在腦中這麼說服自己，他把手上的咖啡紙杯揉成一團，扔進垃圾桶裡，決定再去C大的新聞系看看另一條線索的資料。

C大新聞系的資料室裡有著堆積如山的舊報紙，依次按照日期和報紙名稱分類陳列著。

路遐徑直走了進去，跟值班管理員報上名字，那個管理員卻抬頭疑惑地看了他一眼。

「路遐？」他重複了一遍。

路遐點點頭。

「你要找的資料是……一九九六年八月二十八日的××晚報？」那個管理員看著本子上的紀錄。

路遐又點了點頭。

管理員瞪大了眼睛看著他，喃喃說：「不對啊……怎麼又來了一個路遐？」

路遐也懵了：「什麼？」

管理員把本子一闔，站起來朝著資料室後方，叫了一聲：「喂，你，那個路遐！」

資料室後方站起來一個黑色的身影，他朝這邊望了一眼，立刻慌慌張張地把桌上的報紙胡亂一收，往懷裡一塞，從另一個方向奪路而逃。

「是你！」

真是踏破鐵鞋無覓處，路遐立刻認出這個人影，大叫了一聲，一個箭步追了上去，眼看就要追上了他，剛想一把抓住他的肩膀，那人卻飛快地一側身，路遐頓時撲了個空，差點跟著跌了一跤，氣急敗壞地又衝上去，那個人正好又踉蹌了一下，路遐一把抓住他的右手，拖住了他。

「你這傢伙！」路遐說著，卻暗暗吃了一驚，這人右手冰涼得可怕，當真不像是個活人的體溫。

那人用力想掙脫，路遐卻抓得更緊，低頭斜瞄了一眼，只見那蒼白的手腕上有一條細長可怖的紅色疤痕。

「你是誰！」路遐質問道，「你先是在齊征家拿刀威脅我，後來在夢裡作怪，現在又在這裡冒充我，你鬼鬼祟祟地到底想幹什麼？」

那人戴著黑色的鴨舌帽，帽檐拉得低低的，又戴著大大的墨鏡，路遐完全看不見他的長相。

那人眼見自己逃不掉了，惱怒地把一堆報紙扔到路遐身上：「我不知道你在說什麼，東西還給你就是了！」

路遐單手接過報紙，卻沒有看一眼，只是狠狠盯著他：「你到底是誰？你是怎麼殺死他們的？」

那個人眼見路遐無論如何也不可能放過自己，嘆口氣說：「路遐，今年二十三歲，待業，單身，愛好靈異搜查和文藝研究，喜歡偵探推理類電影和小說，最喜歡的推理小說家是阿嘉莎・克莉絲蒂，最喜歡吃的食物是京醬肉絲和……香蕉棉花糖，至今最驚險的經歷是小時候在廢棄廠裡走失，最崇拜的人是……路……他哥哥。」

這段話他說得毫不費力、一氣呵成，路遐呆住了。

等路遐反應過來，才結巴著問：「你、你調查我……」可是話還沒說完，他自己心裡已起了疑心。如果說身世背景，那確實是可以輕而易舉調查到的情報。但是，關於他的愛好和喜歡吃什麼……這也……這也……

「你是誰？我們認識？」路遐臉色一變。

「不認識。」神祕人別過頭去，「我就是知道而已。」

「你還知道什麼？」

「我不是你要找的人，白癡！」神祕人一字一句地回答，「沒有人在殺人。」

路遐被他一句白癡罵得一愣一愣地：「沒有人在殺人？」但他又馬上一連串問題反擊回去：「哼，那齊征是怎麼死的？袁教授又是怎麼回事？昨天你被我親手抓住了你還敢狡辯嗎？」

「唔……」神祕人突然發出一聲痛苦的呻吟。

「你少……」路遐話吼到一半，忽然感到手心一熱，他低頭一看，驚呆了。

他的手上沾滿了猩紅的血。

「你……」路遐抓住他的手不由得鬆了，「你怎麼了？」

「你忘了……我昨天在夢裡，也被殺死了……」神祕人虛弱地對他笑了一下。

「我……我殺的？」路遐震驚地看著自己的手，上面的鮮血十分刺眼。

那也僅僅是個夢啊。

這一切不都應該是眼前這個男人的詭計嗎？為什麼……

「今晚你們可以進去了……每死一個人，你都離他更近一些……」那個男人說話的聲音漸漸弱下去。

路遐反應過來，慌忙扶住他，另一隻手撥打著急救電話。

「你、你先別說話。」救人要緊，路遐試圖幫眼前這個男人止血，他下意識地看向昨天被他刺中的部位——

不對，他又看了一下自己的手。

剛剛自己的手抓住他的衣領，也就是說，他現在出血的部位是在鎖骨附近，但是，昨天自己刺中的是他的腰部……

「白癡，你不是很喜歡……學你哥嗎……你動動腦子找找關聯性啊……」神祕人最後這樣說著，沿著牆壁滑了下去。

「喂——」

這是路遐在兩天之內，第二次看見一個人倒在自己眼前。

06 記載

路遐在急診室外徘徊了半晌，卻不見裡面有人出來，他在走廊裡來回地走著，周圍的人都帶著同情的目光偷偷地看他，全把他當成了一個遭遇不幸的家屬。

誰也不知道他腦子裡此刻正做著無比激烈的鬥爭。

他沒有殺人，但是他的手卻抖得十分厲害，因為還有另一個未知的兇手，在用未知的方法殺人，這個剛剛發現的事實更令他感到毛骨悚然。

而這第二個兇手很有可能曾經也潛伏在他的身邊，就在昨天的夢裡。

路遐打了個寒顫。

會是最後那個人嗎？孫正看起來十分忌諱提到這個人，為什麼？

就在這時，一道嫵媚的女聲從他背後響起：「路先生，你怎麼在這裡？」

路遐轉過身去，竟然是Linda，他這才想起這家醫院本來也是袁教授一直被看護的地方，Linda在這裡出現再正常不過。

「哦、哦，我想來看看袁教授……」路遐回答得有些不自然。

Linda看了他一眼，神情並不十分友好：「教授還沒有醒過來，也不能見任何人，你倒不如花點時間去完成教授交給你的事。」

他語氣中帶著責怪，路遐卻是有苦難言。他正想開口說點什麼，視線恍然瞟到Linda手腕上新戴的一串綠色手鏈，胸口忽然像是被猛地撞擊了一下！

「……你動動腦子找找關聯性啊……」

神祕人的話此刻敲在了他的心尖。

關聯——手！

手上的疤痕！

在最初遇到孫正的時候，孫正就曾提到過自己在旅途中右手受了傷。

而昨天在抓住神祕人的時候，也在他手上看到了一條細長的傷疤。

齊征的手腕已經無從查證，但是袁教授……袁教授……是了，之前看到袁教授照片的時候他就覺得哪裡有些異樣，他現在終於明白了。

袁教授是個右撇子，他在講座時接過文件用的是右手，他在最後一刻緊緊握住路遐的也是右手。

而且，他右手上戴著一塊很大的手錶。

但是——在孫正給他看的那張照片上，袁教授卻是在用左手打乒乓球！

路遐大膽無畏地猜測……也許袁教授的右手腕上正是有什麼東西，讓他一直用手錶遮掩，運動時因為不便露出來，才換上了另一隻手。

他的手上有疤痕！

同理——路遐看向Linda的目光變了，他的目光變得謹慎而敏銳。

「Linda，你今天換了新的手鏈，看起來很好看，可以拿下來讓我看看嗎？」路遐厚著臉皮裝作很好奇的樣子問著。

Linda的臉上立刻露出了厭惡的神色，他冷冰冰地拒絕：「這是水晶，我從不讓別人碰的。」

路遐識趣地收回請求，心中已經逐漸確信了自己的猜想。

一直戴著叮叮噹噹手環的Linda，一直跟在教授和孫正身邊的Linda，他就是參加旅行的五個人中的最後一個！

他的手鏈之下，一定遮掩著一道疤痕，就和其他四個人一樣。

這就是關聯！

這樣也能解釋為什麼孫正如此忌諱提到最後一個人，是想保護他嗎？因為Linda是追求他的人，所以他也不想在外面隨意提到他的名字，免得引人非議？

所以Linda才是在夢裡殺人的那一個嗎？教授、齊征，還有那個神祕人，也許都沒有意識到這一點，才會被暗算的……是這樣嗎？

路遐盯著Linda，但他現在什麼都不能做。

在現實世界裡，他什麼證據都沒有。

「對了，你要是知道關於袁教授上次旅行的事一定要告訴我啊！」路遐假裝不知情，臨走之前叮囑。

Linda一怔，馬上反應過來，微笑作答：「雖然我也不太清楚，但我一定幫你問問。」

路遐揮手告別。

要驗證自己的猜想，他只能等到今晚的夢，他今晚一定還要再做一次那個夢。

雨落如鉛，路遐一身都涼透了。

他拿下眼鏡抹了抹上面的水珠，又戴了回去。遠山是翠濛濛一片，山底烏黑的火車軌道若隱若現。

轟隆隆！

一陣天搖地動，一輛火車從山下雲霧中穿梭而出，遠望而去那似乎是十分舊式的火車，墨綠色的車身，拖著一道長長的黑煙。

等火車完全駛出了路遐的視線，他再抬起頭時，發現自己不知何時已站到了一處無雨的地方。

他一抬頭，那是一道拱形的門頂，全用灰黑色的磚砌成，他瞇起眼睛，這些磚上面好像都刻著什麼。

他踮起腳尖仰頭仔細去看，那上面像是小孩鬼畫符般歪七扭八刻著許多的符號，他又伸手去摸了一摸，誰知道一摸就摸出許多磚灰，灑進自己鼻子嘴巴裡。

啊啾！

他癢得打了個噴嚏。

等他再睜開眼時，發現屋頂上多了一片黑影，一團搖搖晃晃的黑影，愈來愈大——

「喂！」一個人在背後叫他。

路遐緩過氣來，這個黑影本來就是走近的人的倒影，他轉過身，看見孫正側著頭好奇地看著他。

「路遐？」

「你、你好啊……」路遐摸著腦袋，不知道該裝作什麼都不知道像是在夢裡第一次見面那樣，還是該像電視劇那樣，接著演出這個夢的第二集。

「對了，謝謝你上次救我。」孫正拘謹地笑了一下。

還沒等路遐回答，孫正又猛地拍醒自己：「昨天明明就是做夢，今天也是做夢，我還當真了……真糊塗……」

「啊？沒、沒事……」路遐看著好笑卻不敢笑出來。

他想起之前孫正說過他夢裡常常是一個人，心中一動，提議說：「不如我們在這裡交個朋友吧，以後在夢裡也能陪你說說話。」

孫正一頭霧水地看他一眼。

路遐不好意思地摸了摸腦袋，低著頭大膽說：「一個人在夢裡總會很悶的。」

孫正停了一下，終於回答：「好吧！」

「既然是朋友嘛……」路遐側頭看了他一眼，「我就叫你『正』吧！老是孫正、孫正的，聽起來太正式。」

孫正又停頓了一下，眼睛裡多了一絲柔軟的笑意：「好吧。」

「正！」路遐大大方方地叫了一聲。

孫正「嗯」了一聲，探頭向前面一看：「既然都走到這裡了，不如我們進去看看吧？」

好黑。

一進去，這是路遐的第一反應。他立刻又想起這裡是沒有窗戶的，自然，也是沒有陽光能夠透進來的。

他探手在牆上摸索，應該有電燈開關什麼的。

他摸著摸著，卻不知怎麼心底發起寒來。這牆觸感冰冷，一片漆黑之中，他所接觸到的，都是凹凸不平的表面，在這面看不見盡頭的牆上都是什麼呢……

忽然，他的手碰到什麼細而長的東西，只碰了碰，那個東西彈了開來，又輕輕地彈回他的手背。

路遐像觸電似的，收回了手。

那詭異粗糙的觸感……令他想到……女人的辮子……

呼。

屋內的一角突然瑩瑩亮起一簇燭光，緩慢晃動地閃爍著。

燭光映出屋內的一角，似乎是極古舊的設施，一方小木桌，旁邊靠著兩個擺得整整齊齊的竹籐椅，桌下還有一個熱水瓶，上面塗抹著團團淡粉色的小花，卻又不似從前流行的那些圖樣。

「這是什麼？」藉著燭光，路遐這才看清一些剛剛嚇到他的東西，好氣又好笑。

原來那是一條粗麻繩，懸掛在釘子上，沿著這面牆過去，竟然都掛了五條打成環的繩子，繩子下另有一個很窄的小桌，桌上還有兩個燭臺。

路遐又借過孫正手中的蠟燭，把這兩個燭臺也點亮了，這下整個室內總算亮了起來。

兩個人眼中都露出了驚奇的神色。

路遐頗有些慶幸自己剛才及時收了手。此刻望去，除去一些回憶中古舊的家常擺設，四面牆上都掛著動物頭骨，也不知是真是假，多數是牲畜，牛骨、羊骨，也有一些小的點綴在周圍，看得出來是狗頭骨或者貓頭骨。

被這些黑乎乎的頭骨與眼洞注視著，兩個人沒來由的一陣背脊發涼。

再仔細一看，剛才那掛著五條繩子的地方，竟是被這些頭骨環繞起來的，下面的燭臺和方桌愈看倒愈像是供臺。

「怪了，沒事把繩子供起來幹什麼？」路遐嘀咕著。

孫正卻好似完全被這個怪異的房間吸引了，他認真地端詳著房間的每一個角落，然後露出一絲喜色：「牆上還有東西！」

一聽此話，路遐又湊近了一些，他乾脆把桌上燭臺拿了起來，剛拿起來，他就發現桌上還寫這什麼。

「壹、貳、參、肆、伍……」原來對準每一條繩子，桌上都有編號。

目光再轉回牆上，他這才發現，這些凹凸不平的牆面原來大有文章。

上面刻著文字符號，還有小人。

小人在走路，小人在爬坡，兩個小人在說話，諸如此類。

「噗！」路遐被這些幼稚可愛的雕刻逗樂了，「這家的小孩真有趣。」

「你怎麼知道一定是小孩刻的？」孫正也在研究牆上這些東西，反問一句。

路遐聳了聳肩：「除了小孩還會有誰這麼無聊……」話還沒說完，他就停住了。

「窗戶！」他驚喜地叫起來。

因為累積了太多灰塵，牆上一個可移動的木板已然和牆融為一色。路遐無意中搬動了這塊木板，向旁邊挪開，才發現，木板背後是一個窗櫺。

他伸手在窗櫺上抹了一把，心裡又是一震。這窗戶裝的竟然不是玻璃，而是紙糊的。

路遐乾脆把燭臺放到窗櫺邊，這一照，便照出了窗外的景況。

窗外似乎是一條細長的小道，深幽幽地延伸到小鎮深處，因為頂上仍舊是磚瓦遮蓋著，這小道愈向深處望去，愈是如同黑洞一般。

路遐不敢細看，這一看就好似會被吸進去，他又將目光轉向正對窗戶。

對面仍舊是一扇空空的窗櫺。

他手上的燭臺劇烈地顫動了一下，他踉蹌了一步，差點坐倒在地。

「怎麼？」孫正聽見響動，轉過來問。

路遐胸口起伏兩下，強作鎮定說：「沒什麼，自己嚇自己罷了。」

對面確實也只有一扇空空的窗櫺，那窗戶沒有木板遮掩，大敞著。

乍看彷彿沒什麼稀奇，但剛才那燭光掃過，只見靠窗的方向，斜放著一張竹椅，緊貼著窗戶。

而在窗臺邊有一把木梳，隨意地放在上面。

就好像……一個女人剛剛正坐在對面的窗邊，細細地梳著自己如瀑的黑髮，又隨手將梳子忘在了窗臺上，起身去做別的事了。

如此鮮活靈動的想像令整個小鎮都在路遐的夢中活了起來。

他簡直能看到人們傴僂著身軀在這遮掩下的小道中走動，那像層層大傘交錯互疊起來的房頂將連年的雨水隔絕於外，以此作為代價的是，永不見天日和緊鄰相對的家門窗戶。

再看這些屋內器具，路遐也忽然明白為什麼這些東西看起來格外袖珍，常年無法曬到陽光的居民，身材自然矮小。

也許偶爾他們也能通到那扇拱門外，呼吸一下新鮮空氣。

兩個人找到一扇側門，擺弄了許久，終於打開門栓，走了出去。

他們不得不弓著腰，才能不頂破門外小道的屋頂。

小道頂上的磚瓦之間開了些許小縫透光，又鋪上幾層油布擋雨。地上一直濕漉漉的，兩人擠在這小道中，感覺十分擁擠，可見他們的體型比這裡的原住民確實大出不少。

「這裡還有……」孫正低語。

路遐一看，小道兩邊的牆上似乎也刻著畫和符號，密密麻麻的。

然而這次的圖畫卻顯得血腥許多。他看著看著又似乎摸清了這些圖畫的規律。

這些畫是成組分布的，每一組前面都有一段符號和文字，但是文字已經模糊了。第一幅畫的是五個小人團團圍著。但從第二幅畫開始，就有些不一樣了——有的是一個小人倒在地上，胸口插著什麼東西；有的是一個小人倒在地上，少了手臂和腿，一團黑漆漆的東西，似乎在暗示是血；還有的是小人被牛和羊拉扯著，血從眼睛鼻子裡流出來……

愈看愈是怵目驚心。

每組裡面，除了第一幅，剩下都是四種不同死法的小人。

接下來兩幅又是一樣的。

倒數第二幅是許多人浩浩蕩蕩地抬著一個方形的容器爬坡。

最後一幅則是一團巨大的黑塊，和一個小人的頭。

如此類似的圖在兩面牆上延展出去。有時多些點綴，比如多了兩塊像雲一般的東西圍繞在小人身邊，或者一些花花草草在附近，也有的一開始會把五個小人放在大拱門下，那個拱門彷彿就是整個小鎮的象徵。

這些畫裡還有一些小圓點，似乎在暗示是雨水，但是最後一幅卻沒有。

「你說，這會不會是說，他們集體把最後一個小人煮了？」路遐不無殘忍地想像。

孫正的神色卻比他嚴肅起來：「別開玩笑了，你現在還覺得這是小孩畫的嗎？」

路遐搖了搖頭：「不像，倒是像……像……」

「像在紀錄什麼是不是？」孫正說，「不知道是什麼的紀錄，說是祭祀又不像，說是宗教崇拜，也不大像……」

路遐不敢直接說出來。他看到這些圖畫的時候，心中就已經主動將這些和最近這一系列的事件聯繫了起來。

五個小人，五條繩子，奇特的崇拜。

「我們都會死，我們五個人。」

齊征、袁教授、神祕人、Linda、孫正。

這會不會是某種暗示……這五個人，並不是第一批。在這裡，在夢中，已經有無數批這樣的人……

「這是不是，這個小鎮的歷史？很多文化都有將自己的歷史紀錄在壁畫或者山洞雕刻裡的習慣……」孫正依舊著迷地看著牆上的東西，喃喃自語著，「我一定在哪裡見過它們，好眼熟……」

彷彿已經沉迷其中，孫正摩娑著這些凸出來的符號，沿著小路一邊走一邊讀下去。

哈哈哈哈。

喀喀喀喀。

看著另一側符號的路遐此時卻忽然聽到一串串奇特的笑聲，就像幾個孩子在不遠處嬉戲。

怪了……

「哎喲！」他還沒邁出腳步，又被一個匆忙路過的人撞了下肩膀，「喂、你怎麼這麼不注意……」

他話音剛落，忽然心中一凜。

路人？這裡哪來的路人？

他猛地轉過身。

他的背後不遠處是一面密不透風的石牆。

路遐顫抖地舉起手中的蠟燭。

火！

這是他的第一反應，出於本能他差點倒退一步。但當他看清楚才發現，那只是刻在牆上的一幅極其逼真的壁畫。

一團熊熊燃燒的，蔓延了整個山坡的大火。

天空上騰起一片片黑色的雲，瘋狂而熱烈的火，跳脫一切的火，偏偏又籠罩在無盡的陰霾中。

這片布滿整個牆的壁畫，看起來比那些血腥的小人更令人不寒而慄。

這幅畫……是什麼意思？

「火在很多宗教裡都有重要的意義，既是毀滅，又是重生，孫正你覺得——」路遐說著轉過身去。

身後已沒了孫正的蹤影。

孫正？路遐幾乎忘了他們身在夢中，此刻孫正不見了，路遐心中猛地警醒，想起自己的最初目的——Linda！孫正！

07 業火

「正——」路遐在小道中焦慮地呼喚著。

他的聲音在整片區域中迴蕩，來回走動的腳步在地面濺起水花。他不敢走遠，因為這一整片小鎮不知究竟多大，內裡房屋交錯穿插，也不知路線如何複雜。

孫正想必不會走太遠，看起來也並不是一個容易迷路的人，他應當知道回來。

但是如果Linda……

「誰？」路遐聽見極細微的聲音，以防又是之前的幻覺，他保持在原地不動。

「答、答、答。」

滴水的聲音。

這裡都是遮蓋的屋頂，哪裡在滴水？

「答、答、答。」

一雙紅色的高跟鞋出現在路遐的視線裡。

然後是一雙雪白的腳踝。

「答、答、答。」水珠從髮尖滴落下來，在淌著的水中濺開一圈又一圈。

「Linda！」路遐下意識叫了出來。

果然漸漸走出一個渾身濕漉漉的女人來。路遐沒想到Linda竟然這麼直接大方地出現了，反而有些手足無措。

Linda一見到是他，臉上立刻露出楚楚可憐的神色：「路、路先生！這裡是哪裡？」

路遐愣了一下，眼珠子在 Linda 身上轉了轉，留意到 Linda 右手仍然戴著手鏈，回答：「這是夢，難道教授沒有跟你提到過嗎？」

「夢？」Linda 的表情愈發驚恐，「難道是那個……會死人的夢？我、我怎麼會進來的？」路遐抑制住當面質問他的衝動，只是默不作聲地打量著他的表情。看樣子，Linda 並未察覺自己已經發現了他是這五個人中的一個。

「你不知道？你之前沒有做過類似的夢嗎？」Linda 驚疑地看向他：「怎麼可能？這是什麼樣的夢？下好大的雨，我又不知怎麼走進這個像迷宮一樣的地方，好可怕……」

「那就奇怪了……」路遐若有所思地說，「你有沒有見到其他人？如果你不是那五個人中的一個，你不應該進來的……」

「當、當然不是！」Linda 眼神看起來很無辜，「教授沒有醒過來，孫正又回飯店了，我還不知道去哪幫你打聽這消息……」他見路遐面有疑色，瑟瑟發起抖來，「路先生，我好冷啊，什麼時候才可以醒來啊？」

這個女人當真好演技。

路遐心裡嘀咕著，既然如此，不如自己先把他從孫正身邊引開，也好一探究竟。

「我們一起去探探出去的路吧，我記得入口在這邊。」他指了指自己進來的小屋方向，「我們也許可以登上那座小樓，在高處比較容易找到出口。」

提到那座小樓，Linda 面有難色：「小、小樓？」然後看見路遐疑心的表情，他遲疑地點了點頭。

兩人一路走著，不知為何，Linda 跟在路遐身後走得有些慢。只聽他一邊低聲抱怨，一邊似乎為了打消路遐的疑慮，喃喃自語著：「一定是我下午回去醫院的時候，見到了那個人……那個人真是不祥的災星，他一定把什麼可怕的東西傳給我們了……我真不該見他……」

「誰？」路遐轉過頭。

Linda連忙掩嘴，不好意思低下頭去：「沒有，我實在太過害怕，讓你見笑了……」

路遐堅持問：「誰啊？也許是重要線索也不一定。」

「那個，好像是袁教授在做民俗研究時認識的一個很神祕的人，那個人後來旅行時還搭了車——對，袁教授告訴我的，我今天在醫院撞見他了，好像受了很重的傷，我一時擔心，就去看了看。」

是神祕人，路遐心中肯定。

「我實在不該在他生命還未脫險的時候說這種話，但是……他真的很像，很像一個活死人，你知道嗎？就連教授都說他身上帶著一種很詭異的能力。可是在我看來，那與其說是能力，不如說是一種陰影。」Linda一面說著，一面用餘光瞄著路遐的表情，「他一定是從極可怕的地方回來的，說不定，我們這些怪夢，都是他引起的……」

Linda刻意把焦點轉向神祕人，路遐心知肚明，但又不得不同意他的一些說法。

至少，自己並不是那五個人中的一個，但卻出於神祕人的干涉和那個奇怪的儀式，也被帶入夢裡來了。

兩人走回拱門附近，發現一側小門，路遐用力拉了一拉，隨著門的鬆動，一股灰塵彌漫出來。

兩人揮開煙塵，發現門後是一個陰暗的樓梯。Linda面有懼色，有意無意地朝路遐貼緊了一些。普通紳士在緊要關頭，自然挺身而出，路遐心有戒備，卻也不能刻意拉開距離，只好隨他。

樓梯的盡頭又是一扇陰暗的小門，路遐聞到一種說不出來的臭味，身後Linda也摀著鼻子：「是不是這裡太潮了？好臭。」

路遐試著去轉動門把，門鬆了一下，路遐使出了吃奶的力氣，終於推開一道小縫，門後是一股更濃的臭味。

他心裡有些惴惴不安起來，但 Linda 已經走了上前，搭手幫他一起合力推開了門。

門後隱約是個寬敞的大廳，光線從高處那扇小窗中射進來，本來室外光線也並不明亮，在風中獵獵飄動的窗簾更使得這光線忽明忽暗，視線不甚清晰。

Linda 站到路遐身邊，和他一塊擠到了這個房間裡。路遐能明顯感到他在顫抖，卻不知是冷的，還是裝的。

「對了，你今天不是想看我手鏈嗎？」Linda 忽然說，然後就聽見嘩啦啦解手鏈的聲音。

「嗯？」路遐沒想到他怎麼提起這件事的。

Linda 不由分說把手鏈塞到他手裡：「喏，就當做我的保護費好了，嘻嘻……」

不愧是個小女人，關鍵時刻倒裝起可愛來了。

路遐不明就裡地接過手鏈，表面裝作要到光下去看手鏈，卻時不時地偷瞄 Linda 的手。他朝著有光的窗戶走了兩步，腳上好像踩到了什麼——就在這一瞬間，Linda 猛地推了他一把，然後按下了牆上的一個東西。

「啪——」

路遐只覺得兩條腿各被一個力道拉得整個人騰空而起，他還未反應過來，世界已經在視線裡完全顛倒。

他被倒吊著懸掛在了空中，血流剎那齊齊湧向了他的頭頂。

大意了！路遐心中的第一反應。

他看著下面的 Linda，Linda 朝著他俏皮一笑：「現在還需要看我的手鏈嗎？」路遐叫苦不迭。

Linda 在下面望著他，臉上又帶上了從前的高傲：「真可惜，你看不懂這裡的符號，這也難怪你不知道，這個閣樓，是這個小鎮的——處刑室。」

路遐的身子在空中晃了晃，兩隻腳似乎都被什麼機關牢牢勾住了，以現在這種姿勢，他完全沒有任何力量擺脫。

Linda踩著高跟鞋，在下面緩緩繞了一圈，又在下方那個桌上摸索著，聽見他掙扎的聲音，對他回眸一笑：「路先生，您不但四肢不發達，連頭腦也很簡單，你以為我的目標只有孫正一個嗎？」

桌上兩隻蠟燭忽地被點亮了。

房間裡熒熒閃著兩團光，而光線裡，正對著路遐的，是那張遺照。

黑白的相片。

一張臉，一雙眼睛，直直地看著路遐。

路遐只覺得全身從頭到尾都發麻了，差點驚呼出聲——這不是——這不是——

「袁……袁……」

「袁教授？不不不，當然不。」Linda也抬頭看了一眼那個人像，笑了，「這張照片的年齡比袁教授還大，怎麼可能是他？這應該是他的曾祖父，這個小鎮最後一位鎮長。」

路遐只覺得全身血液聚在腦門，他連說話都感到吃力，含糊不清地吐著字眼：「這、這什麼小鎮……不是夢……夢嗎？」

「夢？」Linda看向他的眼中突然射出怨懟的光，「我倒真希望這只是一場夢，路先生！是的，現在它只是一場夢，但一切都是真實在發生的！你不是已經發覺了嗎？這是曾經鮮活存在過的一個小鎮……在誰也找不到，誰也不知道的地方……」他從路遐的頭頂下方走過，走到窗戶前。

他踮起腳尖，彷彿想看清遠山深處，那一條條火車軌道交錯的地方。

「我只知道他們曾經生活在這個鬼地方……沒完沒了的雨，沒完沒了……不見天日……他們一定是因為某種天意才被困在這裡，日日聽見火車嗚嗚的聲響，卻從來沒有人走出去過……」

「這、這個鎮，叫什麼名字……唔……」趁Linda還看著窗外，路遐一邊吸引他說話，一邊在室內搜索著能擺脫這個機關的辦法。

「名字？我不知道，這些都是我聽說的故事。」Linda嘲諷似的笑了一聲，「我跟隨袁教授多年，他一直沒有停止這個研究，看見牆上那些畫了嗎？這是『它』的詛咒，每一年，小鎮都會供奉上五個人，然後『它』就會從其中選中一個，活下來的那一個。他們便會浩浩蕩蕩地抬著這個被選中的……」

話還沒講完，Linda忽地轉過身來，眼中射出銳利的光芒看向路遐：「不許動！」被發現了……路遐乖乖停止了手上的小動作。

「看來我不應該跟你廢話，」Linda走了回來，他隨手從遺像下的小桌上端起一個燭臺，揮散周圍的灰塵，「先把你解決了也不遲。」

「那些字寫著，這裡的任何生產、生活、活動都是由鎮長和長老們嚴格控管，按照每戶的編號進行，一旦違反紀律，或者試圖逃出小鎮，就會被送到這個處刑室，跪在這裡，懺悔受罰……」說到這裡，他臉上浮現出一絲冷酷，「那麼，就讓我來看看，那個年代的刑具到底是怎麼玩的……」

這棟閣樓扼住這個小鎮的咽喉，又以絕對優勢的高度監控著周圍一切的活動發展。

因為隔絕人世，便一直實行著高度壓迫性的管制。

Linda手中的燭光照亮了這個大廳的一角，牆上掛著幾排陰森森的刑具，上面汙跡斑斑，不知是血跡還是鏽跡。

單是這麼看上一眼，想像出的場景也足夠路遐生出一身冷汗。

地上更是有大片大片的黑塊，還有殘留的物品，角落裡甚至堆放著幾件破舊的衣衫，也許惡臭便是從那堆汙穢的衣物裡散發出來的。

見Linda果真開始尋找著刑具，路遐心中也有些怕了。他勉強控制著情緒，斷斷續續說：「那、那這個小鎮現在還存在嗎？」

他試圖拖延時間，這樣孫正發現與他走散，也許可以找回這裡。

Linda用餘光留意著他的動靜：「存在，就像一個幽靈一樣，存在在人的夢裡……哈哈哈哈哈……」他忽地笑了起來。

「幾十年前，這個鎮上起了一場大火，很奇怪吧？你看這片小鎮，永遠都是雨，怎麼會起火呢？但它就是起了一場大火，燒毀了一切的大火……那天他們抬著那一年選中的祭品登上山坡，等待著，等待著……卻等來了這場大火……那年的祭品是一個十二歲的小女孩，他的母親就在他被抬上山的時候，和私下密謀的幾個同伴，在鎮上各處點燃了這場大火……你看看這片連著的房屋，一旦起了火……毀滅就是一瞬間的事！」

路遐想起了那牆上的壁畫。

火。

熊熊燃燒的怒火，燒毀了整個小鎮的孽火。

「所有人都燒死了嗎？」路遐倒吊著，顫巍巍地問。

「有的逃走了……大部分卻沒有……這只是個傳說……但是！」Linda的眼神怨毒起來，「『它』卻沒有消失……『它』成為了一個遊蕩的幽靈……無休無止地，繼續在夢裡尋找著『它』的祭品……」

路遐想到了袁教授的話。

『五個人，他來了，我們五個人都會死……他會殺了我們……』

袁教授口中的他……不是一個人……而是「它」，是這個小鎮！

小鎮中的小人畫揭示的就是小鎮每年的五個候選人，小鎮每家房屋裡供奉的五條繩子，也代表著這五個人。

一個、兩個、三個、四個……他們因為各種原因死去，最終存活下來的那一個，就是最後那幅畫裡的小人。

就像神祕人告訴他的——每死一個人，你都離他更近一些……

每死一個人，他們就會從夢中的一個場景甦醒，而在下一場夢裡，他們就更接近這個小鎮的核心。

孫正一開始夢見過在山坡上走，袁教授出事後，他們一起夢見了站在小鎮外，等到神祕人死去的時候，他們便進到了這個小鎮裡。

那麼最後剩下的那個人會去到哪裡？

壁畫的最後，那一團黑雲裡，僅露出一個腦袋的小人。那到底……意味著什麼……這裡年年舉行這種奇怪的儀式，又是為了什麼？

Linda 不知怎地抓了一下手腕，這讓路遐終於第一次看清了他手上的那條傷疤。

「不知什麼時候開始……它出現在了我的夢裡……自從這道傷疤出現以來……」他說著說著愈發歇斯底里，手揮舞的動作變得更大了，「為什麼就選中了我們，為什麼為什麼為什麼！」

他又抓了一下手腕，森森的目光看向路遐：「啊，找到了！」

路遐看見他面前有一個控制臺似的桌面，上面布著許多機關按鈕，桌子旁邊看起來像是一個老虎凳，上面還疊著幾塊磚和幾條粗麻繩。

這個小鎮雖然封閉，卻在研究這些刑具和詭異的儀式上下了不少工夫。

這個大廳簡直猶如舊時土匪的酷刑窩，比路遐曾在重慶所見的白公館和渣滓洞有過之而無不及。

Linda 在上面細細看了一番：「如果按下這個，便會有一根尖針鑽出來，當你倒吊的時候，全身血液都彙集於頭頂，於是這根尖針便會輕輕地……輕輕地從你的頭頂正中鑽進去，只需那麼一下，你就會全身血液暴流！」

「你、你瘋了！」路遐再也忍不住激動起來，拚命扭動著身子，「是你殺了齊征，殺了袁教授，神祕人……就算你殺死所有人成為被選中的那一個，你也逃不掉它的詛咒！」

「你說什麼！」Linda舉起手來，手上那道傷疤被他雪白的肌膚襯得鮮豔無比，「我殺了袁教授？我逃不掉它的詛咒？你也不想想……袁教授口中所說的五個人，到底是誰……」

路遐僵硬了。

路遐心中忽然騰起一種他從未有過的猜測，幾乎推翻了他之前所有的想法。

「這是他的詛咒，我們五個人……在噩夢裡，無窮無盡的噩夢裡……一個接一個地死去……」

「我們五個人」，並不是齊征、袁教授、神祕人、孫正和Linda。

而可以是──齊征、袁教授、神祕人、孫正和路遐他自己！

他早已是這夢中的一個了！他早該意識到這一點！

難道、難道……路遐心中大駭，這才是袁教授把委託交給自己的真正目的？如果自己成為了這五個人中的其中一個，那麼自然，孫正就可以僥倖活下來。

而自己，也許還一路傻乎乎地守護著孫正的安全，直到最後卻成為了祭品。

原來、原來……這是袁教授早就安排好的計畫，就連夢中所殺死的這些人大概也在他的計畫之內……

「這墳墓一樣的鬼地方！這沒完沒了的雨！我不能死，我不想死在這裡！我還年輕，我還漂亮！我還有我的生活！」Linda尖叫著，伸手猛地按下了那個鍵。

咯噔。

房屋震動了一下，從地板下方傳來某種機器轉動的聲響，地板上正對路遐頭頂的位置漸漸開了一個小口。

路遐劇烈地掙扎著，然而倒吊中的他根本使不上任何力氣，因為兩腿懸掛被縛，就連利用腹肌挺身而起也很難做到。

他面紅耳赤，喘著粗氣，不甘心地想到最後一個人，叫了起來：「孫正，那麼孫正怎麼辦！你難道連他也要犧牲嗎？你不是喜歡他嗎？」Linda 一怔，忽地咯咯笑了起來，更是高興得拍起手來。

「正啊正，不愧是教授的好學生，我喜歡他？哈哈哈，只要你死了，我們就會醒來。到明天，就是最後一個夢了。哦不，也許他到死也會願意替教授隱瞞這個事實呢……」

「什、什麼事實？」路遐的心愈跳愈快，他已經看到一個黑黝黝的尖鑽頭從那個小孔裡艱難地伸了出來。幸好因為年代久遠，機器有些生銹，這個鑽頭出來得比他想像中還慢一些。

Linda 沒有說話，卻對著路遐拋了個媚眼。

精神高度緊張的路遐，在這個關頭，腦袋哪還能運作，他只能死死地，死死地盯著 Linda。

Linda 抓著手臂，這裡飄散的灰塵令他覺得癢酥酥的。

但他的神情是歡喜的，看見那個鑽頭終於鑽出了地板，他就像發現了新大陸一般，露出了小女人那般新奇的表情。

「你看，若是你死了，那麼就剩下孫正和我了，孫正就只能是被選中的祭品了，哈哈哈，你看，我幫『它』剷除了不必要的候選者，『它』說不定該感謝我，把你們一個個都殺死殺死殺死殺死！」因為激動，她連抓撓的動作也變大了，開始撓起後背來。

「是了……所以……所以……」路遐艱難地說，「那個時候，你就逃脫了這個詛咒是嗎……孫正呢……那孫正呢？」

「孫正？」Linda歪起腦袋，臉上是堅決的表情，「是的，就是他！憑什麼只要他活下來？憑什麼要犧牲我？我不要再被詛咒纏身，不要世世代代仍舊背負這個小鎮人的命運。我要燒掉這個地方！就像當年一樣，我要燒掉它燒掉它！連夢裡，也燒得一點不剩！」

隨後她又抓撓起來，愈抓愈快，愈抓愈快，臉上露出厭惡的神色：「癢死了癢死了，什麼東西！」

正……快來……救命……

路遐已經無法思考了，他的唯一希望是孫正能夠找回這個地方。他的呼吸也已經困難起來，他轉動著脖子，想避開視野裡離他愈來愈近的那個黑點。

會從自己的頭頂鑽進去！

他簡直能感到彙集在頭頂的血液在顫抖、在沸騰、在洶湧！在被銳利貫穿的一瞬間，這些熱烈的鮮血將噴濺而出，他的身體將爆炸，他的肢體將遍布房間各處……

血！

「別動！」路遐突然一聲大叫。

Linda僵硬了。他感覺到了。

而路遐終於看到了，從窗簾淺淺淡淡照進來的光裡，他看見了。

空氣裡飛舞的，不是灰塵。他們之前用手揮去的，也不是灰塵，是肉眼幾乎看不見的絲。

他們之前揮開的，是已經斷掉的絲。而此刻，無數條、無數條絲，從Linda的右手手腕傷疤處密集地發散出來，然後穿過他的肩、他的脖子、他的背脊、他的左手、他的腿……

他的全身，都被這些無數的絲穿連著。

誰也沒有看見，誰也沒有發現。這些絲，本來也是肉眼看不見的。只因為Linda來回的抓撓和走動，這些絲上沾上了血。路遐看見的，就是這些在光裡隱隱閃著血色的密密麻麻的絲。

一滴冷汗沿著Linda的臉頰邊緣滴落下來，濺在那些細絲上，映出晶瑩的光。

「好癢！」Linda還是忍不住伸手抓了一下。

路遐的眼睛直了，不是因為直逼他而來的鑽頭，而是他看見Linda移動的那隻手臂消失了，空氣中泛起一股濃重的血腥味。

不，也不是消失了，是在他動的一瞬間，整個手臂被那無數絲線切成了碎屑。

從碎屑中飛出無數的閃著血光的「灰塵」。

「啊啊啊啊啊！教授……」因為突然傳來的劇痛，Linda「咚」的一聲栽倒在地上，空中那千萬條絲線就此切過——

路遐強忍住心中極大的震動，閉上了眼睛。是夢醒，還是鑽頭，他已經聽天由命了。

08 葬禮

「咚咚咚。」敲門聲。

「咚咚咚。」

「咚咚咚。」

「胖子！我不是跟你講了我在睡覺別進來煩我嗎……」路遐沒好氣地從被子裡探出個頭，「進來吧！」

一個人捧著一束花出現在病房裡，那束花遮住了他的臉。

路遐一怔，坐了起來：「你是誰？」

那個人把花輕輕放到床頭邊，露出一張被巨大墨鏡和鴨舌帽遮住的臉：「來探病的。」

路遐差點沒從床上滾下來。他擦了擦眼鏡，又擦了擦眼睛，再瞪大了眼睛盯著這個人：「你、你沒有死？」

「我本來就是個死人，哪來死不死的說法。」那個人順手搬了張凳子坐下，「你看起來活蹦亂跳的。」

路遐還沒從震驚中恢復過來，指著這個人：「可是，如果你沒有死，我們就不可能完成，也不可能達到最後一個夢……」

那個人嘆了口氣，反問：「所以，你成功進入了最後一個夢是嗎？」

「我們。」路遐強調。

「你殺了Linda？」

「你早就知道是他？你為什麼不告訴我？」路遐又激動了。

「難道不是我給你的提示嗎？」那個人說著，又問了一遍，「你殺了他？」

「不……」路遐不忍回想那慘烈的一幕，他搖了搖頭，別過臉去，「不是我……是那個房間裡……大概，是因為潮濕和汙染的空氣，房間裡養著某種嗜血的……極微小的蟲……肉眼都幾乎不能發現的怪蟲，被他手上的傷口吸引了……」

路遐沒能講完Linda之死，他停在這裡，難以繼續，而這個人也並沒有逼迫他講完，似乎知道他並沒有殺人，便安心了，隨手翻起了路遐床邊的一張泛黃報紙。

一九九六年八月二十八日的××晚報。

報紙的一角還沾有一塊觸目驚心的血跡，是當時他留下的。血跡一旁是一篇特別報導：

「善舉成就事業，袁成莫教授十餘年來資助數名學子」。

內容大致是袁成莫十多年來一直資助幾名孤兒讀書，其中有兩個考上了袁教授所在的知名大學，其中一個還在採訪中十分感激地回答說將來的願望是可以成為袁教授手下的學生，和他一起從事研究。

袁教授也在這篇採訪中提到這幾名孤兒和他出自同一個孤兒院，同病相憐，所以他堅持不懈地幫助了他們十多年。

雖然整篇報導隱去了這裡面幾名學生的名字，但在報導旁邊附上的照片裡，卻可以隱約看出兩個熟悉的身影：Linda 和孫正。

「你比我先發現了吧？那個夢，並不是隨機的……」路遐注意到他在看那張報紙，「Linda 和孫正很有可能和袁教授有著相同的出身，只是他們不知道罷了……」

他們都是那個小鎮大火後殘存下來並逃到外界的人們的後裔。

即使小鎮的原型已經毀滅，小鎮居民世世代代所背負的命運仍然在它的子孫血液裡流淌傳承。

大火上方，那彙集的一團團黑雲，也許就象徵著這個小鎮不死的靈魂，象徵著這些盤繞在它的子民夢中的，未盡的儀式……

「我有很多問題想要問你。」路遐說。

「噓，別急。」那個人做了個手勢，「我可以回答你的問題，但你必須先告訴我，最後一個夢裡是什麼，最後發生了什麼？」

提到最後一個夢，路遐臉上露出疲憊而厭倦的神色，他躺回病床，望著蒼白的天花板，好半天才吐出兩個字：「石棺。」

「石棺？」

「細雨，陰沉的天，山坡的頂上，一口孤零零的石棺。」

「有沒有……有沒有別人？」

「沒有。」

「沒有嗎？」那個人蒼白的臉上第一次表現出急切的神情，「沒有你認識的人？你熟悉的人？」

路遐愣了一下：「我認識的人？」

那個人意識到自己問了多餘的問題，又收回了自己的話：「不，沒什麼，我隨便問問，然後呢？」

路遐沒太在意，繼續說：「然後，我決定，毀了這個小鎮，從夢中，就像Linda所說的那樣。」

「怎麼可能？」連那個人也驚訝了。

「可以的。」路遐轉過頭來，肯定地望著那個人，「用火。」

「用火？但是……」

「下雨是嗎？沒錯，這個小鎮的雨從來沒有停過，除了……」路遐頓了頓，他從旁邊拿起一支筆，在報紙上順手畫了一組圖，那是他記憶中小鎮街道上的那組壁畫。他指著最後一幅，「這個時候。」

最後一幅是一團巨大的黑塊，和一個小人的頭。

其餘的畫裡都有一些小圓點，暗示著雨水，但是最後一幅卻沒有。

「只要第五個人躺進石棺裡，儀式啟動，小鎮的雨就會停下，迎來短暫的晴天。這個時候只要燃起一把大火，這個小鎮就會毀滅。」

「這只是你的猜測，可是誰也說不準……」

「即使冒險也要一試，不是嗎？」路遐對他笑了笑，雖然他不認識這個神祕人，還發生過一些小衝突，但不知怎地，今天見了他，竟意外覺得親切。

墨鏡下的人似乎看著路遐，發怔了。

就好像這樣的話、這樣的笑容，讓他曾經的某個記憶復甦了起來。

「所以，我和孫正兩個人，只有我們兩個人，才能完成這個計畫。」

「但是你怎麼說服他的？對他來說，這不過是荒謬的夢，你要他躺進棺材裡，還是要他去放一把火？按照他的性格，無論如何都不會答應你吧？」

「我沒有說服他，」路遐的神色黯淡下來，「我威脅他。」

細雨，荒蕪的山坡，稀稀疏疏的草。

每走一步，草地裡都能踩出水來。

山頂是一方棺材，孤零零的，映著那片布滿陰霾的天空，也陰森森的。

路遐看著孫正，一字一句地說：「躺進去，只要十分鐘，否則，我就把這件事告訴所有媒體。」

孫正眼中是不敢置信，緊接著是難以抑制的憤怒。

「我已經知道了，教授和Linda的關係。」路遐的表情是冷酷的，「Linda表面上裝作是在追求你，其實他和教授私下裡有不正當的關係，對吧？你為了教授，一直在幫他們掩飾，不是嗎？為什麼我問起你那次旅行你會那麼緊張？五個人四個房間，Linda和教授睡在一起，再簡單不過的問題，只怪我一時被胖子誤導，沒反應過來。」

孫正手中的拳頭握緊了。

然而路遐卻已經了然於心，教授對孫正來說，是世界上唯一的恩人，也是世界上唯一的親人。為了教授的名譽，在一場夢裡，躺一個棺材算什麼。

但是孫正看起來很生氣。也許吧，被一個還算朋友的人用最尊敬的人威脅，這樣憤怒也是再合理不過。

路遐心中唏噓。

他甚至無法告訴孫正另一個真相：教授所資助的這些孤兒，都是當年小鎮上逃跑帶出來的遺孤們。他教他們這些小鎮的符號，跟他們講小鎮的故事，甚至帶著他們做關於民俗和古跡的研究，卻沒有告訴他們身上所帶著的詛咒。

是的，齊征、孫正、袁教授、神祕人、Linda，還有路遐。這六個人都是被帶進這個夢裡的人。

然而他終於醒悟過來，Linda當初給他那一個媚眼的暗示。Linda從來沒有喜歡過孫正，他一直嫉恨著孫正。因為教授的一切計畫，都是為了讓孫正活下來，不是同床共枕的情人，甚至不是教授自己。

「好。」孫正深深地看了路遐一眼，朝棺材走去，他甚至不問為什麼。

路遐長長地嘆了一口氣。

一場夢而已，想必他醒來之後，不會當真。

「是教授授意你，讓你帶我進入這個夢的吧？」路遐講完了故事，神色更加疲憊了，他側臉看著神祕人。

其實他已經知道答案，卻還是忍不住問出口。

神祕人沉默了一下，才緩緩開口：「是，也不是。」

「什麼意思？」

「沒錯，他是想利用你，我卻是想……考驗你。」

「考驗我？」路遐露出不可思議的表情，「我好像，之前並不認識你吧？你考驗我幹什麼？」

神祕人低下頭去，壓抑的聲音中帶著顫抖：「你會知道的……我會……讓你知道的……那天到來的話……你也許可以解開……那個醫院……」

「你在說什麼？」路遐沒有聽清楚，皺著眉頭又問了一遍。

神祕人卻已經抬起頭來，換了一番話：「因為有相近的目的，我才和袁教授合作的。他想讓他的愛徒擺脫這輪噩夢，而我……」

「你卻想殺死他？」路遐臉上浮現一絲不懷好意的笑。

「他死了，我才能進入最後一個夢。」

「進入最後一個夢……」路遐想起來了，「你想在夢裡找到你說的某個人？」

「不過，那個人連靈魂好像都沒有留下……就連這個小鎮裡也……」

路遐從未見過這個冰冷得像死人一般的人露出如此絕望的神色，就連周圍的空氣竟也蒙上了一層淒涼的氣息。

路遐的心不知為何也像被狠狠地撞了一下。

他就像著了魔似的，出言安慰了一句：「既然找不到，那不就說明，他在世界上的某個角落，活得很好嗎？而且，他所希望的能再次見到的你，一定不是一個活死人吧？」說完，見這個人還沒有反應，路遐又不好意思地補充了一句：「這種肉麻話可不是我發明的，我哥路曉雲以前勸那些家屬的時候，就老這麼說——」

神祕人猛地抬起頭來，路遐好像感受到那墨鏡下射來的兩道目光忽然間充滿了神采：「是嗎？他是這樣說的嗎？」

「是啊，如果是我，我就這樣相信著！」路遐大大咧咧地笑了起來。

就好像一下子受了某種啟發，神祕人站了起來，推開椅子，跌跌撞撞地走到窗邊，冬日的陽光太過強烈，即使透著墨鏡，他也無法直視，但他仍舊朝著陽光站定，就好像第一次感受到陽光那樣，深深地吸了一口氣。

「喂！」眼看他走到一邊，路遐連忙大叫，「我還沒問完呢！」

「喂——那個小鎮叫什麼名字？」

那個人沒有回答。

「那、那你叫什麼名字？」路遐又問了一句。

那邊靜了一下。

「真巧，我名字裡也有個雲，」路遐遠遠地，彷彿破天荒地看見神祕人的嘴角勾起了一個略帶頑皮的微笑，「我姓本，名丹雲。」

本？丹雲？

本丹雲？笨蛋雲？

三天後。

孫正穿著一身黑西裝，站在一排素色的人群中，那時天下著濛濛小雨，靈堂裡一片沉痛的死寂。記者的閃光燈在外面時不時地閃耀著，拍下斷斷續續到來的各界知名人物。

他低垂著頭，整個人都像融進了一片陰影裡。

就在這個時候，旁邊一個學生模樣的女生跑了過來。

「學長，有人打電話找你。」

孫正抬起頭來，一臉倦容，眼睛下是兩圈大大的黑眼圈。因為這幾天來，他把手機關機，不與任何人接觸，所以幾乎沒有人能找到他，而這個電話竟然打到靈堂裡來了。

他沙啞著嗓子問：「誰啊？」

「一個姓路的先生。」孫正腦中閃過幾個畫面，他沉默了一下，最後緩緩揮了揮手，表示拒絕。

他剛想轉身走開，另一隻手拍在他的肩膀上：「孫正，孫先生是嗎？您是袁教授的愛徒啊，雖然這個時候提起不好，但是袁教授也曾經和我談過，他有意推薦過您，不知道，您有沒有興趣來幫我們做編劇呢？」

孫正一愣，他還不知道，前方有怎樣的命運在等著他……

再版後記

為什麼不再寫一部「桐花」？

從二〇一〇年《桐花中路私立協濟醫院怪談》完結到現在再版，快十年了。

我寫過罪案推理、寫過軟科幻、寫過冷兵器戰爭，甚至寫過都市育兒，但再也沒有寫過像《桐花》這樣的恐怖驚悚。

明明可以再寫一部更好的。

《桐花》的結構不夠工整，人物不算有趣，文筆需要從頭修到尾，主題講得根本不透徹。每次翻開《桐花》，就像每天起床照鏡子，總能挑出無數不滿意。

《桐花》就像鏡子裡的素顏，總覺得該拿起手術刀整一整。

沒下得了手。

二〇一七年，裸辭後的一年兩個月，我一個人窩在北京東五環外的出租套房裡學寫劇本，想錢。

想一個月的房租錢、想一瓶保養品的錢、想一條新裙子的錢。

其實錢，也可以伸手要的，我沒有多少慘可以賣，過不去的只有窩囊和委屈。憑什麼，想認真寫東西賺錢，比當初工作時的「996」還難[3]。

那再寫一部「桐花」吧。這一次，寫能賣錢的那種，趁這本書還有那麼點微弱的熱度。

還是沒下得了手。

我都想掐死我自己。

對我來說，從業餘創作者轉變為職業寫作者，最大的區別在於，是否自省。

3 996：早上9點上班，晚上9點下班，每週工作6天的工作制度。

業餘創作是在森林裡的一次即興散步，職業寫作是在沒有路的森林裡活生生地走出一條路。找到唯一的方向，並進行無數次練習。我必須保持警醒，我找對了嗎？我是在原地踏步，還是在一路前行？所以我必須時刻回頭，時刻標記，必須在有限的時光裡進行無限的探索，哪怕會時常碰壁，長久迷惘。

我嘗試寫不同的題材，想尋找一個共同的母題[4]。

我究竟想透過寫作，說些什麼呢？

感謝催逼我寫這篇後記的小編，一直沒想明白的我，在寫到這裡的時候，彷彿有那麼一點點明白了。

答案其實就在「桐花」裡。

鏡子裡的素顏，就是你最初的模樣。《桐花》有很多不完美，但它藏著我的初心。

我想寫世間那些徹頭徹尾的絕望，和微微發光的希望。

罪案、戰爭、家庭、愛情……它可以是任何形式，孫正和路遐也可以是任何人。

我也許再不會寫《桐花》這樣的小說了，但我寫的每一部都是新的「桐花」。

我也永遠會讓嚴醫生抬頭時，看見那道光。

絕望中點燃希望的光。

南琅

2019.4 於北京

4 母題：敘事中指在故事中重複出現、具有象徵意義的元素。

高寶書版集團
gobooks.com.tw

YS 001
桐花中路私立協濟醫院怪談

作　　者　南 琅
責任編輯　高如玫
封面設計　Mamori
內頁排版　賴姵均
企　　劃　方慧娟

發 行 人　朱凱蕾
出　　版　英屬維京群島商高寶國際有限公司台灣分公司
　　　　　Global Group Holdings, Ltd.
地　　址　台北市內湖區洲子街88號3樓
網　　址　gobooks.com.tw
電　　話　(02) 27992788
電　　郵　readers@gobooks.com.tw（讀者服務部）
　　　　　pr@gobooks.com.tw（公關諮詢部）
傳　　真　出版部　(02) 27990909　行銷部 (02) 27993088
郵政劃撥　19394552
戶　　名　英屬維京群島商高寶國際有限公司台灣分公司
發　　行　英屬維京群島商高寶國際有限公司台灣分公司
初　　版　2020 年 10 月

本書為雁北堂文化傳媒正式授權英屬維爾京群島商高寶國際有限公司台灣分公司獨家出版發行。

國家圖書館出版品預行編目(CIP)資料

桐花中路私立協濟醫院怪談 / 南琅著 -- 初版. --
臺北市：高寶國際出版：高寶國際發行, 2020.10
　面；　公分. --

ISBN 978-986-361-900-0（平裝）

857.7　　　　109011526

建議分類：恐怖驚悚、懸疑推理、驚悚推理